Collision Point

by Lora Leigh

熱夜の夢にとらわれて

ローラ・リー
多田桃子=訳

マグノリアロマンス

COLLISION POINT
by Lora Leigh

Japanese translation published by arrangement with
St. Martin's Publishing Group
through The English Agency(Japan)Ltd.

熱夜の夢にとらわれて

主な登場人物

アマラ・レスノワ——ロシアの犯罪組織の元ボスの父を持つ。記憶を失い、命を狙われている。
リアダン・マローン——ブルート・フォースの一員。ジョーダンの甥。ノアの異母弟。
ノア・ブレイク——リアダンの異母兄。エリート作戦部隊所属。コードネーム〈ワイルドカード〉。
ジョーダン・マローン——リアダンの甥。エリート作戦部隊の司令官。コードネーム〈ライブワイヤー〉。
イリヤ——イヴァンの補佐役。
エリザヴェータ——アマラのボディーガード。グリーシャは弟。
グリーシャ——アマラのボディーガード。エリザヴェータは姉。
リアダン・マローン・シニア——リアダンの祖父。
イヴァン・レスノワ——アマラの父親で実業家。ロシアの犯罪組織の元ボス。

記憶はささやくように、子どもの笑い声や、母親の忠告や、父親の力強い抱擁を思い出させてくれる。歌や、十代のころの淡い恋や、魂がもっとも強く望んでいたことを、ふっと頭によみがえらせる。

冷たく、わびしい夜を温め、希望や強さ、あるいは物悲しい笑みをもたらす。

記憶は教えてくれる。わたしたちは絶対に正しいと思ったときでも過ちを犯し、そして、たとえ本当に正しいと言えるときでも、同時に間違っていることもあるのだと。

記憶は涙であり、悲嘆であり、情熱的なキスであり、暗闇のなかのため息であり、誰も通らない道に停められた車のなかの出来事であり、報われない恋愛感情が引き起こした口げんかであることもある。

記憶に残るのは、人生の最高の瞬間、約束、情熱だ。希望も夢も失敗もずっと記憶に残り、ただ目を閉じれば、いつでもよみがえる。

記憶は宝物でもあり、呪いでもある。

8

記憶こそ、わたしたちそのものであり、記憶がわたしたちを作った。

そして、ときに、記憶は奇跡を起こす……。

思い出に

死があなたを連れ去ってしまい、あなたを取り戻す方法はなにもないから。

すべての涙と、不安と、希望と、夢を合わせても、永遠に失われたものを再現することなど誰にもできないから。

思い出に。なぜなら思い出がなければ、

わたしはどうなるの？

わたしのかわいい孫、マニーに——みんな、あなたに会いたいわ……。

まえがき

アイルランドの目の伝説

アイランドの目を持つ者は、自分のものではない目を通して世界を見て、自分のものではない心で感じることができる。猛るアイルランドの目だ。おまえが人を愛するときは、よく愛せ。真心を持って愛せ。そして、くれぐれも気をつけるんだ。なぜかというと、アイルランドの目はおまえ自身の魂の窓であるだけでなく、おまえが愛する人の魂への窓でもあるからだ。その人の心を失うな。その人の心を失えば、おまえは魂の一部を失うことになるぞ。おまえが引き継いだアイルランドの目が、そうさせるんだ。もし、おまえがしがみついている愛する人の魂を失ったら、おまえはいちばん幸せだったころの記憶が残る場所から離れられなくなる。そこを離れるのは、愛する人の魂に抱かれる安らぎから離れるのも同然だからだ。たとえ死に別れても、おまえの魂はずっと、その人の魂にすがりつくことになるんだよ。

人生はいくつもの層でできている。何事も思ったようにはいかない。何事にも必ず幾重にも層があって、黒でも白でもない微妙に濃さの違う幾通りもの灰色がある。いま目の前にあるのはなにか、ではなく、なぜそうなったのかを問うんだ。重なり合った層はつねに移ろい、動いて、下に隠されていた、おまえが思いもしなかった層を見せてくるはずだ。そこにはつねに、おまえの知らないことが、いまのおまえには見えていないことがある。愛してるなら、こうするはずだ、なんて考えは通用しない。

マローン家の祖父

プロローグ

「どうして、こんなに時間がかかったの？」かすれる言葉は若い女性の、腫れて、裂けて、血を流している唇のあいだから発せられた。数週間前は染みひとつなかった彼女の繊細な顔が、何度も粗暴に振りおろされたこぶしによって傷ついている。

以前は長かった漆黒の髪も頭皮からわずか数センチだけを残して刈りこまれ、着ている服には正視できないほど大量の血が染みこんでいた。

彼女の前でしゃがんでいるリアダン・マローンは、背筋をじわじわと上って頭蓋骨の底部にいたり、そこでいまにも爆発しそうになっている激しい怒りを感じながら、手のひらで限りなく優しく彼女の頬を包みこんだ。ただ彼女のぬくもりを感じ、彼女はここに実在している、本当に生きていると確かめるためだった。

「きみの父親のせいだ」リアダンがようやく声を絞り出すようにして答えたとき、リアダンの兄ノアが手にしている懐中電灯の鋭い光線が、彼女のいまにも壊れてしまいそうな体の上を通過した。「救出チームが集まるまで、ひとりで飛び出していかないようにきみの父親に閉じこめられていた」

「うそつき」彼女はささやいて微笑もうとした。

うそだったらどんなによかったか、とリアダンは思った。

だが、彼女の父親であるイヴァン・レスノワは現実にそうしたのだ。

「おれはきみにうそをついたりしないよ、ベイビー」リアダンは言った。

こうやって何度も、決してうそはつかないと約束しているのに、いったいいつになったら、彼女は信じてくれるのだろう？

「あのとき、どうして急にいなくなってしまったの、リアダン？　どうして、わたしを置いていったの？」悲しみと涙で詰まった彼女の声を聞いて、リアダンは正気を失いかけた。彼女のつらそうな声に胸をかきむしられ、何年もかけて必死に鍛えてきた自制心がずたずたになった。「どうして、さよならも言ってくれなかったの？」

「さよならなんてするつもりはなかったからだ」懐中電灯の光が彼女の脚のつけ根の上で止まった。リアダンの目は、薄い色のデニムに大量に染みこんでいる血を凝視せずにはいられなかった。

ちくしょう、やつらは彼女になにをした？

「アマラ、きみをここから助け出さなくてはいけない」リアダンは視線をあげてアマラの打ちひしがれた青灰色の目を見つめ、彼女の体を動かそうとすれば痛い思いをさせるとわかっていながらもそうする覚悟を固めようとした。「どこが特に痛むか教えてくれ」

アマラがどこを骨折し、どこに傷を負っているかはわかっていたけれども、彼女に話をさせ、意識を保たせる必要があった。

「足首が折れてる」アマラは答えた。「肋骨も少なくとも一本は折れてるし、はしごを登れないように手首も折られたわ」アマラの視線は頭上の落とし戸からおろされている粗雑な作りのはしごに向けられた。「ここから逃げて、リアダン。お願い。これは罠に決まってるでしょ。早く逃げて」

リアダンはこの場の状況をほぼ把握していた。自分たちがここから脱出するまで、外に配置された仲間たちが守ってくれていることも。

「きみを運び出す準備が整いしだい、すぐに脱出する。まず、骨折しているところを固定するから、そのあいだはあまりきついことは言わないでくれ。きみのパパも会話を聞いてるんだぜ。娘の毒舌を聞いてパパがぶっ倒れたら大変だろ」

アマラの表情にも、目にもパニックが浮かんだ。自分の父親のことがよくわかっているのだ。彼女が悪態をつき、悲鳴をあげるたびに、父親がどんな思いをするか。

いままで父親がどんな思いをしてきたかも。

「逮捕されちゃえばいいのに」父親に悪態をつくとき、アマラはいつもこう言う。

だが、リアダンの耳には、この悪口には愛情がこめられているように響いた。自分の父親は、ほかの人たちが思っているよりもずっと善人で、立派な人間なのだと信じている気持ちが。

「じゃあ、訴えるか」ノアが処置に必要な道具を準備しているあいだ、リアダンはじっとアマラを見おろしていた。彼の腕にぐったりと頭をもたせかけている彼女のようすを見ているだけで胸が痛み、こらえようとしてもこらえきれない苦しみが爆発しそうだった。ノアがまず手首の固定を始めると、アマラは唇のすき間から悲痛な泣き声を発した。「おれに先を越されなかったらな」

リアダンはイヴァン・レスノワの尊大な顔に並んでいる歯を一本残らずたたき折り、大事な一物を引き抜いてやるつもりでいた。

アマラがとたんにリアダンの手首を握りしめた。青ざめた顔に取り乱した表情を浮かべ、青灰色の瞳を不安でいっぱいにしている。「パパを傷つけないで。約束して、リアダン。パパを傷つけてはだめよ」

アマラが真っ青なのは、こんなに大量に失血しているからなのか。リアダンは恐ろしくてたまらなくなった。

「じゃあ、生きるんだ」リアダンはアマラの目の前に顔を近づけ、彼女の瞳に浮かんでいる不安は無視して言った。「アマラ、きみが死ぬようなことがあったら、おれは神に誓って、きみのパパに報いを受けさせる。この手で」自分の手でそれができることはわかっていた。

「よし、じゃあ、作業を進めよう、ベイビー。さっさとここからきみを運び出せるように」リアダンはアマラを励ましつつ、次は肋骨を固定するというノアからの無言の合図を受けて、はらわたをかきむしられるような耐えがたい苦痛を感じていた。

背後では、ミカとニックが穴のなかにおろされた金属製の救命バスケットを受け取っていた。たとえ救命バスケットのなかに体を固定されても、運びあげられるときアマラが痛みに襲われることは避けられない——だが、これ以外に方法がないのだ。

「そんなの無理よ」アマラはもうとっくにあきらめているかのように、ため息をついた。「折れたところを固定してくれたって、ここから連れ出すのは無理」

アマラのあまりにきっぱりとした口調に、リアダンは笑いそうになった。

「こういうときくらい少しはおれを信頼してくれ」これまでもアマラには全然信頼されていなかったな、と思い出して身を切られるようにつらかったが、顔には出さなかった。

「あなたを信頼してないわけじゃないの」アマラは顔を少しあげて、かき消えそうな声で言った。そのあいだにリアダンはアマラの破れたシャツを胸の下までそっとめくって、ノアが折れた肋骨のまわりにテーピングを施せるようにした。「いまあなたたちがどんな状況に直面しているか、わかっているのよ。みんなにここから逃げろと言って……あなたも逃げて。わたしを助けようとして死ぬなんて絶対――」

「黙ってろ」リアダンは言った。「こんなとこ一緒に出ていくんだ、頑固なお嬢さん。きみが出ていかないなら、おれも出ていかないぞ。どっちにするんだ」

リアダンは話しながらも頭のなかで最善の選択肢を探し、アマラが必死にこらえながらも発している苦痛に満ちた泣き声から意識をそらそうとしていた。

アマラが押し殺している泣き声を聞くだけで、彼の心は壊れそうなのだ。アマラはこらえきれずあげた苦しげな鋭い悲鳴を一瞬でかみ殺した。リアダンは思わず悪態をついた。

リアダンがこれまでに経験した最悪の状況は、義理の姉ベラの悲鳴を聞いていて、なにもできなかったときのことだった。何年も前、リアダンの兄が死んだと知らされたとき、ベラが悲しみのあまり発した悲鳴。ベラを抱きかかえながら、自分の悲しみと同時に彼女の悲しみまで抱えこんだときの心の痛み。あれはリアダンの人生でもっともつらい経験として記憶に残っていた。

だが、いまのほうがつらい。

ほんの短いあいだに、どうしてこの女性はリアダンにとってこんなにも大事な存在になっていたのだろう？　大事な存在である彼女にこんな仕打ちをした男たちを殺したいという思いが烈火のごとく燃えて、自制心など利かなくなってしまいそうなほどだ。これまでの自分が崩壊し、なにもかもはぎ取られた純粋な怒りと魂だけがむき出しとなって、暴走しかけていた。

耐えられない痛みにアマラは叫び声をあげた。この場にいる隊員たちの通信機を介して父親が本当に音声を聞いているとしたら、彼は人格が崩壊する寸前の野蛮な怒りに駆られているに違いないが、それでも声を押し殺すことはできなかった。

リアダンともうひとりの隊員が、骨折したところを固定し、できるだけずれないようにしてくれているが、体を動かせば、やはり厄介なことになるはずだ。移動も、恐怖も厄介だ。アマラを痛めつけた男たちは、救出部隊がやってくることを予想しているに決まっている。アマラの父親が救出部隊を送りこむことを予想して、待ち構えているに決まっている。アマラはリアダンにそう告げた。

あの男たちはアマラを苦しめたがっているのだ……。

「あと少しだ、ベイビー」アマラの横ではしごを登りながらリアダンが声をかけた。アマラは救命バスケットに体を固定されて、投げこまれた穴からゆっくりと引きあげられていく。

「あいつらは待ち伏せしているのよ」アマラはふたたびかすれ声を出した。苦痛と恐怖がふくらんで理性を抑えつける。「待ち構えてる」

「おれたちの仲間も上で待ってるよ」リアダンが安心させようとして言った。「ノアのことは覚えてるだろ？　ノアの仲間たちが上にいて、ばか野郎どもがどこかからのこのこ顔を出さないか待ち構えてるんだ」

リアダンの声は落ち着いていた。落ち着きと自信にあふれている。

アマラは確かにノアを覚えていた。リアダンから、親友だと紹介された男性だ。ほかにも三人、何カ月も前にレスノワ家のペントハウスで、リアダンやアマラの父とミーティングをしているところを見かけたことがあったが、彼らのことはまったく紹介されなかった。すきのない、危険な男たちだ、とアマラはすぐに見抜いた。とはいえ、人間味がないわけではない。彼らだって不死身ではないのだ。

「わたしのために死んだりしないで」リアダンにそんなまねはさせられない。そんな事態を許すわけにはいかない。

こらえていた嗚咽がもれ、動いた拍子に折れた肋骨がすさまじい痛みを発して、意識はその痛みにのまれた。全身を駆けめぐる苦痛のあまりの激しさに視界が真っ白になり、息も止まり、一瞬、正気までも失いかけた。

死んだ男たち……。

彼らは死んだ男たちだ……。

「大丈夫だ、ベイビー。大丈夫。もうすぐだ。ここから出してやる……」完全に闇にのまれそうになっていたアマラを、敵が待ち構えていると確信して絶望にのまれそうになっていたアマラを引き戻してくれたのは、リアダンの声だった。

「ヘリが来る」気づけばアマラのまわりを取り囲んでいた男たちのうちひとりが、険しく、鋼のように鋭い声を発した。「救護ヘリ到着まで、あと三秒」

もうすぐ恐れていたとおりになってしまう、アマラには感じられた。

「リアダン、逃げて……」水平になった救命バスケットのなかからアマラはあえぎ、バスケットを支えている男性ふたりの暗く陰になった顔を見あげた。リアダンはほかの隊員たちとともにバスケットを取り囲み、守りについている。

「ヘリが見えたぞ」リアダンが言うと同時に、ヘリコプターの回転翼の音が離れたところから聞こえてきた。

危険が迫っている。

「リアダンを逃がして……」アマラはバスケットの足側にいる男の陰になった顔を見つめた。

「いますぐこんなこと中止して」青い目がアマラを見つめ返した。リアダンの目にそっくりだ。その目が射貫くようにアマラを見据えた。「早くしないと――」

「リアダン、おまえがバスケットを持て」その青い目の男が言った。彼が司令官のように鋭く命令を発した瞬間、ほかの男たちのあいだに緊張が走り、周囲の夜の闇への警戒がいっそう強まった。

「もうヘリが着陸する」リアダンが押し殺した声で言った。「時間がない。このまま行け。急げ」

最初の銃声が鳴り響いた。

「早く！　行け！」

隊員たちはヘリコプターに向かって全力で走りだした。暗闇にホタルのような光の点が大量に浮かんだかと思うと、まわりで鋭い破裂音が響き始め、アマラはリアダンから目を離すまいとした。

「行け！　行け！」アマラが横たわっているバスケットの足側を持っていた人影が、敵に撃ち返していた別の人影にバスケットを持たせたとき、アマラの視線の先でリアダンが倒れた。

「いや！　リアダン！」アマラは痛みに抗い、バスケットに固定されている体を必死で自由にしようとした。

「彼女を早くヘリに――」リアダンは立ちあがろうとしていた。それなのに、まっすぐ起きようとしていた体がいきなりこわばって、背が弓なりにそった。そこへ駆け寄った人影がリアダンを受け止め、肩に担ぎあげて走りだした。

全員がヘリコプターを目指し、走っていた……。

「このままじゃ危ない……このままじゃ死んじまうぞ！……」離陸し、機体を傾かせながら急上昇するヘリコプターのなかで、男が叫んだ。「ちくしょう、ミカ、なんとかしろ。ローリー……ローリー、よせよ、この野郎……このまま死んじまったりしたら、ただじゃすまさないぞ……」

アマラはリアダンを感じていた。

リアダンの心臓が止まり、彼が生きることをあきらめて自分のもとを去ってしまう瞬間を、確かに感じていた。アマラはリアダンの死を感じ、なによりも強く望んだ……。

……リアダンとともに逝くことを。

「置いていかないで……」アマラはささやき、暗闇にのみこまれていった。無に抱かれる平穏を求めて。「お願いだから、置いていかないで……」

1

半年後

テキサス州西部の春の景色はテキサス州西部の秋とそれほど変わらない、と聞かされていたが、アルパイン郊外の小さな家の私道に車を止めたアマラ・レスノワは、その意見には同意できないと思った。

ポーチに囲まれた家の前には青々とした草地が広がり、山と山のあいだをゆったりと蛇行する川が恵みを与えている。雲ひとつない青空から降り注ぐ太陽の光はまぶしく、心地よい抱擁を思わせるぬくもりを行き渡らせていた。

その暖かい日差しのなかにぽつんとある、かわいらしい家。家の前には物語に出てくるような美しい谷が広がっているが、家のうしろにはテキサス州西部らしい、ぼうぼうの草と低木が生い茂った、一歩間違えば荒れ地になりそうな景色が見えている。アマラはいつもテキサスのこうした眺めに目を見張ってしまうのだった。

こんもりとした小さな丘の上には一本だけ木が生えている。とても枝ぶりがよい、その木の密集した葉の陰に、ひっそりと小さな墓地があった。黒い鉄の柵に囲まれたささやかな墓地に、わびしく見捨てられた雰囲気はなく、それはまるで丘から見おろす土地を温かく見守っているかのようなたたずまいだ。そこで眠っている人たちが、子孫を優しく見守っているかのような。

隔絶された場所にあるので、殺風景に見えて当然に思われる土地だ。ところが、ここには充足した、平和な空気が流れていた。あたかも、この土地と、家と、青々とした緑の谷と、全体を見守る墓地が、人生と愛に関するすべてを知っていて、それらの秘密をあまさず大事にしまいこんでいるかのようだ。

こんなすばらしい場所に来ても押しのけることのできない不安に立ち向かうため、深く息を吸い、アマラはエンジンを切って、意志の力で両手の震えを止めると、車のドアを開けて谷間の暖かい空気が漂う外に出た。

じりじりと焼けつくような暑さではない。穏やかに漂ってきたぬくもりに、そっと体を包まれるようだ。なぜか奇妙な懐かしさを覚える。都会の影響をまったく受けていない土地を見まわし、耳を澄ませば聞こえる音に、〝前にもここに来たことがある〟と感じて胸は高鳴り、口のなかが乾いた。

ここでなら、夜になれば街の人工の照明ではなく、星が見えるのだろう。渋滞する車の音ではなく、孤独なコヨーテの遠吠えが聞こえるのだろう。ここには、都会の喧噪《けんそう》ではなく、平和がある。

それに、ひょっとしたら、アマラが探す答えもここにあるかもしれない。ここでなら、失ったすべてを見つけられるかもしれない。

淡い色のデニムジャケットの下に着ているタンクトップの裾をつまみ、ジーンズのウエストにかぶるように伸ばすと、アマラはポーチへ続く石畳の小道をゆっくりと歩きだした。ふさふさの緑の絨毯《じゅうたん》を思わせる谷間の草は、家のまわりにも生い茂っている。けれども、アマラは車を止めるとき気づいたのだが、家の裏手ではみずみずしい草はまばらになっていた。ゆったりした流れの川にはぐくまれた緑の絨毯が、がんばって風雨にさらされた家を包みこんだけれども、そこで力尽きたみたいだった。

家の横に紺青色のピックアップトラックが止まっているから、人が住んでいることは確かだ。町の人たちに〝マローンじいちゃん〟と呼ばれていた人物の車に違いない。

リアダン・マローン・シニアは、若いほうのリアダン・マローンの祖父だ。アマラは町のはずれで立ち寄ったガソリンスタンド兼、修理工場〈マローン・アンド・ブレイク――自動車修理・整備工場〉で、その話を聞いた。若いほうのリアダンはそこの共同経営者だが、いまは〝じいちゃん〟の家に行っている、とも聞かされた。

リアダン。

この名前の持ち主がつねにアマラの夢に、想像に出てきた。言っておくが、夢に出てくるのは〝じいちゃん〟ではない。夜ごとアマラの夢に現れるのは、背が高くて、たくましくて、信じられないくらいセクシーな孫のほうだ。

アマラは意を決してポーチに近づき、周囲を見まわして、夢のなかでしか会った記憶のない男性の顔を捜し、彼の声がしないかと耳を澄ました。彼を捜すために、アマラは父親の保護のもとから逃げ出してきたのだ。

夢の男性は味方なのか、敵なのか？

この問いに、アマラは自分でもはっきり答えることはできない。ただ、なぜかはわからないけれど、彼が味方なのか敵なのか、どうしても確かめずにはいられないのだ。

アマラがポーチにあがる最初の階段に足をのせたとき、玄関のドアがきしみ、アマラは動けなくなった。固唾をのんで見守っていると、ドアがゆっくりと開き、かなりの年齢と見える白髪の紳士が現れた。この人がリアダン・シニア、〝じいちゃん〟に違いない。

身に着けているのは、はき古してくたりとなったジーンズと洗いざらしの白いシャツ。シャツの袖は肘の下まできっちりと折ってまくりあげ、こすれた跡のある革のブーツをはいている。その見かけと静穏な表情から、リアダン・シニアは山々と同じくらい年古りて賢い存在に見えた。そして間違いなく、山々と同じくらい動かしがたく頑固なはずだ。

「おや、こんにちは」老人が微笑むと口の両端があがり、紺青色の目も明るくなった。「この家にご用かな、お嬢さん？」

かすかに歌うような抑揚が感じられる言葉。アイルランド語の響きだ。ほんのかすかな響き。アマラの記憶の奥底からときおり聞こえてくるけれど、どうしてもはっきりとは聞き取れない、もっと力強く男っぽい抑揚の声とは違う。

「捜しにきたんです……」アマラは緊張に喉のつかえをのんだ。「リアダン・マローンを捜しにきたんです」

リアダン・シニアは首をかしげた。豊かな白髪はきれいに整えられているけれど、若いころはちょっと悪い男だったのではないかしら、と思わせる粋なところがある。

「あんたが捜してるのは、おれじゃなくて、孫のことじゃろうね」リアダン・シニアは優しく言った。「孫はもうすぐ帰ってくるよ。ついさっき、あの子の父親から電話があったんだ。あいつがまたいつもの気の荒い若駒を盗んで、こっちに向かってるとな」老人の軽やかな笑い声が空気に響いた。「ポーチにあがっておいで。孫が帰ってくるまで座って待っていようじゃないか。あのきかんぼうはいつも派手に馬を駆って、谷間を突っ切ってくるんだ」

アマラはためらいがちに階段を上ってポーチにあがり、リアダン・シニアにうながされ、谷に向かって二脚並んで置かれている座り心地のよさそうなクッションつきの揺り椅子に歩いていった。

「彼は馬をよく盗むんですか？」アマラは揺り椅子に腰をおろしながら眉を寄せた。こんなに落ち着かない気持ちになるのは生まれて初めてだ――この半年のあいだに経験してきたことを考えると、驚くべきだけれど。

「盗むのは、いつも同じサタンの申し子みたいに真っ黒な荒馬だけだ。リアダンはあいつに好かれちまったんだとさ」隣の揺り椅子に腰をおろした祖父は、椅子の肘掛けを筋張った手でゆったりと握り、アマラににやりと笑いかけた。「リアダンがあいつに乗って出かけるたびに、リアダンの父親はあの荒馬を殺すしかないなんて言って、息子を脅してる。あんな馬に乗ってたら、あの子のほうが殺されちまうと心配してるんだ」

〝あの子〟

アマラが捜している男性は、〝あの子〟なんて呼ばれそうにない。でも、集めた情報はすべて、ここを指し示していた。ここに来れば必ず、彼が見つかる、と。

「ほうら、あの子が帰ってくるぞ」祖父は孫への愛情がにじみ出るような声で言って、谷を指さした。

最初は、緑に覆われた谷の向こうに立ち上る土埃しか見えなかった。

アマラが見つめていると、その土埃がどんどん近づいてきて、心臓が早鐘を打った。

確かに、これは派手な見ものだ。

刺激的で、胸を高鳴らせる光景。

夜の闇を思わせる黒い馬が首をぴんと伸ばし、邪魔するもののなにもない野原を疾走してくる。それだけで目を見張る光景だ。だが、その馬の首に身を伏せて一体となり、黒髪をなびかせ、鞍なしで騎乗している男性こそ、驚き以上の感銘をアマラに与えた存在だった。

見ているだけで力がわいてくるような高揚感だ。

力強く、野性的で、野蛮なほどに官能をかき立てる。

この光景にアマラの体は反応していた。緊張が抜け、抗えない色気にうっとりとしてしまう。

「見ものはこれからだ。あの馬はリアダンを乗っけてスリルを味わわせてやるのが大好きでね」祖父はささやき声で言った。

馬はまるで翼があるかのように軽々と溝も小川も跳び越え、一瞬、首も四本の脚もめいっぱい伸ばして、空を飛ぶ感覚を全身で楽しんでいた。それから余裕しゃくしゃくで次々と柵を越える馬を見ながら、アマラは考えていた。何百年も前、征服者である戦士たちが近づいてくるのを見ていた女性たちも、いまの自分のような気持ちだったのではないか。

馬が家の庭を囲む柵を跳び越えたとき、あの馬は絶対に止まれずにポーチに突っこんでくる、とアマラは思った。

しかし、ポーチのほんの数メートル手前で荒ぶる馬は後足で立ちあがり、馬独特の勝利のいななきを響き渡らせた。それから前足を地面におろし、子馬のように本当にうれしそうに跳ねまわったあと、ようやくおとなしくなった。

その間ずっと、リアダンは動じずに馬の背中にまたがっていた。手綱ではなく馬のたてがみを握り、躍動する馬のわき腹を腿でしっかりと締めつけ、怒りに燃える青い目でアマラをにらんだあと、祖父に視線を移した。

孫のほうのリアダンは軽やかに馬をおりてモカシンをはいた足で地面に立つと、馬の尻をたたいた。馬はふたたび後足で立って野性的な美しさを見せつけたあと前足で空を蹴り、その足を地面に着けるやいなや猛然と駆けだして来た道を戻っていった。

力強い脚で風のように走り、柵も溝も小川も跳び越え、たなびく土埃だけを残して山の向こうへ姿を消した。

なんという美しさだろう、アマラは思った。野性的な雄の荒々しさと強さを見せつけられた気分だ。同じ美しさがリアダンの表情にも表れていた。彼は両手を引きしまった腰にあて、ポーチで彼の祖父とともに座っているアマラをにらんだ。

はきこまれたジーンズがリアダンの腰から脚をぴったりと包んでいる。モカシンにはフリンジなどの派手な装飾は施されていない。ただ、作りはとてもいいものだ。広い胸板を覆って張りつめている黒いTシャツ。腹筋までくっきりと浮かびあがって見えるから、アマラはそのTシャツを脱がせたくなって指がうずうずした。

やっぱり、この男性だ。アマラの夢に侵入する野蛮な人。彼女の悪夢をも切り裂く怒れる人。サファイアのように鮮やかな輝きを放つ瞳。誇り高く、堂々とした、とっつきにくい顔つき。みずからの内に宿る恐れを自覚しているだけでなく、他者の恐れをも見抜いてしまえる人。女の恐れをも。

アマラはゆっくりと立ちあがった。その間もリアダンの〝じいちゃん〟は揺り椅子にゆったりと腰かけたまま、なりゆきを興味津々といったようすで眺めている。

「ここでいったいなにをしてる？」リアダンが発した言葉に、アマラはひるんだ。冷ややかな響きに心は沈んだ。

アマラが夢見ていた思いやりに満ちた口調、情熱を帯びた響きは、かけらもなかった。

いまリアダンがアマラを見据える目に、彼がアマラの夢に侵入してきたときに見せていた、官能の悦びを約束するまなざしは少しも浮かんでいなかった。夢のなかでアマラを愛撫してもだえさせていた愛欲の支配者の面影は、まったくなかった。

こんな反応をされるとは、アマラは思ってもみなかった。燃え立つような怒りもあらわに、問われるとは。アマラの姿を見ても、リアダンはまったくうれしそうにしていない。アマラはそれを認めざるをえなかった。そもそも、どうしてうれしそうな顔をしてもらえると思ったのだろう？

自分が間違っていたのだろうか？　本当は知り合いですらなかったのだろうか？

アマラは、リアダンのことを知っていたはずだと思いこんでいた。どうして、どういうふうにかはわからないけれど、重要な関係になっていたはずだと。ここまで大きな思い違いをすることなど、ありうるのだろうか？

「リアダン！」祖父の驚き、あきれた声を聞いて、リアダンは顔をしかめた。

孫の口の利きかたを、祖父は明らかによく思っていない。

「じいちゃん、じいちゃんもグラントの家に行ったほうがいいよ」リアダンは祖父に目を向け、きっぱりと言った。「ノアとサベラと子どもたちが、もうすぐ遊びにくるそうだからさ」

祖父はじっとリアダンをにらみつけている。

「ミスター・マローン、お孫さんにどんな口の利きかたをされても、わたしひとりで大丈夫です」アマラは老紳士を安心させるように言った。「普段から、そういう言葉遣いをする人には慣れてますから」

アマラの父親はこのところ、しょっちゅう悪態をつくし、しょっちゅう不機嫌になっている。アマラが陥ってしまった状況が、父親に負担をかけているのだ。アマラが自分でなんとかしなければ、状況を改善しなければ、大変なことになるのではないかと恐ろしかった。父親が娘のために自分がなんとかしようと動きだしてしまうのではないかと、怖かった。

「おまえの祖母は、そんな口の利きかたには慣れておらんぞ」祖父は怒っているというより、がっかりしたと言わんばかりだった。「誰の家で女性にそんな口の利きかたをしとるんだ、ぼうず」

祖父は椅子から立ちあがり、こわばった足取りでポーチを歩いて階段をおりると、また警告のまなざしで孫をにらんだ。

「車の運転には気をつけてくれ、じいちゃん。ブリックフォード兄弟とレースをするなんて、もうやめてくれよ」リアダンは横を歩いていく祖父に言った。

とたんに老人の口元におもしろくて仕方ないというような笑みが浮かぶのを、アマラは見逃さなかった。しかし、祖父は低くうなっただけで孫の横を通り過ぎていった。

しばらくすると祖父が乗ったトラックが発進し、環状の私道をゆっくりまわって、小さな谷へと続く道を走っていった。

リアダンとアマラのあいだに張りつめた沈黙は重苦しかった――リアダンの怒りと、アマラの不安が濃密に漂っているからだ。

トラックがカーブを曲がって丘の向こうへ見えなくなると、アマラはリアダンに向き直った。両手を薄手のジャケットのポケットに入れ、指を丸めてぎゅっと握りしめる。

半年間、友人や家族の多くをだまし通してきた。父親と、その補佐役であるイリヤの反応を手がかりに、アマラは微笑みを浮かべて、参加することを余儀なくされた会合や集まりのすべてを、なんとか異変に気づかれずに乗りきってきた。そして先週、ついに父親の屋敷からこっそり抜け出した。要するに家出してきたのだ。

もちろん、父親は逃げるアマラを追ってきた。父親と部下たちがすぐうしろに迫っているのは間違いない。昨日の夜は、ヒューストン郊外で追いつかれる寸前だった。けれども、アマラがなんとかしなければ、アマラにつきまとう脅威をなくす手だてをいますぐ見つけなければ、父親はアマラが受け入れることのできない行動に出てしまうに違いない。

だからこそ、アマラは決意を胸にアルパインを目指して出発し、夢に絶えず出てくる男性を捜したのだ。

そして、ここにたどり着いた。捜していた男性を見つけた。これで、うそをつき続ける日々も、不安などなにもないふりをしてきた半年間も終わりだ。

アマラは胸を張って顔をあげ、決意をこめてリアダンを見つめた。

「わたしがあなたに、なにかしてしまったのなら、あやまるわ」アマラは言いつつ、自分が過去にこの人の感情を損なうようなことをして怒らせてしまったのだとしたら、あやまってもどうにかできる問題ではないのでは、と惨めな気持ちになった。過去のアマラは、そんなにすばらしい人間ではなかったのかもしれない。

リアダンはアマラを見る目を鋭くしてから視線をそらし、また周囲に目を向けた。リアダンのまわりの空気は張りつめている。アマラの父やイリヤと同じく、リアダンもつねに警戒を怠らないのだ。強い男がつねに身にまとっている、何事が起きても動じず、すぐに行動に移れそうな雰囲気があった。

「帰れ、アマラ」リアダンは光を放つ目をふたたびアマラに向けて告げた。「パパのところに帰るんだ。ここはきみの居場所じゃない」

リアダンはアマラを知っている。彼は怒っているけれど、一瞬のぞいた激しい表情のなかに、なにか特別なものをアマラは見た気がした。

「いいえ。リアダン、お願いだから聞いて」追い払われるわけにはいかない。まだ、だめだ。迫っている事態について彼に知らせるまでは。なぜなら、その影響を被るのは、アマラだけではないかもしれないからだ。アマラはそう感じ取っていた。何度も見る夢に警告されて。

リアダンはいとも簡単にアマラから目をそむけ、階段を上ってポーチを横切り、家に入って防風ドアをバタンと閉めた。アマラはひとり立ち尽くした。

ひとりきり。

妙なことに、この〝ひとりきり〟の感覚を知らないという気がしなかった。こんな感覚を経験したことはないはずなのに。

アマラは深く息を吸い、言われたとおり帰ったりせず、リアダンのあとを追う。もともと、言われたとおりにするのは得意ではない。そういう性格だから、いま問題になっているような状況に陥ってしまったのかもしれない。そっとドアを開けて家のなかに入り、家庭的な雰囲気の漂う広い居間を見渡した。

いまは火が消えている暖炉を囲むように、座り心地のよさそうな革のソファ、リクライニングチェア、そろいの椅子が置かれている。炉棚の上には家族写真が何枚も並べられていて、時間があったらじっくり見てみたい、とアマラに思わせた。なめらかな木の床は、年月とともに自然に磨かれ、手入れもよくされているようで、輝いていた。

額に納められた家族写真が壁にも飾られている。多くが何年も前に撮影された古い写真のようだ。写真は少し色あせているけれども、額は大切に磨かれている。

居間に入っていったアマラを、リアダンは無言で見据えていた。台所の入り口のしっかりとした柱に寄りかかり、胸の前で腕を組んで、アマラをただ見つめている。顔つきは無表情で、よそよそしかった。

「ここでいったいなにをしてるんだ?」深く響くリアダンのうなり声を聞かされただけで、アマラの背筋はぞくっとした。

〝わたしはここでなにをしているの?〟

〝危機を乗りきろうとしている。生きようとしている〟

「あなたの助けが必要なの」この言葉をやっとの思いで口にした。口にしたけれど、ささやき程度の声しか出なかった。「お願いよ、リアダン。あなたに助けてほしい」

六カ月。

六カ月ものあいだ、この女は眠っているリアダンを夢のなかで苦しめ、起きているあいだも頭に浮かんで離れずにいる。リアダンはかつて彼女に命を捧げた。あの真っ暗な、血まみれの夜にも。手術台の上でも。それなのに、病院から出たリアダンは、彼女はおまえと会いたいとは思っていない、と伝えられたのだ。そしていま、リアダンがテキサスに戻って二カ月もたってから、彼女が現れた。

ちくしょう。やっと、この女に苦しめられることなく一夜を過ごせそうだと思った矢先に、いきなり姿を現してくれるとは。しかも、リアダンは彼女にふれずにいるだけで精いっぱいなのだ。襲いかからんばかりに彼女を抱きすくめて、おれのところに来たらこうなるぞ、と思い知らせずにいるだけで精いっぱいだ。

とはいえ、この女と出会った瞬間から、彼女はリアダンの弱点になったのではなかったか？　彼の目と彼女の目がふっと合った瞬間から、彼女はリアダンにとって、どうしても忘れられないただひとりの女になった。忘れようとはしたのだ、必死になって。

小さくて繊細な彼女をひと目見たら、男は彼女を真綿でくるんで誰にも見つからない場所にしまっておきたいと思わずにはいられない。だが、はねっかえりで、頑固で、独立心旺盛な彼女は、男にそんなまねはさせないと、すぐに思い知らせてくれるのだ。

かつては長かった、絹糸のようにまっすぐな黒髪が、いまは短い。アマラをさらったやつらの仕業だ。頭皮ぎりぎりまでめちゃくちゃに刈りこまれていた髪が、十五センチくらいは伸び、繊細な顔をくすぐるように揺れて魅力的だ。彼女は深刻な顔つきで青灰色の瞳を鋭く光らせ、リアダンを見つめ返していた。

怯えているように。

リアダンは柱に寄りかかっていた体をまっすぐにし、アマラを見据えるまなざしを険しくした。彼女の瞳に浮かんでいるのは恐怖だ。以前からずっとそこにあったとまどいと、熱情も浮かんでいる。

「おれの助けが必要だって？」あざけりが声に出るのは避けられなかった。心からその気持ちがあふれ出しているのだから仕方がない。「変だな、二カ月前には、うそつきのおまえなんかにもう二度と会いたくないと言われたのに。どんな心境の変化だ？」

どんな心境の変化だ？　そう聞かれて、アマラは固まってしまった。

ああ、リアダンにすべてを話すことができたらどんなにいいか。自分のなかでなにが変化したのか、アマラにもまったくわからないのだ。わかっているのは、意識を取り戻してから半年たったいまになっても、あのときなにがあったのか、誰にさらわれたのか、彼らの目的はなんだったのか、思い出せないという事実だけだ。ただ、悪夢はしだいにひどくなっている。悪夢を生み出している、危険がすぐそこに迫っているという感覚とパニックは耐えられないほどだ。悪夢にはいつもこの男性も現れる。彼はいつもアマラに向かって手を伸ばし、おれを見つけてくれ、おれのところに来いとささやくのだ。

アマラはなんと答えたらいいか、どう説明したらいいかわからず、喉のつかえをのんだ。無分別に、この男性を信じているわけではない。いまは誰も信頼できない。誰を信頼すればいいのかも、アマラにはわからない。

「ごめんなさい」あやまってはみたが、リアダンに会いたくない、などと言った記憶もありはしなかった。

だけど、会いたくないと言ったのだとしたら、それなりの理由があったに違いない。この男は野蛮なほど粗削りで、自然のままにセクシーな、根っからのカウボーイ。間違いなく、目も手もさすらいがちで、浮気をせずにはいられないタイプに決まっている。アマラが大嫌いなタイプの男。けれども、恋人に対して忠実であるかどうかと、腕のいいボディーガードであるかどうかは、つねに一致するとは限らない、とアマラは学んでいた。妻を裏切り、子どもを見捨てて去っていった男が、同じ女性と子どものために命を捧げようとすることもあるのだ。

ほんの小さなころから、アマラにとって男性は謎の存在だった。でも、アマラはリアダンを理解する必要はない。ただ、リアダンには夢のなかでした約束を果たしてもらいたいだけだ。アマラを亡き者にしようと決意している何者かの正体を突き止めるために、手を貸してほしい。その何者かは、自分が知っている人物、大切に思っている人物に違いない、とアマラが意識の底で確信している理由を突き止めたい。

「ごめんなさい、だって?」リアダンは鼻で笑い、軽蔑のこもったまなざしでアマラを見た。「いいだろう、じゃあ帰って、自分の家で反省してくれ。ここで、そんなことをやっていられたら困る」

アマラは胸が苦しくなってきた。パニックがどくどくと血管を通って心臓まで押し寄せてくる。リアダンに追い返されたら、リアダンに見捨てられてひとりで逃げるはめになったら、自分は確実に死ぬ。

「きみを助けるって約束したじゃない」そんなつもりもないのに、憤りに満ちた言葉を強くぶつけてしまった。アマラは不安に怯えていたはずなのに、その言葉はほとんど無意識に飛び出していった。「誓ったでしょ。いまさら約束を破らないで」

本当にリアダンは約束してくれたのだろうか、それとも、アマラはただ夢に見ただけ？狭くて暗い穴に放りこまれ、すさまじい痛みに全身をさいなまれた記憶。あれも悪夢にすぎなかったのだろうか？　あの穴に来て、絶対にきみを助け出すと約束してくれたのは、本当にリアダンだったのだろうか？　それもアマラの想像にすぎなかった？

「そうだったか？」ささやくような問いかけには、アマラが夢の世界で何度も聞いていたアイルランド語らしい色気のある抑揚があった。ただし、夢のなかでは喜びに満ちていたその響きに、いまは苦悩がたたえられている。「いったい、いつの話だ？」

アマラは首を横に振った。あれが記憶なのか悪夢なのか、自分でもわからない。

「きみに必要とされれば、いつもそばにいる。そう約束してくれたわ」アマラは、それが記憶だったと信じこむことにした。「きみはただ手を伸ばしてくれればいいだけだって。だから、こうして、会いにきたでしょ。もっとすがりついて頼みこまなきゃだめなの？」

アマラには、手を差し伸べているリアダンが見えた。真剣な顔で、おれのところに来いと告げていた。リアダンのほうからアマラのところに来ることはない。アマラが彼のもとに行かなくてはならない。

リアダンは急に世界が収縮したような錯覚にとらわれていた。いまこの瞬間、この女性、彼をずっと苦しめてきた夢のほかは、いっさいなにもなくなったかのように。夢のなかで、彼女の泣き声を聞いた。そばに来て、と求める声を。だが、リアダンがどんなに必死に彼女に向かって手を伸ばしても、いつも、あと少しのところで届かないのだった。どんなに必死に、この手を取ってくれ、こっちに来てくれ、腕を伸ばしてくれ、と訴えても、彼女はそうしてくれなかった。

夢がしだいに切迫感を帯びてくるので、リアダンは実際に、以前彼も加わっていた、アマラの父親が雇った警備部隊のメンバーに連絡を取り、彼女の無事を確かめたほどだった。なにも問題ない、と告げられた。レスノワ帝国のプリンセスはプリンセスのまま、皇帝に守られている。父親にとって彼女はこれからもずっと、大事な愛娘なのだ。それでも、リアダンは夢を見続け、アマラに手を差し伸べ続け、この手を取ってくれと彼女を励まし続けていた。

〝おれはいつもきみのそばにいる。だから、手を伸ばしてくれ〟

現実にアマラにこう言ったわけではない。夢のなかで、ささやいただけだ。

なんてこった、こんな薄気味悪い状況に陥ったら、大の男でも震えあがりそうになって当然だ。

「なんでだ？」リアダンは聞いた。「なんで、おれが必要なんだ？　きみの父親は五十人以上のボディーガードを抱えてる。きみを守らなくてはならない事態に備えて、ひとり残らず待機してるはずだ。いったいおれになにをしてくれっていうんだ？」

この女はいったいどういうつもりだ。救出作戦のあと、半年もたってからやってくるなんて。リアダンは国外の病院で何週間も生死の境をさまよっていたのに、アマラは電話すらよこさなかったし、会いにこようともしなかった。なんでいまさらやってきて、リアダンの正気を奪おうとする？

「あなたに助けてほしいの」アマラはふたたびささやいた。「信頼して自分の命を任せられる人が必要なのよ、リアダン、死なないでいるために。だって、もう誰が味方で誰が敵かもわからないの。だけど、あなたならわかるかもしれない。安心して警護を任せられる人に、そばにいてほしい。そのあいだに、わたしを殺そうとしている人が誰か、そんなことをする理由はなんなのか、突き止めたいの」

アマラを殺そうとしている？

アマラの父親の組織内部にいる情報源たちはみな口をそろえて、アマラの身は安全だと言っていた。アマラがとらえられていた農場にいた者たちは、ひとり残らず殺された。裏でアマラの連れ去りと暴行にかかわっていたボディーガードも特定され、同様に殺された。

「きみの父親に雇われた男たちが、きみを守るはずだ」ちくしょう。たとえリアダンがアマラを守ろうとしたところで、ふたりともおしまい――リアダンが彼女のベッドから離れていられるはずがない。

リアダンの言葉が終わらないうちから、アマラは首を左右に振っていた。「あの人たちのことは信頼していないの。誰も信頼できない」アマラの顔にはいら立ちが表れていた。「あなたはわかっていないのよ、リアダン。あなたが出てくる普通じゃない夢ばかり見ていたの。悪夢を見るたびに、あなたが現れて、守ってくれた。その夢を信じるしかないのよ。だって、わたしはさらわれる前のことも、さらわれていたあいだのことも、なにがあったのか思い出せない。一年間の記憶を失ってしまったの。理由はわからない。その記憶を取り戻そうとしても、どうしたって無理なのよ」アマラの叫ぶような声には憤りが満ちていた。「思い出せるのは悪夢と、そんなに怖くはない夢だけ。夢のなかで会う唯一の人、夢のなかで信頼できるただひとりの人が、あなたなの。どうしてそうなのか、理由をなんとしても知りたい」

アマラはまっすぐにリアダンを見つめ、両手を固く握りしめ、怒りで頬を紅潮させていた。だが、瞳には熱情が燃えていた。アマラが見ていたのは悪夢だけではなかったのだ。単なる夢ではなかった。

怒り、怯えるアマラににらみつけられながらも、リアダンはふたりをつなぐ絆を感じ取れた。アマラの夢は、その絆が見せていたものだ。

リアダンは長いあいだ待ちすぎていた。アマラを。

リアダンは大またで近づいていき、いきなりアマラを抱きすくめ、声をあげかけた彼女の唇を口づけでふさぎ、彼女を抱く両腕に力をこめてふたりの体を密着させた。

アマラがショックで口を開けた瞬間、リアダンは全力でそこにつけ入り、彼女を味わった。唇と舌を使ってアマラをキスに誘いこみ、五感でどんどん彼女に酔いしれていった。

なぜなら、どうしてか、どういうふうにかはわからないけれども、ふたりはアマラが見ていた夢をともに見ていただけでなく、リアダンの頭のなかで繰り広げられていた信じられないくらいエロティックな夢までも、ともに見ていたようなのだ。

そしていま、リアダンはそれらの夢でともにした情熱のすべてを現実に味わいたくなっている。アマラがさらわれる以前には充分に堪能し尽くすことのできなかった、彼女の熱情、欲望のすべてを。

まずそれらを味わってから、残りの問題を話し合わなければならない。

2

アマラの心のもっとも奥深くに潜む夢、もっともみだらなファンタジーからもぎ取られたかのようなキスだった。溶け合う唇と舌。抑えようもなく燃えあがる欲望。

リアダンからあまりにも強い情欲を注ぎこまれて、アマラは体の芯から揺さぶられ、彼女自身の欲求を刺激された。

これが縁もゆかりもない人からのキスであるはずがない。この男性は、アマラが以前からよく知っている恋人だ。たとえ夢のなかで知り合っただけだったとしても。揺さぶられ、震えながらもアマラはキスに応えていた。同時に切望と感情がこみあげたが、それらがなにを意味するのか、アマラにはまだはっきりとはわからなかった。

リアダンはさらに身を寄せてアマラの体を壁に押しつけた。硬い胸板でアマラの乳房を押しつぶし、すでに敏感になっていた乳首をいっそう刺激しながら、彼女の唇をむさぼっていた。アマラは息も、抗う気力も奪われ、すさまじい快感をもたらす官能の渦に巻きこまれてしまったため、リアダンから離れることなどできなかった。強引に舌を突き入れられて悦びの声をもらし、膝で両脚を開かれると恍惚《こうこつ》のため息をつき、太腿で体の中心を押しあげられて、あまりにも心地よい感覚に襲われると、体の力が抜けていった。

これこそアマラが夢見ていたことだ。唇と唇が激しくこすれ合い、舌が唇の割れ目に押し入ってきて、味わわれると同時に味わい、快感に酔いしれていく。

アマラはいつしか爪先立ちになり、少しでもリアダンに近づこう、彼を引き寄せようとしていた。アマラが両手でしがみついているリアダンの肩の筋肉が硬く盛りあがったと思ったら、彼に抱えあげられていた。アマラは、うっとりするような欲求に駆られてリアダンの腿を両脚で挟みこんだ。クリトリスがふくらみ、じんじんとうずくほど敏感になっている。

リアダンになにをされたのだろう？　彼にはどうしてこんなことができるの？　こんなふうにたちまち興奮した経験など、アマラにはなかった。あのエロティックな夢のなかでリアダンとともにした経験のほかは。すさまじい快感が全身に押し寄せてきて、意識は押し流される。全身の細胞がこの上なく快い責め苦に打ち震えているかのように爆発寸前だ。

リアダンが突然キスをやめ、抱擁を解いたときはショックで、アマラはすぐにはその現実を受け入れられなかった。

「だめよ」かすれる声で言って、リアダンの肩にしがみついた。Ｔシャツの上から彼の筋肉に指が食いこむくらい強く。「まだ、やめないで」

力強い手がアマラの髪に潜りこみ、彼女をのけぞらせ、目を見開かせて、彼を見あげさせた。

「お互い気をつけないと、じいちゃんの家の壁にきみを追いつめてファックしてしまうことになる」リアダンはそう言いつつもアマラを離さず、うつむいてアマラの首筋に熱い唇を押しあて、欲望もあらわに敏感な肌に歯を立てた。

快感にからめとられるように、アマラはうっとりと目を閉じた。首筋に唇がふれるたび、歯でくすぐられるたびに、こらえようもなく声にならない声が引き出された。愛撫が加えられるたびに少しずつその快感のとりこになっていき、もっと、と求めずにはいられなくなる。

さらに求めてアマラが懇願の言葉を発しそうになったそのとき、リアダンが口づけをやめ、顔を離して低い声で悪態を発した。

アマラが懸命に目を開いて見つめると、リアダンは彼女に背を向けて伸びすぎた髪をかきあげ、自分の首のうしろをつかんでいた。

「きみはおれの自制心をだめにするから、危険すぎるんだ。おれがきみの父親に仕事を首にされる前からそうだった」彼の低い声にこめられた怒りは聞き逃しようがなかった。

アマラの父親がリアダンを首にした？

その言葉を耳にしたとたん、アマラは快感も熱情も欲求も頭のすみに押しやろうとした。いったいいつ、アマラの父親がリアダンを首にしたの？　それより、そもそも父はいったいいつリアダンを雇ったのよ？

アマラの記憶が抜け落ちている一年のあいだの出来事に違いない。抜け落ちた記憶が、夢でも悪夢でもアマラを苦しめている。叫び声をあげるか、あるいは喪失感に襲われて泣きながらアマラを目覚めさせる記憶。

「おれはきみのボディーガードだった」リアダンが振り向いて言った言葉に、アマラはショックを受けた。「四人ひと組のチームに加え、きみのいとこのエリザヴェータとグリーシャを指揮していた。だが、きみがさらわれる三日前に、きみの父親はおれをイギリスに送り出した」

アマラの頭の奥で、かすかな変化が起こった——胸をえぐられるような喪失感を思い出せるような気がした。

だからリアダンの話を疑わなかった。アマラの父親は、アマラと少しでも親しくなった気配のあるボディーガードを、どこか遠くへ送りこむ癖がある。

「父があなたを首にしたの？」アマラはささやいた。

リアダンは大げさな自嘲の表情を浮かべてみせた。「きみの救出部隊に加わる前に、おれはきみの父親を殴って、歯をガタガタにしてやったっけな」彼は意地の悪い笑みで唇をゆがめた。「いや、間違いなく歯をガタガタにしてやった」そう言うリアダンの目には純粋な憤りに満ちた喜びがあふれていた。

「わたしを捜しにいく前に父と言い争いになったの？」アマラは困惑して首を横に振るしかなかった。「どうして？」

アマラにはわからない。けれど、アマラは夢に出てくる男性が実在するかもしれないと気づいてからも、彼がどうしていないのか父親に尋ねたりしなかった。父親にも誰にも尋ねず、黙ってまず父親の被雇用者データベースを調べ始めた。

「どうして、だって？」リアダンはアマラを見据えて、押し殺した声を発した。強い光を放つ青い目はひたすらアマラに向けられている。「わからないっていうのか？」

「さっきからそう言ってるでしょ。聞いていなかったの？　それとも、なによりもまずわたしを壁に押しつけていきなり唇を奪うのに忙しくて、それどころじゃなかった？」アマラはうんざりしたまなざしで相手をにらんでから、ジャケットのポケットに両手をしまい、壁の前を離れた。「本当に、わたしの話を聞いていなかったの？」

いいや、聞いていたさ。

アマラを見つめるうちに、リアダンの頭のなかでかすかに警報が鳴り始めた。警報一、アマラはうそをついていない。警報二、アマラが話している以上に、事態はずっと深刻かもしれない。

「どうして誰かに命を狙われていると思うんだ？」リアダンはアマラをじっと見つめて動きを追った。彼女はドアの前まで歩いていって、外に広がる谷を見ていた。

それからアマラは緊張したようすでさっと肩をすくめ、重いため息をついた。「病院を退院してからは、コロラドにある家で過ごしていたの」アマラはリアダンを振り向き、両手で自分の腕をさすった。リアダンはそんな彼女のようすを見て、抱き寄せたくてたまらなくなった。「そこで暮らすようになってから三カ月後、アスペンに向かう山道を車で走っていたとき、いきなりブレーキが故障した。それから、わたしが泊まるはずだったホテルの部屋に何者かが侵入したこともあったわ。そのとき、わたしはエリザヴェータの部屋にいたの。めったにないことだけど、そのときはたまたま。それに先月は、アスペンで通りを渡っているときに車にひかれそうになったわ」アマラの顔に一瞬、不確かな気持ちと、困惑がよぎった。

「パパは、なにもかも偶然だと思ってる」

あのイヴァンがいきなり偶然を信じだしただって？　あの男が、いったいいつからそんな人間に？　ありえない。

「さらわれていたときからさかのぼって一年間の記憶を失ったのなら、どうしてここに来たんだ？」連れ去られる直前にもしたように、リアダンを自分の人生から締め出したくせに、どうしていまさらここに来たんだ？

「言ったでしょう」アマラの顔に浮かんだ恐怖をまのあたりにして、リアダンは死ぬほどつらくなった。「悪夢を見ていたのよ……」最後のほうには、アマラの声はささやきほどに小さくなっていた。しかし、そこでアマラは深く息を吸い、ふたたび気丈な声を出した。「その夢のなかに、あなたがいつも出てきたの。夢のなかで、あなたが守ってくれた。いつまでも守ってやるって、言ってくれた」アマラはためらい、こくんと喉を動かした。「わたしたちは恋人だったの？」

リアダンは歯を食いしばり、イヴァンに向かって発しそうになった無数ののしりの言葉をかみ殺した。

「そうだった」リアダンはうなり声で答えた。「しばらくのあいだは」

「しばらくのあいだは」アマラは小さく繰り返した。「なにがあったの？」

いいい、なにがあったか、だって？　元凶はイヴァンに違いない、とリアダンは疑っていたが、確かなことはわからない。

「おれも知らないさ」リアダンは冷静な口調を保ったまま、大して気にしていないふうに答えた。「おれはきみの父親に頼まれて、ある救出作戦のため何週間かイギリスに行くことになった。そのあと、きみが関係を終わらせようと決めたんだろ」

アマラの青灰色の瞳には思い出したようすなど微塵《みじん》もなく、先ほどからあふれんばかりになっている困惑だけが浮かんでいた。

「わたしたちの関係をパパは知っていたのかしら？」アマラは疑問を口にし、またジャケットのポケットに両手を押しこんだ。

これもアマラの〝癖〟だ。親密な相手と気まずい状況に陥ったとき、いつもこうする。そういうときポケットがあったら、いつも両手をしまいこむのだ。

「おれの知る限りでは、知らなかったんじゃないか」リアダンは茶化《ちゃか》すように言った。「そのことでも、おれたちはもめたんだ。きみはおれたちのことを、父親に知られたくないと思っていた」

ああ、アイルランド系の馬の骨なんかと大事な娘がくっついて、輝かしい評判を傷つけられたら大変だからだろ？

アマラはリアダンの言葉を聞いて顔をしかめた。まるで、この言葉の真偽を疑っているみたいだった。とはいえ、ふたりがつき合っていたころから、アマラは特にリアダンを信頼しているわけではなかったのではないだろうか？

「そうだったのなら、ごめんなさい」アマラの弱々しい声を聞いて、リアダンの胸はうずいた。さっきの言葉を取り消し、アマラを安心させ、彼女の顔から不安と後悔の表情をぬぐい去ってやりたくなった。「わたしには恋人がいたのって問いただしたとき、パパはものすごくショックを受けた顔をしていたから、恋人がいた気がしたのは自分の思い違いだったんだと思ってたの。自分がそこまで隠しごとができる人間だったなんて、知らなかったわ」

そのことを知って、アマラは明らかに気まずい思いをしているようだ。

「きみの父親は、きみに関心を示した男どもを片っぱしから首にしていたんだ」リアダンはうめいた。「おれはきみの父親に首にされたって屁でもないと言ったが、きみは信じてくれていないようだった。そもそも、金のためにきみの父親のところで働いていたんじゃなかった」

金はあってもいいものだが、リアダンは金に苦労はしていなかった。亡くなった祖母のエリンが孫たちにも遺産を用意しておいてくれたし、父——あの男をこう呼ぶのは、どうしても抵抗がある——が毎月口座に振りこんでいた金もある。だが、リアダンはいままでその口座の金に手をつけたことはない。兄であるノア・ブレイクから請け負った仕事をし、自分で稼いだ金を充分貯めていた。もうすぐ、祖母や父からもらった額より、自分で貯めた額のほうが多くなるはずだ。

金に苦労はしていない。ただ自分の好きなことをし、いちばん得意な仕事をしてきたのだ——半年前までは。二カ月前にやっと、以前の調子を取り戻したばかりだ。三発の銃弾を食らい、生死の境をさまよったがなんとか手術を乗り越え、ベッドから起きあがれるようになるまで二カ月もかかった。

「パパは……過保護になるときがあるから」アマラはため息をついた。本当に疲れきっているようすだ。「パパはとても難しい人よ。あなたなら知ってるに決まってるけど」

「それはさておき」話が本筋からずれていると気づき、リアダンは頭を横に振った。「おれを捜しにいくことを父親に話したのか？」

イヴァンが邪魔をしていたのなら……。

「誰にも話していないわ」アマラはすぐさま否定した。「パパに雇われた人材のデータベースのなかからあなたを見つけたあと、捜すためにすぐに家を出た」アマラはまたドアのほうに目を向けた。「でも、パパに雇われたボディーガードが追ってきてる。昨日の夜は、エリザヴェータとグリーシャにもう少しでつかまるところだったの。パパの家からここまでまっすぐ車を走らせてきたのよ。どこに向かっているか、追ってきてる人たちに気づかれる前に、あなたと話せたらと思って」アマラは唇をかんだ。「わたしを守ってくれるよう、あなたを説得できたらと思って」

「きみの父親が雇ったボディーガードたちは有能なはずだ。腕はピカイチじゃないか」リアダンは言った。「おれは、きみの隠しておきたい、うしろめたい秘密として戻るつもりはないんだ、アマラ」

アマラは、このちょっとした通知が気に入らなかったらしい。

「もう誰を信頼したらいいかわからないの」まるで泣くのをこらえているかのように、アマラは声を詰まらせた。「もうどうすればいいのか、わからない。お金の問題なら……」

「おれはアイルランド系の馬の骨だがな、スイートハート、生粋のアイルランドの男は自分が何者か、どんな人間か隠したりしないんだ。きみを守るために戻るとしたら、おれはきみのベッドにも戻る。金なんかしまっておけよ」リアダンは怒りをこめて言い、いますぐイヴァンのところに行ってぶん殴ってやりたい気持ちをこらえていた。「レスノワ家の金なんか今後いっさい受け取ってたまるか」

こんなふうに言われて、アマラはひるんだ。リアダンの声に満ちる怒りを感じ取って肩をこわばらせた。

夢のなかでは、リアダンはこんなふうに怒っていなかった。過保護で、ときには険しい表情も見せ、恋人としては明らかに支配的だったけれど、怒ったりはしなかった。

「つまり、ほしいのは手軽にセックスできる相手だけ？」アマラは刺々《とげとげ》しく言い返してしまってから、傷つくまいとつい攻撃的になる自分の性格を呪った。

「そんな口を利いてると、こっちはその気になるぞ」リアダンは激しい口調で言い、まなざしにいっそう欲望を燃えあがらせてアマラに指を突きつけた。彼の厚かましいしぐさに、アマラは歯をきしらせた。「きみのベッドで過ごしたひとときはすばらしかったぜ、アマラ。ここから帰る前におれのベッドに連れこまれないように気をつけたほうがいい」

もう一度リアダンにふれられ、キスをされたら、彼を拒めないことなどアマラにもわかっていた。彼を拒めないことは、すでに証明されている。

「じゃあ、守ってもらうためには、あなたをベッドに迎え入れなくてはいけないの？」その点は絶対にはっきりさせておきたかった。

リアダンの口元に浮かんだ笑みを見て、アマラの胸は高鳴り、両脚のあいだはしっとりと濡れた。この調子だとパンティーを替えなくてはいけなくなりそうだ。

「いいや、おれに守られる以外に、きみがおれにさせなくてはいけないことなんてない」リアダンは低い声で答えた。「きみはただ〝ノー〟と言えばいいだけの話だ。できそうか？」

こんな挑戦を受けて、アマラはむっとし、ポケットのなかで両手をぎゅっと握りしめた。

「そっちこそ気をつけたほうがいいわ、リアダン。あなたこそ、その小さく凍った心を奪われるはめになるわよ。そうなったら、どうするの？」アマラは聞き返した。

リアダンの笑みが濃くなった。「心を奪われるのは、そっちのほうじゃないか。いいか、アマラ。前につき合ってたとき、きみはまだ本当のおれがどんな男か知らなかった。だが、今度は確実に知るはめになるぞ。だから、おれを本当に自分のベッドにまた迎え入れてもいいか、真剣に考えるんだ。いったん、きみのベッドに戻ったら、もう一度おれを放り出す力なんて残らないようにしてやるつもりだからな」

リアダンの挑戦にこんなかたちで応えるのは危険なことだとわかっていたけれど、アマラは大げさに目をむいてあきれた顔をしてみせた。

「好きなだけ言っててちょうだい」アマラは肩をすくめた。「戻ってきてくれるなら、いくらでも。わたしを殺そうとしてるのが誰なのか、本当に殺されてしまう前に真相を突き止めるのを手伝ってくれるなら、いくらでも言っててていいわ」

も、そうするつもりだった。リアダンはアマラにとことん頭にきている。去年、アマラにはプライドをごっそり傷つけられた。それでも、アマラを傷つけるやつは誰だろうと許さない。自分が生きている限り、息絶えるまで彼女を守り続ける。

リアダンはうなずいてベルトのホルダーから携帯電話を取り出し、兄に送信するメッセージを打ちこんだ。短い数字の暗号だ。これだけでノアには深刻な事態だと伝わる。一時間以内に、ノアと彼の部隊の隊員が駆けつけるだろう。

「きみを父親のもとに送り返す。ひそかに警護がつくから、ニューメキシコで、エリザヴェータとグリーシャにつかまれ」リアダンは居間の奥にある本棚の前に行ってタブレットを取り出し、アマラをソファに座らせた。

地図を表示してから、リアダンはタブレットをアマラに渡した。

「ここだ」リアダンは地図上の町を指した。「ここで部屋を取って、ふたりに見つかるまで待っていればいい」そのリゾートは安全に配慮した施設として知られている。そこでなら、要人の宿泊客も常時安心して過ごせるのだ。「きみは気づかないだろうが、きみを警護するチームがつく。エリザヴェータとグリーシャが来たら、一緒に家に帰れ。きみの家にまだひとり、おれの部隊のエージェントもいるから、おれがそっちに行くまで、きみを守ってくれるだろう」

アマラは地図を見つめてから、目をあげてリアダンと視線を合わせた。「あなたが到着してからは？」

おれが到着してから？　おもしろいことになるのは、それからだ。

「それは、おれがそっちに行く直前に、おれの部隊のエージェントが知らせる」いったんアマラからタブレットを取りあげ、暗証番号を打ちこんだ。「この番号を覚えろ。きみに接触するとき、エージェントがこの番号を伝える。それから、おれの計画をきみに話す。いいな？」

「どうして、いま一緒に行かないの？」アマラの声から怯えを聞き取って、リアダンの心は揺らいだ。

本当はアマラと一緒に行きたい。アマラになんの危険も及ばないように、一秒たりともそばを離れずにいたい。偶然に起きた事故だろうと、本当に命を狙われているのだろうと、アマラがいっさい傷つかないように。

「本当にきみの命を狙っているやつらがいるとして、きみがおれに助けを求めたことを知られたら、警戒される恐れがあるからだ」リアダンは警告した。「おれはきみのボディーガードとして戻るんじゃない。おれは自分の恋人を取り戻しにいくんだ。そうすれば敵は、おれが冷静じゃない、と油断するだろう。おれがどんなことを計画しているか、予想もできないはずだ」

しぶしぶといったようすではあるが、アマラはうなずいた。

「あなたが来るまで、わたしが無事でいられるようにしてくれるのね？」アマラは懸命に隠そうとしているが、声には恐怖と不安がにじみ出ていた。

「約束する。今回はおれを信じてくれ、アマラ、そうしてくれないと、おれたちふたりとも危険にさらされる。おれがなにをしようと、きみになにを指示しようと、信じてくれなければだめだ」少しでも疑念があれば、ふたりそろって死ぬかもしれない。リアダンは何カ月か前に、自分はまだ死にたくないと思い知ったのだった。

「わかったわ」アマラは小さな声で答えた。「あなたを信じる」

アマラの目に信頼が宿っていた。彼女がさらわれる前にはなかったものだ。彼女が自分の人生のなかの一年を失ってしまう前は。

「すぐ出発できるようにしろ」リアダンは唐突に歩きだして窓の前に行き、この家まで続いている曲がりくねる道に目をやった。「もうすぐここに人が来る。きみについていって陰ながらきみを守る男たちだ。彼らと会ったら、すぐに出発しろ。わかったな？」

「わかった」リアダンを見つめるアマラの瞳には暗い影があった。それを見て、アマラがリアダンに寄せてくれる信頼が、ふたりの過去とはなんの関係もなく、ここ何カ月間かアマラが見続けているというリアダンの夢によるものだと思い出さずにはいられなかった。

「じゃあ準備を。もう彼らの気配がする」兄はここに全力で駆けつけてくれるはずだ。リアダンの兄だけでなく、父も、叔父も、ほかの〝助っ人〟とともに来てくれるに違いない。この家に向かって何台もの車が猛スピードで近づいてきている。リアダンはアマラを振り向き、険しいまなざしのまま、厳しい声で告げた。「おれがどんな指示を出そうと、すぐに従え。

ためらうな。一秒だって迷ってるひまはない」

「わたしはおばかさんじゃないのよ、一度言われればわかるわ」アマラはソファからすばやく立ちあがり、毅然《きぜん》と胸を張った。「言われたとおりにすると言ったでしょ」

なぜならアマラは生きたいと願っているからだ。

なぜならアマラはいま、リアダンを信じているからだ。以前は信じていなかったのに。ちくしょう、この事実をまのあたりにしただけで、リアダンはいますぐアマラを自分のベッドに連れこみたくなっている。

なぜならリアダンはアマラをよく知っているからだ。今回はリアダンの指示に従う気になっているかもしれないが、次に会うときは、まったく気が変わっているかもしれない。

リアダンは窓の前に立ち、道を走り去っていくアマラのレンタカーを見送った。アマラの車は、ノアが連れてきた四人の男たちに護衛されている。ふたりが前方に、ふたりが後方に配置されている。

リアダンの兄がアルパインで指揮しているエリート作戦部隊にとって、イヴァン・レスノワが重要人物であって本当によかった。極秘作戦を人知れず遂行する調査・襲撃部隊であるエリート作戦部隊は、以前からイヴァンと協力関係にあり、アマラが投げこまれていたあの忌まわしい穴から彼女を救出する作戦にも参加していた。

今回、エリート作戦部隊は、リアダンがすべての準備を整えるまで、アマラを守っていてくれる。

「おまえも彼女と一緒に行くべきだったんだ。おまえが同行しても、疑われずに作戦を開始する方法はあったはずだ」うしろで兄が言った。「そんなに頑固になることはないだろうよ、リアダン」

リアダン。ネイサンがノアとして戻ってくるまで、兄からはローリーと呼ばれていた。その年、リアダンはノアの妻であるサベラを守ろうとして危うく死にかけた。そのときの傷が治って病院から退院したあと、ローリーという呼びかたは封印され、リアダンと呼ばれるようになった。

「それじゃ、アマラの父親と、アマラの命を狙ってるやつに、あらかじめ警告することになっちまうだろ」リアダンはゆっくりとノアを振り向いた。「アマラは退院してコロラドに戻ってから、三回も命を狙われたんだ。それなのに、アマラの父親は偶然だなんて言ってる。イヴァンの近くにいる誰かが、そんな夢物語をやつの頭に吹きこんでるんだ。それか、イヴァンが自分でそんな夢物語をでっちあげてるか」

イヴァン・レスノワが偶然を信じているなんて、やつがサンタを信じているなんて話の何千倍も信じがたい話だ。

「イヴァンらしくないな」ノアも認め、窓の前に歩いてきて、幹線道路に向かう車列が立てる土埃を見つめた。

「そうだろ。やつらしくない」リアダンは顔をしかめ、重いため息をついた。「アマラは、おれと過ごした一年のことを忘れちまったんだってさ、ノア。なにひとつ覚えてやしないんだって」

こんなことを兄に打ち明けるなんてどうなんだ、と内心リアダンは思った。だが、自尊心がへこんでも仕方ない。気になってしょうがないことがあるのだ。

「なのに、彼女はおまえを見つけたのか」ノアは外の景色を見つめながら、つぶやくように言った。「どうして、そんなことができた？」

リアダンは首のうしろを手でこすり、悪態をかみ殺して、兄をにらんだ。

「アマラは悪夢を見てた。悪くない夢も……」

「おまえは道を見つけたのか、リアダン？」ノアがささやき声で尋ねた。「おまえが病院から戻ってきたとき、じいちゃんがそう言ってたんだ。おまえが自分の道を見つけた。だが、おまえはそれを認めまいと抗ってるって」

道を見つけた。自分の魂にまで入ってくる女性を見つけた。

ちくしょう、どうしてそんなことになったんだ？　どうしても理解できない。

「たぶん」リアダンはぼそりと答えた。たったいままで本気で信じてもいなかったことについて話し合う心の準備は、まだできていなかった。

「ふうむ」ノアは考えこんで言った。「たぶん、なんてのはないんだ、兄弟。マローン家の男にはな。忘れるな。全か無か、だ。中間はない。絶対に」

ノアはリアダンの肩をたたいてから向きを変え、台所に歩いていった。そこには今朝、祖父がこしらえていたシチューがある。だが、リアダンは急速に薄れていく車列の土埃から目を離すことができなかった。自分はふたたびアマラをひとりで行かせてしまった、と考えずにはいられなかった。

リアダンはその場で胸に誓った。アマラをひとりで行かせるのは、これが最後だ。

3

五日後

嵐がくる。

テレビの天気予報では雪の嵐がくるなんて言っていなかったけれど、アマラにはわかる。嵐のにおいがする。きりりとした、身が引きしまるように冷たい空気。大地が迫りくる冬の猛威に備えている気配だ。

いま地平線には、ちらほらとしか雲は浮かんでいない。コロラドの山地に春の訪れを知らせる青空だ。でも、あと一週間もすれば嵐になる、とアマラは思った。

暖かくて、やわらかいクリーム色のカシミア製セーターと、黒いスラックスを身に着けているのに、アマラは寒さを覚えて両腕をさすった。暖炉では炎が勢いよく燃え、少し前に執事がくべてくれた太い薪《まき》の上でパチパチとさかんに音をたてていた。ぬくもりは部屋を満たし、アマラがいるところまで押し寄せてきているのに、どういうわけか寒けが止まらない。

どうやっても体はぬくもりに満たされないのだ。山地に冬が訪れる前から、アマラはこの寒けにとらわれていた。そして本格的な冬が過ぎようとしているいま、これまでに増して寒けは深まっていた。

「ミス・アマラ、ミスター・イヴァンが書斎で会いたいとおっしゃっておられるよ」

執事のアレクシが部屋に来て、礼儀正しく伝えた。

ミスター・イヴァンがアマラに〝会いたいとおっしゃっている〟。慎重に言葉を選んだ伝えかたに、アマラはため息をついた。現実には、アマラの父親は〝いますぐ呼んでこいと怒鳴った〟に違いない。理由は、なんとなく想像がついた。

「パパはどんなふうに怒鳴ってたの、アレクシ？」アマラが無理に笑顔を作って聞くと、アレクシはかすかに眉間にしわを寄せた。

「いいや、ミスター・イヴァンは冷静そのものだった」執事はアマラに警告するように言い、黒いスラックスのポケットに両手を入れて、ワイシャツの下で肩をすくめた。「あえて、そうしていたのだろうね」

あらら。それはかなりまずい事態だ。パパがあえて冷静に振る舞うなんて、めったにないこと。

「じゃあ、まずランチを、ということにはなりそうにないわね」アマラは冗談めかして言ったが、実際は少しもおもしろがっていられない心境だった。

「お話のあとでランチを、というのもなさそうだね」アレクシはちらと笑みを浮かべて答えた。

アレクシは、アマラと父親の激しい口げんかに、もうとっくに慣れきっているのだ。

「もちろんよ」アマラは執事が立っているドアのほうへ歩いていきながら言った。「あと二十分くらいでイースター委員会のかたがたがいらっしゃるわ。コックが会議室に軽食のビュッフェを用意してくれているはずなの。わたしが間に合わなかったら、そちらにお客さまをお通ししておいて」

この昼食会は絶対に失敗したくない。すべてが完璧に執り行われるよう身を粉にして準備を進めてきたのだ。

執事はてきぱきと答えた。「お客さまたちをお迎えする用意がすべて完璧に整っているかどうか、確認しておこう」


執事のそばを通り過ぎ、アマラは考えこんだ。父親はどうしてアマラを書斎に呼んだりしたのだろう。父とは何日もほとんど言葉を交わしていない。父は、アマラが自分の気に入る大物権力者と結婚せず、ロースクールに進学したことで何年もぐちぐちと文句を言っていたくせに、今度はアマラが復学しないからといって文句を言い始めた。学位なんて、屁とも思っていないくせに。そして先週、アマラが少しのあいだ姿をくらまして帰ってきたあと、父は激怒して怒鳴りつけた。

アマラは屋敷の反対側の翼へ歩いていき、書斎に続く応接間に入って、父の補佐役であるイリヤに問いかけるまなざしを向けた。

背が高く、荒くれ者風の美男子であるイリヤは、アマラの父親よりはるかにとっつきやすい人物だ。父イヴァン・レスノワとは幼いころからの親友らしい。イリヤはそれからずっと父の右腕として働き、父に頼まれればどんなことでもしてきた。

「今日のパパは、あえて冷静に振る舞っていたそうね、イリヤ」アマラは言い、冷えた手をセーターのゆったりした袖のなかに引っこめた。「今回は、わたしのなにがいけなかったのかしら？」

手元のノートパソコンから目をあげて、イリヤはアマラに笑みを向けた。そうすると、顔の片側に彫られたドラゴンのタトゥーがゆらりと動く。口元に笑みが浮かぶと同時に、薄緑色の目も楽しげに輝いた。「おれにはなにも思いつかないな。この前、事前になにも知らせずに、いきなりコーヒーショップに寄ると言い出した件以外は」イリヤは喉を鳴らして笑った。「でも、その件については、このあいだ怒鳴り合いの親子げんかをしておしまいになっただろう。イヴァンはまだ、きみがニューメキシコまでひとりでお出かけしたことについて、ぐちぐち言ってるが、最初よりは怒りが収まってきてる。おれの知らないうちに、いまあげた二件のほかにまたなにかしたわけじゃないよな？」

まあ、なにがあってもおかしくないのでは？

「パパにひと休みさせてあげたほうがいいと思ってたのよ。そろそろ血圧を気にしなくちゃいけない年でしょ？」ものうげにイリヤをちらりと見てから、アマラは書斎のドアのほうにうなずいた。「いますぐ入っていっていいのかしら？　それとも、ここでもじもじして、入っていいとお許しをもらうまで待っていたほうがいい？」

イリヤは笑みを大きくして首を横に振った。「もう行きな、お待ちかねだ」

アマラは両開きのドアに近づき、無言でそのドアを開けてくれたボディーガードに礼儀正しく微笑みかけてから、書斎に入っていった。

「わたしにご用ですって？」父親の机に向かって歩いていきながら、アマラは声を発した。机の向こうでアマラの父親が立ちあがると同時に、机の前に置かれた椅子に座っていた男性も立ちあがった。

リアダンの祖父だ。

老マローンは、どこをどう見ても人畜無害なおじいさん、といったたたずまいだった。だが、まわりの人間全員にそう思わせるための見せかけに違いない。残念ながら、老人の目だけは小悪魔めいた輝きを放っているため、アマラはだまされなかった。

壁にぞんざいに寄りかかり、革のブーツをはいた足を組んで立っていたのは、リアダンだった。アマラの父親に負けないくらい背が高いリアダンの髪は豊かなからすの濡れ羽色で、絹糸のようにまっすぐ、つややかに伸びていた。色あせたジーンズをはき、濃い灰色のシャツの袖を肘まで腕まくりしている。自分が力強い雄の獣であることを隠そうともしていない。浅黒く日焼けした肌と、アマラを見据えるサファイア色の目。アマラは彼から目をそらせなくなった。以前から自分はこんなにリアダンに夢中だったのだろうか？　こんなふうにひと目でとりこになっていたのだろうか？

リアダンが激しい怒りを燃やしていることは一目瞭然だった。まなざしに闘争心が光り、たくましい筋肉に覆われた全身に緊張感がみなぎっているのだから。先日、アマラがテキサス州にある彼の家を訪ねたときよりも、いまのほうが怒っていそうだ。あのときリアダンと会ったことは、父親にすら話してはいけないことになっている。

アマラの父親から秘密を守るのは簡単ではないけれども、長年のうちにアマラもいくつか裏技を身につけていた。今回は、それらをすべて駆使しなければならないはずだ。

アマラは無意識のうちに立ち尽くし、無言のままリアダンを見つめ返していた。胸の高ぶりも不安も慎重に押し隠そうとしているので、鼓動がやけに大きく、ゆっくり響いた。自分の行動は間違っていませんように、とずっと祈っていた。

先週、リアダンと会ってから、官能的な夢はもっと頻繁に、もっとエロティックなものになっていった。最近では、恐怖ではなく、性的な興奮によって汗をかいて夢から目覚める。午前三時にそんな状態で跳び起きると、やはり動揺してしまう。

「アマラ？」父親が心配そうな声で呼びかけた。

アマラは父親のほうを向くのに苦労した。リアダンから目をそらして、父親を見る。それでも視界のはしには、しっかりリアダンの姿をとらえたままだった。

「紹介しよう、娘のアマラだ」父は心配でたまらないといったようすで、アマラの目をじっと見つめた。「アマラ、こちらはローリー・マローン・シニアと、彼の孫のリアダンだ」

「こんにちは」アマラはふたりに向かってあいさつの言葉を口にしたが、ふたたびリアダンと目を合わせることはできなかった。内心をさらけ出してしまうことが怖くて。絶対に、さらけ出すな、とはっきりリアダンに指示されていたからだ。

「お会いできて光栄だ、お嬢さん」リアダンの祖父のあいさつにはアイルランドなまりが色濃かった。「もちろん、そこにいる孫のリアダンも光栄に思っているはずだよ。この子にも礼儀を教えとこうとはしたんだが、たまにそれがすっぽり抜けて、こうして黙りこんでしまうときがある」

リアダンは皮肉っぽく唇を曲げた。男らしい完璧な唇だ。下唇のほうが上唇よりわずかにふっくらとしていて、色気がある。キスしたくなる。こういう唇を見て女性はまず想像する。あの唇でむさぼるようにキスをされたら、どんな心地だろう。

実際に、あの唇でむさぼるようにキスをされたことがあっても、心の安定にはまったく役立たなかった。

「やあ、アマラ」リアダンのハスキーボイスに心地よく感覚を刺激され、アマラは視線を彼の目に戻さずにはいられなかった。彼のまなざしはアマラの視線をとらえ、彼女をとりこにしてしまった。

「お会いしたことがあったかしら？」アマラは、この質問を自然に口にした。最近は会う人、会う人にこう聞いているから、慣れたものだ。父親に真実を知られる心配はない。一週間足らず前にアマラがリアダンに会ったばかりだという事実を、父親が知っているはずがない。

室内の緊張感が一気に増したように思えた。口にされない多くの言葉に満たされ、空気が重くなっている。

「この男に会ったことがあると思うか？」アマラの父親がいきなり聞いた。声の調子こそ穏やかだが、危険な響きが潜んでいる。父がこの声を出していること自体が警告だ。

「いまのわたしにはなんとも言えないわ、パパ」アマラはため息をついた。「ただ、なんとなく見覚えがあるような気がしただけ」

これほど控えめな言いかたはないはずだ。

まったくもう。やっぱり父は面倒なことを言い出すと思った。アマラはもう一度リアダンへ視線を滑らせ、陰鬱《いんうつ》な険しい表情を見るなり、またしても胸を高鳴らせてしまった。

リアダンもアマラに目を走らせた。頭の先から爪先まで、視線が通ったあとにはじんわりと熱が残り、アマラの肌をほてらせた。

アマラは動揺し、落ち着かなくなり、不安になった。父親がいる前で、意味深な目つきで見つめてくるなんて。リアダンのあんな目をのぞきこむと胸がざわめいて仕方なく、手でじかにふれられているように感じてしまうのだった。

アマラは無理やりリアダンから目をそらして、父親のほうを向いた。ごくりと喉のつかえをのみこみ、非現実的な感覚にのみこまれそうになるのに抗った。

「パパがわたしに会いたがってるって、アレクシから聞いたんだけど?」なにか自分が知っているはずのことが、父親とアレクシに関する重要なことがあったはずだ、という漠然とした感覚をぬぐえなかった。「イースター委員会のかたがたが、もうすぐいらっしゃるはずなのよ。わたしも出席しないと」

なぜアマラが出席しなければいけないのか、実のところ、いまだによくわからない。父親は自分が出資しているその慈善活動の監視をアマラに任せる、と言ってきた。ところが、委員会の女性たちは、アマラがただ座って見ていることを許さなくなってきている。

そのとき、父親がリアダン・マローンを険しい目つきでにらんだ。アマラが父親の視線を追ってリアダンを見ると、にらまれた当人はふざけているような顔つきで片方の眉をあげた。

落ち着いて、動揺を表に出さないようにしなくては。アマラがほとんど忘れかけていた元恋人と濃密な再会を果たしたことを、誰にも知られるわけにはいかない。とりわけ父親に知られてはだめだ。

「おまえにリアダンと彼の祖父を会わせたかった」ようやくアマラの父親は答えた。「リアダンは今日から、おまえのボディーガードを指揮する任に就く。彼の祖父は相談役として、ここに来てくれた。単なる形式上のことだ、スイートハート」

父親がこのちょっとした発表をした直後、室内にはなんらかの反応を期待する空気が流れた。とたんにこの顔合わせをしたわけがわかってきて、アマラはリアダンの濃い青の目を鋭くにらんだ。リアダンがなにをたくらんでいるかはわからないが、この前会ったときは、ボディーガードとして戻るつもりはないとはっきり言っていたはずだ。

「エリザヴェータとグリーシャはどうなるの？」とアマラは聞いた。これまでアマラの警護を指揮していたのはエリザヴェータとグリーシャだ。

エリザヴェータとその弟のグリーシャは十代のころからアマラのそばにいる。イヴァンの近親に連れられてロシアからやってきて以来、ふたりはボディーガードとしての訓練を受け、訓練に費やす以外の時間はつねにアマラの近くにいた。

しかし、半年前、アマラがさらわれたときは、たまたまそばにいなかった。

「エリザヴェータとグリーシャにはそのまま、きみのボディーガードを務めさせる。事前に話し合ったんだが、きみの父親は理解してくれていなかったようだ、アマラ。おれはきみのボディーガードになるためにここに来たんじゃない。もう一度聞くが、きみはおれを覚えているのか、いないのか？」リアダンはこう問いかけながら、寄りかかっていた壁から離れ、まっすぐに立った。

両足を開いてまっすぐに立ったリアダンは、アマラが最初に思ったよりも背が高かった。一八八センチを超える、鍛えあげられた筋肉と、途方もなく高慢な態度の塊。

こんな高慢な態度をとり続けていたら、そのうちアマラの父親に殺されてしまう。

「エリザヴェータとグリーシャは、ずっとわたしと一緒にいるわ。ふたりがよそ者とうまくやっていこうと、いくまいとね」アマラは鋭い声を出した。「ところで、わたしはあなたを知っているはずなの？」

計画ではアマラはこんなふうに言うはずではなかった。だけど、リアダンがアマラのいとこたちについて高慢な態度でものを言うのは気に入らない。

アマラのつっけんどんな問いかけに対し、リアダンの片方の眉が弧を描いた。

「いいかげんにして、本当のことを言うんだ」危険なまでに深みのあるしゃがれ声には楽しんでいるような響きがあったが、同時に警告の響きも潜んでいた。

アマラはリアダンを睨みつけ、セーターの袖のなかで両手をぐっと握りしめた。

「見覚えはあるわ」食いしばった歯のあいだから言葉を押し出した。

これも、リアダンに言うよう命じられていた言葉とは違った。でも、リアダンには本当に頭にき始めていたのだから仕方がない。こんなばかみたいな茶番をするために、自分は五日間も待たされたというの？　リアダンは単にひそかにアマラの父親と会って、計画を伝えればよかったのだ。そのほうが、こんなことをするより、ずっとうまくいったはずだ。

不意に父親の不自然な視線の動きを感じ取り、アマラは胸の下で腕を組んで父親に目を向けた。ひょっとして、リアダンとアマラの父親は、すでに計画についても話し合ったのだろうか。

「見覚えがあるだけか？」リアダンは聞き返した。今度はアマラをばかにしている。

最初の想定より面倒な事態になりそうだ。

「少なからず、と言ったほうがいいかしら？」また言葉をにごした。

「どういうことなんだ、アマラ、この男は、おまえたちふたりが恋人どうしだったなんて言ってるんだぞ」アマラの父親は怒りを爆発させた。「本当なのか？」

本当なのか？　本当だ。それはアマラにもわかっている。ただ実際の記憶があるわけではなく、夢を見ただけだ。ふたりが引き寄せられ、アマラのベッドにリアダンが訪れて終わる夢を。

「たぶんね」アマラはかみつくように答えた。「そうだったかもしれない。そのことに関して途切れ途切れの、一瞬ずつの記憶はあるかもしれないわ」

男ときたら。

こんなことをするなんて、どうかしている。やっぱりこのことに関しては、もっとリアダンに反対すればよかったのだ。そもそも父親に、ありのままを伝えればよかった。恋人がいたことを思い出したから、リアダンを捜し出して、と。そのほうがよほどましだったはずだ。

「途切れ途切れの記憶？」恐ろしいくらい静かな口調で父親は尋ねた。「この男は、おまえがさらわれる前にも、おまえのボディーガードをしていた。そのことも思い出したのか？」

つまり、アマラの父親はこの計画のすべてを知っているわけでも、計画にうすうす感づいていたわけでもないのかもしれない。いまやカンカンになっている。アマラの異性とのつき合いに関して父親が設けているルールといえば、ひとつだけ。ボディーガードとは絶対につき合うな。

アマラは答えずに腕組みをしたまま、無言の怒りをこめて父親をにらんだ。あんなくだらないルールを破ったと言ってアマラをしかりつけるつもりだとしたら、考え直したほうがいい。

「なにが言いたいの？」アマラはとうとう冷ややかに聞き返した。「わたしが知り合う可能性のある男性といえばボディーガードしかいなかったんだから、当然のような気がするけど。わたしはもうティーンエイジャーではない大人だし、普通の女性なら誰でも持っている欲求もある人間なのよ。だから、完全に自分の意思で好きな人と友人になれるし、もちろん恋人にだってなれるはずでしょう」

こう言われたとたん、確かに父親はかすかに青ざめ、アマラでさえめったに口にしない悪態をつぶやいた。

「余計な口出しはするな、イヴァン」リアダンは壁の前から歩いてきて言った。「おれがいつか戻ってくることはわかっていたはずだ。アマラと一回ちょっと口げんかをしたからって、彼女が回復したあともおれが離れているわけがないだろう?」

「貴様の意見など求めていない」アマラの父親は襲いかからんばかりの声を発した。「貴様もルールは知っていたはずだ。おれの娘に手出しをしてはならん、というルールは」

アマラはこれを聞いて、あきれてしまった。「パパ、わたしはパパの所有してる絵画でも、お高い彫像でもないのよ」アマラは告げた。「それに、自分が好きになった男性には強い人であってもらいたいわ。なんでもパパの言いなりになる人なんていやよ。わたしの言いなりならいいけど」

リアダンが誰の言いなりにもならないことは、わかっていた。リアダンの口元に浮かびかけている嘲笑を見れば、死んでもそんなまねをするか、と思っていることがわかる。自分の思惑どおりにことを運ぶためでなければ、彼はそんなまねはしない。

椅子に座って背もたれに身を預けたアマラの父親は、アマラとリアダンを交互に見据えてから、表情を険しくした。「いいだろう、おまえの記憶が戻ったら、そのときは、この男が戻ってきてもいい。そうすれば、おまえが少なくとも自分のしていることくらいわかっているはずだと、おれもそれなりに安心できる。では、じいさんと孫ともども帰っていただこう」アマラの父親は、ばかにしたしぐさで追い払うようにドアに向かって手をひと振りした。

アマラはかっとなり、また父親と怒鳴り合いになってしまいそうだと感じた。いまは、どうしても平静でいなくてはいけないのに。父親の怒りにつられて、また親子対決をした直後に、イースター委員会の手ごわい女性たちに囲まれるなんてまっぴらだ。

アマラは自分の片方の手の爪を数秒かけてじっと見つめ、親指の腹で人さし指の爪をこすってから、相手の顔を見ることなく「パパ」とついに静かな声を発した。「ママに電話してくれる?」

アマラが言ったとたん、沈黙が張りつめた。アマラの父親と母親はもはや同じ国にいたら心穏やかでいられない関係だが、アマラが母親を呼びたいと言えば、父親は決してだめだとは言えない。アマラは目をあげて父親の恐ろしいしかめつらを見て、机の上にある電話に視線を向けてから、また父親を見た。

「なぜだ?」父の声はほとんどどうなり声だった。

「気が変わったから、やっぱりイースターにはママもぜひうちに来て、と伝えてほしいの」

アマラは満面に笑みを浮かべた。「にぎやかなほうが楽しいでしょ。それに、ママならここにいるあいだにパパを説得してくれるはずだわ。パパがわたしのかわりにこんな決断をするのは間違っている理由を、すべてくわしく説明してくれるはず。リアダンの夢を見るたびに、わたしたちがお互いを大事に思っていたことは確かに感じられたの。リアダンが全力でわたしを守ろうとしてくれていたことも。要するに、パパがそんなに必死になって反対するのはおかしいのよ」

「脅威が存在するという証拠はないんだ、アマラ」父親はふたたび言った。「証拠がない？　アマラの父親が、いったいいつから証拠なんてほしがるようになったの？

「リアダンを帰らせたら、ロシア発のいちばん早い国際便にママを乗せるわ。絶対よ」アマラは言いきった。「それにママがロシアに帰るとき、わたしも一緒に行くかもしれない。ちゃんと考えてみて。言っておくけど、冗談ではないから。では失礼するわ、パパの大事なイースター委員会に巣くう恐ろしい人たちの相手をしなくていけないの。まだ話があるなら、続きは後日にしましょう」

アマラはくるりと向きを変え、毅然と顔をあげてドアに向かって歩いていった。リアダンにじっと見つめられていることを実はものすごく意識しながら部屋を出て、バタンとドアを閉めた。

胃がざわざわして、パニックに陥りそうだった。なぜなら、父親のことをよく知っているからだ。表情も、よく使う言葉のはしばしまでも。脅威が存在するという証拠はない。父親が証拠など信じているはずがないし、アマラが無差別な暴力の対象になったと信じているはずがない。いいえ、父親はなにかを知っているはずだ。アマラには告げていない、なにか。アマラには、そのことが恐ろしかった。

父親がこの状況であんな言葉——脅威が存在するという証拠はない——を口にするとしたら、考えられる原因はひとつだけだ。父親は、脅威が存在すると絶対に確信している。そして、父親はリアダンが状況をさらに悪化させると危ぶんでいるのだ。アマラは、リアダンがそばにいてくれなければ殺されてしまう、と恐怖を感じるほどに。アマラはこれまでずっと、人生に荒波を立てずに生きていこうと懸命に努力してきた。それなのに、ここにきて急に激しく荒波をかき立ててしまい、みずからおぼれてしまうのではないかと怖くなっていた。

ドアが閉まってアマラが見えなくなると、リアダンは一触即発の怒りを抱えて彼女の父親をにらんだ。イヴァンが計画の邪魔をしてくるに違いないとわかっていたが、それでもとにかく腹が立った。祖父は立ちあがってドアのほうへ歩いていったけれども、リアダンは机の前に詰め寄り、磨きあげられた木の天板に慎重に手を置いて、イヴァンに顔を近づけた。

「あんたはおれをアマラから遠ざけておくためにあらゆる手を尽くしてきたようだが、もうそんなまねはやめろ。いいか、裏で変なまねをしてアマラを巻きこむな。さもないと、アマラは消えるぞ、イヴァン」リアダンはほとんど無意識にうなり声を発し、唇をめくりあげていた。「おれが必ずそうさせる。おれにそんな選択をさせたら、一生アマラと会えないようにしてやる。必ずだ」

リアダンは本気だった。イヴァンは、リアダンが本気だということも、リアダンならアマラがずっと隠れていられるようにする手段も持っていると知っている。これまでイヴァンはふたりを引き離しておくためにことごとく汚い手を使ってきたが、もう終わりだ。これっきりだ。

「貴様は必ずアマラの心を傷つける」イヴァンは吐き捨てるように言った。

「おれが父親だったら、失恋は公平な取引だと思いたいね」リアダンは刺々しく言い返した。

「だが、今後、おれとアマラの関係は、あんたからいっさいとやかく言われる必要のないものになる。そのことを忘れるな。忘れても思い出させてやる」

リアダンは身を起こして向きを変え、すぐさま書斎をあとにした。自分がどこに行くつもりか、なにが待っているかは、はっきりわかっている。背後でドアが閉まる音がした。祖父がイヴァンの書斎にとどまったことは、ちゃんと承知していた。

まったく……危うくイヴァンに対して、気の毒に、と思ってしまうところだった。

4

委員会のミーティングは、だいたいアマラが予想していたとおりになった。フィービー・アデルバールがミーティングの場を全力で支配しようとし、年一回のイースター慈善舞踏会に関する大づめの決定をすべて自分の好きなようにしようとした。ミーティングに出席していたほかの十二人の女性たちは、いら立ちからあきらめまで、さまざまな感情を抱いて、この闘いに臨んでいた。

二時間のランチミーティングが終わるころには、アマラは小規模な戦争に巻きこまれたあとみたいに疲弊し、自分が勝ったのか負けたのかもわからなくなっていた。それでも、アマラは胸に誓った。いつか、あの強敵アデルバール夫人を打ち負かしてみせる。たとえ命を落とすはめになっても。

アマラはミーティングのメモをまとめ、やるべきことのリストを作ってから、タブレットをわきに置き、小さなテーブルに肘をついた。三十分近く前にメイドたちが会議室の清掃を終え、ランチミーティングの料理の残りもコックがすべて片づけていた。

髪をかきあげて、その短さに気づいたとき、アマラは手を止めた。

一年前、豊かな髪はまっすぐ伸びて背中のなかほどまで届いていた。いまは二十センチにも満たない長さで、うなじをかろうじて隠すか隠さないかくらいだ。以前の、しっとりとした光沢のあるリボンを思わせる髪ではなく、頭を覆う、みずみずしい巻き毛の帽子みたいだ。

アマラをさらった人間は、アマラを殴って瀕死《ひんし》の状態にしただけでなく、髪までほとんど丸刈りにした。アマラは自分の巻き毛を引っ張ってみて、ふたたび襲ってきた苦しみと恐怖に目を閉じた。嗚咽がもれそうになって息を詰まらせ、またしても深い悲しみがわきあがった。

男たちになにをされたのだろう？

さらわれてから救出されるまでのことも、そこからさかのぼって一年間の出来事も思い出せない。思い出せるのは、筋の通らない、あちこちの記憶の断片と、官能を刺激しすぎる夢の数々だけ。正確に言うと、十一カ月半の記憶が人生から抜け落ちている。その理由すらわからなかった。ただ、どうしてもぬぐえない深い悲しみが心にぽっかりと穴を開けている。

「どうしても一杯やりたそうな顔をしてるな」

アマラが目を開けたとたん、ウイスキーのショットグラスが目に飛びこんできた。大きな日焼けした手で、リアダンがそれをアマラに差し出している。リアダンはアマラの向かいのカフェチェアを反対向きにして座り、低い背もたれに両腕をのせていた。

アマラはショットグラスに視線を戻した。

「まだ五時くらいじゃない？」アマラはため息交じりに言ってから、グラスを手に取り、少量のウイスキーをひと息に飲んだ。

熱が喉から胃へ伝わり、いったんそこにとどまってから、ぬくもりを全身に広げた。

一秒ほどのあいだで、この半年間アマラにつきまとっていた寒けが、ウイスキーの燃えるような熱さでやわらいだ。

「これはどこのウイスキー?」アマラはからになったショットグラスを見つめたあと、リアダンを見あげた。目は楽しそうに微笑むリアダンの唇に引きつけられた。

「最上級のアイリッシュウイスキーさ。自家製の」リアダンは秘密を打ち明けるように声を低くした。「こんなに口あたりのいい上物はどこに行っても買えないぜ」

アマラはグラスをテーブルに置き、その前で腕を組んで、好奇心に駆られてリアダンを見つめ返した。「つまり、あなたが密造したってこと?」この男がそうしていたとしても驚かないのは、なぜだろう?

「まさか、そうじゃない」リアダンはにやりとし、濃い青の目をきらきらと輝くばかりにして説明した。「おれが自分で必要な量の酒を造ろうとしたら、やっぱり、ちょっと法律に引っかかるだろう。アイルランドにいる親戚が造ってくれてるんだ。何世代も同じ製法で造り続けてる。それを毎年何ケースか、これといった見返りもなしに、アメリカの親戚にも送ってくれるんだよ」

本当に〝なんの見返りもなしに〟なのかしら、とアマラは疑った。アイルランドにいる親戚は、かわりになにを得ているのか。

「おいしかったわ」まだ全身に行き渡っているぬくもりがありがたかったので、アマラはほめ言葉を口にせずにはいられなかった。

「じいちゃんは作業小屋にこれを一本隠し持ってて、毎晩家をこっそり抜け出しては、ちょびちょび飲んでるんだ。これのおかげで若くいられるんだとさ」祖父への愛情が顔ににじみ出て、リアダンの表情をやわらかくした。「いまも、祖母から隠れて飲まなきゃいけないと思ってるみたいなんだ。祖母が亡くなってから、ずいぶんたつのに」

「ちらっとお会いしただけだけど、確かに、あなたのおじいさんの若さにはなにか秘密があるはずよね」アマラは額にかかった巻き毛をどけてタブレットに視線を落とし、それから窓の外に目を向けた。

リアダンの目にずっと吸い寄せられて、とりこになってしまいそうだ。落ち着かない心地になる。リアダンの目は、アマラの心の奥深いところを刺激して、胸をうずかせるからだ。

「じいちゃんは、あと数カ月したら八十五歳なんだぜ」リアダンの言葉を聞いたとたん、アマラはショックを受けて思わず彼を見つめ返した。「信じられないだろ」リアダンはくっくと笑っている。「いまでも自分で車を運転して、どこにでも行こうとする。おれが一緒に乗っていれば、おれが運転するけど。じいちゃんはスピード狂なんだ」

アマラは驚いて首を横に振り、またテーブルに目を落とした。どうしたらいいか、いっそうわからなくなった。

「パパはすごく腹を立てていたわ。おじいさんには帰ってもらったほうがいいかもしれない」アマラは言い、顔をあげてまっすぐリアダンを見つめた。「ここは安心できる場所じゃないわ、おじいさんのようなお年の人には」

リアダンはおもしろがって片方の眉をあげた。

まったく、自由自在に片方の眉を動かせる人って腹が立つわ。

「きみが、じいちゃんに帰れと言ってくれ」もう自分はその議論には疲れ果てたと言わんばかりにリアダンは言った。「じいちゃんはここにいると言い張ってる。おれは、じいちゃんがどういう人かわかってるからな。とにかく頑固なんだ」

頑固なのは家族そろって、みたいね。

「パパは脅威など存在しないと言っているわ」アマラはそのうち父親の横っつらを張り飛ばしてしまいそうだ。「わたしがさらわれたのはもう半年前の出来事でしょう。救出チームの人たちは、わたしをさらった男たちを殺したというし。わたしはただ被害妄想みたいになっているだけかもしれない」この言葉を自分でも信じられたら、と思った。そのとおりなら、どんなにいいか。

アマラは退院してから、ずっとこの屋敷にいた。療養に費やされた半年間は、悪夢と恐怖に満ちていた。でも、アマラに対する脅威とまでは言えないかもしれない。何度か妙なことがあっただけで。

やけに深刻な、重いまなざしのリアダンから無言で見つめ返されて、アマラは眉間にしわを寄せた。

「ひょっとして、パパがわたしに話していない脅威が存在するの？　パパはあなたにはなにか話したの？」アマラは思いきって問いつめた。

リアダンなら話してくれるはずだ。リアダンなら、こんなに重大なことをアマラに隠しておこうとはしないはずでは？

「〝貴様には、この家に足を踏み入れる資格はない〟というセリフのほかに？」リアダンはばかにした笑みを浮かべて鼻を鳴らした。「おれがすでに認識している脅威のほかに、新たな脅威は存在していないはずだ。だが、きみの父親も脅威が完全に消えたとは考えていないだろう。きみの命が狙われたのはなぜか、裏で糸を引いているのは誰か、それらを突き止めるまで、危険は去ったと油断するわけにはいかない。それに、どうやら疑問に対する答えを知っているのは、きみしかいないようだからな」リアダンは穏やかな口ぶりでアマラに問いかけた。「さらわれたときのことを思い出したか？」

アマラは一瞬、答えるのを拒もうかと思った。勢いよく椅子から立ちあがって、リアダンの前から立ち去ってしまおうかと。けれども、リアダンの親しみを感じさせる空気と、彼の顔に浮かんでいる確かな知識、青い目を輝かせている男性の渇望が、アマラを引き留めた。

アマラは首を横に振った。「なにも」リアダンが夢に出てこなければ、悪夢の内容さえ思い出せないのだ。「わたしが思い出せるのは、あなただけ」

アマラは深く息を吸い、恐怖とパニック、それにリアダンに対する胸の高ぶりを抑えようとした。こんなふうになっていたら状況は悪くなるだけだ。まともにものが考えられなくなるだけなのだから。

新たな脅威は存在していない。アマラは自分に言い聞かせた。だったらパニックを起こす理由もないはずだ。

「きみがまだ悪夢を見ていると、きみの父親は言っていたが?」リアダンはまた質問を発した。

こんな罪深いほど色気のある声で、死について話すのはおかしい。彼の低い声はエロティックな言葉を、みだらであけすけな要求をささやくためにある。アマラはぼうっとなって、そんなことを考えていた。

そして一瞬、リアダンに対してわきあがる怒りを感じたが、理由はわからなかった。

「悪夢の内容は思い出せないの」アマラはショットグラスを手に取り、両手で挟んでまわしながら、グラスの底をのぞきこんだ。

悪夢を見て悲鳴をあげて跳び起きても、そこで見た光景は思い出せず、深い悲しみだけが心に残っていた。心が重く沈み、自分がなにかを失ったために胸が引き裂かれるほど悲しんだことだけは、わかっていた。

「なぜなのか、考えたことはあるか?」リアダンは尋ねた。

アマラはリアダンをきっとにらみつけた。悪夢について考えるたびに抑えようもなくわきあがっていた怒りが、ふたたびこみあげた。

「なんだと思ってるの、リアダン?」アマラはかみつくように言った。「記憶を失った一年間にいったいなにが起こったのか考えもせずに、わたしがただぼうっと一日一日を過ごしてると思ってるの? 自分の人生から一年がすっぽり抜け落ちたことも、その理由も、わたしが気にしてないと思ってるの?」すさまじい怒りが止まらなかった。「わたしを助け出しために命を危険にさらしてくれた人たちのことを、わたしが気にかけていないと思ってる？」

アマラは唐突に立ちあがり、座っていた椅子を倒しかけた。気づかないうちに体が激しく震えていた——怒りのせいか、恐怖のせいか、自分でもわからなかった。

悲しみと苦痛の恐怖がよみがえる……。〝このままじゃ死んじまうぞ！〟

アマラはこみあげてきた涙をのみこみ、必死で正気にしがみついていた。激しい怒りに満ちた絶叫。あの声だけは覚えていた。しかし、父親に尋ねても、救出チームから死者はひとりも出なかった、と告げられた。誰も死ななかったのだ。

でも、父親はアマラに真実を告げるだろうか？　父親はこれまでもずっとアマラを守ろうとしてきた。危険から守るだけでなく、父親の人生と仕事にまつわるあらゆる真実からも守ろうとした。それなら、あの日のことについても、うそをつくのではないだろうか？

リアダンも立ちあがっていた。張りつめた表情でアマラを注視している。まなざしを陰らせ、アマラの正気を疑っているように。

「きみは父親が雇ったセラピストと会うのをやめただろう。この問題について誰とも話し合おうとしていない。おれには、きみが記憶を思い出したくないのではないかと思える」リアダンはアマラを責めていた。目の前に立って、アマラをじろじろ見て、アマラがロボットよろしくインプットされた情報をぺらぺらしゃべりだして当然だと思っているみたいに。

「どうかしてるわ！」アマラは追いつめられて叫んだ。どうして、この人にこんなことを言われなければならないの。きみが記憶を思い出したくないのではないかと思える、ですって?「あなたは、一年分の人生を失ってわたしが喜んでるとでも思ってるの? それだけの時間をわたしから奪ったのが誰か、そうした理由はなんなのか、知りたがっていないとでも?」

「ああ。きみが思い出したがっているとは思えない」リアダンはにべもなく言った。自分の考えを確信しきった、傲慢《ごうまん》なリアダンの顔つきに、アマラは腹が立って仕方なかった。「だからこそ不思議なんだ。きみがなぜおれの夢を見て、しかも、おれのことだけを覚えているのか」

アマラは怒りに震えてリアダンをにらむことしかできなかった。なんでも知っているような顔をしているリアダンをひっぱたかないように、両手を固く握りしめていた。

「こっちは、あなたなんか地獄に落ちろと思ってるわよ!」アマラは怒りのあまり震えが止まらなくなり、いまにもリアダンの目玉を爪でほじくり出すか、そうでないなら……。

アマラは自分がリアダンに向かって手を伸ばしていることに気づき、なぜそうしたのかもわからなかったから、慌ててあとずさりした。あとずさりしても意味はなかった。なぜならアマラの手が伸びた瞬間、リアダンがその手を取り、彼女を抱きすくめてしまったからだ。

「六カ月も、ずっと地獄にいたさ。この家に電話しても、きみはおれからの電話に出たくないと言ってる、と告げられた」リアダンは険しい口調で言い、アマラの髪に手を差し入れて頭をうしろから支え、顔を近づけて唇と唇をふれ合わせた。「だからもう、おれは絶対にきみを放っておかない」

アマラはリアダンに恋い焦がれていた。胸は熱を帯びてうずき、乳首はとがってそこを覆っている服を押しあげていた。

リアダンはアマラの両脚のあいだにすっと膝を入れて、彼女の脚のつけ根の敏感な場所を腿で押しあげ、小さな花芯を刺激した。

「リアダン……」あっという間に、アマラはか弱くなっていた。全身に情熱が広がって、彼女の殻を破った。

リアダンを見あげると、彼のまなざしは陰りを帯びて、サファイアの色合いは濃くなっていた。いまならリアダンになにを求められようと、自分は喜んでそれを捧げてしまうはずだ。

「アマラ」リアダンはふたりの唇をふれ合わせたままささやき、じらすように優しくキスしてから、唇を彼女の頬から耳へ滑らせた。

そして、耳に口づけると耳たぶにそっとかじりつき、舌で愛撫したあと、歯で挟んだそこを甘がみして、耐えがたいほどエロティックな官能の虜囚の心地にさせた。

「夢のなかで、おれはきみになにをしていた、アマラ？　おれは夢のなかできみを逃がしたか？　それとも、きみが逃げたがったりしないように、あらゆる手を尽くしてきみを納得させていたか？」

答える間もなく、アマラはリアダンに唇を奪われた。リアダンは飽くことを知らずに求めてくる。ほしいだけ奪うことを決意しているように。リアダンはアマラの唇をかんだあと、かすかな痛みを癒やすように優しくそこをなめた。次の瞬間、舌はわがもの顔でアマラの唇のあいだに分け入り、彼女の舌を愛撫し、抵抗も、不安も、残らず押しのけた。

恐怖も、パニックも襲ってこなかった。あるのは完璧な心地よさだけだ。アマラは押し寄せてくる情熱と、強い支配力にのまれて声にならない声をあげた。リアダンはアマラの頭をしっかりと支え、顔を傾けてキスを深くした。

「ちくしょう、きみはおれになんてことをするんだ」リアダンはいきなりキスをやめたが、彼の欲望にかすれた声は、アマラの体の中心に熱の矢を送りこんだ。「ああ、ベイビー、おれは喜んできみの味に酔ってしまうんだ」

アマラは唇を開き、続けて、と求めそうになったのに、リアダンはすっと離れ、ゆっくりと抱擁を解いた。

アマラになにが言えただろう？　できただろう？　アマラは心の奥底から続きを望んでいた。切望していた。あと一秒でも長くこの場に立っていたら、すがりついてでも求めてしまう。

アマラはリアダンにくるりと背を向け、急いで部屋から出ていった。必死で逃げた。できる限りリアダンから遠く離れるために。リアダンからも、彼がアマラにするつもりだったことからも。リアダンがしようとしていたことは、アマラの心に潜む闇をざわつかせ、アマラ自身の叫びを彼女の頭のなかで響かせた。こんなまねをするなんて、アマラは頭がおかしくなっていた。リアダンを捜しにいくべきではなかった。リアダンにキスをさせるべきではなかった。そんなことをさせてしまったから、もうアマラはさらに求めることしかできなくなっている。リアダンに支配され、彼だけが与えることのできる、みだらとしか言いようのない興奮を、よりいっそう求めることしか。

それはアマラが見る悪夢や、ふたたび迫ってこようとしている危険と同じくらい、恐ろしいことだった。


リアダンはなにかを殴りつけたくてたまらなくなった。

いまできるのは、こぶしで壁を破壊する衝動を抑えることと、こらえていないといまにも口から飛び出していきそうな悪態をかみ殺すことくらいだった。アマラを追いかけていかないよう、耐えることくらいだった。

いまアマラを追いかけていったら、アマラを抱いてしまうはずだ。優しくする自制心など絶対にない。アマラを壁に追いつめ、ろくでもないけだもののように襲いかかってしまうはずだ。アマラが、もっとそうしてほしいと求めるとき、彼女の唇から発せられる歓喜と懇願の切なる声を聞きたくなってしまうはずだ。

そんなことをする前に、リアダンにはしなければならないことが山ほどある。アマラを必ず守り通すために、準備しなければならないことが。

「くそったれが」リアダンはうなり声を発して向きを変え、窓の外の寒々しい冬景色を見て、腰に両手をあてた。

がくりとうなだれて床を見る。石の床には緑から灰色に渦巻く模様が入っていた。

ちくしょう、リアダンに向かって手を伸ばしたとき、アマラの瞳には苦しみが宿っていた。恐怖も。

リアダンはアマラを追いかけることはできない。アマラを悪夢で悩ませている不安や恐怖をやわらげてやることもできない。なぜなら、アマラは自分がリアダンにとってどんな存在なのか、リアダンにとってどれだけ大切な人なのか、まったく知らないからだ。

「急ぎすぎてはいかん、リアダン」うしろから祖父の静かな声がした。深い同情に満ちた声だ。あまりにも多くを知りすぎた声。

そうだ、アマラに話すのは早すぎる。アマラが夢のなかで、彼女の意識からあふれた幻想のなかで、リアダンのことだけを思い出したのはなぜなのか、説明するには早すぎる。そのことがリアダンを苦しめていた。

「じいちゃんは彼女の目を見ていないから、そう言えるんだ」リアダンは髪をかきあげ、爆発しそうになっている怒りをこらえて歯を食いしばった。「アマラが病院で意識を取り戻したとき、おれがそこにいるべきだった。おれがすぐそばでつき添っているべきだったんだ……」

もっと懸命に闘うべきだった……。

「どうにもならなかったろう、おまえだって生き延びるために必死に闘ってたんだから」祖父は鼻を鳴らした。普段よりアイルランドなまりが強くなっている。「おまえの退院が早すぎたんじゃないかって、いまでもノアは心配してるんだぞ。おまえが早く病院を出るために医者にうそついたんじゃないかってな」

ノアは世話焼きの母親みたいに心配性なのだ。

「うそなんかついてない」リアダンは窓ガラスに映る祖父と視線を合わせた。「アマラを守れるだけの体力がなければ、戻ったりしなかった。絶対にだ」

祖父はまた鼻を鳴らし、孫の言葉を信じていない顔つきで瞳を陰らせた。「おまえは死の床についてても、彼女のもとに来ただろうよ」

反論はできなかった。半分死にかけてベッドにいるあいだも、どうにかしてアマラのもとに行こうとしていたのは本当だ。銃弾を胸と、背中、さらに脚のうしろ側に食らって、瀕死の状態だった。それから一カ月間は、車椅子を使わずに歩けるようになるかどうか、医者たちにもわからなかった。ましてや、また重労働をできるくらい強い体に戻れるかどうかわからなかったのだ。

だから、リアダンは一刻も早く健康を取り戻し、体力をつけ、元の仕事に必要とされる身体的要件をふたたび満たせるようになるしかなかった。リアダンは知っていたのだ。心のどこかで知っていた。まだ終わっていない、と。アマラとの関係も、ふたたび迫りつつある危険も、終わってはいなかった。

「アマラを失ってしまうところだった」リアダンは静かに声を発した。「アマラからおれを見つけにくるまで待っているべきではなかったんだ。おれのほうからアマラのもとに戻るべきだった」

くそみたいなプライドに邪魔されて、それができなかったのだ。リアダンはこの家に電話をしたが、電話に出た使用人に、彼女は話したくないと言っている、と告げられた。そして、リアダンはイヴァンに電話してたまるかと思っていた。あのくそ野郎は、リアダンがイギリス行きの飛行機に乗る前夜に、アマラと口論になった原因のひとつだったのだ。

「彼女のほうがはるかに恋人を失う危険が高かったんだよ、ぼうず」祖父のひどくしゃがれたうなり声を聞いて、大事な者を失う喪失感に見舞われるところだったのはアマラひとりだけではなかったのだ、とリアダンは気づいた。「おれたちみんな、おまえを失うところだった。もう二度と、あんな思いをする日々に戻るのはごめんだ」

「おれのことなら大丈夫だ」リアダンは頭を横に振り、腰にあてていた両手をおろして、自分が生まれたときからこれまでずっと祖父であり、また父親がわりでもあった人と向き合った。「ノアはちびっ子たちがどんどん生まれてから、心配性のママみたいになっちまったんだ」

いつものように、ひ孫たちの話題になると、祖父はとたんに明るくなった。

「ああ、ノア・ジュニアは今度は弟がほしいと言っとるぞ。ちっちゃなエリンとアイスリンに負けないために、そろそろ加勢がほしいんだそうだ」祖父は心の底から楽しそうだった。「ベラは、生まれてくる赤ん坊が女の子だったときのノア・ジュニアの顔を見るのが怖い、なんて言ってたがね」

ノア・ジュニアは恐ろしいくらい父親そっくりだ。すでに幼い友だちのなかから精鋭をえりすぐり、妹たちが大きくなってトラブルに巻きこまれたときのために協力してくれる仲間を集めている。ノア・ジュニアは七歳にして、子どもとは思えないほどの強い意志と責任感を持っているのだ。ノア・ブレイクはいったん〝死んで〟よみがえった男だが、その〝死ぬ〟前の男に、ノア・ジュニアはそっくりだった。

「ああ、ノア・ジュニアの父親も同じようなものだろうさ」リアダンは茶化して笑った。

ノアはすでに娘たちの女子力の高さに動揺しきっている。エリンは五歳にして流行を意識したファッションに敏感で、すでに大人になったら世間を騒がせそうな気配がある。おまけに、蕾のようにかわいらしい女の子だ。二歳下のアイスリンは、ノア・ジュニアの行くところどこへでもついていこうと走りまわり、兄が受けて立った戦いは自分も受けて立とうと戦っている。レースつきのかわいい服を着せられたおてんばは、笑顔もたまらなく愛らしく、彼女に〝だめ〟と言うのはものすごく難しい。

父親であるノアは、自分の目に入れても痛くないほどかわいい娘たちに虫がつかないようにするにはどうしたらいいか、すでに頭を悩ませている。だが、実際に対処しなくてはいけなくなるのは、まだ十年は先の話だろう。

「おまえだって、そうなるさ」祖父は、深刻な顔でリアダンを見つめて、肩をたたいた。「いつかはな、ぼうず、おまえも父親になるんだ。おまえだって、ノアと同じか、それ以上に、心配性になる」

リアダンは、そこまで先のことを考えるわけにはいかなかった。アマラの未来を確かなものとするまでは、だめだ。リアダンがアマラをちゃんと守れなかったせいで、何者かにアマラの命を奪われるところだった——二度とそんなまねを許すわけにはいかない。そんな事態は決して許さない。

「もう行くよ、じいちゃん。リヴァーとトビアスに会ってこないといけない。ふたりが電子セキュリティーのシステムをアップグレードして、ノアの作戦本部に接続してくれてるか確かめてこないと」少しのあいだ、ひとりになる時間も必要だった。よく考えて、半年前アマラと別れたところから即、彼女との関係を再開できるわけではないという現実に順応しなくてはならない。リアダンは、ふたたび一から始めなければならないのだ。

アマラのことはよくわかっている。

簡単にことが運ぶわけがない。

「リアダン」向きを変えて部屋を出ていこうとしたリアダンを、祖父は呼び止めた。「アマラは怯えて隠れているんだよ。記憶の奥に潜んで、彼女を悩ませ続けているなにかから。アマラを無理に追いつめる前に、そのことを思い出すんだ。おれのエリンによく言われたよ。女性になにかをしなくてはならない理由を納得してもらうためには、言葉だけでは足りないときもあるとね」

リアダンはただすばやくうなずいて、祖父の知恵を受け入れた。実際、この老人はときどき知るはずのないことまで知っているのだ。だが、アマラがリアダンのことを忘れてしまったという現実は、リアダンの自制心をむしばみ、忍耐力を奪いつつあった。アマラはリアダンのものだ。 だが、 それすらもアマラは覚えていなかった。

5

父親が前日の口論をあのまま終わらせるつもりがないことは、アマラにもわかっていた。けれど前日も、翌日の午前中も会議があり、父親は家を離れていた。アマラの父親はときどき驚くほどの忍耐力を発揮する人だ。

これがアマラの父親のやりかたなのだ。父親が大嫌いなのは、降参したり、譲歩したりすること。たとえ譲歩するにしても、できる限り相手の状況を難しくしようとするだろう。

翌日の夜、夕食のあとアマラが自分の部屋に入っていくと、父親が待ち構えていた。ガス式の暖炉の前に立って腕組みをし、顔をしかめている。やっぱり、父親は戦う気満々だ。アマラはそんな気分ではないのに。

だが、結局はアマラの気分など関係ない。父親は、どんなに忍耐強い人物でもいら立たせることができる。つねになにもかもよく知っているのは自分だという傲慢さと自信が、そうさせるのだ。

「どうしたの、パパ?」父親の真正面に立って尋ねた。

とりあえずアマラは感じよく振る舞っておこうとした。

「先週、家を抜け出してどこに行っていたんだ?」父親は疑いに満ちた口調で言い放った。

「パパはどこでわたしを見つけたの?」アマラは聞き返して、父親をにらみつけた。「わたしを子ども扱いして追いかけてきたでしょ、パパ。わたしはもう十代の子どもじゃないって、そろそろ気づかないの?」

もちろん、気づいていないはずだ。アマラの父親は、自分のかわいい娘が大人になったことを認めるのを拒否している。そんな父親の気持ちは、アマラも何年も前から知っている。けれども、何者かが一度失敗してもあきらめず、ふたたび動きだすくらい真剣にアマラに死んでほしいと願っている状況では、父親の気持ちを思いやろうという優しさも日ごとに薄れかけていた。

「どうして、そんなことをわざわざ言うんだ?」父親の声にいら立ちがあふれた。「おまえを子ども扱いなんてしていないぞ、アマラ。だが、あんなふうに家を抜け出すなんて、やっぱり子どもだな」

「子ども扱いしてるじゃない、パパ」アマラは反論し、胸の痛みをこらえた。「わたしがさらわれた事件の捜査に関して、まったくなにも教えてくれていないわ。パパに雇われた調査員に聞いても、わたしになにも言うなって口止めされてる。わたしはこの屋敷の外に出たら、なにひとつ自分で決められないのよ。エリザヴェータとグリーシャがまずパパに確認を取ってからでないと。おまけに、パパはわたしの恋人まで、わたしのかわりに選んでやろうっていうの?」父親のひどい仕打ちの数々をあげるにつれて声が高くなっていった。「これで、わたしを子ども扱いしてないというなら、いったいなんなの?」アマラは憤慨していた。

「パパは彼がわたしの恋人だったと知っていたくせに、わたしが自分に恋人がいたかどうか聞いたとき、いないなんてうそをついた。わたしにうそまでついたのよ、パパ」

そのことが、なによりもひどい侮辱だった。

「うそなどついていない」父親は険しい顔でアマラをにらみ返して言った。「おれはあんな馬の骨とおまえが寝ているなんて知らなかった。ただ、おまえがあの男に、考えられんほどの関心を向けていたことは知っていた」父親は目に敵愾心《てきがいしん》を燃やした。「それに何カ月も、やつはおまえのそばを離れてする仕事は、ことごとくことわってきた。だから、おまえたちふたりは深い仲になりつつあるのか、と恐れてはいたんだ」

アマラはまたしてもあきれ返り、うんざりして頭を横に振った。「だったら、パパは自分にうそをついて喜んでるのね」

アマラの父親は、もっと計算高く、もっと洞察力が鋭いはずだ。アマラが父親に恋人ができたことを隠しておくなんて無理だったはずだ。

「アマラ」父親は伝説となっている怒りを爆発させないよう苦労しているらしかった。「やつがどういうたぐいの男か、おまえは知らないだろう」

どうかしら。アマラはリアダンがどういうたぐいの男か、正確に知っている気がした。そのことを認めたいかどうかは、自分でもわからないけれど。

「もちろん、潜在意識のなかでは知ってるわ」父親のなだめるような口調が癇に障って、アマラは鋭い声を出した。「どうやらパパは自分で思っているほど、わたしのことをわかってないみたいね。わたしは一生、子ども扱いされて我慢しているつもりはないわ。だから、お願い。わたしとリアダンの関係については口出ししないで。さもないと、本当にママと一緒にロシアに帰るわ」

アマラの母親も父親と同じくらい横暴で手ごわいけれど、少なくとも母親はアマラが死ぬまで処女でいてほしいとは考えない。そして母親の現在の夫、アマラの義父は優しくて物静かな人だから、アマラにどうこうしろとは絶対に言ってこない。そんなことしようものなら、母親が許さないはずだ。

「母親と一緒にいたら、おまえの頭はおかしくなってしまうだろう」父親が指摘した。「おまえは母親との暮らしに一週間も耐えられない。それに、おまえの母親が結婚した男は、甘すぎて気に食わん。あいつのそばにいるだけで歯が痛くなる」

父親もときどき、真実としか言いようのないことを言う。

「ママのどうかしてるところにも、ママのだんなさまの感じがよすぎるところにも耐えられるわ。すぐ陰謀をめぐらして人を操ろうとするパパよりはましよ」アマラはありもしない自信をにじませて言った。「リアダンとわたしが恋人どうしだったことを、パパが疑いもしなかったなんて話を信じられるわけがないわ。パパが気づかないはずがないでしょ、もし、わたしが……」アマラは息を吸いこんで、感情を抑えようとした。「わたしたちが恋人どうしだったのなら、パパは知っていたはずよ。わたしは彼を愛してた」

何度も見た夢。自分の人生で大切ななにかを失ったという感覚。名づけようもないなにかを激しく求める気持ち。リアダンを見た瞬間、騒いでいたそれらすべてが心のなかで静止した。

「いったいいつの間に、そんなに頑固になったんだ？」父親は気に食わんと言わんばかりの顔でぼやいた。「おまえは絶対にそんなふうではなかった、やはりあいつのせいだ、あの馬の骨が――」

「やめて」アマラは手をあげ、警告するようにまっすぐ父親を指さした。「あと一度でも彼のことを〝馬の骨〟なんて呼んだら、後悔するわよ」

強い口調に、アマラは自分でも驚いた。

「なんだって？」父親はまるで命を脅かされたかのようにショックを受けた。「こんな言葉、別に大した意味はないぞ。誰にでも使う悪口だ」まるで取るに足りないことで責められたみたいに、父親は肩をすくめた。

「パパはわたしのママと結婚しなかったでしょう」アマラは思い出させた。「それで、わたしが誰かに出自の怪しい〝馬の骨〟なんて呼ばれたら、パパはその人を許す？　たとえ、これがその人の〝誰にでも使う悪口〟だったとしても？　もう、いいかげんに黙っていてちょうだい、パパ。わたしに自分でなんとかさせて。わたしに自分で決めさせて。自分がなにを望んでいるのか、誰と一緒にいたいと思っているか。最初から、こんなことを父親が決めるなんておかしいのよ」

アマラは、自分の判断が誤っていないことを祈っていた。リアダンも、アマラの父親に負けないくらい過保護で、横暴だ。それでも、リアダンはとりあえずアマラと協力して行動しようとしてくれるし、どんな危険が迫っていても真実を告げてくれる。リアダンはこの屋敷に戻ってくる前にも、戻ってきてからも、そうしてくれた。

これからも変わらずそうしてくれることを祈るばかりだ。

「じゃあ、あのいけ好かないやつに飽きたらすぐに知らせろ」父親は娘をにらんで、うなった。「大喜びで即刻やつを追い出してやる」

そう言うと父親は床を踏み鳴らして歩いていき、乱暴にドアを開けて部屋を出ていった。ドアをたたきつけるまではしなかった。そうされても、アマラは気にもしなかったはずだけれど。

「おもしろいな」

声に驚いてアマラが振り向くと、隣の部屋から入ってきたリアダンと目が合った。リアダンの顔に、ばかにする表情や、意地の悪い表情が少しでも浮かんでいたら、アマラは彼を追い出していたはずだ。リアダンと向き合うと必ず生じてしまう、どうかしているとしか思えない反応に、なんとしてでも抗っていたはずだ。

けれども実際には、リアダンをひと目見たとたん、アマラは胸を高鳴らせた。リアダンはシャワーを浴びたばかりらしく、黒髪は濡れて輝いている。上半身は裸で、足元は裸足。ベルトをせずにジーンズを浅くはいている。

そして、彼は興奮していた。

その証拠がジーンズの股間を押しあげている。見間違えようのない興奮ぶりだ。どうしたらいいの。いったいどうやったら、この男性を拒めるだろう？

「なにが、そんなにおもしろいの？」全力でリアダンにふれまいとして鋭く聞き返した。ふれて、と彼に迫ってしまわないように、だ。本当はふれてほしくてたまらず、声に出して求めてしまわないようにするだけで精いっぱいだった。

「やっと父親に立ち向かうことができただろう」リアダンは答えてから、ドアを閉めて、アマラに歩み寄った。「去年は立ち向かう方法もわからない、といった感じだったからな」

アマラはまなざしを鋭くしてリアダンをにらんだ。

「立ち向かったのは、それが記憶を失う前の恋人のことだったからよ。わたしにとって大事なことなら、父に立ち向かうわ」

「実際に恋人とベッドをともにしてたときは、父親に紹介するほど大事なことでもなかったんだな？」リアダンは理解を示すようにうなずいた。本当は納得していないくせに。「その点も、おもしろいと思ったんだ」

「たぶん、そのときのわたしは父親に干渉されたくなかったのよ」アマラははっきりしない声で言った。「父はすぐ首を突っこみたがるから」

リアダンは鼻を鳴らしたあと、ソファに歩いていった。そこにタブレットが置かれていることに、アマラはこのとき初めて気づいた。リアダンはそのタブレットを取って開き、キーボードをセットしてから暖炉のほうを向いてソファに座り、電源を入れた。

「なにをしているの？」どうして自分のベッドルームにいないの？

「恋人と夜を過ごしているんだ」リアダンはタブレットの画面を見つめたまま、そっけなく答えた。「ところで、きみにはお茶を頼んでおいたよ。おれのコーヒーと一緒に用意してもらえるように。あと、コックが今日の午後焼いたペストリーもあるらしい。もうすぐデイヴィッドが持ってきてくれる」

夜勤の使用人、デイヴィッドは遠い親戚だ。デイヴィッドにはあれこれと世話を焼かれっぱなしでいる。アマラが夜に腹をすかせて、おやつや温かい飲み物を取りにみずからキッチンに足を踏み入れようものなら、デイヴィッドにこっぴどくしかられる。そのあと、デイヴィッドはそれらを用意してアマラのところまで持ってきてくれるのだった。

普段、アマラは夜は自分の部屋でひとりで過ごし、父親から管理を任された慈善活動の仕事をしたり、春の舞踏会の準備をしたりしている。だが、リアダンがすぐそこにいたら、仕事なんてできるわけがない。上半身むき出しで、興奮をあらわにしたリアダンがそこにいたら。

アマラは彼に飛びかかりたくなってしまう。

どうかしている。アマラはもっと分別があるはずだったのに。実際、分別はある。ただ、リアダンの姿を見た瞬間に、貴重な脳細胞が消えてなくなってしまったみたいなのだ。

ドアを軽くノックする音がしたので、アマラはそちらを振り向いた。でも、アマラが動きだす前にリアダンが立ちあがり、ドアを細く開け、来たのがデイヴィッドであることを確認していた。

「またお会いできてうれしいです、ミスター・マローン」にこやかにあいさつする使用人を見て、アマラは顔をしかめた。

アマラは、デイヴィッドからあんなふうに微笑みかけられたことはない。

「こっちもだ、デイヴィッド。コーヒーを持ってきてくれたのか？」リアダンは尋ねた。

「はい、サー」黒髪のデイヴィッドは頭をさげた。「いれたてほやほやの、デートしたいくらいの一杯ですよ」

男性ふたりはなにやらおもしろそうに笑っているが、アマラにはなにがおもしろいのかさっぱりわからなかった。いまは男性にいらいらさせられすぎていて、なにをされてもおもしろくないのだろう。

デイヴィッドはコーヒーと紅茶とペストリーをのせたトレイを背の低いコーヒーテーブルに置いた。

「すてきな晩を、ミスター・マローン。アマラ」デイヴィッドは会釈をしてその場を離れ、部屋を出ていった。

ドアが閉まると、リアダンは鍵をかけ、楽しみにしていたペストリーが待っているソファに戻ってきた。

「ほら、ベイビー、一緒にどうだい」リアダンは笑顔でアマラを見やった。「それとも、もうベッドに行くかい？」

リアダンの目は楽しそうに輝いていた。

アマラは思わず二番目の提案に飛びつきかけたが、ぎりぎりのところで分別が戻ってきた。

ゆっくりと慎重にソファの横の椅子に歩いていった。

ものすごく厄介なことになった、と認めるしかなかった。アマラが想像していたよりも、はるかに厄介だ。アマラの予想に反して、昨夜、リアダンはアマラのベッドに来なかった。今夜はどうやら、昨夜とは違う行動に出るつもりのようだ。


リアダンは視界のはしでアマラを見ながら、昔、じいちゃんが女性の心は天気のようだと言ってたな、と思い出していた。

天気のように移ろいやすく、つねに変化し、日ごとに人を魅了していく。もちろん、少年のころのリアダンは、そんなのどうでもいいや、とばかにしていた。祖父はただ笑い、孫に警告した。空は雲ひとつなく晴れ渡り、目に染みるくらい真っ青なときもある。ほとんど感じないくらい優しい、そよ風が吹くときも。だがそれも、嵐が山を越えてくるまでだ。まばたきひとつする間に嵐はおまえに襲いかかる。激しい怒りの閃光で空を切り裂き、涙と力の奔流で大地を濡らす。そして、男がなにが起きたかもわからずぼうぜんとしている間に、熱を帯びた大地はしっとりとして喜びを約束してくれる。

アマラといたら、それを思い出した。真夜中の雷雨のあとの、むんむんとした熱気には、喜びの気配と生命力が満ちている。おれの完璧な嵐ちゃん。アマラのことを、そう呼んだときもあった。

リアダンはソファのクッションにもたれて、イヴァンのコンピューターから受信した暗号化ファイルに目を通した。過去二年間にアマラが接触した被雇用者、仕事仲間、親戚をひとり残らずリアダンが調べていると知ったら、アマラは確かに嵐みたいになるかもしれない。リアダンがそうやって仕事をしているあいだ、アマラも同じように仕事をしていた。アマラの父親が娘を忙しくさせておくために任せた、委員会活動の計画に関する仕事だろう。数時間後、アマラは立ちあがってバスルームに入っていった。アマラがシャワーを浴びる音を聞いて、リアダンの欲望は激しくうずき、全身が張りつめた。

アマラに手を伸ばさずにいるのが非常に難しくなってきていた。夜が更けるにつれ、アマラのベッドに潜りこむことを想像してしまい、自制心を保つのに必死になっていた。

六カ月。

作業していたプログラムを閉じ、リアダンはソファにもたれて、暖炉の炎をむっつりと見据えた。

リアダンが最後に夜の闇でアマラを抱き、彼女の安心しきった深い呼吸の音を聞き、腕のなかで彼女が安らかに眠っていると実感してから、六カ月もたったのだ。

どんなにアマラを恋しく思い、アマラを求めていたかを認めてしまうのは難しくなかった。入院しているあいだの不完全な眠りのなかで、リアダンはこれらの気持ちに順応していた。

ぼんやりとした意識で、リアダンはアマラの存在を感じ、彼女にふれていた。あの感じは、夢とは思えなかった。アマラのぬくもりも、彼女の肌の絹のようななめらかさも、腕に刺さっている針の鋭い痛みと同じくらい現実味があった。

リアダンは手をあげて自分の胸をさすった。父親が部屋を出ていったあと、リアダンが見つめていることに気づく前に、アマラが部屋の明かりを弱くしてくれていてよかった。リアダンの胸の傷痕はそこに生えている体毛のおかげで見えにくくなっていて、そんなに目立っていなかったし、大きな傷痕を残しもしなかった。心臓のかなり近くまで埋まりこんだ銃弾は、取り出すのもそれほど困難ではなかった。

ただし、背中の傷はまったく話が違った。脚のうしろ側の傷も。また歩けるようになれて、自分はとても幸運だったのだ。

それどころか、生きていたこと自体が奇跡だ。

〝だめよ……置いていかないで……〟リアダンは自分の心臓がまさに止まった瞬間にも、アマラの声を聞いていた。死に際してなお、アマラの声が聞こえた。アマラのささやきが、彼をずっと追いかけてきた。アマラの声以外、あのときのことはまったく思い出せない。真っ暗闇のなかで、アマラを見つけようと必死になっていた。

アマラを置いていくまいとして。

なんてざまだろう。自分はそこまで誰かを愛したりしないと誓っていたのに。

マローン家の男たちの愛は普通ではない。彼らは呪われている。リアダンの祖父は、神からの贈り物だと言い張っているが。マローン家の男たちは、愛する人と永遠に特別な絆で結ばれる。愛する人の目を通して、夢を通して、彼女が見ているものを見ることができる。

そして、マローン家の男に愛された人が同じように彼を愛せば、絆の力は双方に働く。

リアダンの兄と義理の姉も、その絆で結ばれていた。

リアダンはいまも、悪夢を見て悲鳴をあげながら目覚めていたベラの姿が忘れられなかった。かつてはネイサンという名だったノアが死んでしまったと思われていた何年ものあいだは最悪だった。ベラは悪夢から目覚めるたびに半狂乱になり、夫が拷問を受けている、彼は生きている、わたしを必要としている、と言い張った。自分の両手が血まみれになっている、と言って譲らないこともあった。

ノアが戻ってきたとき、ベラが見たそうした恐ろしい夢の数々が、現実にもとづいていたことをリアダンは知った。ノアが家族のもとに帰ってくるためにくぐり抜けてきた地獄は、過酷なものだった。

シャワーの音がやみ、リアダンは暖炉で揺れる炎を見つめるまなざしを険しくした。切迫感すら帯びた欲望に駆られ股間が激しくうずく。

アマラはおれを捜しにきたんだ、とリアダンは自分に言い聞かせた。アマラが夢でリアダンを見ていたなら、リアダンがどんな男か、アマラは知っているはずだ。少なくとも想像はつくはずだ。リアダンがどんな恋人だったか。

そうでなくとも、アマラはこれからすぐ知ることになる。

アマラがバスルームから出ていくと、リアダンが待ち構えていた。どうして、リアダンは待ち構えていない、なんて思ったのだろう？　前日の夜は、リアダンにほとんど避けられている気がしたからなのかもしれない。

「もうベッドに入るわ」ソファに近づいて、アマラは言った。リアダンはソファの肘掛けにもたれてくつろぎながら、アマラを見つめていた。炎が鍛えあげられた筋肉と、ブロンズ色に日焼けした強そうな肌を、ゆらゆらと照らしている。

「まだ早い時間だ」欲望を帯びた低い声を聞いて、アマラは背筋がぞくっとした。

「明日はミーティングが……」なにげなく胸板を引っかくリアダンを前に、アマラは唾をのみこめなくなったような心地がした。リアダンはけだるげに、色気たっぷりにまつげの濃い目を伏せた。

「おいで、アマラ」穏やかだが、命令にほかならないその声に、アマラは体の芯まで揺さぶられた。リアダンを拒めるはずがないからだ。アマラはリアダンを拒みたくなどなかった。

アマラはもう息も絶え絶えになっていた。罠にかかって、引き寄せられていく感じがする。息をするのに苦労して呼吸は深くなり、懸命に息を吸うのに合わせて胸が上下する。ゆったりとしたパジャマのズボンとともに着ている、薄手の綿のシャツの下で、胸はふくらんでいた。

胸の先端はとがり、この上なく敏感になっている。全身が、あまりにも敏感になりすぎている。リアダンの激しい欲望に満ちた顔つきを見れば、彼の意図は明らかだ。ふたりの以前の関係がどんなものだったのであれ、リアダンはそれを取り戻すつもりでいる。

アマラは、リアダンに抵抗できると思いこんでいた。リアダンがソファから立ちあがったとき、抵抗するのよ、とアマラは自分に言い聞かせていた。

「もう遅いから……」アマラはあとずさりしようとしたが、リアダンに先手を取られた。彼はいっぽうの手でアマラの腰を支え、彼女の髪のなかに、もういっぽうの手を潜りこませていた。

「遅すぎはしない」そう告げるリアダンの表情は陰りを帯び、信じられないくらい色気を漂わせていた。

サファイア色の瞳の奥から熱情があふれ出している。情欲を一心に向けられて、アマラの抵抗する力は失われていった。

そして、リアダンの唇がアマラの唇にふれた。ゆっくりと、ほとんど優しいと言えるくらいそっと唇を撫でられる。そうされて、アマラはさらに求めた。いっとき正気を奪われて、リアダンを求めることしかできなくなった。もっと激しいキスを、情熱に満ちたキスを。アマラが夢見ていたように、完全にリアダンのものにしてほしい。とても気持ちがいいけれど、アマラが求めていたのはこんな優しさではない。アマラはリアダンと激しく求め合いたかった。夢のなかのリアダンがそうだったように、彼には野性のままに、欲望のままに奪ってほしかった。

「きみが求めていることを言ってくれ、ベイビー」リアダンがアマラに口づけたまま、彼女を見つめて聞いた。「してほしいことを言ってくれるだけでいいんだ。それとも、きみのほうから奪いたいのか？」

リアダンの声、表情から、彼がすべてを知っていることがわかった。リアダンは、アマラがなにを求めているか知っている。

「あなたに指示をしないといけないなら、わたしが見た夢はただの願望だったのかしら」

アマラには息を吸う時間しか与えられなかった。一度だけ息を吸った直後、快感に、リアダンに襲われた。

リアダンがキスを支配した。顔を傾けて舌を差し入れ、アマラを味わい、彼のものにし、渇望をわきあがらせた。この激しい渇望にアマラは驚くべきではなかったのだ。

むさぼるようにキスをしながらリアダンはアマラを抱えあげ、アマラが上になるようにソファに倒れこんだ。アマラを彼の体の上に横たわらせ、彼女の乳首が広い胸板にぎゅっと押しあてられるまで抱き寄せた。

アマラの両脚のつけ根にリアダンの欲望のあかしがあった。それでアマラの体の中心を力強く押しあげながら、リアダンは唇と舌を使ってアマラをどうにかなりそうなくらい高ぶらせていった。

アマラはキスに応え、舌で舌を愛撫されるたびに、その荒々しさに満足し、夢のなかで体験したのとはまるで違う、熱烈な渦のような快感にのみこまれていった。

リアダンはキスをやめて顔をあげ、両手でアマラのシャツを引っ張りあげた。

「これを脱げ」うなり声を出してアマラの両腕を押しあげ、シャツを脱がせる。アマラが両腕をおろすと、リアダンは彼女の乳房を見あげていた。「なんてきれいなんだ」

リアダンは両手で乳房を包みこみ、親指で両方の乳首を撫でた。アマラはかすかな叫び声を発し、彼に覆いかぶさった体を震わせた。

「リアダン……」かき消えそうな声が自然にもれた。

アマラはリアダンの二の腕につかまって、なんとか気を強く持っているふりは続けようとしていた。リアダンは腰を動かし、アマラの両脚のあいだに、硬い興奮のあかしを強く押しあてている。ふれ合いが熱を生み、リアダンの熱がジーンズとアマラの綿のパジャマを通して彼女の中心に、ふくらんだ花芯に伝わり、更なる興奮をかき立てた。

「どうした、ベイビー？　これが好きなのか？　気持ちがいいか？」リアダンは親指と人さし指を使ってアマラの胸の先端に絶妙な刺激を与え、彼女をもだえさせた。

「もっとよくできるか、やってみようぜ、ベイビー」リアダンは片方の手をアマラの腰にあて、ふたりの下腹部を密着させて乳房の先に吸いつき、アマラの頭に浮かんだかもしれない抵抗の言葉を盗んだ。

リアダンはアマラの乳首を強く、口の奥まで吸いこんだ。舌で先端をなぶり、熱い口のなかでそこをいっそうとがらせる。

快い刺激が乳首からクリトリスまで走った。全身を貫いた快感は体の中心で一気に燃えあがった。愛液があふれてパンティーを濡らし、繊細なひだをなめらかに潤わせた。熱い、とろりとした蜜は花芯をさらに敏感にした。アマラは思わず太腿でリアダンの腰を挟みこんで、体の中心を彼にすり寄せていた。

リアダンにまたがったアマラは懸命になって小刻みに腰を揺らし、どうしてもその動きを止められなくなっていた。リアダンはいっぽうの胸の頂からもういっぽうの頂へと口づけを移し、ふくらんだ乳房を心ゆくまで味わっている。少し力をこめてかじりついては、甘がみしたところを舌でさっとなめ、また先端に吸いついて、熱に浮かされたように夢中になって口のなかに引きこむ。

興奮に襲われた全身が張りつめ、あとで思い出したらショックを受けそうな哀れっぽい泣き声が引き出された。アマラがまたものを考えられるようになったら、この理性の利かない状態を分析できるようになったら、ショックを受けるだろう。

いまはただ、リアダンを求めることしかできなかった。もっと続けてほしくてたまらない。リアダンがふたりの服を取り払ってくれなかったら、アマラは絶対に頭がおかしくなってしまう。リアダンが抱いてくれなかったら、アマラは体の内側で燃えさかっている欲求で死んでしまう。

熱い口のなかに吸いこまれるたびに、敏感な場所を舌でなぶられる感覚は、苦しみであると同時に悦びだった。それでも充分ではない。アマラはさらに求めていた。自分のなかに閉じこめておけなくなりそうなくらい激しく欲求をふくらませていた。

両手をリアダンの髪にうずめて彼の頭を胸に抱えこみ、必死に彼にまたがって腰を揺らした。デニムに包まれたペニスに、パジャマ越しに体の中心を撫でられるだけでは耐えられない。もっと近づかなくては。どうにかして、このうずきをやわらげる方法を見つけないと……。

「アマラ……」いきなり部屋が明るくなった。

低い男性の声をアマラの頭が認識する前に、リアダンが動いていた。リアダンはアマラをソファにおろして自分の体のうしろにかばい、侵入者に銃を向けて指を引き金にかけた。シヨックに満ちた顔でふたりを見つめていたのはイリヤだった。その目には怒りが燃えあがっていた。

顔の左側にあるドラゴンのタトゥーが怒った生き物のようにうごめき、イリヤの眼光鋭い緑色の目はリアダンをねめつけた。

「彼女に服を着させろ。いますぐにだ。そのあと急いで、アマラは父親に電話をするんだ。さもないと、娘が電話に出ないといって、イヴァンはこの部屋にやってきて、おまえを殺すぞ、リアダン」イリヤは乱暴に言った。「それと、今後はドアに鍵をかけておいたほうがいいかもな」

「おまえこそ、ノックをしたほうがいいぞ」リアダンはうなり声を発し、銃をおろした。

「明かりを消してドアを閉めて出ていけ。アマラはあとで都合のいいときに父親に連絡する。アマラには父親に関係ないところでの生活もある」

明かりが消えてドアがバタンと閉まり、重苦しく、危うい沈黙が残った。

「次こんなことがあったら」ドアが閉まるなり、リアダンは低い声で言った。「やつを殺す。おれは確かに、あのドアにしっかり鍵をかけていたんだからな」

確かに、そうだった。アマラも、リアダンがドアに鍵をかけるところを見ていた。

6

翌朝、リアダンはアマラを待ち構えていた。

昨夜、邪魔が入ったあと、リアダンはアマラを彼の部屋に連れていき、ベッドに入れと指示してから、ドアの鍵をつけ替えた。それがすむとすぐに、自分はアマラの部屋にいると言って行ってしまった。以降、アマラがリアダンのようすを見ようとするたびに、リアダンから〝にらみ〟を利かされるはめになった。アマラがいますぐひとりでベッドに戻らなければ、リアダンもそのベッドに入ってきてしまうに違いない、と確信させる〝にらみ〟だ。

あのときのリアダンの目には特別な渇望が宿っていた。陰鬱な色気と純粋な情欲が瞳をぎらつかせており、その目を見て、アマラは急いでリアダンの部屋に逃げ戻ったのだった。怖かったからではない。いまだに、自分がどうしてリアダンの目を見て慎重になったのか、よくわからなかった。

そして、朝になってもあの目のぎらつきは完全には消えていなかった。

リアダンは視界にアマラの姿をとらえるなり、彼女の黒いパンプス、オーダーメードの黒いウールのスカート、体にぴったり合ったチェリーレッドのセーターをじっと見つめた。小さな黒真珠のボタンが並ぶセーターの胸元からわずかにのぞいている谷間にしばし目を止めたあと、リアダンはアマラと目を合わせ、まなざしに光る愉快そうな好奇心と濃密な欲情を見せつけた。

そのまなざしを向けられただけで、なぜ鼓動が速くなり、胸がいきなり超敏感になったように感じられるのか、アマラは理由を解明しようとする気すら起きなかった。

「これ以上、ボディーガードは必要ないと思っていたわ」アマラはそう告げてリアダンから離れ、階段へ向かった。

「いや、それはどうかな」リアダンは言い、アマラについてきた。「きみの父親はおれを追い出したくてたまらないようだから、勤勉に働いておいたほうがいいと思ってね」

アマラはあきれ顔をした。

「カウボーイがいつからそんな高級な言葉を使うようになったの？　〝勤勉に働く〟ですって？　うそでしょ？」くるりと振り向いて、からかってやろうと思ったのに、アマラはすぐに眉間にしわを寄せた。リアダンに尻を見られていた、と気づいたからだ。

リアダンは前にも同じことをした、とアマラは思い出した。不意に記憶が浮かびあがってきたのだ。リアダンがアマラのボディーガードのチームに加わったばかりのころ、アマラは歩いているとき何度も、リアダンに尻を見られている、と気づいたのだ。

ほかのボディーガードたちと違って、リアダンは見ていなかったふりなどしなかったし、アマラに気づかれて恥ずかしがったり、否定のしるしにむっとしてみせたりもしなかった。リアダンはただあの青い目を光らせて自信満々に片方の眉をあげ、憤慨するアマラを見て、いまにも笑いだしそうな顔をしていた。

「うそじゃない」リアダンは答えた。人の尻を見ていた現場を押さえられたのに、全然すまなそうにしていない。「だが、いまの時代、さっきの言葉にそれほど高級な価値があるとは思えないね。いまじゃ、小銭程度もらえればラッキーなほうだ。それと、その抜群にかわいい尻に見ほれてほしくないなら、そんなに気前よく見せびらかすなよ。それを見るなと言ったら、朝日とか夕日とか、すばらしい自然の美に見とれるな、と言うようなものだぜ。できない相談だ」

この男は厄介だ、とアマラは感じ取った。いや、リアダンが厄介な男だと、アマラはとっくに知っていた。

「今朝は、わたしにセクハラする以外にすることを見つけたら」アマラは言った。「横暴な男性と言い争うのは、もううんざりなの。あと、わたしのお尻ばかり見ないで。朝日とか夕日とか、すばらしい自然の美と違って、わたしはかわいいお尻だけの存在じゃないの」

アマラは向きを変え、ふたたび階段へ歩いていった。玄関広間に入っていくと、エリザヴェータとグリーシャがいた。ふたりはアマラのうしろにいるリアダンに気づいて問いたげな表情を見せたけれど、アマラは気づかないふりをした。

まじめそうな、きれいな顔立ちをしたエリザヴェータは、一六八センチのすらりと引きしまった体形の持ち主で、豊かなダークブロンドをきっちり一本の三つ編みにして垂らしている。彼女をひと目見てボディーガードだと思う人は、まずいないだろう。彼女の双子の弟、グリーシャ――姉より二十センチ近く背の高い弟は、髪の毛の色は濃いけれど、姉と同じ灰色の目をしている――は、リアダンを用心深く見つめていた。グリーシャは自然のままに荒々しい、セクシーな北欧の神みたい、とアマラの友人はほれぼれとため息をついていた。

リアダンは身長が一八八センチで、無精ひげを生やしていて、少し長すぎる黒髪が長年日焼けして浅黒くなった顔にかかっている。彼はアマラの大好きな冒険アクション映画に出てくるヒーローにそっくりだ。リアダンのほうが、はるかにアマラの好みにぴったり。アマラは心のなかでしぶしぶ認めてしまい、自分がふたりの男性をくらべていたことに気づいた。

「用意ができたのなら、いつでも車を出せるよ、アマラ」グリーシャが言った。完璧な英語を話しているが、ロシアなまりはまだ抜けきっていない。

「書斎からタブレットを持ってこないと――」

「ちょっと待て、今朝、この家から出かけるなんておれは聞いていないぞ」リアダンが口を挟んだ。少しおもしろがっているような響きもあるが、彼の声には不吉な警告の響きも隠れていた。

ふうん、こちらは前もって伝えておくつもりだったんだけど。

「昨日の夜、わたしはこのことを伝えようとしたのに、あなたが聞こうとしなかったんでしょ」アマラは肩をすくめて階段の前を通り過ぎ、廊下を歩いて屋敷の反対側に向かった。アマラの仕事場として父親が用意してくれた書斎がそちらにある。

リアダンがすぐうしろについてきていることは、強く意識していた。エリザヴェータとグリーシャはついてきていない。

書斎のすぐ近くまで来てアマラがドアを開けようと手を伸ばしかけたとき、いきなりリアダンが目の前にずいと踏みこんだ。身長一八八センチ、体重一一一キロの男が立ちふさがっている。いっとき、アマラはリアダンの発する熱に、純粋なエネルギーに、体を包みこまれてしまう気がした。

アマラは深呼吸をひとつし、忍耐強さを発揮してうしろにさがり、リアダンが書斎のドアを開けて室内の明かりをつけるに任せた。机と書棚とソファ一式が置かれた小さな部屋を入念に見まわしたあと、リアダンは室内に入り、アマラにも入ってもよいと合図をした。

「ちょっとやりすぎじゃないかしら」アマラは頭を左右に振りながら机の前に行って、タブレットと、数日前に椅子にかけたままだった革のコートを手に取った。

「ここで何者かがきみを待ち構えていて、そいつと鉢合わせなんかした日には、そんなふうに思わないだろうな」リアダンの楽しそうな顔つきが、アマラの癇に障り始めた。

「悪いけど、リアダン、まさか自分の家の書斎で襲われるなんてないと思うわ」とりあえず、いままではなかった。前回の襲撃者はニューヨークのペントハウスの玄関から侵入してきた。

でも、アマラはそう話に聞いているだけだ。

襲撃自体を覚えているわけではない。ただ、侵入に関するその話を聞かされたとき、なんとなく引っかかるものを感じたのだった。

アマラがドアに向かおうとしたとき、リアダンがふたたび音もなく目の前に立ちふさがり、彼女を見おろした。もう楽しげな顔つきもしていないし、軽薄なことを言う気配もない。完全に自分が命令する側だという傲慢な態度でアマラを見おろしていた。

「朝からどこへ行くつもりなんだ?」リアダンは彼の横にある壁と同じくらい動かしがたく見えた。

男性はどうして、自分の体が人よりずっと大きいというだけで、それを使っていばっても許されると考えるのだろう? ほかの方法で女性を自分の思うとおりに動かせないからといって、どうして体格のよさを使ってどうにかしようとするのか?

「筋肉を使えばなんでも自分の思いどおりにできるという男性の考えかたが気に入らないわ」アマラは冷静に指摘した。

「そんな議論に持ちこもうとするな」リアダンはすかさず言い返した。まるで、アマラのそんな言いぐさは聞き飽きたと言わんばかりだ。「おれにはやるべき仕事がある。きみと同じように。おれの仕事は、きみを生き延びさせることで、きみの仕事は、生き延びることだ。忘れてないな? おれは適切な範囲で、きみと協力して働こうとしてる。できるだけ、気持ちよく仕事ができるようにするためだ——きみも同じようにしてくれるな?」

アマラはとりわけ奇妙な既視感に襲われた。まったく同じことを以前にも体験した、同じ言葉を聞いた、という感覚だ。どうしてこんなに聞き慣れた感じがするのか、説明はできないけれども。

「昨日の夜、今日のミーティングについて話そうとしたのよ」こみあげてくる怒りは、なじみのない感情だった。「四十分後に、パパの弁護士と会う約束があるの。そのあと、エリザヴェータとわたしはスパに予約を入れてる——これは絶対なしにはできないわ。あなたはわたしのボディーガードになるはずではなかったでしょ、リアダン、わたしの元恋人になるはずだった。だから、あんまりボディーガードっぽく振る舞うのはやめたほうがいいんじゃない？」

リアダンの口元に力が入って唇がわずかに薄くなり、サファイア色の目にいら立ちの光が灯った。

「とりあえず行こう。話の続きは帰ってきてからだ」帰ってきてからの対決は、ただ〝話〟をするだけではすまないに決まっている、とアマラは思った。

「あなたを誘ってはいないんだけど」

アマラは抵抗を思いつく間もなくリアダンにつかまって向きを変えさせられ、リアダンとドアのあいだに挟まれていた。リアダンは片方の手でアマラの腰を支え、もう片方の手をアマラの髪に潜りこませて彼女をのけぞらせ、唇を奪った。

純粋な支配欲、渇望、熱情が最大限に凝縮されたキスだった。純粋で、刺激的な、心酔わせるキス。このキスは、アマラに昨夜中断された行為を思い出させた。リアダンの忍耐力が尽きかけていることも。リアダンは、もうすぐアマラとベッドをともにするだろう。アマラが彼のベッドにいようと、自分のベッドにいようと関係なく。

「くそっ！」リアダンはいきなり顔をあげ、息を荒くしてアマラを見おろした。じっと見つめてアマラの表情を探っている。「食べてしまいたいくらい、きれいだ。何時間もかけて味わいたいくらい。おれは死ぬほど飢えてるんだ、アマラ」

アマラは息をすることも難しく、ましてや考えることなど無理だと感じて、唇を開いた。今日のミーティングなんてなしにさせて、あなたのベッドに連れこんで、とリアダンに頼みこまずにいるだけで精いっぱいだった。

「おれの自制心がだめになる前に行こう」リアダンは抑えた声で言い、アマラをドアの前からどかせ、抑制の利いた動作ですばやくそこを開けた。「いますぐ動かないと、行けなくなるぞ」

アマラはぼうっとなった心地で部屋を出て、玄関広間に歩いていった。いまので平静を奪われてしまった。これまで以上にリアダンを意識せずにはいられない。

「おれたちは〝協力する〟と決めたことを覚えてるか？」リアダンが聞いた。「それとも、また一から説明しないとだめか？」

協力する？　アマラに言わせれば、大して協力することなんてなさそうだった。単に、リアダンに引っ張りまわされるだけで。

でも、抗議してもあまり意味はなさそうだ。リアダンと議論しようとしても、煉瓦《れんが》の壁に向かって話しかけているも同然。リアダンが頑固すぎて横暴なのは生まれつきだから直らない。リアダンの肩のそびやかしかたや、まなざしに光る固い決意を見ればわかる。それにアマラの脳は、さっきのキスのせいでまだ混乱していた。

これからどうなるのか、一週間前と同様、いまでもよくわからない。自分がリアダンにどんな感情を抱いているかも、よくわからない。リアダンなんか嫌い、と言ってみたいけれど、いざ口に出してみようとすると、なんだかしっくりこなくて、うそつきになった気分がするのだった。

今日は一日リアダンにつきまとわれても仕方ないとあきらめ、リアダンと一緒にリムジンに乗りこんだ。グリーシャとトビアスは、うしろの車に乗った。エリザヴェータはアマラたちと同じ車に乗ってくれたので、ラッキーだった。いずれは、このリアダンとの共同の取り組みに関して、ちゃんとルールを決めなくてはいけないだろう。

けれども、もうリアダンをコントロールできる段階はとうに過ぎてしまったのでは、と悪い予感がした。そもそも、そんな段階があったならの話だけれど。幼児期を過ぎてからのリアダンをコントロールできる人が果たして存在したのかどうか、怪しいところだ。

それに、リアダンの側からすれば、いまさらコントロールなんてされてたまるか、と考えているに違いない。

やっぱり、弁護士とのミーティングのあとのスパは欠かせない。女性マッサージ師の施術を受けたあと、エリザヴェータと一緒にのんびりくつろぎながら、アマラは思った。何時間もかけて、丁寧なケアを受け、チョコレートとシャンパンを味わい、マニキュアとペディキュアをしてもらい、脱毛も終えた。

以前はもっと時間がかかっていた、とアマラは思い出した。髪が長かったときは、毛先を整えて、コンディショニングをして、絹のリボンのように肩を覆うまで注意深くセットが行われていたのだ。しっとりとした豊かな髪は、内側から生命の光を発しているかのように輝いていた。

　無残に切り落とされてしまう前は。

　マッサージ台の上でうつぶせになったまま、アマラは悲嘆のため息をこらえた。肩と背を覆っていた長い髪がなくなってしまって悲しい。その髪のなかにリアダンが両手を潜りこませたときの、ぞくぞくする感覚が恋しい。リアダンは髪を握りしめ、こたえられない刺激を生んで、小さな火花のような快感をアマラの頭皮から全身へと送りこんだ。

「リアダンが戻ってくるなんて驚いたわ」エリザヴェータの小さな声で、アマラは現実に引き戻された。「今朝、あなたのパパから伝えられたの。またリアダンがあなたの警護を指揮するって。ここまでだったら、わたしも驚かなかっただろうけど」

　かすかななまりの残る声に、問いたげな響きが宿った。

「それ以外にもパパはなにか言ったの？」アマラは親友のほうを向いて目を細くした。

　エリザヴェータは心配でたまらないといった表情になった。

「あなたがさらわれる前にリアダンとそんな仲になっていたなんて、知らなかった」エリザヴェータは静かに言った。「知っていたら、ちゃんと話していた……あなたに恋人がいたかどうか聞かれたとき……知っていたら、ちゃんと話していたわ、アマラ」

　エリザヴェータならそうしてくれたはずだ、とアマラにはわかっていた。

　アマラとエリザヴェータは子どものころからずっと親友だった。エリザヴェータも、グリーシャも、イリヤも同胞だ。アマラの人生にとって大切な存在である彼らがいなくなったら、アマラと父親はどうなってしまうことか。

「どうも誰も知らなかったみたいね」なぜリアダンがそんなことを許していたのか、アマラには想像もつかなかった。もちろん、自分がなぜ隠していたのかもわからない。

けれども、推測することはできた。自分の父親がどんな人かは知っている。アマラがつき合う男性すべてに適用される、父親のルールについても。アマラが関心を示した男性をたちまち首にしてしまう、父親の悪い癖についても。

やっぱり、自分はリアダンとの関係をできる限り秘密にしようとしたかもしれない。だけど、アマラもアマラの父親も思い知らされるはめになったのだ。リアダンは自分の存在を秘密にさせておくような男ではないと。そう考えただけで、どうしてアマラは興奮してぞくぞくしてしまうのだろう？

リアダンがそばにいて、待っていてくれて、危険がないか見守ってくれている。そう知っているだけで不安はだいぶやわらぎ、入れ替わりに、自分でもどうしていいかわからない、奥深いところからわきあがってくる興奮に襲われてしまうのだった。

「彼を愛しているの？」エリザヴェータはアマラをじっと見つめたまま問いかけた。真剣な灰色の目は心配そうだ。

リアダンを愛しているか？

愛している。記憶を失ったのにそんなことがわかるなんて不合理に思えるけれど、自分がリアダンを愛していることはわかっている。

「あなたのその顔を見れば、答えは一目瞭然ね」エリザヴェータは、どことなくうらやましそうに言った。そんなエリザヴェータの声を聞いて、彼女には親友の恋にほろ苦い羨望《せんぼう》の気持ちを抱く理由があるのだ、とアマラは思い出した。

アマラより五歳ほど年上のエリザヴェータ。すらりとした体を訓練で鍛えあげ、みずからの能力を信じて生きてきた彼女は、ずっと昔に女性を愛することを忘れてしまった男性を愛している。

「あなたが愛する人を見つけることができて、本当にうれしいわ、アマラ」いとこは優しく言った。「ねたんでなんかいないわよ。ちょっとは、うらやましいかもしれないけど」エリザヴェータは明るく瞳を輝かせた。「ほんのちょっとだけね」両手を伸ばし、数センチどころか六十センチくらい手を離して、このくらいと教えてくれている。

「うらやましがってもいいけど、そのうち、わたしは彼を殺しちゃうかもしれない」アマラは大げさに目をまわした。「あの横暴さに我慢して彼とベッドをともにしてたなんて、われながら信じられないわ」

あの男は横暴な態度を完璧な芸術の域まで高めている。その点はアマラの父親以上だ。いったいなぜ力のある、自信に満ちあふれた男は必ず、自分の言葉がすべてである、自分が言葉を発しさえすればすべての話し合いは解決すると思いこむのだろう？　そして、女はどうしてそんな男に会うと、手なずけてみたいと思わされてしまうのだろう？

「あのころ、彼は変わったのよ」エリザヴェータは、なにか思い出そうとするように眉を寄せた。「いまでも、あなたがそばにいるときの彼は、ほかのときとは違うわ。あなたのパパに雇われたばかりのころほど、強面《こわもて》でも、冷ややかでもなくなった。わたしが最初に会ったころのリアダンは、見つめるだけで相手を凍りつかせそうな目をしていたもの」

アマラの頭にぱっと記憶が閃《ひらめ》いた。氷のようなリアダンの目、笑みなど決して浮かべそうにない顔つき、そこにはからかいも情欲も関心もいっさいなかった。

「リアダンがそんなふうに変わったからこそ、あなたのパパは心配になって、あなたがさらわれる直前にリアダンをイギリスに送ってしまったのよ。あなたのパパがあなたのママにリアダンの配置換えの話をしたとき、わたしはあなたのママと一緒にいたの。タリア叔母さんは、その話を聞くなり怒り狂ってたわ。想像つくでしょ」エリザヴェータは言った。

確かに、母なら怒り狂っただろう。アマラと母親はよく話をしている。アマラが男性に関する内緒の話を相談する相手は、母親だった。でも、リアダンとの関係については、アマラの母親さえ知らなかった。

「ママはパパになんて言ってたの?」アマラは細長いマッサージ台に横たわったまま両肘をついて、両手に顔をのせた。

「いろんな国の言葉であなたのパパをののしったあと?」いとこは笑い声をあげた。「そんなことをするのは間違いだって言っていたわ。それからすぐ、わたしの母はわたしとグリーシャをここに送り返したの。母もタリア叔母さんも、リアダンがいなくなってしまったのなら、あなたにはわたしとグリーシャが必要だと思ったのよ」後悔と悲しみに襲われたように、エリザヴェータは顔をしかめた。「でも、わたしたちは間に合わなかった。そのことで、一生わたしは自分を責め続けるわ、アマラ」

「もっと早く戻ってきていたら、殺されていたかもしれないわ」アマラは身を起こし、シーツを胸元で握りしめて胸の痛みをこらえながらいとこを見つめた。「あなたも、グリーシャも」

この言葉に、エリザヴェータはうなずいた。「あなたを連れ去るために、やつらはそうするしかなかったでしょうね」

そうなっていたら、アマラは生涯、悲嘆から立ち直れなかったはずだ。

アマラはマッサージ台からおりて、更衣室に向かった。エリザヴェータとグリーシャを失うなんて想像するのも耐えられない。ふたりとも、アマラが物心つく前から、ずっとそばにいてくれた。アマラの母親と、ふたりの母親ティアナは非常に強い絆で結ばれていて、タリアが生まれて以来、この姉妹を引き離すことは誰にもできなかったらしい。

「帰る前にコーヒーショップに寄るって、リアダンからほかのボディーガードみんなに伝えてもらったほうがいいわね」更衣室から戻ると、アマラはしたり顔で笑みを浮かべていとこに言った。「だって、リアダンはまたわたしの警護を指揮することになったんだから、こういうことも最初に伝えておかないといけないでしょ？」

エリザヴェータはいったん目を細くしてから、茶目っ気たっぷりに目を丸くした。

「あなたはリアダンから警備部隊に復帰する話を直接聞いてなかったのね?」エリザヴェータは笑い交じりに聞いた。

「わたしにそんなことを黙っているなんて怠慢ね」アマラはわざとらしく唇をとがらせてみせた。「いけないリアダンだわ。思い知らせてやらないといけないわよね?」

ふたりはそろって笑い声をあげた。こんなふうに気軽に、ふざけて笑うのは数カ月ぶりだった。アマラが一年分の人生を奪われる前に戻ったみたいに。アマラが大切ななにか、誰かを失ってしまう前。その誰かを自分が愛していたことさえ、アマラは知らなかった。

アマラはリアダンを愛しているかもしれない。でも、同じ愛情が返ってくるかどうかはわからない。まったく、わからなかった。

7

「こんなのどうかしてるわ」アマラはファミリールームに入ってから、怒りもあらわにリアダンを振り向いた。「家から出かけるたびに、復讐の影みたいなあなたにつきまとわれるなんて。絶対に我慢できない」

コーヒーショップをあとにしてからずっと、アマラの怒りは増すばかりだった。リアダンがつきまとっているおかげで、誰かと話をすることもできなかったのだ。ましてや、コーヒーショップで働いているウエイトレスを、じっくり時間をかけて説得して話を聞き出すなんて、とても無理だった。コーヒーショップに行ったのは、まさにそうするためだったのに。あのウエイトレスのことが、アマラはどうしても気になって仕方なかった。彼女を見ると封じこめられた記憶が刺激され、壁の外に出てこようとしているのを感じる。アマラは一カ月以上前から、彼女を説得して信頼してもらおうとしていた。アマラとエリザヴェータのテーブルのそばで、ウエイトレスが物言いたげにしていたことに気づいた日以来だ。彼女の緑色の目には、絶望のような恐れが影を落としていた。

それなのに、リアダンが近くにいたら、ウエイトレスと会話するなんてできるはずがない。今日の彼女はアマラのテーブルに近づこうとすらしなかった。実際のところ、すっかり姿をくらましていたのだ。いっぽうリアダンはすぐ近くの席にどっかりと座り、やけに楽しそうにアマラを見ていた。

「おれがつきまとうのは当然だ」アマラが振り向くなり、リアダンは言った。アマラは両手を腰にあて、リアダンをひっぱたいて、えらそうな表情を吹き飛ばしてやりたい気持ちをこらえていた。「もう、それはおれの仕事の一部になったんだ。忘れたのか？」

まるで茶化すように聞かれて、アマラのささくれ立っていた神経が逆撫でされた。問題は、アマラが感じているのが怒りだけではない点だ。高ぶりも感じている。全身が敏感になって、胸が大きくなったように感じ、乳首はつんとなってうずき、両脚のあいだの秘められた場所がしっとりと濡れてきている。

このままではパンティーを替えなくてはいけない。

リアダンのせいで。リアダンはどうやってアマラにこんな影響を及ぼしているのだろう？どうして？　ほかの男性にこんなふうに反応したことは一度もなかった。自分でも彼の顔をひっぱたきたいのか、その顔を彼女の両脚のあいだにうずめてもらいたいのか、わからなくなるのだ。ただ、あとのほうの想像をするだけで、アマラは両脚のあいだがぞくぞくして太腿をぎゅっと閉じ合わせてしまうのだった。

「あなたのことも、あなたの仕事の細かい内容も、わたしにはどうでもいいわ。あなたはわたしのボディーガードなの、リアダン、それとも恋人なの？」アマラは自分に腹が立って、かみつくように言った。リアダンに対して矛盾した反応をする自分の体にも腹が立った。

「いつまでもこんなことを続ける気なら、ミスター・マローン、わたしも手加減しないわ。わたしにつきまとうのがどんなに難しいか、本気で思い知らせてあげる。わたしが、そんなに都合のいい恋人になんかならないこともね」

アマラが最初のひとことを発したときから、リアダンは体をこわばらせていた。表情は険しくなると同時に、色気も漂わせる。なかば閉じた目に濃いまつげが影を落とし、アマラの唇を見据えるまなざしに官能を約束する光が宿る。

「そんなまねをしようなんて考えないほうがいいぞ、アマラ」リアダンのざらついた声を聞いて、アマラの体の中心が貪欲な渇望に駆られたようにうずいた。「おれは、きみに完全に正直に接してきたんだ。きみも正直に話してくれ。いったいなんの目的があって、あのコーヒーショップに寄ったのか。そうしてくれれば、おれはいったいなにが起こっているのかわからない男のように振る舞うのをやめる」

アマラが息をのんだ瞬間、心臓はいったん止まってから早鐘を打ちだした。あまりに激しい鼓動のせいで、アマラは恐慌状態に陥ったように呼吸を浅くした。

見ていただけのリアダンに、なにもかも見抜かれているわけがない。まさか。リアダンは単に探りを入れて、アマラを追いつめようとしているだけだ。

「コーヒーショップに寄ったのは、ただ友だちとコーヒーを楽しみたかったからよ」アマラはなんとか言葉を押し出した。リアダンに話すわけにはいかない情報は、なんとしてでも押しこめておくようにした。「その友だちを、あなたは嫉妬の塊みたいにずっとにらんでいたでしょう」

結局のところリアダンも、エリザヴェータやグリーシャと同じようにボディーガードなのだ。ボディーガードはみんな、イヴァンに報告をする。アマラはもちろん父親を愛しているけれど、どうしても父親に知らせてはならない情報があることもわかっている。あのウエイトレスのことを父親に知らせてはならないと、アマラは本能的に悟っていた。一度、コーヒーショップでアマラのテーブルに父親が同席したとき、ウエイトレスの目に浮かんでいたのは純粋な恐怖としか言えない表情だった。

本能。ひょっとしたら知識かもしれない。アマラにはどちらなのかわからないけれど、いまのところこの秘密は自分の胸のなかだけにしまっておいたほうがいいと確信していた。

リアダンは首を横に振った。「おれにうそをついてるな」向きを変えてドアの前に歩いていき、そこを閉めて用心深く鍵をかけ、アマラを振り向いた。

「どうして鍵なんかするの？」アマラは警戒し、用心深くリアダンを見つめた。

「きみの父親は、きみがわざわざ出かけるのは反抗するためだと思っている。きみが自由に振る舞えることを示すために行動しているだけだと」リアダンは言いながら近づいてきて、声をささやき程度に落とした。「おれには本当の目的がなんなのか話してくれ……きみを手助けさせてくれ」

手助けさせる？　それはもう助けになってくれるでしょうね。どうせ、まっすぐアマラの父親のところに行って、話したことを残らず報告するんでしょう。ボディーガードはみんな、そうするんだから。リアダンのことも信用するわけにはいかない。

本当は、心からリアダンを信じたいと思っていても。リアダンは、アマラの父親がリアダンを帰らせると言いつつ結局は彼を元どおりボディーガードに復帰させたことも、アマラには黙っていた。リアダンがそれについてはっきり言わなかったから、アマラはほかの人からその話を知らされるはめになった。そんなことをする人が、アマラを手助けしてくれるとは思えない。

だけど、アマラはリアダンを信頼したくてたまらなかった。リアダンが現れるまで、アマラは誰かに相談したいとも、誰かを信頼して秘密を打ち明けたくてたまらないとも思いもしなかったのに。でも、そんな願望に従って人を信頼した先になにが待っているかは、経験からわかっている——がっかりさせられるだけだ。

「わたしはパパの委員会を管理して、パパがどうしてもそうしろと言うから、あんな厄介なミーティングにも我慢して、必要なときはかいがいしく主催者役を務めてきたわ」アマラは苦々しく言った。「ずっとこの屋敷にこもって、わたしがさらわれる前は友人だったという人たちと会うことを避けてきた。パパのためにこういうことをすべてやった上で、わたしは自分が確かに覚えている友人たちとコーヒーを飲んで少しのあいだ過ごしたいと望んだだけなのに、こんなことに耐えなくてはいけないの?」アマラはかっとなって、あざけるようにリアダンに向かって手を振った。「疑われて、質問攻めにされることに?」

この言葉を聞いたリアダンは、なにもかもお見通しだと言わんばかりに喉を鳴らして笑った。アマラの背筋に決して不快ではない震えが走った。リアダンはアマラの言葉を信じていない。信じているふりすらしていないのだ。

「おれはきみの目を見ていたんだ」リアダンはアマラのうしろに歩いてきて、すぐ耳元に唇を寄せてささやいた。彼のぬくもりに包みこまれてしまうようだった。「きみはあのコーヒーショップを見まわしていた。誰かを捜していたんだ。誰を捜していたんだ、アマラ？　恋人か？」最後の言葉はかすれ、危険な響きを帯びた。

アマラが捜していたのが本当に恋人だったとしたら、その人はすぐにいなくなるのではないか、という気がした。ふざけて、アマラを誘惑しようとしていた戦士が、もはやふざけていない本気の戦士になろうとしていた。

「あなたには関係ないわ」アマラはきっぱり言った。

「きみのそういう考えが間違っているんだ」やっぱり、リアダンはふざけていない。「真剣に聞いてくれ、アマラ。もしも、きみに恋人がいたら、それは一も二もなく、おれに関係する問題になる」

彼の言葉に胸を打たれたみたいになって、アマラは息をのんだ。いま確かに聞こえたように思える、リアダンの完全な独占欲のにじむ声は本物だろうか。そんなはずはない。でも、もしかしたら？

「よく、そんなことが言えるわね？」アマラは強く言い返した。「あなたは半年も戻ってこなかったのよ、覚えてる、リアダン？　しかも、わたしのほうから、あなたを捜しにいかなくてはいけなかった。あなたは捜しにきてくれなかった」そのことを、アマラは認めたくないくらい根に持っていた。

「言えるさ」リアダンはふたたびアマラを正視した。表情は暗く、彼が胸に秘めている記憶のせいで陰りを帯びている。「おれの言うことを信じろ、アマラ、おれはここに戻るつもりだった。それよりほんの数日早く、きみがおれの家に来ただけだ。きみはおれが来る前の、天から与えられたわずかな時間を楽しんでいただけだ」

「天から与えられたわずかな時間ですって？」アマラはかっとなって、リアダンをにらんだ。「六カ月よ、リアダン。わずかな時間じゃないわ。そんな恋人は、最初から相手のことなんか少しも気にかけていなかったのよ」

リアダンはどうして戻ってきてくれなかったのだろう？　アマラの父親が敷いたバリケードなどものともせず、なんとか方法を見つけて連絡してくれればよかったのに。どうしてずっと離れていたの？リアダンははばかにするように眉をあげた。

「どうして、いまさら戻ってきたの？　どうして、いままでずっと離れていたの？」アマラは、こんな気持ちになることがいやでたまらなかった。リアダンがアマラに対して抱いているだろう気持ちよりも、自分がリアダンに対して抱いている気持ちのほうが強いのだ。リアダンは肩をすくめた。「そんなに自分が正しいと思っているなら、思い出せばいい。記憶を取り戻せば、きみが抱いている疑問すべてに自分で答えられるはずだ。思い出すまいと抵抗するのをやめれば、まわりにいる人間全員に疑問をぶつけ続けなくてもすむようになるだろう」

「なんて性格の悪い人なの！」アマラは愛想が尽きたとばかりに叫んだ。

「それは前にも聞いたよ、スイートハート」リアダンはアマラの軽蔑の言葉なんてまったくこたえていないように、余裕の態度で肩をすくめた。「確かに、そのとおりなんだろうな。だが、性格の悪いやつにならないと、かわいいきみの尻をきみ自身から守れないなら、喜んで性格の悪いやつになってやる。きみが気に入らなくてもだ」

「わたしは自分の身を危険にさらしたことなんてないわ」そんなふうに言われて、アマラの怒りは爆発しそうになった。リアダンまでアマラを子ども扱いしようとするなんて、どういうつもりだろう。アマラが危険な状況にも気づけない、ひとりではなにもできない人間のように。

「ベイビー、おれはきみのボディーガードが去年まとめた報告書を読んだんだ。ここ数カ月の報告書も」リアダンはここで笑い声をあげる神経の図太さを見せた。「ここ数カ月間のコーヒーショップへのお出かけなんて、かわいいものだ。きみがさらわれる以前、きみにまかれずに警護するのは、風を追いかけるみたいに難しかった。でも、あるときからしばらく、きみは落ち着いていたんだ」リアダンは首をかしげ、考えこんでいるような顔でアマラを見つめた。「きみはおれのベッドのなかで、風を追いかけるより楽しいことを見つけたんだ。それを思い出せば、さらわれたときの記憶も取り戻して、すべての疑問への答えも手に入れられるかもしれない」

「あなたの言うとおりだったはずはないわ」アマラは歯を食いしばった。あまりにも腹が立って、リアダンの言うことを受け入れまいとしながら、息が詰まりそうになっていた。「わたしを縛りつけることができる人なんていないはずよ。特に、あなたにそんなことができるわけないわ」

　アマラは怒りのあまり、ぶるぶると震える寸前だった。このいやな男は傲慢で、自分はなんでも知っていると思いこんでいる。

「恋人でもか？」リアダンが近づいたので、アマラは首をうしろにそらせないと彼の顔を見あげられなくなった。アマラが口を開けて、ありったけの悪口を浴びせてやろうとした瞬間、リアダンが手を伸ばし、指で優しくそっとアマラの頬を撫でた。「恋人なら、きみを引き留めておくことができるか、アマラ？」

　いっとき――ほんのわずかな、はかない一瞬だけ――アマラはリアダンと恋人として過ごすことを想像した。絡まるように抱き合うふたり。リアダンが大きくて力強い体でアマラを包みこみ、彼の浅黒い肌と彼女の白い肌の対比が際立つ。ふたりは両手をつなぎ、唇を重ねている。リアダンはアマラに覆いかぶさって躍動し、彼女のなかに身を沈める。

　アマラは唇を開いたままリアダンを見あげ、息をすることもままならなくなっていた。リアダンがアマラの唇をじっと見つめながら顔を寄せたとき、アマラは彼がキスをするつもりだと気づいた。そして、アマラにはそのキスを待つことしかできなかった。待ちわびることしか。リアダンにそっと愛撫されるたびにキスを求める気持ちは強くなっていく。

　リアダンのせいで、依存症の恐ろしさまで身をもって感じている。

「ここでいったいなにをしているんだ！」

父親の声にびっくりして、アマラはリアダンから飛びすさった。疑いと怒りのこもった声を鞭の音のように響かせて、アマラの父親はドアを押し開き、部屋のなかに入ってきた。

「そのドアには鍵をかけておいたんだぞ、レスノワ」リアダンは言いつつ、アマラの目をじっと見つめたまま視線をはずさなかった。アマラは驚いてリアダンを見つめていた。イヴァン・レスノワにこんな口の利きかたをする人はいない、ただのひとりもいないはずだった。

「黙れ、マローン」アマラの父親は鼻息を荒くした。「娘がうちに着く前に、貴様に脅されているとメールでおれに知らせてきたわけを説明してもらおうじゃないか」

リアダンがほんのわずかに目を見開き、アマラは気まずさから顔が真っ赤になるのを感じた。リアダンは胸から響く笑い声をたてると、しかるようにアマラに向かって指を振った。

「やってくれたな」リアダンは低い声で言い、なにもかもお見通しだと言わんばかりに目を光らせて、余裕たっぷりにおもしろがる表情を浮かべてみせた。「これについてはあとで話をする」

「アマラ?」リアダンがアマラから離れると、父親は鋭く呼びかけた。「いったいなにがあったんだ? そいつにどんなふうに脅された?」

あんな子どもっぽい衝動に駆られてメールをするべきではなかったのだ。あのとき、アマラはとにかく頭にきていた。でも、メールをする前にもっとよく考えるべきだった。

「ボディーガードたちやおれをもてあそぶようなまねをしたら、お尻をたたくぞ、と脅したんだ」リアダンはアマラの過ちをあからさまに笑ってから、アマラの父親に目を向けた。「ふたりとも認めたくないかもしれないが、似たもの親子だな、イヴァン」

アマラの父親は目をすっと細めて、ぞっとするくらい冷静な顔つきになり、アマラとリアダンのふたりを何秒もかけてまじまじと見ていた。

「アマラ、あまり無茶なまねをしてボディーガードたちを困らせないようにできるかい？」イヴァンはとうとう口を開いて言ったかと思うと、一瞬いら立ちの表情を浮かべた。「おまえの命が危険にさらされていないことを確かめるまでだから、な？」

〝ちょっと、パパ〟アマラは冗談半分に思った。〝いったいなにをたくらんでいるの？〟

父親がなにかをたくらんでいることは間違いない。これがほかのとき、ほかのボディーガードだったら、父親は必ずその男をみずから屋敷の外にたたき出していたはずだからだ。ところが、今回に限って、父親は責めるべき相手を責めている。

アマラを。

そしてアマラは、父親に悪く思われたくないと考えてしまっている。

「パパ、わたしがこれまでにパパが雇ったボディーガードたちに面倒をかけたことがあった？」アマラは無邪気なふりをして問いかけ、いぶかるようにふたりの男性を交互に見た。

「たぶんリアダンは想像をたくましくしすぎたのね。パパも知ってるでしょ。女性が男性の大きすぎる足元にひれ伏すように、なんでもかんでも言うとおりにしないと、男性がどうなってしまうか」

いま、父親は一瞬ひるんだだろうか？

本当に、父親はいったいどうしてしまったのだろう？

「アマラ」父親はなにか思うところがあって観念したかのように息を吐き出した。「いい子だから、行儀よくしていてくれ」

なんですって！　アマラの父親がこんなことを言うなんて。アマラは驚いて見つめ返した。

「思い出して、パパ」気分を害したことを隠そうともせず、アマラはきっぱり言った。「わたしは子どもではなくなってから、もう何年もたつわ。子どものように扱われて絶対に我慢したりなんてしない。パパからも、パパが雇ったボディーガードからも。わたしの恋人を自称する人からも」アマラはリアダンをきっとにらみつけた。「あなたたちふたりで話し合ったほうがいいんじゃないかしら。あなたたちの愚かな命令にわたしを従わせたいなら、ほかの方法を考えたほうがいいわ。こんなやりかたでは絶対にうまくいきませんから」

ずっとここにいて、またしても父親と怒鳴り合いを始める気などなかったので、アマラは男性ふたりのそばをさっさと通り過ぎ、ふたりだけで解決策を考えてもらうことにした。男たちがそんな話し合いをしても大した進歩を望めるわけがない、とまったく期待していなかったけれど。アマラに言わせれば、ふたりとも同じくらい頑固な人間だ。それこそ、アマラの運が悪い証拠ではないだろうか？

自分は感じのよい、話のわかる、理性的な男性に惹かれるはずだ、とアマラはずっと考えてきた。ところが、リアダンは全然、感じのよい、話のわかる、理性的な男性ではなかった。

リアダンなら、アマラの父親とものすごくうまくやっていけそうだ。

威厳たっぷりに退場していくアマラの姿を、リアダンは笑みを浮かべて見つめずにはいられなかった。なんてことだ、アマラは本気で頭にきている。かわいらしい鼻をつんとあげ、背筋を伸ばし、ヒールで床に小気味いい音を響かせていく。そして、ウールのスカートに包まれている、かわいい尻だ。アマラの父親ににらまれているにもかかわらず、彼女から目を離せない。

「いずれおまえを殺してしまいそうだ、リアダン」アマラがファミリールームを出てすばやく階段を上っていってしまうと、イヴァンは低い声で言った。「ひどく苦しませてから」

リアダンは賛成しなかった。「あのコーヒーショップに関して、あんたはアマラに手玉に取られているんだ、イヴァン」アマラの父親にこう言うのは初めてではなかった。「あのコーヒーショップにアマラが出かけた直近の二回続けて、ノアの部隊の隊員たちは、同じふたりの男たちがアマラを尾行していたことを突き止めている。前回は、あんたが送りこんだ追加のボディーガードがそこに駆けつけるころには、その男たちはもうコーヒーショップの前で張ってたぜ。今日も、やつらは前回とは別の車を使って、アマラがいるコーヒーショップの前を二回も通り過ぎていた。これでも、アマラが自立を主張するために反抗しているだけだと説明できるのか」リアダンは腕組みをしてイヴァンを見据えた。イヴァンは怒りの表情で眉を寄せ、野蛮な顔つきになった。

「アマラのボディーガードたちから、そんな報告は受けていない」イヴァンはあごに力を入れ、薄青い目に怒りを浮かべた。

「コーヒーショップまでアマラのあとをつけてきたふたりの男は、それだけ腕がよかったんだ。だが、この屋敷にいる誰かが、ここからその男たちにアマラが出かけることを知らせていたのではないか、ともおれは疑っている。ノアの隊員によると、男たちはアマラが訪れる予定だった場所すべてに先まわりしていて、コーヒーショップまでつけてきていたんだ。ただ今日は、やつらはなかなか姿を見せなかった」リアダンはこわばった笑みを見せた。「アマラの動向を伝えている何者かは、今日は彼女が出かけるまで、そのことを知らなかったようだな」

イヴァンは首を横に振った。「この屋敷の人間がアマラを裏切るとは考えられん」と言いつつも、イヴァンの顔には疑惑の影がよぎった。やはり疑いを捨てきれないのだ。「ちくしょう、この屋敷には、この地所には、おれがもっとも信頼する人間しか置いていないんだぞ、リアダン。ほとんどが、ロシアを出るとき一緒に連れてきた親戚《ファミリー》だ」

血のつながりがある者に裏切られることを想像するのは、どんな場合でも難しい、とリアダンは思った。リアダン自身は幸運だった。祖父とノアは絶対にリアダンを裏切らない。だが、幸運でない人たちも、確かに存在する。イヴァンも後者の幸運でない人なのだ、とリアダンは考えていた。

「ほかにアマラのスケジュールを把握できた人間は？」リアダンは尋ねた。「アマラがこの屋敷を出るたびに、それを知ることのできた人間はいたのか？」

リアダンに向けられたイヴァンのまなざしには激しい怒りが燃えていた。「これから突き止める」イヴァンなら、その言葉どおり間違いなく突き止めるはずだ、とリアダンにもわかっていた。だが問題は、アマラを徐々に包囲しつつあるかのような危険がついに襲いかかってくるまでに、突き止められるかどうかなのだ。

「危険な目に遭うかもしれないとあんたから言われているのに、アマラが何度もあのコーヒーショップに立ち寄るのにも、理由があるに違いないんだ」リアダンは続けた。「アマラには、あえて命にかかわる危険を冒したがるような傾向はない。精神分析医がなんと言おうとも。アマラは誰かを待っているんだ。アマラがコーヒーショップにいれば現れるだろうと思っている、誰か。それは、アマラを尾行している男ふたりではないんだ」

恋人ではない――リアダンは確信していた。しかし、アマラが誰かを待っていることも、また確かだ。イヴァンが部屋に来る前に、リアダンはアマラを問いつめ、彼女の目を、表情を見ていた。そこに浮かんでいたのは罪悪感と恐怖だった。アマラはひそかになにかをしようとしていて、それを知られることを死ぬほど恐れている。

「まったく、あの子はいったいなにをしようとしているんだ？」イヴァンはうめき、いら立ったようすで髪をかきあげた。「アマラはどうしてしまったんだ。なにがほしいのか、なにが必要なのか、おれに言うだけでいいのに。言ってくれれば、おれがなんとでもしてやる」

リアダンはぎょっとして目の前の男を見つめた。

「アマラは五歳の子どもじゃないんだぞ、イヴァン」リアダンもうめいた。「アマラだって自分で好きなようにやりたいときもあるだろう。だが、今回の場合に限っては、なにをするつもりなのか、おれたちの誰かに話してほしいと思う」

これに対してイヴァンがリアダンに向けた目つきは、感じがよいとはとても言えなかった。

「たとえば、ボディーガードのなかからひとりを選んで恋人にするようなときか？」質問というより、ののしっている口調だった。

リアダンはにこやかに返し、「それは、いちばんにやりたいことだろうな」と認めた。「少なくとも、その点でアマラの趣味はよかった」

リアダンはアマラの恋人だった。そして、ふたたび恋人になるつもりだ。イヴァンがどんなに反対しようと関係ない。それどころか、アマラがどんなに反対しようと関係ないのだ。アマラがとことん地獄が凍りつくまで反対しようが、そんなことは問題ではない。アマラはリアダンを求めているからだ。リアダンがどうしようもなくアマラを求めてしまうのと同じように。

アマラはリアダンのことを思い出せないかもしれない。だが、リアダンがアマラのベッドで過ごした数カ月間の記憶は、完全に忘れ去られたわけではないのだ。アマラの魂の奥底には、いまもあるはずだ。

「貴様は自分自身をかなり高く評価しているようだな」イヴァンはうなり声を発した。「そんなところも貴様の欠点のひとつのように、おれには思えるがな、リアダン」

イヴァンに暗い顔つきでにらまれて、リアダンにとってはこれ以上に楽しいことはなかった。

「へえ。じいちゃんに聞いてくれれば、そんなことないってわかるぜ」リアダンは肩をすくめた。「じゃあ、ほかに用がなければ、おれはあんたの娘のようすを見てくる。シーツをつなぎ合わせてバルコニーから脱出しようとしてたらいけないからな。あんなにかっかしてたら、なにをしでかすかわからない」

「運がよければ、アマラは銃に弾をこめて、おまえの体に穴を開けようとしてるかもしれん」イヴァンはぶつぶつ言いながらリアダンのわきを通り過ぎていった。「希望は持ち続けよう」

勝手に、いつまでも願ってろ。リアダンは声には出さずに思った。アマラはリアダンを撃つと脅すかもしれないが、実際に引き金を引くことはないはずだ。

とりあえずリアダンは、そう願っていた。

8

翌日の夜、アマラはコーヒーショップのソーシャルメディアのアカウントにログインし、投稿された情報や、何枚もの写真を見ていった。アマラがなんとか話をしようとしているウエイトレスを見つけられないかと願っていたのだ。

オーナーや従業員たちの写真はたくさんあった。だが、アマラが捜している若い女性の写真は一枚もなかった。いまとなっては、またコーヒーショップに行って、あの女性に話しかけることもできないのに。リアダンはものすごく疑り深くなっている。それに、すでにもう、アマラがなにかをたくらんでいる、とアマラの父親に告げ口したに違いない。

ボディーガードときたら！　アマラの父親に雇われたボディーガードなんて、誰ひとりとして信頼できない。エリザヴェータとグリーシャでさえ、完全に信頼することはできない。あのふたりは、ささいな秘密ならいくつか守ってくれるかもしれないし、頼みこめば予定していなかった場所にもあちこち寄ってくれるかもしれないが、それ以上は無理だ。

結局、何時間もかけてコーヒーショップのページと、関係先のリストに載っていた従業員たちのページも見てみたけれど徒労に終わり、アマラはため息をついた。手で髪をかきあげ、つい口にしそうになった悪態をかみ殺す。

半年間、自分が失った記憶に関して、まったく見当がつかないままですごしてきた。これまで何度も、自分が重要な出来事まで忘れてしまったのだと知って驚いていた。アマラの母親は、長年の恋人だった男性とついに結婚していた。父親は、何年も関係を続けていた愛人と別れていた。アマラは、ほかに誰を忘れてしまったのだろう？　自分がさらわれたことのほかに、どんな出来事を忘れてしまったのだろう？　自分の恋人まで忘れていたのだから。

コンピューターをシャットダウンして、座り心地のいいデスクチェアから立ちあがり、アマラは書斎を見まわした。それから、疲れを感じて頭を左右に振り、部屋をあとにした。

書斎のドアに鍵をかけてから、アマラはファミリールームに行った。アレクシが暖炉の炎を大きくしてくれていた。厚手のカーテンは閉じられているので、暗い部屋を照らすのは暖炉の炎だけだ。両開きのドアは途中まで閉じられている。

昨夜、アマラはよく眠れなかった。そのせいで頭痛がし、なんとなくいら立っているのだろう。

暖炉の前に置かれたソファのすみに丸くなり、揺らめく炎を見つめた。だんだんと体のまわりが温まってくるのを感じて、このぬくもりを自分のなかにも取りこめればいいのに、と思った。ますます深まっているように感じる寒けをなくす方法はなく、アマラはソファの背にかけてあったカシミアの毛布を取って体に巻きつけた。

靴は脱ぎ、足もクッションの上にあげて、紫がかった灰色のロングスカートの下に隠した。頭はソファの背もたれに預けた。日中ずっと、こめかみの頭痛に悩まされていた。夜のあいだも、ずきずきする痛みは治まりそうにない。

ときどき、何年も前のように夢も見ず、ぐっすり眠れたら、と願わずにはいられなくなる。

そういう深い眠りから覚めたときは気分がすっきりとして、いくらでも世界に立ち向かえる気がしたものだ。いまは、眠れたとしても、短い断続的な眠りをなんとかつなぐか、悲鳴をあげながら跳び起きるかのどちらかだった。

「アマラ?」エリザヴェータのささやくような優しい声が聞こえて、アマラは目を開けた。エリザヴェータはソファの横に立って、心配そうにアマラを見つめていた。

肩を覆う長さのダークブロンドがいとこの子猫を思わせる顔を取り囲み、もともと大きな灰色の目をさらに大きく見せている。身長一六八センチですらりとした体形のエリザヴェータは一見華奢だが、実は驚くほどしなやかな力強さを秘めている。アマラはエリザヴェータが弟のグリーシャとスパーリングをしているところを見たことがあり、彼女が決してか弱い女性ではないことを知っていた。

「大丈夫?」いとこは尋ねた。「夜食を持ってきてあげましょうか? 食事のとき、あまり食べていなかったでしょう」エリザヴェータはアマラの父親よりほんの少しロシアなまりが強い。家族とともに過ごすために、最近ロシアに帰郷したばかりだからだろう。

「大丈夫よ」アマラは答えて、ソファの自分の隣をたたいた。「ちょっとのあいだ一緒に座ったら」

何週間も、エリザヴェータとじっくり話をする機会もなかった。前はよく一緒に座って、夜遅くまで話をしていた。アマラの父親の陰謀や、アマラの母親がいつまでたってもアマラの父親の人生に干渉しようとすることについて話し、笑い合ったものだ。

「今夜は非番だから、一杯やろうかしら」エリザヴェータはためらいがちに言った。「あなたもつき合ってくれる？」

極上のアイリッシュウイスキーの味を思い出し、舌が刺激された。

「例のアイルランドの密造酒を盗み出してきてくれるならね、マローン家の……」アマラが言い終わる前に、エリザヴェータは突然はっとしたようにくるりと向きを変えて、足早に部屋を出ていった。リアダンにウイスキーを分けてくれるよう頼みにいったに違いない。

アマラはうめいてソファのクッションに力なく頭をもたせた。そこまでしてくれなくてもいいのに。またリアダン・マローンに悩まされるはめになってしまう。前日にあんなことがあったあとだから、次にまたリアダンと対決するまで二、三日は間を置きたかった。

でも、リアダンを見たくないというわけではないのだ。なぜなら、リアダンのことを見ているのは好きだから。尻にぴったりと絶妙にフィットしたジーンズと、傷だらけの革のブーツをはき、ボタンダウンのシャツの袖をまくりあげて着て、態度もなにもかも、まさに〝雄の王さま〟のようにこの屋敷を闊歩するリアダンを見ているのは好きだ。リアダンはタフな男の人格をマントのように身につけている。きっと、本人はそのことを意識すらしていない。あれは戦いに負けるより勝つことのほうが多かった男、誰に対しても屈服することを拒んできた男が、自然に身につける態度だ。

本来それはいやみな態度ではない。しかし、必要な状況であれば、リアダンはいくらでもいやな男のように振る舞えるはずだ、とアマラは思った。

リアダンは支配的だ。恋人としても、個人としても、思いつく限りのさまざまな面においても。

リアダンは女性を大胆にさせるタイプの男性でもある。女性に挑戦を仕掛け、相手の女性らしさを遺憾なく発揮させようとする……リアダンはアマラに対して、まさにそうしているのだ。

イメージを思い浮かべ、アマラはうとうとしながら唇にかすかな笑みを浮かべた。リアダンに抱き寄せられ、唇を奪われ、熱烈なキスをされる。リアダンの舌が唇を撫で、そこを割って入ってきて、なめ、味わい、いったん引いたかと思うと、また愛撫する。

リアダンに求められたら、どうなってしまうかを想像して、アマラの鼓動は速くなり、体は力が抜けて、しんなりとした。

胸はふくらみ、ゆったりとしたセーターとレースのブラジャーの下で乳首はとがっていた。太腿のあいだは、とろけそうになっていた。意識が濃密な官能の霧にのみこまれたようになっていくにつれ、しっとりと濡れていたのだ。

リアダンのベッドで、裸のふたりが絡み合うイメージがぱっと浮かんだ。硬い胸板がアマラの乳房に押しあてられ、ごわっとした胸毛に乳首をくすぐられたと思ったら、舌がそこをゆっくりとなめる。

イメージはあまりにも鮮明で、現実味があった。

アマラは胸にリアダンが何度もキスをしてくれるところを見ていた。それからリアダンは唇を開き、待ちわびてふくらみ、小石のように硬くなっている胸の先端を口に含み……乳首から両脚のつけ根へ興奮が走り、アマラは無意識に下腹部に力を入れ、激しい欲望に駆られてあえいでいた。

「もっとほしいのか、かわいいアマラ？」彼のささやきにじかに包まれる心地がして、アマラはぱっと目を見開いた。アマラの視線が彼のサファイア色の目に引きこまれた瞬間、想像と現実が激しくぶつかって一緒になった。

くそっ。

リアダンは、アマラの紅潮した、色気あふれる顔を見つめた。アマラの心がいまどこへ行っていたのか、リアダンにはよくわかっていた。アマラはソファのすみに寄りかかり、頭をクッションにもたせて、ひんやりとした感触の革に包まれているようだが、実はまったく異なる抱擁を夢見ていたのだ。

夢見ていたのか、思い出していたのか。

アマラは夢うつつの陶酔に浸った顔つきで唇を開き、あえぐように途切れ途切れの息をしていた。

こんなアマラに、リアダンは抗わなければいけないのか？

ちくしょう。

リアダンはそうした意識もほとんどないまま、持ってきたボトルとグラスをソファの横のテーブルに置いていた。頭にあるのは、アマラのキスを味わうことだけだった。アマラがふたたび体験しようとしていた記憶を、ともに味わうことだけだった。

アマラは腕をあげ、リアダンの首のうしろに手をあてた。アマラのやわらかい色合いの青灰色の目の色が濃くなった。彼女の内からあふれ出んばかりになっている濃密な情熱で濃くなったのだろう。

記憶……

それがアマラの目のなかにあった。アマラの表情にも表れていた。アマラはリアダンを引き寄せ、ふたりの唇を出合わせ、リアダンの理性など消滅させた。

アマラは眠ってはいない。完全に目覚めてもいない。ただ、アマラの心が解放した特別な記憶のなかでさまよっている——そのなかで、リアダンを生きたまま燃えあがらせてしまおうとしているのだ。

なぜなら、リアダンにはアマラから求められていると知りながら、それに応えずにいることなどできないからだ。

リアダンはアマラの頭のうしろに手を差し入れ、短くなってしまった髪を握りしめ、アマラにわずかな刺激を味わわせ、死ぬほど求めていた唇を奪った。

アマラが革の上を滑るようにソファに横たわると、リアダンもあとを追った。アマラはリアダンの背中に両腕をまわし、シャツを引っ張って、じかに肌にふれようとしている。リアダンはアマラの好きなようにさせた。ただアマラの上に覆いかぶさって、彼女がふたたび記憶のなかに浸っていくのを見守っていた。彼女を追い立てようとはしなかった。

まさか、そんなことはできない。このひとときを失いたくない。いまはまだ。

リアダン自身も夢に悩まされてきた。ふたりが回復するまでのあいだ共有していた夢だ。目覚めているときも、ついそれらの夢について考えてしまい、激しい渇望にさいなまれた。こんなふうに唇も、舌も溶け合い、必死になって求めてしまう奥深い悦びまでもが溶け合う体験を、リアダンはこれまで知らなかった。

アマラが両手をリアダンのシャツの下に入れ、背中にじかにふれ、肩まで撫であげた。すすり泣くような小さな声が、ふたりを包む空気のなかを漂った——アマラの切望と情熱に満ちた声だ。

リアダンは呼吸を激しくしながらキスをやめ、アマラの唇やあごに優しくかみついた。アマラの首筋のやわらかな曲線に惹かれた。そこがいかに敏感だったか思い出して、リアダンの全身が張りつめた。いまは、アマラが思い浮かべている記憶の世界から彼女を引っ張り出すようなまねはしてはならないのだ、と必死にこらえていた。

「お願い……」アマラはささやき、背をそらしてリアダンに身を捧げようとし、片方の手を彼のわき腹に滑らせてシャツから出すと、彼の腕を取ろうとした。「ふれて。ああ、リアダン。もう一度、わたしにふれて」

もう一度、わたしにふれて。

リアダンはアマラに取られた腕を引かれ、彼女の太腿のあいだに膝をついた。アマラに導かれるまま片方の手をウエストからやわらかいセーターのなかに入れ、ふっくらと丸みを帯びた乳房にふれた。

　下から包みこむように手のひらを添わせ、指を肌に滑らせて愛撫したあと、セーターの前を開け、ブラジャーの前にあったホックもはずしてレースを両側にどけた。

　リアダンはいまにも死にそうだった。

　アマラはいつ、われに返ってもおかしくない。だが、いまは夢うつつのなか、ふたたび両手をリアダンの髪に潜らせ、首をそらせて彼の顔を引き寄せ、つんと立った胸の頂に彼の唇をそっとふれさせているのだ。

「そうして……」アマラは吐息のような声で言い、背を弓なりにして、小さな蕾のような乳首をリアダンの唇のあいだに押しあてた。

　リアダンは飢えていて、自分でもそのことを認めていた。飢えて必死だ。身を引いて、きみは夢を見ているだけだ、とアマラに教えてやったりしない、くそ野郎だ。

　身を引くどころか、リアダンは慎重に、極めて慎重に敏感すぎる蕾を唇で包みこみ、そっと口のなかに吸いこんだ。舌でさっとなめたとたん、アマラがそこに振りかけていた口に入っても安全なパウダーのかすかな味を感じ、衝撃に打たれた。

　この味を、どうしていままで忘れていたのか？　甘さのなかに混ざった、とらえがたい女性の欲望の味を感じて、アマラに酔いしれた。つんとなった乳首にさらに強く、熱をこめて吸いついていた。

リアダンの股間は槍のように突き立っていた。ジーンズの生地を押しあげ、解放を強く求めている。アマラは腰を突きあげ、彼女の両脚のあいだにすっと入っていたリアダンの腿に、やわらかいプッシーをすり寄せていた。体の中心をゆっくりとリアダンの脚とふれ合わせながら、小さな叫び声を発し、リアダンの背中に爪痕を残している。

アマラを求める気持ちが高まり、リアダンの顔の横を汗が伝いおりた。欲求を抑え、アマラを夢の世界から引っ張り出すことのないよう、節度を保って愛撫し、口づけていたら、死にそうになっていた。

アマラにふれずにはいられない。神に許しを請い、アマラに撃たれませんようにと祈った。だが、アマラにふれずにはいられないのだ。

アマラの太腿に手を滑らせた。たっぷりとしたスカートが押しあげられてあらわになった絹を思わせる肌は、この上なくやわらかい。リアダンの記憶以上にやわらかいのだ——温かく、生き生きとして。これは夢ではない。現実にアマラにふれ、いっぽうの乳房の先からもういっぽうへと唇を移動させている。太腿を撫でる手は、しばらくは狂おしげにそこにとどまっていたが、ついに指がパンティーの湿り気を帯びた絹にふれてしまった。

その瞬間リアダンは、自分は業火に飛びこんでいこうとしている、と悟った。なぜなら、もう自分を止めることなどできないからだ。

アマラは悦びの世界に閉じこめられていた。何カ月も夢見てきたあらゆる愛撫、それに前夜も夢で体験した快感が一緒になったファンタジーの世界だ。いままた熱情に駆られた、たくましいリアダンに覆いかぶさられ、胸の先端を唇で心地よく引っ張られ、稲妻のような、信じられないほどの快感が体じゅうを駆けめぐっている。

アマラは目を開けようとした。目を開けたら、幻想の世界は消えてしまう――いつもそうなるのだ。どうしてもリアダンを見たくなって、目を開けてしまったとたん……。

目の前に、アマラの胸に口づけるリアダンがいた。激しい欲望と、むき出しの欲求が浮かぶ表情は険しくなっている。アマラが目を開けると同時に、しっとりとしたパンティーの上をリアダンの指が撫でた。ふくらんだひだを愛撫され、びっくりするほどの興奮の波が子宮を襲った。

クリトリスがうずき、電気ショックにも似た強烈な刺激が、神経の集まりであるその小さな蕾に集まっていく……。

これは現実だ。

幻想ではなかった。現実の出来事。リアダンはアマラを愛撫し、筋肉に覆われた硬い体でアマラを温め、彼女を押しつぶさないよう覆いかぶさり、ふれ、撫でるたびにアマラの欲求を高めていた。

夢ではなかった。

リアダンだったのだ……。

リアダンはパンティーのなかに指を入れ、ごつごつとした指先でアマラをじかに愛撫し始めた。ファミリールームで。

エリザヴェータが、いつ戻ってきてもおかしくない。

ああ大変、アマラの父親が来るかもしれない……。「やめて」突然のパニックに襲われ、アマラは鋭い声を発した。「だめ」

リアダンの手が止まった。最後に、アマラの乳首に名残惜しげなキスをしたあと、リアダンはすばやく身を起こした。野蛮なほどの欲望を顔に浮かべたままだ。黒髪が乱れ、顔にかかっているせいで、みだらな暗黒神がこの世に降臨したかのように見える。そして、彼は興奮していた。彼のジーンズの大きなふくらみを見て、アマラは目を見張った。次の瞬間、リアダンは飛びのき、ソファの横に立っていた。揺らめく暖炉の炎を受けて、サファイアの瞳は溶けだすかのように燃え、アマラの全身にぎらりと視線を送った。それからリアダンはアマラに背を向けた。

「服を直すんだ」うなり声で言われて初めてアマラは自分を見おろし、目を見開いた。ダークグレイのセーターのボタンも、ブラジャーのホックもはずされ、両方とも両側に大きく開いていた。胸の頂は玉のようになり、濡れて光っている。

思わず叫んだアマラは慌てて体を起こし、震える両手で着衣の乱れを直そうとし、無残に失敗した。どんなにがんばっても、ブラジャーのホックが手元でぶるぶる揺れてはめられない。

「ちくしょう」リアダンの悪態を聞いて驚いたアマラは顔をあげ、彼が伸ばした手にびくりとした。

武骨な手がブラジャーをつかんで器用にホックを留め、続いてセーターのボタンをはめて、押しあげられていたスカートもおろしてアマラの脚を隠してくれた。

リアダンは両手をアマラの膝の上に置いた。うつむいて、強く歯を食いしばっているのか、あごの筋肉を引きつらせている。

「ごめんなさい」アマラはリアダンのほうを見ることもできなくなって、小さな声で言った。

リアダンはアマラから手を離してソファに座り、膝の上に肘をついて、髪をかきあげている。

「夢を見ていたの……」

説明を試みたアマラの言葉に鼻を鳴らし、リアダンは強く頭を横に振ると、ウイスキーのボトルに手を伸ばした。ボトルを開けてショットグラスの半分までウイスキーを注ぎ、グラスを唇にあててひと息に飲み干す。

「さっきのは別に——」アマラは言いながら、自分でもなにがあったのか理解しようとしていた。

「なにも言うな」リアダンは不機嫌な声を発し、グラスをテーブルにドンと置いた。「ほしがってたウイスキーだ。取っておけ」

リアダンはふたたびグラスにウイスキーを注いだが口をつけようとはせず、ボトルもテーブルにドンと置くと、立ちあがった。

「説明させて……」アマラは自分でもなにがあったのかわからないまま、もう一度リアダンに説明しようとした。

「おれはきみのうそなんか聞きたくない」怒鳴り声に近い声で怒りに満ちた言葉を浴びせられ、アマラはなにも言えなくなった。「自分にうそをつくしかないなら好きにすればいい。だが、お互いのために、おれにうそをつくのはやめろ。きみはおれのものだ、アマラ。さらわれる前、きみはおれのものだった。それはなにも変わっていない。最低でも、それだけは思い出したほうがいい。なんとしても。いますぐに」

言い終えるとリアダンは背を向け、部屋から出ていった。目に見えないオーラのように、彼の全身から怒りの波が発せられていた。アマラはリアダンの背を見つめていることしかできなかった。心臓は早鐘のように打ち、行き場のない熱情にとらわれて、パニックにのみこまれそうになった。

自分にうそをつく？　アマラは自分にうそをつくつもりなどなかった。

9

こうなるとわかっていたはずだ。どうなるかわからなかった、とはとても言えない。リアダンには、なにが起こるか正確にわかっていたからだ。アマラにふれてしまった瞬間から、アマラがやめてと言う瞬間まで、そのとおりになると事前にわかっていた。だから、アマラに対してというより、自分に対して余計に腹が立った。

こんな事態になるまで深入りしてはいけなかったのだ。もっと早く身を引くべきだった。あんなふうに……いや、そもそもアマラにふれたのが間違いだったのだ。

だが、アマラが夢うつつの目でリアダンを見つめたとき、そこには性的な欲望を超えた求める気持ちが、胸が締めつけられるほどの切望が浮かんでいたから、リアダンは抗えなかったのだ。

アマラとのファーストキスに抗えなかったように。あのときのアマラの挑発を思い出しただけで、全身が興奮でほてった。いまでも。

「わたしにキスしたいんでしょう」よそよそしく振る舞うリアダンをからかって、アマラは軽やかに笑った。「わかってるのよ。いかめしい顔で冷たいふりをしてるけど、実は夜ひとりでベッドに入ってから、そのことを考えてるのよ」

「おれがきみとのキスを想像してマスかいてるって言いたいのか?」リアダンはアマラの無

邪気な顔を見据えて、うなり声に近い声を出した。「ベイビー、おれがマスをかくとき、きみのことを考えてるとしたら、することはキスじゃない」

アマラにショックを受けさせ、怒らせるつもりだった。

だが、アマラは顔を赤らめながらも、口元に楽しげな笑みを浮かべた。「では、あなたはなにを想像してるの、ミスター・マローン、わたしのことを考えながらマスターベーションをするとき？」

あっという間に一物が硬くなり、苦しいほどだった。

「きみの尻をひっぱたくところを想像してる」リアダンはアマラにふれたくてたまらなくなって、歯を食いしばりながら答えた。

アマラは唇をとがらせ、口元に視線を引きつけた。「お尻をたたかれたことはないわ。〝おじさん〟って叫ばなきゃいけないの？　それとも、あなたはもっと変態で、〝パパ〟って呼ばれたいのかしら」

アマラはリアダンをからかって笑っていた。

ちくしょう。アマラはリアダンをむらむらさせて死にそうな思いをさせているだけでなく、そんなリアダンを笑っているのだ。

「いいや、おれはもっと変態だ」リアダンはアマラに告げた。「きみのその生意気な尻をひっぱたいたあと、そこをファックしてしまうつもりだから……」

それから、リアダンはアマラにキスをした。

あふれんばかりの怒りを抱えていたはずなのに、あのキスを思い出して、かすかな笑みを浮かべた。あのときはアマラを驚かせてしまった。アマラは唇を開き、頬をぽっと赤らめ、目を丸くした。そんなアマラを味わいたいという欲望を抑えられるはずがなかった。

リアダンは玄関のドアを開けて、きんと冷えたコロラドの夜の外に出た。玄関わきの暖房を効かせた壁のくぼみに身を隠して見張りに立っている警備員ふたりにうなずきかけ、すばやく屋敷の側面にまわる。

雪の降りそうな気配のする冷たい空気も、まったくリアダンの興奮を冷ましてはくれなかった。アマラによって高められた熱を冷ますほど冷たいシャワーなど、あるはずがない。ニューヨークでアマラの警護チームの一員として働いていた年に、苦労してそのことを学んだのだ。

イヴァンはアマラの身の安全を決して軽く見てはいなかった。エリザヴェータとグリーシャはつねにアマラのそばにいた。それだけでなく夜間には、ペントハウスの入り口の外にふたり、なかにもふたりの警備員を配置していた。リアダンがアマラのベッドで過ごしていた数カ月のあいだ、エリザヴェータとグリーシャの存在がわずらわしかったわけではない。ふたりは夜間もずっとアパートメント内を動きまわり、リアダンがアマラのベッドで寝入って朝を迎えてしまうことがないようにしてくれていた。

リアダンはアマラと寝ていることをアマラの父親に知られて、アマラが父親ともめることにならないようにしたかった。そんな事態になったら、イヴァンはまずリアダンを首にするはずだった。そのとき、アマラが一緒に行くと言ってくれるかどうか、リアダンは確信が持てなかった。

暖炉のガス管の裏にあるパティオのそばで立ち止まり、リアダンは松の大木の陰に入って重いため息を吐いた。

負った傷から回復し、体力を取り戻すのに半年もかかった。毎晩、アマラにふれる夢と、アマラが見ている悪夢に苦しめられていた。いったいなにが起きているのか理解するまでに何カ月もかかった。何カ月も、汗まみれになって目覚めていた。頭のなかで響き続けるアマラの悲鳴、あるいは、なまめかしい情欲の声に悩まされて。何カ月も、わけがわからなかった。だが、ある日、祖父がリアダンの顔を見つめて、おまえは自分の道を見つけたのか、と問いかけた。

自分の道を見つけた。

リアダンの持つアイルランドの目が、リアダンの魂を縛りつける魂を持つ人の瞳の奥をのぞきこんでいたのだろうか？　リアダンはアマラの目を通して、彼女の悪夢を、夢を見ていたのだろうか？

そのとき、リアダンはなにが起こっているか気づいたのだった。

ノアから話を聞かされていた。ノアが麻薬カルテルのボスにとらわれ、何カ月も拷問を受けているあいだ、妻のサベラとの絆が、どれだけ救いとなったか。どんなふうにサベラがノアのもとに来て、苦しみをやわらげ、わたしが待つ家に帰ってきてと励まし続けたか。サベラは、夫は死んだと聞かされていたのに、そうしたのだ。

リアダンも、サベラとノアが離れ離れになっていた何年ものあいだのことを覚えていた。サベラは何度も〝ネイサン〟と、リアダンの兄のかつての名を叫んで跳び起きていた。なにを言われても、目の前で夫の棺が土のなかにおろされるところを見ていても、自分の夫は生きていると言い張っていた。

そして、ネイサン・マローンがノア・ブレイクとなって戻ってきたとき、彼は顔を変え、名を変え、目の色さえも、声さえも変えていたのに、サベラは即座に迷うことなく、彼が自分の夫だと気づいた。

なぜなら、ふたりとも互いの魂へ通じる道を見つけていたからだ。ふたりは、ふたりそろって初めてひとつなのであり、ふたりを本当に分かつことができるのは死のみなのだ。

リアダンも自分の道を見つけたのだろうか？

アマラのベッドで過ごしていたときは、なにが起きているのか気づいてもいなかった。そして、イヴァンにイギリスに行けと言われたときも、行ってしまったのだ。不安はあったにもかかわらず、心のどこかで行くなと警告する声を聞いていたにもかかわらず、アマラのもとを離れてしまった。

それから一週間もたたずに、アマラはさらわれたのだ。

そのとき不意に自分以外の人間の気配を感じ、リアダンがじっと息を詰めて待っていたら、イヴァンが松の木の横に姿を現し、ロシアの煙草のパックを差し出してきた。

リアダンは十八歳のとき、今度、煙草を吸っているところを見つけたら口に詰めこんで食わせてやるぞ、と兄に脅されて以来、煙草を吸っていなかった――半年前までは。ここ半年のあいだは、何度か誘惑に負けてしまっていた。

今回も誘惑に負けた。

差し出されたパックを受け取り、一本振り出して、パックに一緒に入っていたマッチを擦って、フィルターなしの煙草に火をつけた。

「こんなものを吸ってたら早死にするぞ、イヴァン」吸いこんだ煙のあまりの強さに、咳きこまずにいるだけで精いっぱいだった。

イヴァンは考えこんだ顔つきで自分の煙草に火をつけると、マッチを振って消し、そのマッチをリアダンがしたようにビニールのパックのなかに戻した。

「それは確実だな」イヴァンは深々と煙を吸いこんでから続けた。「だが、この煙草のせいで死ぬほうが幸せだ。ほかの同じくらい確実な、山とある要因で死ぬよりは」

リアダンは、もう一度、煙を吸いこんだ。相手の言葉について、じっくり考える時間がほしかったからこそだった。

イヴァンは時間を無為に過ごす人間ではない。目的を持ってリアダンを捜し、ここに来たことは明らかだ。

リアダンは無言のまま煙草の味を楽しみ、煙のいいにおいで心を落ち着かせていた。

「アマラは、さらわれる以前の最後の記憶について、おまえに話したか？」イヴァンは、煙草を吸い終えたリアダンに尋ねた。リアダンは火をもみ消した煙草を暖炉のそばの吸い殻入れに捨てた。

「いや。そのことについては話していない」アマラのパンティーのなかに手を入れることばかりに夢中になって、そこまで頭がまわらなかった。

イヴァンも煙草の火をもみ消し、うなずいた。

「アマラが最後に覚えているのは、さらわれる一年ほど前に、おれと一緒にランチに出かけたことだ。アマラは新任のボディーガードと顔合わせをすることになっていた」――イヴァンは間を置いてから言った――「おまえと」

リアダンは眉間にしわを寄せてイヴァンを見つめ返した。「おれとの顔合わせのランチか？」

イヴァンはうなずいた。「その顔合わせの直前から、病院で意識を取り戻すまでの記憶のいっさいを失っている」

アマラは、リアダンとかかわったすべての瞬間を忘れてしまったのだ。リアダンのものになどならないと、アマラがリアダンに教えようとしていた時間、リアダンが自分自身にそう言い聞かせてきた時間。リアダンがアマラのベッドで過ごし、なんとしてでもアマラの忘れられない男になろうとしていた時間。それらの時間をともにしてきたのに、アマラはリアダンをすっかり忘れてしまったのだ。

「おれがそのことに関係していると思ってるのか？」そんなことはありえないと思いつつも、リアダンは言った。「救出のとき、アマラは意識があったんだぞ。あの穴から引きあげたときも、まだ意識はあった。おれたちが誰かも、なにが起こっているかも、ちゃんとわかっていたんだ」

リアダンとノアが指揮する救出チームが地面に掘られた暗くて狭い穴からアマラを引きあげたとき、惨事が起こった。待ち構えている敵を排除する任務を負ったチームは、最初に現れた敵を排除していた。だが、第二陣の敵がいることには気づいていなかった。なぜそんなことが起こったのか、ノアはいまだに原因を突き止められていない。

「ほかのメンバーも、そう報告している」イヴァンはうなずいた。「それでも、アマラが覚えているのは顔合わせの直前までだ」新たな煙草に火をつけて、吸っている。「イギリスに行けと言ったとき、アマラと寝ていたことをどうして話さなかった？」

リアダンは重い息を吐き出した。イヴァンにアマラとの関係を疑われていることはわかっていた——この男は以前からできる限りアマラとリアダンを引き離そうとしていたのだ。だが、いまこんなふうに話を持ち出されるとは思っていなかった。

「ああ、あんただったら女性と寝始めたら即、そうするんだろうな。彼女の父親に知らせるのか」リアダンは鼻で笑った。「その父親は、娘にちょっと気のあるそぶりを見せるような男がいたら片っぱしから首にする人間だってのに。そもそも、父親にはまったく関係のない話なのにな」

イヴァンは目に怒りを燃やして、リアダンを睨みつけた。「アマラはおれの娘だぞ……」

「アマラはもう子どもではないし、あんたの妻でも、あんたの所有物でもない」リアダンは、はっきり言った。「アマラは大人の女性だ。アマラがあんたに知らせたいと思っていたら、自分であんたに話していただろうさ」

だが、アマラは話さなかったのだ。

アマラがいつかは父親に話すはずだと考えて、リアダンは待っていた。父親に話してしまえば、アマラはこそこそしなくてもすむようになるし、エリザヴェータとグリーシャがうろつく音を聞くたびに、慌ててリアダンをベッドから追い出さなくてもすむようになったはずだからだ。それなのに、頑として、ふたりの関係を秘密にしておこうとしていたのは、リアダンではなく、アマラだった。

アマラが父親に立ち向かおうとしていたなら、リアダンも一緒に闘っただろう。だが、アマラはそうしようとしなかった。

「おまえは、おれに相談すればよかったんだ」イヴァンは納得せずに言った。「イギリスに行けと言われて、自分はとどまるべきだと言い張ったとき、おまえはおれに理由を説明するべきだったんだ」

リアダンは乱暴に髪をかきあげ、激しい怒りをこめて相手をにらんだ。

「あんたはしょっちゅう、おれをあちこちに飛ばしてただろうが。イギリスでの仕事は、数週間だけで終わるはずだった」リアダンはかみつくように聞いた。「だいたい、どうしておれたちの関係に気づいた？」

「アマラが悪夢のなかで叫ぶのは、おまえの名前だったからだ」イヴァンは歯を食いしばって絞り出すように言った。「アマラが、そばにいてと必死に求めていたのは、おまえだったからだ、リアダン。それが、アマラの人生におまえが戻ってくることを許した唯一の理由だ」

くそ野郎め。イヴァンはなにも〝許した〟わけではない。アマラのもとに戻るリアダンの邪魔ができるものなど、なにもなかったはずだ。

「おれはアマラのそばに居続ける」リアダンは松の木の陰から出て、イヴァンをにらみ、ふたたび追い払えるものならやってみろと無言で挑んだ。「おれを厄介払いできると思うなよ」

「厄介払い？」ロシア人は辛らつな笑い声を発した。「おまえはなにもわかっちゃいないな、カウボーイ。そもそも、なんで自分がアマラの警護チームに加われたと思ってるんだ？」

言うやいなや背を向けて去っていくイヴァンの背を、リアダンは見つめた。驚いて、少なからぬ困惑を覚えていた。

イヴァンが、リアダンとアマラが惹かれ合うことを願って、リアダンをアマラの警護チームに加わらせたなんて、ありえない。そうではないのか？

だが、あのくそ野郎なら、どんなことでもしかねない。

いまもリアダンの頭のなかでは、アマラの父親が口にした言葉が響いていた。アマラは悪夢のなかでリアダンの名を叫んでいた。リアダンが自分の悪夢のなかで聞いたとおりに。アマラはリアダンの名を叫んでいたのだ。

いったい、どうすればいいのか？　忘れてしまったことをアマラに思い出させようとするのは、容易ではない。簡単なことならば、すでにセラピストが記憶を取り戻させていたはずだ。しかし、確かなことがひとつある。アマラをさらった人間の正体を突き止めない限り、アマラの安全は保証されない。敵の正体を突き止めるには、アマラがさらわれた夜になにが起きたのかを解明しなければならない。その解明の手助けができるのは、アマラだけなのだ。

では、男は自分のことを忘れてしまった女性にふたたび思い出してもらうためには、なにをすればいい？　さらには、彼が彼女のもとを去ったあとになにがあったのか、すべてを思い出してもらうためには、どうしたらいいのか？

10

嵐が近づいてくる。

翌日の午後、アマラはかかりつけの医師がいる建物から出て、山々に用心深い視線を向けた。雲が集まって、こちらに押し寄せてこようとしている。すぐそばにはリアダンがいて、ほかのボディーガードはひとりずつ左右を守っていた。

すばやく歩道を横切り、SUVの後部座席に乗りこんだ。リアダンも一緒に乗りこんだので、アマラは驚いた。ほかのボディーガードふたりは、すばやくうしろの別の車に乗った。数秒後にはどちらの車も発進し、屋敷への帰途についていた。

アマラはレザージャケットのポケットに冷えきった両手をしまいこみ、窓の外に目を向けた。じっと見つめてくる男性と目を合わさないように、しだいに濃く厚くなっていく雲に視線を向けていた。

前日にファミリールームであんなことがあって以来、アマラはリアダンの顔をまともに見られなくなっていた。

「診察は順調にいったたか？」リアダンからけだるげに話しかけられて、アマラはつい彼のほうを向いた。

どうしてそんなことを聞くのか、落ち着かなくなってアマラは肩をすくめた。

「診察なんだから、順調じゃなかったら困るでしょ？　ドクターは念のため問題がないかどうか確かめたかっただけで……」先を続けられなくなって、息を吸いこんだ。

かかりつけの婦人科医からはあれこれと山ほどの質問をされて、検査自体もできれば受けたくないものだ。ぞっとするほどではない——けれども——なんとなく落ち着かなくて、自分でも説明できない感覚に陥って不安になっていた。

「骨折したところは問題なく治ってるんだろう?」リアダンに尋ねられ、アマラはひるんだ。骨盤は完全に折れたわけではなかったが、ひびが入っただけでも深刻で、何カ月も理学療法による治療を受けなくてはならなかった。

「問題ないわ」アマラは緊張した声で答えると、ふたたび窓を向いて外を見つめた。首をすくめてジャケットに埋もれるようにして、暖房をもっと強く効かせてほしいと思った。今朝、いやいやシャワーを浴びて服を着てからというもの、ずっと寒さを感じていた。

「ドリュー?」リアダンが携帯電話で助手席に座っているボディーガードに話しかけた。前部座席とのあいだの仕切りをさげて直接言えばいいじゃない、とアマラはいら立ち紛れに思った。

「こっちの暖房をあげてくれ。ミス・レスノワが寒がってる」リアダンは指示してから電話を切った。

「わざわざ、そんなこと言わなくていいのに」アマラはリアダンに顔を向けもせずに言った。

「温度はちょうどよかったわ」

「ふうん」どっちでもよさそうに答えられて、アマラは窓ガラスに映ったリアダンの顔を見てしまった。

アマラは、それ以上なにも言えなかった。昨日の夜、あんなことがあったあとでは、なにを言えばいいかわからなかった。

「避妊はしているか？」リアダンのほうは、さらにずけずけ言うことになんのためらいもないようだった。

アマラはかっとなって振り向き、リアダンをにらみつけた。

「そんなこと、どうしてあなたに関係があるの？」頬を真っ赤にして声を出していた。

またリアダンの片方の眉があがり、アマラはばかにされている気がした。

「おれは昨日の夜、きみのパンティーに手を入れようとしていた男だ」リアダンは笑みを浮かべた。「それと、おれの思い違いでなければ、きみもおれと同じくらい興奮して濡れていた」

信じられない、そんなことを言うなんて。

「あなた、どうかしてるわ」アマラはショックで息も絶え絶えになっていた。

「話を変えちゃいけない」いやらしい男は、いまにも声をあげて笑いだしそうになっている。

「今度、きみのパンティーを本当に脱がせてしまったときのために、聞いておこうと思っただけだ」

アマラは長いあいだ、相手の顔を見つめていることしかできなかった。彼の厚かましさにあぜんとなって。

「そんなことにはならないわ」アマラは懸命に言った。

リアダンは唇をむっと結んで、ゆっくりとうなずいた。

「うそはつくなと言ったはずだ」じわりと笑みを浮かべる。「数えてるからな」

アマラはそっぽを向いて、ふたたび窓の外を見つめた。頭がどうかしてる男を相手にしてはだめ。母親がいつも言っていた。そんなことをしても勝つ方法はなくて、負けかたは千通りもあるからだ。

「昨日の夜は自分を慰めながら、おれのことを考えてたのか？」これでやっと家に着くまで黙っていてくれそうだ、とアマラが安心しかけた瞬間、リアダンは言った。「おれはマスをかきながら、きみのことを考えてたぜ」

アマラはリアダンに怒りを爆発させるところだったが、不意に強い既視感に襲われて、それどころではなくなり、理由を探していた。

「やめて」アマラは小さな声を発した。「わからないわ、どうしてそんな……」

「忘れるなよ、うそをついたら数えてるからな」リアダンはまた言った。

もうリアダンと話さない、とアマラは心に誓った。リアダンは頭がどうかしている。単純な事実だ。ああ、こんなことを続けていたら、そのうちアマラも同じくらい頭がどうかしてしまう。

「家に着くまでに、まだあと何分かある。こっちに寄ってくれれば、昨日の夜、きみが始めたことを終わらせてやれる」

アマラは目を閉じて、いまいる場所にじっとしているよう自分に言い聞かせなければならなかった。なぜなら、こんなに怒って、リアダンなんか信じられないと思っているのに、彼が始めたことを彼に終わらせてほしくてたまらなかったからだ。そのことにまた腹が立った。うぬぼれ屋の、いやな人。昨日の夜のことなんて、普通の人だったら気を使って口にしないでしょうに。

アマラが目を開き、そんな申し出は引っこめておいてと言いかけたとき、いきなり爆発音が響き渡った。アマラは考えたり反応したりする間もなく座席の下に突き倒され、がっしりとしたリアダンの体に覆いかぶさられて動けなくなった。

「グリーシャ、なにがあった？」リアダンは仕切りを乱暴にさげて、運転席にいるグリーシャに問いただした。

「待て……ちょっと待て」グリーシャの切羽つまった声が聞こえた。「くそっ、滑るな……」

「おい、グリーシャ、崖だぞ……！」路肩すれすれで車がふたたび激しく傾いたとき、ドリューが叫んだ。

車は揺れながらすごいスピードで走り続けていた。タイヤと、金属がアスファルトにこすれるすさまじい音をたてながら車はガタガタと揺れ、アマラとリアダンの体を座席に打ちつけた。アマラは必死になにかにしがみつこうとし、座席のクッションの下に腕を滑りこませた。次の瞬間またＳＵＶが跳ね、腕が金属にあたった。

恐怖に襲われて、アマラは懸命にパニックに陥るまいとした。いきなり現実と悪夢の区別がつかなくなって、アマラはリアダンの下から抜け出そうとした。

「行け！　行け！」

「そんなこと、見りゃわかる」グリーシャが怒鳴り、タイヤが甲高い音を響かせて車が傾き、ガタガタと揺れてから、なんとかひっくり返らずに急停車した。

そのあとの沈黙がとりわけ恐ろしく、アマラは恐怖にとらわれたまま両手を握りしめ、ひたすら待つしかなかった。

頭のなかでは叫び声だけが響いていた。

「このままじゃ危ない……このままじゃ死んじまうぞ！……」

一瞬、アマラはSUVの車内ではなく、真っ暗なところにいた。頭を動かして見まわすこともできず、なにも見えなくて、耳をつんざく恐ろしい音だけが鳴り続けている。

誰かの命が危ない。死んでしまいそうになっている。死んでしまう。

リアダン……。

「リアダン！」静まり返った空間にアマラ自身の叫び声が響き、アマラは自分に覆いかぶさっている重いものをどかそうとした。自由になろうともがきつつ、自分の弱さとパニックを押しのけようとした。「だめよ。リアダン、だめ……」

アマラは泣きながら暴れたが、自由になれなかった。重いものに押さえつけられて動けない。パニックと恐怖にのまれて、悪夢の光景のなかにとらわれた。まわりでホタルのような光が無数に飛び交っている。

このとき、アマラは気づいた。思い出した。死んでしまいそうになっているのは、リアダンだ。

「アマラ。アマラ。ベイビー……」突然に、アマラは力強い腕に抱きすくめられていた。まわりでは冷たい風が吹いているのに、この腕のなかは温かい。「おいで。きみをここから移動させなければ」

アマラはなにかを着せられそうになっていた――防弾ベストだ。父親が車に常備させていた。ああ、そんな……。

「やめて」アマラはリアダンの腕のなかでもがき、彼の手をたたいて、ベストを脱ごうとした。「脱がせて。脱がせて……」

アマラがこれを着るわけにはいかない。リアダンが着ていないといけない。リアダンに弾があたらないように。

またリアダンを失うわけにはいかない……。

アマラは動けなくなった。悪夢が消えていき、目を見開いた。目の前にリアダンの目があった。アマラは単なる記憶ではないなにかと闘っているように、リアダンの両腕を爪が食いこむほど強く握りしめていた。

「あなたが着て」激しく震えながら必死に出した声はかすれていた。「わたしのために死んだらだめ……」

とうとう声が出せなくなり、泣きだした。自分が口にした言葉が頭のなかで恐ろしく響き、頭がどうにかなってしまうと思った。

「おれの分もある。大丈夫だ」リアダンはアマラに着せた防弾ベストのテープを留め、自分もすばやくベストを着用し終えた。それから、座席の上に置いてあった銃を手にした。「グリーシャ。用意しろ」鋭い声で指示を出した。

ドアが開き、アマラはあっという間に車外に連れ出され、二台目のSUVに向かって走っていた。二台目のSUVの運転手はどくよう命じられ、かわりにグリーシャがその車のハンドルを握り、ドリューとリアダンがアマラを後部座席に押しこんだ。その車の助手席に座っていたボディーガードはいま、アマラの向かいの座席に座り、元の運転手はグリーシャの隣の助手席に着いていた。

SUVが急発進し、リアダンは携帯電話に大声で指示を出していた。「屋敷から三台の車がこっちに向かっている。二分後に到着予定だ」車内の全員に知らせたあと、リアダンはふたたび携帯電話に向かって言った。「黙れ、イヴァン、できるだけ早く帰ろうとしてる。おれたちが乗っていたSUVを回収させろ。あの車のタイヤになにが起こったのか確認したい」

リアダンの態度は険しかった。声も、まなざしも険しく、野蛮なまでの表情でアマラの父親に悪態をついている。「イヴァン、いますぐ黙らないと弾をぶちこむぞ」うなり声で脅し文句を口にしつつ、視線はつねに動かして、屋敷へ疾走するSUVの外のすべてを警戒している。「応援の車が見えた。トビアスを停まってるSUVに向かわせろ。なにかわかったら、至急、報告が聞きたい。残りは、おれたちの車につけばいい……いいかげんにしろ。トビアスにおれの指示を伝えろ。さもないと、この車を停めて、自分で指示しにいくぞ」

リアダンは怒鳴っていなかったが、携帯電話の向こうから父親が怒鳴っている声はアマラにも聞こえた。それでも、アマラの父親はリアダンの指示どおりにしたようだ。一台のSUVがアマラたちの車の横を通り過ぎていき、ほかの二台の車は道の真ん中でタイヤがこすれる甲高い音を響かせてUターンし、アマラたちの車のうしろについた。

「アマラ、ハニー、安心しろ」リアダンの手がアマラの両手を包みこんだ。そのとき初めてアマラは、自分がリアダンの手首を爪が食いこむほど強く握りしめていることに気づいた。そうやって懸命にパニックを抑えようとしていたのだ。「もう大丈夫だ。すぐに家に着く」

アマラが手首を放すと、リアダンはアマラの体に腕をまわして抱き寄せた。携帯電話からは、まだアマラの父親の怒鳴り声が聞こえていた。このときばかりは、父親の言っていることまでは聞き取れなくてよかった、とアマラはほっとしていた——父親の怒鳴り声から逆上した響きが伝わってくるだけで充分だ。

リアダンの胸に寄り添って座っていても、心のなかの影は激しくうごめいていた。記憶の断片がぱっと浮かんでは消えていく。耳をつんざく銃声。真っ赤な光を放つ銃口。それらの記憶のなかにいきなり、アマラ自身のからかうような笑い声が聞こえ、誰かに、わたしのことを考えながらマスターベーションをしてるの、と聞く声も聞こえた。そして雪降る晩に、ニューヨークの自分のベッドのなかで、誰かに抱きしめられ、肩に口づけられた記憶も浮かんだ。

それらの情景は少しも鮮明ではない――本当に記憶なのか、それとも意識からあふれる夢や悪夢が混ざり合ったものなのかさえ、わからない。ただ、誰かが傷ついてしまう、誰かがアマラのせいで死んでしまう、とひたすら恐ろしくてパニックが襲ってくるのだ。そして、すでに誰かがアマラのせいで死んでしまったのだ、という確信を捨てられなかった。アマラにとって大事な誰かが。

だから、アマラはリアダンにしがみついていることしかできなかった。必死にリアダンの腕を握りしめ、家に着くまでずっとそうしていた。車が止まると、リアダンはアマラを抱きあげ、SUVから家のなかまで運んでいった。

「リアダン！」アマラの父親がものすごい剣幕で呼び止めようとしていたが、リアダンは無視して玄関広間を通り過ぎ、階段を上った。

ほかの人たちも追いかけてきている足音がする。父親ののののしる声、問いつめるノアの声も聞こえる。音が渦を巻いて頭に押し寄せてきて、神経がクラッシュしそうになり、アマラはリアダンの肩に顔をうずめて、もう安全だと自分に言い聞かせた。リアダンは安全だ。誰も傷つかなかった。

誰も傷つかなかった。

それなのになぜ、誰かが傷つくよりももっと深刻な事態になってしまったという感覚に襲われて、パニックに陥りそうになっているのだろう。誰か大事な人を失って、自分の心は完全に壊れてしまった気がするのだ。

リアダンはアマラの部屋のドアを押し開けて、まっすぐベッドに向かい、そこにアマラを横たわらせた。防弾ベストを脱がせたあと、リアダンはアマラのジャケットもそっと脱がせてくれた。

「もう大丈夫よ」アマラはか細いかすれ声を出し、リアダンの手を押しのけて起きあがろうとした。

「じっとしてろ」やはりつっけんどんな声でリアダンは命じた。「それと、うそはつくな」

リアダンに腕をつかまれたとき、アマラはついたじろいでしまった。リアダンはがっしりとした手を、アマラの右の前腕にそっと滑らせた。その腕は、さらわれたときに骨折したせいでまだ完全な状態ではなく、弱っていたのだ。

「ひねっただけよ」アマラは腕をぱっと引いた。

リアダンはまたその腕をつかまえて、アマラのセーターの袖をまくりあげ、そこにできた青黒いあざを見据えた。

「三十分以内に医者が来る」イヴァンがやってきて、あざを確かめてから娘の顔を見つめ、先ほどまでより落ち着いた声で言った。「強がったりしなくていいんだ、かわいいお花ちゃん」アマラが怪我をすると、父親はいつもこういうセリフを口にする。「どのくらい痛いか、パパに言ってくれ」

アマラは首を横に振り、ぐっと息を吸った。「折れてはいないわ、パパ」ときっぱり言った。「車のなかで起きあがろうとしたとき、腕が座席の下に入って、金具にぶつかったんだと思う。ただのあざよ」

父親に髪を撫でられ、父親の目を見たら、一瞬だけ下唇を震わせてしまった。本当に一瞬だったのに、それだけでアマラの父親は苦悶の表情に顔をゆがめ、あっという間にアマラを抱きしめていた。アマラの頭は父親の胸に抱えこまれていた。

「いつもそんなに強がっていなくていいんだ。泣いていいんだ」父親はアマラの耳元で声をかすれさせた。

「大丈夫よ、パパ。本当に平気なの」アマラは父親を慰め、安心させようとした。「もう安全だもの。このとおり」

「頑固な子だ」イヴァンはアマラを放し、ベッドのアマラの隣に腰をおろしたリアダンをにらみつけ、娘の顔に目を戻した。「医者がどこにいるか見てくる。もう着いてないとおかしいころだ」

父親は大またで部屋を出て、ドアをバタンと閉めていった。

父親がいなくなると、部屋のなかはしんとなった。

「パパ、動揺してたわね」アマラはリアダンにちらっと目をやって、小さな声で言った。

アマラの父親はいつも娘を守ろうとする。アマラが苦労もなく、ハッピーに暮らせるように。アマラは気づいていなかったけれど、父親はそのために無理をしていたのかもしれない。アマラを育てるために、自分の生活を犠牲にしてくれていたのかもしれない。

アマラはリアダンのほうを向いて、彼の顔を見あげた。SUVが暴走したときに突然、頭によみがえった悪夢を思い出して、呼吸が浅くなる。

でも、リアダンはここにいる。ちゃんと生きていて、死んだりしていない。

「動揺したのは、きみの父親だけじゃないぜ」リアダンにいきなりキスをされて、アマラは驚いて頭をうしろに倒し、唇を開いた。

キスは一瞬だった。エロティックなキスでもなかった。アマラには理解できない感情に駆り立てられた、やむにやまれぬキスだった。リアダンの感情を解明することはできなかったけれど、アマラのなかでふくらんでいたパニックは、どういうわけか静まっていた。

リアダンがキスをやめて顔をあげたとき、アマラは彼の寂しさの漂う暗いサファイア色の瞳をのぞきこみ、魂の奥底から浮かんできた確信に打たれた。リアダンは自分の命を捨ててでも、アマラの命を救おうとしたはずだ。

そんなことを許すわけにはいかない。

決して……。

「パパは、わたしの救出作戦に関してうそをついていたの？」ひとりでに質問が口をついて出ていた。「誰か死んでしまったの？　わたしが大切に思っていた人が、死んでしまったの？」

どうして、リアダンが死んでしまったのでは、とずっと恐れていたのだろう？　リアダンは目の前にいるのに。生きている。死んでなどいない。それなのに、アマラは恐怖を振り払えなかった。

リアダンはぐっとあごに力を入れて答えた。「きみを救出するために送りこまれたメンバーは全員、生きている。どうして、そんなことを聞くんだ？」

不安。困惑。アマラの顔にありありと浮かぶ感情が、リアダンの心を引き裂いた。祖父に止められているにもかかわらず、アマラがまだ思い出せずにいる事実を、リアダンは話したくてたまらなくなった。

「誰かが死んでしまう、と思った記憶があるの」アマラは、まるでその言葉を口にすることが怖いかのように、ささやき声で言った。「頭のなかで聞こえるの。誰かが叫んでいて……」

アマラは頭を左右に振り、うつむいて自分の両手を見つめた。

「覚えているのは、それだけか？」どうしてアマラはリアダンのことを思い出さなかったんだ？　ふたりが互いにとってどんなに大切な存在だったか、どうして思い出してくれない？

「途方もなく悲しいの」アマラは喉のつかえをのみ、不安そうに両手を握り合わせた。「途方もなく悲しかったことは覚えてる。それだけよ。悪夢を見るたびに、そのなかで誰かが死んでしまうって叫ぶ声を聞くたびに、ただ、ひたすら悲しくなる」

悲しみ。

リアダンはアマラの頬を撫で、ずっとふれていたくなるやわらかくて温かい肌に指をとどめたまま悟った。アマラがずっと恐れて、苦しんでいたのは、リアダンの死だったのだ。それなのに、リアダンはアマラにすべてを話すことはできない。悪夢は現実にあったことの記憶だ、あのとき、ほんの数秒だが、確かにリアダンの心臓は止まっていた、とは言えないのだ。

「全員、生き延びた」リアダンは、もう一度言った。「あの日、きみのために死んだ人間はいないよ、ベイビー」

だが、あの日リアダンは喜んで死んだだろう。それでアマラを守れたのなら。地獄に歩いていって、ずっとそこにいただろう。そうすれば、アマラがこれ以上危険にさらされることなく、人生を歩んでいけると安心できたのなら。

でも、まだ安心できないとリアダンは知っていた。あのときから、わかっていたのだ。

「怖いのよ」アマラはリアダンの目を見つめてささやき、全身をかすかに震わせていた。

「あの日、わたしは誰かを失ったの。それは確かなのに、パパはなにも教えてくれない……」

「あの日、きみは誰も失わなかったんだ、ベイビー。本当だ」リアダンがいくら保証しても、アマラの目には恐怖が、自分は誰かを失ったという確信が浮かんでいた。「イヴァンがそんなことをおれから隠しておけるわけがないだろう。あの作戦でチームから死者が出ていたのなら、おれは知っているはずだ。このことに関して、おれは絶対にきみにうそをつかない」

このことに関しては。アマラはすでに、よみがえろうとする記憶と、その記憶から逃れようとする決意を闘わせて、敗れつつある。一気に戻ってきた記憶に不意打ちされるのは、あまりにも酷だ。

「わたしを殺そうとしている人間が戻ってきたんでしょう、リアダン？」アマラは下唇を震わせたが、すぐにその震えを抑えた。「わたしに死んでほしいと思っている人間がいるのよ」

アマラの目にたまった涙がこぼれ落ちることはなく、アマラは恐怖やパニックに負けてすすり泣くこともしなかった。ああ、本当にアマラはこんなにも強がっていなくていいのに。アマラだけが一度にこれだけ困難な目に遭っていいはずがないのだ。

「わからない。まだ確証はない」とうとうリアダンは答えた。誤った安心感を与えるわけにはいかない。「まだ、はっきりしたことはわからないんだ。だが、そんなやつらがいるとしても、これだけは確かだ、アマラ。そいつらはきみのところにたどり着くまでに、山ほどの精鋭を相手にしなくてはいけない。そいつらが運よく、ここを守ってる精鋭の山を越えてきたとしても、最後にはおれとノアを相手にしなくちゃならないんだ。そいつらだって、そんななまねはしたくないだろうさ」

アマラは手を伸ばしてリアダンのあごにふれ、涙をひと粒だけこぼした。

「わたしを守ろうとして死んだりしないで、リアダン。お願いだから、わたしのために死んだりしないで……」

11

ノアは家に入り、なかを見まわしながら、胸を締めつける感慨を覚えずにはいられなかった。

いつも、こうだ。いつまでも変わらない。

リビングルームには子どもたちのおもちゃが散らばり、娘たちは床に寝そべって塗り絵をし、息子のノア・ジュニアは椅子にだらりと座って好きな漫画を読みながら、ちゃんと妹たちを見守っている。

ノア・ジュニアは実際の年齢より大人びているのではないか、とノアは思った。いや、この子は聡い目を持って生まれたのだ。ノアの祖父は、妖精《フェイ》の目と呼んでいた。少年の体に大人の心を持つ者。

「おかえり、父さん」ノア・ジュニアは父親をじっと見つめていた。なぜか、父親になにか心配事があると見抜いてしまうのだ。

たちまち娘たちが床から起きあがって、ノアの腕のなかに飛びこんできた。ノアは膝をついて、ふたりをぎゅっと胸に抱きしめ、それぞれの小さな肩に顔を寄せて、ふたりから両頬にキスをしてもらいながら、またぎゅっと抱きしめた。

繊細な娘たちから愛情と笑顔とキスをもらってから、ノアは立ちあがり、キッチンへ歩いていった。そこではノアが荷造りを頼んだ出張用のバッグを用意して、妻のサベラが待っていた。

出張といっても、もう八年以上、安全な作戦しか担当していなかった。外部からの監視、計画管理、エリート作戦部隊でともに訓練を受けたメンバーの支援などの任務。半年前のアマラ救出作戦においても現場には向かったが、救護班としての任務だけだった。家を留守にしたのは五回ほど。出かけるたびに、ノアは飛び交う銃弾や、いかれた麻薬密売組織のボスには決して近寄らないと約束していた。

だが、いまサベラの目には恐怖が浮かんでいた。この八年間で、サベラに荷造りを頼んだことなど一度もなかったからだ。念には念を入れて第二部隊の若い女性たちを呼び集めることも、今回が初めてだった。

「リアダンのためなんだ」ノアは静かに言って屈みこみ、サベラの頬にキスをした。説明をしなくてはならなかった。おいそれとサベラを置いて実戦任務に赴くのではない、とわかってもらう必要があった。

ノアは顔を起こしてサベラの美しい瞳を見つめた。胸が締めつけられるような心地がした。サベラを求める気持ちは、つねにあふれんばかりにここにあるのだ。

子どもたちのほうを振り向いて、三人ともそれぞれの遊びに夢中になっていることを確かめたあと、ノアはサベラを連れてキッチンの奥へ行った。

「リアダンが困ったことになってるの？」サベラは心配そうに尋ねた。

リアダンはもうトラブルに巻きこまれる年ではなくなっていた。弟が向こう見ずで、手に負えない振る舞いをする、エネルギーを持てあました若者だったのは、もうずっと前のこと。

「リアダンはコロラドにあるレスノワの家にいる。一時間前にレスノワ家のＳＵＶが襲撃された。またアマラが狙われたのではないかとみている。トビアスの調べでは、タイヤを撃ち抜かれたんだ。リアダンをひとりにしておけない。じいちゃんは、アマラのことを心配してる。じいちゃんが心配してるんだから、大変な事態だ」

なぜ祖父が自分も行くと言い張ったのか、ノアにもリアダンにも理解できなかった。

リアダンは、兄貴は絶対に家にいろとわめいていたが、ノアは途中で電話を切った。弟は完全に頭にきているはずだ。

「本部でミカと会って、一緒にコロラドに飛ぶ。念のために、リアダンのまわりを見張っておきたいだけだ」ノアはサベラに約束した。

リアダンは大事な弟だ。死と悲しみのなかで生まれてきた弟。友人を、信じて頼れる人間を、もっとも必要としていたときに失った弟。ノアはすでに一度、妻と弟を置き去りにしてしまった。二度とそんなまねはできない。弟を守りにいかずに最悪の事態になったら、それを受け入れて生きていくことなどできない。

「リアダンを見守ってあげて」サベラはうなずいたが、表情はやはり重く陰っていた。「毎晩欠かさず電話してね、ノア」しっかりとした口調で、約束を思い出させる。「それに、必ず使える状態で、この家に帰ってくるのよ。わかった？」

使える状態で。

股間のものが俄然張りきろうとするのを感じて、ノアはひそかに笑みを浮かべた。ちくしょう、いますぐサベラを二階に連れていって、出発する前に愛せたらどんなにいいか。だが、いまやそうしないことが暗黙のルールになっていた。

かつて出かける直前にサベラと愛し合い、臨んだ任務で、ノアは殺されかけた。かつての自分ネイサン・マローンは死に、ノア・ブレイクとしてサベラのもとに戻ることになった。ノア・ブレイクは以前よりも深くサベラを愛していたが、妻のもとに戻るための戦いで数々の傷を負っていた。

「わかった」ノアはささやき、キスを求めて唇を寄せた。「毎晩欠かさず電話する。使える状態で帰ってくる」

子どもたちに見せられないほどのキスに発展する前にノアは顔をあげ、ふたたび振り向いて子どもたちのようすを確認した。

リビングルームの窓の前に立っていたノア・ジュニアは、ノアが振り向くのと同時に父親を振り向いた。

「どうしておばちゃんたちが来るの、父さん?」おばちゃんたち。第二部隊の女性たちとは、子どもたちが生まれたときから家族ぐるみのつき合いをしている。それでも、彼女たちがエージェントであることに変わりはない。

「父さんがリアダン叔父さんを手伝いにいってる少しのあいだ、うちにいてくれるんだよ」ノアは息子にうそはつかなかった。まったくのうそは。「ママと子どもたちだけで留守番させるのは心配だって、いつも言ってるだろ」

息子は父親の話をうのみにしたわけではなく、説明として受け入れてくれたようだ。

「すっかり大人びちゃって」サベラはため息をついた。「心配だわ。この子は同じ年のころのあなたにそっくりだ、なんておじいさんは言うのよ」

そうかもしれない。だが、ある意味では、そうでないかもしれない。ノアは子どものころ、父親に愛されていないと思っていた。ノア・ジュニアには、息子を無視したりしない、息子に背を向けたりしない父親がいる。子どもたちと妻のサベラは、ノアの命同然の大切な存在だ。弟であるリアダンも。

「毎日、電話する」ノアは妻のほうを向いて約束した。「おれたちはリアダン《ローリー》が危ない目に遭わないよう、見張っててやるだけだ。約束する」

「あなたも危ない目に遭わないようにしてね」サベラは真剣な口調で言った。「ルールを忘れないで」

「ルールを忘れない」ノアはにやりとした。

ノア・ブレイクとしてサベラと結婚してもらうために、ノアはそのルールが書かれた紙にサインしなければならなかった。ノアにとっては、そのルールが法律だ。

サベラにまたキスを求め、そのキスにふたたび熱が入りすぎてわれを失ってしまう前に、ノアは妻から離れた。それから、娘ふたりをそれぞれ抱きしめ、ベッドに入る前に必ず電話するよ、と約束したあと、息子に向き直った。

ノア・ジュニアは確かに年のわりに大人びているかもしれないが、それでも、ぎゅっと抱きしめた。息子も力いっぱい父親を抱きしめ返し、小さな声で「気をつけてね、父さん」と言った。

くそっ、ノア・ジュニアの言葉はいつも胸にガツンとくる。本当に、父親《おれ》が子どもだったころにそっくりすぎるのだ。

「愛してるよ、ぼうず」ノアは言い、息子の頭のてっぺんにキスをした。「おれがいないあいだ、妹たちの面倒を見るんだぞ」

「いつものことさ」顔をしかめて、苦労の多い大人みたいな声を出す息子を見て、ノアは笑みを広げた。「愛してるよ、父さん」

最後の言葉、約束を、ノアは当然のように軽く受け止めたことなどなかった。

この任務を終えて家に帰ってきたら、ノア・ジュニアとはまた、過保護すぎる兄妹の問題について話し合ったほうがいいかもしれない。前回その話をしたときは、あまりうまくいかなかったが。

妻に寄り添われて家を出て、最後にもう一度キスをし、トラックに歩いていった。家から車を出しながら、いまでは習慣になった誓いを立てた。必ず、この家に帰ってくる。この体にたとえわずかでも息がある限り、必ず帰ってくる。

体が息絶えたら？

それでも、祖父が祖母エリンについて話していたように、ノアの魂もここに帰ってくるだろう。

12

襲撃から数時間後、リアダンは陰鬱な面持ちでトビアスの報告書を見つめていた。ほかの男たちも黙って、この場にいる。彼らは、ここにいるべきではないのに。兄が同じような状況に陥ったら、弟である自分もその場に駆けつけるのは当然だが、やはり、それとこれとは別だ。ノアにはベラがいる。そして、ベラはすでに一度、夫を失っているのだ。しかも、いまではふたりには子どもたちがいて、もうすぐもうひとり生まれる。つまり、ノアはこんなところに来ている場合ではないのだ。

それなのに、ノアはここにいる。第一エリート作戦部隊の司令官まで連れて。もうどうやっても兄を追い返せそうにない。

リアダンの前に置かれた低いテーブル上のタブレットには、さまざまな画像、州警察の調書、トビアスの所見、ノアとミカの所見が表示されていた。

リアダンは、ここにいる男たちをイヴァンの書斎ではなく、自分が使用している部屋に通していた。すべての報告に目を通し、自分の考えをまとめた上で、アマラの父親に会いたかったからだ。この部屋のソファとテーブルなら、屋敷内のどの場所よりも内密な話ができる。イヴァンの使用人を、リアダンは完全には信用していなかった。それをいうなら、大昔からの知り合いであっても無条件に全員を信用できるわけではない。

だが、ここにいる三人の男たちは信頼できる。車に関する知識や、援護が必要なときは特に。アマラの命がかかわっているときに、リアダンが自分自身とアマラの父親のほかに信頼できるのは、この三人だけだ。

しかしタイヤに関する彼らの報告は、はっきりしなかった。

SUVがどうにか停車した道路のわきには何本も釘が落ちていた。だが、タイヤの損傷の状態は、釘によるパンクが原因の場合によく見られるタイプの損傷ではなかった。

よく見られるタイプの損傷ではないが、パンクによる損傷ではないとも言いきれない。

SUVはたまたま建設用の釘を踏んだのかもしれないし、タイヤに銃弾を撃ちこまれたのかもしれない。銃弾でタイヤをパンクさせることも可能だが、その証拠は見つからなかった。

リアダンの本能は完全に、あのパンクは意図的なものだと告げていた。何者かがタイヤを破壊したのだ。ただ、それを証明することはできなかった。

「どう思う?」リアダンは視線をあげ、まず暖炉のそばに立っているノア、続いてノアのすぐうしろにいるミカ、最後にソファの横の椅子に座っているトビアスを見据えた。

「確実なところはわからないんだ」トビアスは肩をすくめた。「見つかったのは釘だけで、銃弾は見つかっていない。タイヤの損傷が激しすぎて、なにが原因で破損したのか、はっきりとはわからない」

リアダンはノアとミカに視線を向けた。

腕組みをして暖炉の横で壁に寄りかかったノアは、眉を寄せてテーブルの上のタブレットに目をやり、口を引き結んであごの筋肉を引きつらせた。「ああいうふうにタイヤを破壊する方法はある。だが、今回そういうやりかたでタイヤがパンクしたのかどうかはわからない。トビアスの言うとおり、損傷が激しすぎて確かめようがない。ただし、おれの勘では」――ノアは口をへの字に曲げた――「用心しておいたほうがいい気がするな。だが、そんなのはあたり前だろ。完全に説明のつかない状況では」

「ああ、同感だ」ミカは、ふっと笑った。「おれも首が妙にぞっとする」

リアダンはソファにもたれかかり、ぞんざいに息を吐いた。

「なあ、リアダン、そちらのノアが言うように」――トビアスはノアにうなずきかけた――「やっぱり、いやな感じがするよな。それに、うしろの支援車に乗ってたボディーガードふたりの仕事ぶりもどうかと思うんだ。グリーシャは、すごく優秀だ。でも、ほかのふたりは……」トビアスは首を横に振った。

「そのふたりが一時、車を離れたらしく、グリーシャはふたりを叱責しなければならなかったようだ」ミカが言った。「グリーシャがひとりで両方の車を見張っていなければならないことが何度もあったみたいだな。ほかのふたりが明らかに気を抜いていたせいで」

イヴァンが雇ったボディーガードは警護チームからはずさなければならない。そのボディーガードたちは信用できない。どんな人間かもわからないのだ。

「ソウヤーとマックスも加わってくれたら安心だよな」リアダンと同じことを考えていたらしく、トビアスは言った。「マックスの運転技術は最高だ。なんといっても彼女はミカからじかに訓練を受けたんだから、信頼できる。ソウヤーだって、あのロシア人ふたりなんかくらべものにならないくらい優秀だ。マックスとソウヤーなら自分たちの車から、ふらふら離れていったりしないし、グリーシャと同じくらい抜け目ないぜ」

トビアスはブルート・フォースに加わって一年だが、すでに充分な能力を備えているだけでなく、直感力にも優れていることを証明していた。ノアが帰ってくる前、サベラの修理工場の事務所でも、助手として有能な働きぶりを見せてくれていたように。

「トビアスに賛成だ、リアダン」ノアは静かに言った。「おれも同じ提案をしようと思っていたが、トビアスが言ってくれた」

「全員が同意見みたいだな」リアダンはうなずき、トビアスに向き直った。「一時間以内にソウヤーとマックスに連絡して、明日の朝までにこちらに来てもらう。二日以内に猛吹雪がくるらしいから、それまでにすべての準備を整えておきたい」

「ジャーヴィスも呼んでおきたい」ノアが言った。「すでにクロウから連絡があって、ジャーヴィスをこちらに派遣しようかと申し出てくれてるんだ。ありがたく、その申し出を受けたい」

ジャーヴィスは電子セキュリティーの分野で恐ろしく腕の立つ専門家だ。彼のパートナーであるサブラも同じくらい優秀だ。ふたりとも最高の人材——イヴァンに雇われて現在、電子セキュリティーを担当しているふたりとは、くらべものにならない。

だが、ノアがイヴァンの雇った警備チームではなく、みずからのチームで任務にあたりたいと考えていると知って、リアダンは不安を感じた。今日のパンクは、書類上は原因がはっきりせず、一見、事故のようにも思えるかもしれないが、リアダンと同じくノアもまた、それだけではないという悪い予感を覚えたということだからだ。

「下に行って、これからどうするつもりかイヴァンに知らせてくる。クロウに連絡しておいてほしい。ついでに、ソウヤーとマックスにも、おれのかわりに電話をしてくれたら助かる」リアダンはノアに告げた。「アマラの父親の相手をするのに、しばらく時間がかかりそうな予感がするんだ。おれの報告を聞いて、イヴァンは喜ばないだろうからな」

それどころか、イヴァンは怒り狂うだろう。そうなってもイヴァンを責められない、とリアダンは感じた。

「おれたちと同じように、イヴァンも〝はっきりしない〟報告なんぞ聞きたくないだろうな。やつの気持ちもわかる。危険にさらされたのがエリンやアイスリンだったら、おれも怒り狂ってたはずだ」ノアは言った。

リアダンは立ちあがって兄の目を見た。そこにはリアダンの心を悩ませている不安や疑いが、そっくりそのまま浮かんでいた。

「おれたちが家に着いたとき、イヴァンはイリヤを怒鳴り散らしてた。しかも、アマラをこの件が片づくまで隠し部屋にでも閉じこめかねない剣幕だったから、それをやめさせるので精いっぱいだったんだ」リアダンは重い口調で言った。

「アマラはいまも自分の部屋にいるのか？」ノアは寄りかかっていた壁を離れ、隣の部屋に通じるドアに目をやった。

リアダンがアマラのもとを離れたとき、アマラは真っ青な顔で、悪夢にとらわれ、苦しんでいる目をしていた。

「じいちゃんと一緒にいる」実のところはリアダンの祖父がアマラと一緒にいると言い張ったのだ。アマラはことわったのに。「アマラをひとりにするときは知らせる、と約束してくれたよ」

三人ともいっせいにリアダンを見つめた。ノアは急におもしろそうに目を輝かせ、トビアスは笑いをこらえようとして息を詰まらせていた。

「ああ、わかってるさ。じいちゃんはたぶんタブレットの容量いっぱいに入れてる、おれの恥ずかしい写真を全部、アマラに見せてるんだ。おれの少年時代のしくじりも全部残らず話して聞かせて。人の自尊心を台なしにするひどい人なんだ、じいちゃんは」リアダンは、祖父についてこないでくれと言って必死に闘ったが負けた。ノアにも、叔父のジョーダンにも。

もうすぐ八十五歳になる祖父が、いつ危険な目に遭うかもしれない状況にわざわざ身を置く必要はない。リアダンがそう言っても、祖父は鼻で笑い飛ばした。神さまはもうお迎えのときも場所も決めてくださってるから、おれはただ自分がいちばんいいと思うことをするだけだ、と言って。

そして、快適に暮らせる息子グラントの家を抜け出して、リアダンたちと一緒にコロラド州に行くのがいちばんだと決めてしまった。

祖父に言わせれば、イヴァンは友人で、アマラは、本人が覚えていてもいなくても、もうマローン家の一員なのだそうだ。男は絶対に友と家族を見捨てないんだ、と祖父は宣言した。こうなった祖父を止められる人は誰もいなかった。

「じいちゃんのようすを見て、休憩が必要か聞いてこよう。そのあいだは、おれがアマラについている」ノアはリアダンの目を見据え、深い青の瞳に理解の色をたたえた。「だが、そのうちおまえがなんとかしないといけないんだぞ、リアダン。そうだという気がして仕方がないんだ」

そうした切迫感に襲われているのは、決してノアだけではなかった。

リアダンはすばやくうなずき、タブレットを持って、三人とともに部屋を出た。そしてリアダンは、これから必要になる準備をすべて整えるために、アマラの父親と話をつけにいった。リアダンがこの屋敷に戻ってきた当初は、トラブルの気配などなかった。半年前にアマラを狙った何者かがふたたび魔の手を伸ばしてくることを恐れる理由など、なにもなかった。いまもまだ証拠はない。しかし、今回のパンクには、どう考えてもおかしなところがある、と感じずにはいられなかった。同様に、以前アマラをさらった人間があきらめるはずがない、とも感じていた。だが、アマラがあの夜なにが起きたのか、誰に連れ去られたのかを思い出すまで、リアダンたちはなにもわからない状態で動くしかないのだ。

そんな状態を続けていいはずがない、とリアダンにはわかっていた。

「なあ、お嬢さん、聞いておくれ、おれのエリンは優しくて、それはかわいらしかったんだ」リアダンの祖父は思い出を語りながら、柔和な、愛情に満ちあふれた笑みを浮かべた。アマラは、老人のこの表情に思わず見とれずにはいられなかった。

一瞬、初恋の人への情熱と恋慕であふれんばかりになった、若者の顔を見ているような気がしたのだ。「だけどな、エリンは根っからのアイルランド人だよ」祖父は楽しそうに笑った。「アイルランド人の激しい気性を持ってたんだ。男の子五人と、石頭の夫をきっちりまとめてくれてたんだからな、うちのエリンは」

「娘さんはいらっしゃらなかったの？」アマラはなにげなく尋ね、すぐにそうしたことを後悔した。

老人の目に悲しみが満ち、彼はか細いため息をついた。

「かわいい、ちっちゃな娘がいたんだよ」目にも、表情にも深い悲しみがあふれた。「おれたちより先に逝ってしまったとき、あの子は十三歳だった」リアダン・シニアは自分の骨張った手を見おろし、小さく首を横に振った。「あの子はアイルランド人だった。アイルランドで生まれたってことさ」咳払いをして、まばたきをしてから、彼はアマラを見て寂しげに笑った。「いじめっ子たちがあの子を川に突き落としたんだ。あの子のなまりが気に食わんと言って。そのあとすぐ熱が出て、あの子は死んだ」

偏見に満ちた愚か者たちのせいで、この優しい老人と彼の妻は、たったひとりの娘を失ったのだ。

「なんてひどいことを」アマラは声をかすれさせた。

リアダンの祖父は、ゆっくりうなずいた。「いい子だったなあ、うちのイーダンは。いつだって笑顔で、弟たちの面倒をよく見て、いつも誰かを助けようとしていた。自分を川に突き落とした悪たれどものことだって、責めなかったんだ。あの子たちのせいじゃない。あの子たちは父親から、ああいうふうに育てられたんだからって言ってな」老人の口元にゆがんだ笑みが浮かんだ。「その悪たれどもの父親のひとりは、おれのエリンが事故に遭った夜、車に細工したやつらのなかにいた」彼は首をかしげ、不思議そうにアマラを見つめた。「おれはそいつを責めずに、そいつの父親を責めるべきだったのかね?」

老人の静かな問いかけには、ある人々のなかにごく普通に根づいている偏見に対する諦観が漂っていた。

「その人は、みずからの行動に責任の取れる年齢だったはずだわ」この優しい老人が失ったものの大きさを知って、アマラの胸に怒りがこみあげた。「そんな人は地獄で苦しんでいればいいのよ」

リアダンの祖父はそれ以上なにも言わなかったけれども、彼の目に一瞬宿った険しい光を、アマラは見逃さなかった。そして、優しい心の持ち主であるこの老人は、正義の価値も知っているに違いない、という気がした。

「そのころには、おれに残された子どもはグラントと、末っ子のジョーダンだけだった。リアダン・ジュニアを戦争で亡くし、ダナンをまた別の戦争で亡くした。ロアークは結婚する前日の夜に、車の事故で逝ってしまった」老人は重いため息をついた。「親が自分の子どもを墓に埋めるなんて、あってはならないんだ。だって、そんなのはおかしいだろう？」

「ええ、そうね」喪失感をたたえた老人の顔を見て、アマラは涙をこらえなくてはならなかった。四人の子どもと妻を亡くし、それでもなお、人に対してこんなに優しく接することができる人がいるなんて、奇跡のようだ、とアマラは思った。

「おれのエリンのとこに行きたいと、何十年も前から思ってる」リアダン・シニアは不意に微笑み、表情を楽しげな、茶目っ気たっぷりな顔に一変させた。「だが、そのころはまだジョーダンが子どもだった。それから、グラントのところにネイサンが生まれて、さらにまた十年後には、グラントがリアダンをおれのとこに連れてきて、育ててくれって言ってきたんだよ。息子や孫たちがまだそれぞれの道も見つけておらんのに、じいちゃんが死ぬわけにはいかんだろ。エリンなら、そういう事情もしっかりわかってくれてるさ」

老人が亡き妻のことを、まだ生きているかのように、すぐそばにいるかのように話し続けていることに、アマラは気づいていた。

「ネイサンはいなくなったが、ノアになって帰ってきた」祖父はうなずいた。「それに、リアダンだ。今度はあの子のために、じいちゃんは若いままがんばらないといかん」老人は喉を鳴らして笑った。「あの子は生まれたときからアイルランドの荒くれ者だった。アイルランドで生まれた子らよりそうなんだと、おれは思ってるんだよ」

祖父が孫のリアダンを途方もなく誇りに思っていることは間違いなかった。

「確かに、荒くれ者だと思うわ」アマラはにっこりした。

「それに、あれはいい子なんだよ。うちの子はみんないい子なんだ、アマラ。生粋のアイルランド男だ」リアダン・シニアは力をこめて言った。

いっとき、ほんの一瞬、アマラの心を覆っていた影が動いた。ベールがかすかに揺れるように——ほんの一瞬だけ。影が揺らいだ瞬間、声が聞こえた。低くかすれた、アイルランドなまりの声。〝ガ・シリー〟

一瞬で影はまた記憶を覆い隠し、アマラは思い出せないけれど感じ取ることのできた声をつかまえようとした。そして、たったひとことだけ、つかまえることができた。

「ガ・シリー」アマラはささやいた。

「その言葉を知ってるのか?」リアダンの祖父は尋ねた。「それはゲール語だ。こりゃ驚いた」

アマラ自身も驚いていた。

「どういう意味なの?」聞くのが怖い気がした。

老人はアマラをじっと見つめた。「〝永遠に〟。マローン家の男が必ず口にする誓いの言葉だ。真の愛を捧げる人への道を見つけたときに。その人の魂とマローン家の男の魂は決して離れない」

どうして、アマラがそんな言葉を知っていたのだろう?

どこかでこの言葉を聞く機会があったかしら、とアマラが尋ねる前に、ドアを静かにノックする音がし、アマラは口をつぐんだ。すぐにドアが開き、ノア・ブレイクが姿を見せた。

「ミス・レスノワ、その人からマローン家の秘密を残らず聞いてしまったのかい？」ノアはにやりと笑い、一歩だけ部屋のなかに入った。

これを聞いて、祖父は楽しそうに笑っている。

「ちょっとお互いの身の上話をしてるだけさ、ぼうず。よそで遊んできな」老人は笑みを浮かべて言った。声には、追い払おうとしている相手への愛情があふれていた。

「わかったよ、じいちゃん」ノアは笑いながら言い、アマラのほうを向いた。「これから下に行くんだが、なにか飲み物でも持ってこさせようか？」

「温かいココアを頼む」祖父が答え、アマラにウインクをした。「このお嬢さんにはポットにたっぷりのココアが必要だ。ココアを飲むと、心が落ち着くからね」

アマラはついクスクスと笑っていた。

「わが家のコックは、とてもおいしいココアを入れてくれるわ。お言葉に甘えて、コックに頼んでもらえるかしら」アマラは言った。「本当に心が落ち着くから」

「すぐに伝えてくるよ」ノアが部屋を出てドアを閉めていき、ふたたびアマラは老人との心落ち着く時間に浸った。

暖炉から穏やかに運ばれてくるぬくもり、とろけるバターのようにやわらかいソファの革に体を包みこまれ、リアダンの祖父の静かな声に耳を傾けていたら、アマラはしだいにリラックスしてきた。どうしても止まらなかった体の内側の震えは消え、ソファのすみにもたれたまま、アマラはリアダンの祖父にずっとここにいてほしいと思った。

こんな人が自分のおじいさんだったら、どんなにすてきだろう、と考えながら、彼がアイルランドで暮らしていたころの話を聞いていた。泥炭の煙、海の香り、ヒースの野原。男の子六人、女の子三人の家族に生まれ、両親は子どもたちに笑顔と愛情の大切さを教えた。リアダン・シニアはどうやって彼のエリンに出会い、自分の道を見つけたかを語り、それから兄を追ってアメリカに渡ったことを話してくれた。

ココアが運ばれてくると、アマラはリアダンの祖父と一緒にそれを飲み、カップを置いて、またソファにもたれて話の続きを聞いた。

今度はリアダンの話だった。

優しい思い出の言葉を聞くうちに、アマラは目を閉じていた。ココアと、暖炉と、老人の思い出のぬくもりに包まれて、アマラはいつしか眠りこんでいた。

リアダンは、アマラの部屋から出てきた祖父と顔を合わせた。静かにドアを閉める祖父に、リアダンは問いかけるまなざしを向けた。

「ぐっすり眠っとるよ」祖父は静かな声で言った。表情にも、まなざしにも陰りがあった。「一緒にいてやるんだ。今夜は、悪夢をあの子に近寄らせんように」

リアダンは顔をしかめ、アマラの部屋のドアに目を向けてから、ふたたび祖父を見た。

「なにかおれに言いたいことがあるんだろ、じいちゃん?」ときどき、祖父は尋常でない洞察力を見せる。

祖父は、なんでも知っていそうな青い目に同情の光をたたえて、リアダンの肩をつかんだ。「アマラは今日、悪夢に直面したんだ。どんなにわずかな確率であっても、前に起きたことがまた起きる恐れがあると思い知らされた」祖父の表情がいっそう陰った。「あの子はもうすぐ記憶を取り戻す——心安らかになれる場所がどこにあるのか、おまえが教えてやるんだ、ぼうず」

祖父はうつむくと廊下を歩いていき、自分の部屋のドアをゆっくりと開け、なかに入っていった。

やっぱり、ときどき祖父はなんでも見抜いてしまうのだ。ひょっとしたら、知らないほうがいいことまで。

リアダンはアマラの部屋に入り、ドアを閉めて、用心深く鍵をかけた。それから隣接する自分の部屋に通じるドアの前に行って、そこを開けた。こうしておけば、リアダンの部屋の廊下に面したドアがノックされても聞こえる。こうしておけば、リアダンがどこで眠っているか誰にも知られない。

ようやくソファの前に立って、自分の命を捧げてもいいと思っている女性を見おろした。体を屈めてしゃがみこみ、アマラの品のある顔立ちを見つめた。短い、くしゃくしゃになった巻き毛が首筋を隠している。ソファのすみで丸めた体に毛布をぎゅっと巻きつけ、革張りのクッションにほとんど鼻が埋もれてしまいそうだ。

まだ十代の少女のように若く見えた。あまりにも華奢で、危険な外の世界に出ていくには、あまりにも純粋すぎるように。

毛布の下で、アマラはまた大好きなシルクのパジャマを着ていた。

アマラとともに過ごした最後の一カ月間、リアダンはやっとのことで、なにも着ないで寝るよう彼女を説得できたのだった。ふたりのあいだを遮るものは、なにもないほうがよかった。リアダンの肌と、アマラの肌を分けるものがあるのはいやだった。あのとき、アマラが服を脱いだままでいることをあまりにも恥ずかしがったから、リアダンは笑い、また彼女を抱いてしまったのだった。アマラが見せる純粋な恥じらいは、リアダンの欲望を奮い立たせた。同時に、心をとろけさせた。たったいまのように。

いまもなお、アマラはときおり、こうした矛盾する要素を見せるのだ。炎のような情熱と、女性らしい、きんと冷えるような決意が同居しているから、男はいつ、どちらが姿を見せるのかと、片ときも油断できない。それにアマラは、ぴりっと辛口のユーモアをのぞかせるときもあれば、優しい心で包みこんでくれるときもある。

リアダンは、そういうアマラがひどく恐ろしくなることがあるのだ。

「ガ・シリー」リアダンはささやきかけた。感情がこみあげて胸が詰まり、かすかな声しか出なかった。

リアダンは立ちあがってアマラのベッドに歩いていき、毛布をめくった。アマラの隣で全裸で眠り、目覚めた彼女を怯えさせたくはないので、自分の部屋に行って綿のズボンに着替えた。

アマラの部屋に戻ると明かりを消し、暖炉の炎だけを頼りにアマラをそっと抱きあげ、ベッドに運んでいった。

アマラの隣に横たわり、抱き寄せる。以前のように、ごく自然に、アマラの体は彼の腕のなかに収まった。

「寒かったの」アマラが、はっきりしない声を出した。目を覚ましたわけではなく、寝言のようだ。リアダンはアマラを両腕で包みこみ、頭のてっぺんにそっとキスをした。

「温めてやるよ」と声をかけた。

アマラがリアダンの腕から手に指を滑らせ、指と指とを絡ませるようにして彼の手を握った。

「会いたかった」眠りのなかに、夢のなかにいるような吐息交じりのアマラの声を聞いて、リアダンは彼女の手を握る指に力をこめた。「もう、こんなに長く、そばを離れないで」

「おれも会いたかったよ」本当に、会いたくてしょうがなかった。

アマラに会いたくてたまらなくて、どの夜も長く、寂しく、いつの日も果てしなく感じられた。

地獄のような半年間、アマラについて聞けるのは、ノアがこの屋敷のコックから仕入れてくれた情報だけだった。屋敷内でアマラの近くにいる唯一の情報提供者は、このコックだった。

半年間、リアダンは汗まみれで目覚めていた。アマラの悪夢も、苦しみも、恐怖も体感し、それらひとつひとつをともにくぐり抜けることで、アマラの心に少しでも平安をもたらそうとしていた。

祖父はいつも言っていた。おまえの目の色は先祖伝来のものだと。アイルランドの目。マローン家の男は、自分のものではない心で感じ、自分のものではない目で見ることができるのだと。マローン家の男の魂はただひとりの女性と結ばれ、いったん結ばれたら、二度と元には戻れない。

この話を、リアダンは本気で信じてはいなかった。ノアとサベラから、ふたりが離れ離れになっていた何年ものあいだの非常につらい体験を聞いたあとでさえ、本当の意味では信じていなかった。ノアとサベラがそのくらい強い愛によって結ばれているのは確かなのだろうが、リアダン自身はそんなふうに誰かと愛し合うことはないだろうと思っていた。

アマラを救出したあと、病院で意識を取り戻して、初めてアマラの悪夢を彼女の目を通してともに見るまでは、信じていなかった。その暗く、希望のない悪夢の世界には、苦しみと、裏切りと、胸がつぶれそうなほどの喪失感が満ちていた。そんな悪夢のなかにとらわれて、彼のアマラはさまよっていたのだ。たったひとりで怯え、さまよっていた。

リアダンは、これからは決してアマラをひとりにはしないつもりだった。

13

ああ、すごくいい気持ち……。

快い感覚がゆっくりと、これまでになく強く、熱を帯びて広がっていく。アマラは繰り返し官能的な夢を見てきたが、そのどれよりもリアルだ。

アマラはこうした夢を求めていた。目を閉じるたびに、こんな夢を見たいと思っていた。夢のなかでなら、起きているあいだは得られないすべてを、忘れてしまったすべてを見つけることができる。

心のどこかでは、これもいままでに見てきたのと同様に単なる夢ではないとわかっているけれど、まだそのことを完全に認めたくはなかった。

背中をじかにゆっくりと撫でられて、アマラは背をそらせた。肉体労働に慣れた男性の温かくて大きな手が肌を撫で、快感をもたらしてくれる。彼がふれたところから快い熱が全身に駆けめぐり、アマラをぬくもりと熱情で包んだ。

アマラは背を弓なりにし、太腿のあいだで徐々に増すうずきを感じて片方の脚をあげた。熱を発している、たくましい男性の肩に両手でつかまり、横向きになって彼に身を寄せた。もっと近づきたい。ふたりのあいだにある邪魔な服を取り払ってしまいたい。ふたりのあいだになにもなくして、肌と肌でふれ合いたかった。

ずっと待っていた。

また彼にふれられるのを。また彼に抱かれるのを。

敏感な首筋に口づけられてアマラは悦びの声を抑えられなかった。肌に歯がこすれ、ちらっと味見するように舌でなめられる。ゆっくりとついばむように首筋に添ってキスをされる。むさぼるような熱のこもった刺激的な口づけと、じんわりとあと引く愛撫を交互にされて、アマラはいっそう彼に身を寄せようとした。

敏感な神経の先端が、いっせいに興奮の火花を散らした。アマラは快い刺激にしびれたようになってくたりとし、細かに肌を震わせて息を弾ませ、欲求を高めていった。すると、彼がアマラを仰向けにさせ、彼女の肩の下に両手を入れて抱き起こし、首筋にキスをしやすくした。

アマラは頭を傾け、彼の肩に口づけた。そのとき、彼のとりわけ熱烈なキスが興奮の矢を生んで、アマラの乳房の先はとがり、両脚のあいだのうずきはいや増した。信じられないくらい快感が高まっていくなか、アマラは彼の肩に爪を立てていた。キスをされるたび、なめられるたびに快感はふくらみ、アマラは欲求に駆られてじっとしていられなくなった。

「リアダン」アマラはリアダンの髪に指を潜らせて、豊かな髪を握りしめた。

次の瞬間、恐ろしいくらいアマラを知り尽くした唇が彼女の唇を奪い、口を開かせ、舌がそこを占領した。突然に欲望を抑えきれなくなったような、深く味わい尽くすキスをした。

アマラは内側から燃え立つように全身がかっと熱くなった。歓喜をもたらす熱が体のすみずみまで行き渡る。こんな夢を待っていたのだ、とぼんやり思った。またリアダンに抱きしめられ、ふれられるときを待っていた。

アマラは彼の下で背を弓なりにして両脚を広げた。そこへリアダンが腰を入れ、硬い柱でふたりを隔てるシルクを押した。

どうしてベッドに入るときにパジャマなど着てしまったのだろう？　アマラが眠りこんだあとリアダンがベッドに入ってきたら、彼はパジャマを脱がせる前にアマラを悦びで散々じらして悩ませる、とわかっていたはずなのに。

じらされるのが、こんなに心地いいなんて。

アマラが求めてやまなかったことだ。完全にわれを忘れられる官能の沼に、純粋な感覚の歓喜に、引きずりこんでくれるキス。

リアダンはふたたびアマラの首筋に、いっそう激しく熱を帯びた口づけをしていた。熱烈な働きかけを受けて、アマラは声をもらし、彼に覆いかぶさられたまま腰をくねらせていた。クリトリスがシルクにこすれ、アマラは息をのんだ。もっとリアダンにふれてほしい。もっと深くキスをしてほしい。なりふりかまわず、欲望のままに求める気持ちがどんどん高まっていった。

「そうして」首筋に歯を立てられ、情熱的に吸いつくキスをされて、アマラはささやいた。枕に後頭部を沈め、背中をそらして彼を求めていた。「すごくいいわ……」

信じられないくらい。

リアダンにふれられてから、あまりに長い時間がたっていた。この燃えるような興奮の波を体感してから、あまりに長い時間がたっていた。

リアダンがアマラのパジャマのキャミソールに手を差し入れたとき、彼女は声にならない声を発した。リアダンはキャミソールを押しあげ、アマラの胸のふくらみを指で包みこみ、感じやすい乳房の先端に口づけた。

「リアダン」アマラは声をあげ、身をよじり、快感にもだえた。

口で乳首を強く吸われて、胸の先から子宮へとまっすぐ矢のように快い刺激が届いた。敏感な場所をなめられ、歯をあてられて、欲求が体の奥からよりいっそうふくらんでくる。リアダンを求めてやまないのだ。いますぐじらすのをやめて、以前のように抱いてくれればいいのに。死ぬほどじらすのは、あとにしてほしい。でも、リアダンは続いてアマラのもういっぽうの乳房に関心を向け、乳首に吸いつき、まったく同じ強烈な快感をもたらした。アマラは耐えきれなくなってきた。リアダンを求めてやまなかった。リアダンがほしくてたまらない。

あまりにも長く待っていたから……。

この思考は頭のなかでぼんやりとしていた。もっと、なにか自分の知っているべきことが、思い出すべきことがある感じだ。

「アマラ」リアダンがアマラの乳房に唇をすり寄せたまま発した声を聞いて、アマラの心に強い拒否反応が起きた。「目が覚めたのかい、ベイビー？」

目を覚ましたくなんてない、絶対に。

頭のなかにぼんやりと浮かんでささやきかけてくる記憶と向き合いたくなんてない。耐えられないほど重大なものが失われた現実と向き合いたくない。

「目を覚ましたくなんてない」アマラは息を詰まらせた。泣きだしそうになって、嗚咽をこらえきれなかった。

無理やり、思い出しそうで思い出せない記憶をはっきりさせられるなら、そうする。心のなかでぼやけているイメージを鮮明にして、はっきりさせられるものなら。

リアダンがアマラの上で身を起こし、アマラの両手は彼の頭から離れてマットレスに落ちた。リアダンはキャミソールを優しくさげてアマラの胸を覆ったあと、すっと離れた。

アマラはリアダンを求めたとき夢を見ていると思っていた、単なる幻想ではなく現実だとは気づいていなかった、と言おうとした。けれども、本当は夢ではないと知っていたのだ。暗闇のなかで、ひたすらリアダンを求めながら。

病院から退院して家に帰ってきて以来ずっと、目覚めるたびに自分のベッドがからっぽで、寂しいように感じていた。自分の体の内側も、どこかうつろであるかのように。でも、今夜は違った。今夜は、リアダンに抱きしめられていると実感できた。目覚めて、これは夢ではないと気づいた。リアダンは本当にアマラのそばにいて、ふれ、温めてくれていたのだ。

ベッドも全然からっぽだなんて感じない。

リアダンのおかげで。

アマラはリアダンに目を向けた。彼は仰向けに横たわって、いっぽうの腕を胸板に置き、天井を見あげている。部屋は薄暗く、表情をつぶさに見て取ることはできない。ただ、たくましい体は暖炉の炎に照らされて、黄金色のブロンズ像のように輝いていた。そして、たとえ薄暗くても、綿のズボンを押しあげている興奮のしるしは見逃しようがない。

アマラは、自分のことを愚かな人間だとは思いたくなかった。少しうぶなところがあって、確かに普通よりかなり世間知らずかもしれないけれど、愚かではないはずだ。この男性は、恋人でなかったら絶対におかしいくらい、アマラのベッドでくつろいでいる。そしてアマラも、自分のベッドにこの男性がいても、くつろいでいるのだ。一緒にいるのが見知らぬ男だったら、こんなに落ち着いていられるはずがない。

エロティックな夢を見て目覚めたことは、何度もあったけれど、これまでと違って、思い出せそうで思い出せない記憶は、ふっと消えていくことなく残っていた。鮮明でもなく、はっきり思い出せるわけでもないのだが、記憶として残っているのだ。アマラが思い出せずにいる真実は、自分が想像していたよりもずっと重要な意味を持っているのではないか、と不安をかき立てるほどに。

アマラはベッドの上で上体を起こし、リアダンのほうを向いて足を組み、首をかしげて、まじまじと彼を見つめた。

いま、リアダンの顔をよぎったのは疑念だろうか？　少しアマラを警戒している？

「どうして、わたしのベッドにいるの？」ただ知りたくて、アマラは尋ねた。

リアダンの眉があがった。ゆっくり、おもしろがるように。

「パパに言いつけるつもりか？」ベッドから去るそぶりを微塵も見せずに、リアダンは聞き返した。「ボディーガードがきみに言い寄っただけで、レスノワはそいつを首にしてしまうそうじゃないか」

アマラはにっこり微笑んだ。「ええ、そうよ。無謀にも、わたしにふれてしまったボディーガードがどんな目に遭うか、予想はつくでしょう。わたしのベッドに入りこんでいたボディーガードに、パパがいったいなにをしてくれるか、とっても興味深いわ」

枕にもたれていっそうくつろいだ体勢をとっているリアダンの唇のはしに浮かんでいるのは、笑みだろうか？　楽しくて仕方ないような。リアダンは片方の手を自分の胸の中央に置き、もういっぽうの腕は曲げて枕の下に入れて、アマラを見つめていた。

「確かに興味深いな」答える声は我慢ならないほど傲慢だった。「で、パパに言いつけるのか？　それとも、おれから言ったほうがいいか？」

やっぱり、おもしろがってにやにやしている。そして、あの傲慢さ、リアダンがまるでマントのように身にまとっている純然たる自信は、こんな状況でもなぜか、根拠のない虚勢には見えないのだった。

「つまり、あなたはいつもこうやって、顧客の弱みにつけこむようなまねをしてるの？」言いながらも、なぜか、そうではないことがアマラにはわかっていた。

「本当にそんなことが言いたいのか？」リアダンの口調には、そこはかとなく警告の響きがあった。

「じゃあ、わたしにラッキーだと思えってこと?」こんな痴話げんかみたいなやりとりを、アマラは望ましくないくらい楽しんでいた。

それにしても、アマラがいま抱いている疑いが本当に正しかったら、リアダンとアマラの父親は相当に困ったことになる。

「そうだな」リアダンは余裕たっぷりに言い、サファイア色の瞳を見逃しようのないくらい楽しげにきらきらさせた。「おれはけっこう好みにうるさいから、どの顧客の弱みにつけこむか、よく考える」

この男だけは、ぎゃふんと言わせなければだめだ。

アマラは鋭いまなざしでリアダンをにらんでから、しばしベッドルームを見まわした。フレンチドアの外は暗く、暖炉の薪はちらちらと燃え、親密な空気が流れていた名残がある。

リアダンに視線を戻したとき、こちらをじっと見つめていた彼と目が合った。そのまなざしは、あまりにも近しい者に向けるべきものに思えた。

「もう自分の部屋に戻って」アマラはリアダンに告げた。今度という今度は、頭にきていた。

「どうやら、あなたは眠っている顧客の弱みにだけつけこむようだから、わたしはもうあてはまらないでしょ。おやすみなさい、ミスター・マローン」

リアダンがいなくなったら、アマラは自分を慰めて、燃えあがった欲求をとりあえずなだめられるかもしれない。

「あえて危険を冒してみたいんだな?」アマラを見つめるリアダンの声には、危険な色気がにじんでいた。「そんな調子じゃ、思いも寄らない目に遭ってしまうかもしれないぞ、スイートハート」

なぜかリアダンにこんなふうに見つめられると、アマラの体はさらに敏感になっていく。この男を挑発したら、思わぬ結果が待っているかもしれない、と警告されたように。

「ここはわたしのベッドなのよ、リアダン、わたしがルールを決めるわ」そんな警告にははなも引っかけないというふりで、アマラは肩をすくめた。「わたしは、いまからまた眠りたいの」

アマラが組んでいた足を伸ばし、いま言ったとおり眠りにつこうとしたとき、いきなりリアダンが動いた。アマラが驚くほどのすばやさで膝をつき、片方の手でアマラの髪の毛を握って動けないようにし、正面から彼女を見据えた。

「きみがルールを決める？」リアダンの声はかすれ、たまらなくセクシーだった。「今回はそうはいかないんだ、ベイビー。今回は、おれがルールを決める」

そうかしら？

アマラは余裕に満ちた微笑みを浮かべたあと、すっと屈んで、リアダンの硬く引きしまった腹部に口づけた。すると腹筋がびくりと引きつり、リアダンはシュッと音をたてて息をのんだ。

「とてつもなく危険なゲームに手を出そうとしてるんだぞ」アマラが舌で彼の肌をさっとなめた一秒後に、リアダンは警告した。「本当にやる気か？」

「やる気か、ですって?」アマラは考えこむように言った。「とりあえずやってみるから、好きにさせて」

好きにさせる? アマラの好きにさせて、正気を失うしかないのか? アマラにふれられて、どんどんいかれた男になっていくしかないのか?

リアダンはアマラの頭のうしろの髪を握りしめたまま、ふたたび彼の下腹部に唇を押しあてるアマラを見ていた。小さな熱い舌にそこをなめられ、全身の筋肉に期待のあまり力が入る。アマラは唇と舌で熱のこもった愛撫を続けている。

「ちくしょう、アマラ……」アマラの唇がリアダンの腹から綿ズボンのゴムウエストまで移動したとき、リアダンは胸の奥から悩める声を発した。

アマラに殺されてしまう。

リアダン自身をアマラのこの熱くて小さい口にくわえこまれたら、リアダンが自制心を維持できる見こみは万にひとつもない。経験から知っているのだ。アマラの無垢な探求心と切なる欲望がリアダンにどんな影響を及ぼすか、正確に知っている。

リアダンは荒々しくアマラを抱いてしまう。以前に何度もしたように、このベッドにアマラを押し倒して、彼女のなかでわれを忘れてしまう。アマラの甘い声、ペニスをきつく締めつけるプッシー、彼を抱き留めるアマラの腕のなかで。

そうなることを知っているのに、リアダンはアマラを止められないのだ。アマラは、リアダンが断固として避け続けている危険なドラッグのようだ。一度味わったら、生きている限り絶え間なく激しくそれを欲してしまう。

アマラはがっちりとした腹筋に歯を立てつつ、リアダンのズボンのウエストに指を伸ばした。本能と意識の奥底に眠っている記憶が混ざり合って突き動かされているのか、アマラは夢うつつの表情に興奮の色をあふれさせている。その表情を見て、リアダンの睾丸はペニスの根元でふくれあがっていた。アマラの表情に、いつも魅せられていた。頬を赤らめ、まつげが頬につきそうなくらいうっとりとした目をしている。

「おれを見ろ」リアダンはアマラの髪を握りしめている手に力をこめ、短くなってしまった髪をそっと引っ張って上向かせ、目を開かせた。アマラの恍惚とした目の奥を、リアダンはのぞきこんだ。「こういうことをするつもりなら、おれを見ろ。誰に、こういうことをしているのか、しっかり覚えておくんだ」

すべすべした細い指がウエストのゴムの下に入った。

「完全にどうかしてるわ」アマラはどことなく楽しそうにささやき、ゆっくりズボンをさげていった。アマラにふれられることを待ちわびてうずいている柱が、すぐに突き出た。

「目を閉じるな」アマラの目がまた閉じかけているのを見て、リアダンは命じた。「おれを見ろと言ったはずだ」

アマラはリアダンを見つめ、色気と興奮に満ちた顔つきで柱に指を巻きつけた。それからアマラは顔を寄せ、激しくうずいて怒張している先端のまわりに、ゆっくりと舌を滑らせた。

こんちくしょう、神のお慈悲を。

情熱的な愛撫を受けて、リアダンは腰を引きつらせた。いますぐアマラの口を満たしたいという欲求が、残り少ない自制心に逆らいかけた。

ああ、いまリアダンの両脚のあいだで膝をついている大胆でかわいいセクシーな女を、リアダンは覚えている。たとえ本人は覚えていなくても。そして、彼女がどんなことを好きで、どんなことを望んでいるかも、リアダンは知っているのだ。アマラは、とことん妥協しない強さが好きだ。支配を受け入れ、圧倒的な力でもって抱かれるのが。求めるものが得られるまで、アマラはリアダンをじらし、そそのかし続ける。

リアダンはまなざしを険しくしてアマラを見つめていた。アマラはリアダンの柱に指先を滑らせ、不確かな状況でも本能を働かせて、失われた記憶に対抗している。リアダンが夜ごと悩まされてきた渇望に、アマラも駆り立てられているのだ。

アマラは柱の根元に指を巻きつけた。太くてそこを握りきれないが、うずいて暴れだしそうなそれをしっかりと支え、唇をなめ、無言の懇願をこめてリアダンを見あげる。

失われた記憶と、潜在意識に残る知識——勝つのはどちらだろう？　リアダンは思った。

「ここまでやったんだ」リアダンは声を絞り出さなければならなかった。怒張する柱の先端をアマラの唇のあいだに押しこまずにいるために耐えなければならなかった。「終わらせてくれ、そうしないなら、おれを死ぬほど苦しめるのはやめろ」

終わらせる。

ああ、そうしたくてたまらない。アマラは目を閉じて、熱情にすべてが支配されている場所に沈んでいきたかった。そこには混乱も恐怖もない。

「絶対に目は閉じるな」また目を閉じかけていたアマラに、リアダンが強く求めた。「おれの頭がどうかしてしまうまで追いつめるつもりなら、そうするあいだ、おれを見ていることくらいできるはずだ」

要求が多くて、強引な男だ。リアダンは、らくにことを進めさせてくれるつもりはない。こういうことを以前にもしたし、リアダンにもした、とアマラにはなぜかわかっていた。アマラがその現実から目をそらそうとするのを、リアダンは許さないのだ。

言われたとおり、アマラはリアダンの目から視線を動かさなかった。リアダンを見つめ続けた。サファイア色の目の奥をのぞきこみ、唇を開いて、熱を帯びた太い頂を口に入れた。アマラが求めてやまなかった味だ。

リアダンがぐっと腰を突き出して、亀頭がすべて口のなかに収まると、その味が舌の上に一気に広がった。大地を思わせる味に、暑い夏の夜の風味が感じられて、まさに男性そのものの味だ。こわばったペニスがさらに硬くなってドクンと脈動し、また別の味――潮を思わせる、かすかなしょっぱさ――が舌にふれた。とたんにアマラはもっと味わいたくなった。この味に感覚を満たされ、内側から肉欲におぼれたくなった。

「そうだ」リアダンはアマラの口に締めつけられて、うめいた。「吸いこんでくれ。しゃぶってくれ、アマラ。どこまでおれを死にもの狂いにできるか、やってみろ」

リアダンを死にもの狂いにさせる？　そのためなら、最大限に努力しなければ。

太い血管の走る柱を撫でながら、アマラはふくらんだ亀頭を口のできるだけ奥まで迎え入れた。そこに優しく舌をあて、吸いつき、気づけば、目を閉じて暗闇のなかにいるときと同じくらい、彼の目を見つめながらわれを忘れて没頭していた。

リアダンは激しい欲情に駆られた顔つきで歯を食いしばり、アマラの髪を握りしめていた。アマラがリアダンにもっと深くしゃぶりついて、頭を動かすたびに、髪の一本一本が引っ張られて細かな矢のように頭皮に刺激を送りこんだ。顔をあげると、髪を引っ張られる感覚はゆるみ、アマラは舌をさっと出してなめ、味わった。そしてまた鋼のような柱をくわえこむと、頭皮の刺激も燃えあがった。

アマラはこれを堪能していた。リアダンの頬がだんだんと上気して赤くなっていくようすも、彼の小鼻がふくらむようすも、歯を食いしばるあごの筋肉がこわばるようすも。

「くそっ、いいぞ」いっそう強く吸いつくと、リアダンはかすかな声を発した。アマラは亀頭の下に舌をこすりつけ、自分が無我夢中でしゃぶりついている音を聞いていた。「ああ、ベイビー、それでいいんだ。ちくしょう……」

アマラがまた少し喉の奥まで彼を迎え入れ、声にならない声を震えで伝えると、リアダンは腰を激しく揺らした。首の筋を浮きあがらせ、顔の横を汗が流れ落ちている。

すっと細くなったリアダンの目に、アマラのすべてを知っているような親密な色と渇望の光が浮かび、彼はいっそう強くアマラの髪を握りしめていったん彼女を引き離し、すぐにまたぐっと引き寄せた。

「もっと深くだ」リアダンに求められ、アマラはふたたび声にならない声を発した。「その欲張りなかわいい声をもっとおれの棒に伝えてくれ。おれをのみこんでくれ。それがすんだら……」アマラがまさにリアダンの言うとおりにしたとたん、彼は喉を締めつけられたようにうなり声をあげた。

アマラは喉の奥まで彼を吸いこんで悩ましい声を響かせた。彼のペニスの緊張を前ぶれとして感じる。あともう少しで、リアダンは限界を超えてしまう。

「いいか、おれがそのきれいな脚のあいだにしゃぶりつく番になったら、よく締まったプッシーに舌をどこまでも押しこんでやる。それだけでいくしかないように」

イメージがアマラの目の前にぱっと浮かんだ。アマラを口元に引き寄せ、舌を押し入れるリアダンを想像しただけでたまらなかった。想像に反応して体が張りつめ、ふくらんだひだのあいだに熱い愛液が流れる。情欲の指にもてあそばれるような愛撫に感じられた。

アマラはリアダンをとらえた口を動かし、喉の奥の奥まで受け入れて、また声にならない声を響かせた。アマラには願望があった。リアダンの解放の瞬間を味わいたい。自分もリアダンに舌を突き入れられて達したい。リアダンの熱情にさらされて燃え尽きたい。

アマラを引き寄せるリアダンの動作がいっそう切迫感を帯びた。髪を引っ張っては放されて、ぴりぴりとした刺激が繰り返し頭皮を襲い、アマラは高ぶりを抑えきれなかった。

リアダンは自分の番になったときも、こんなふうに強引にしてくれるだろうか？

アマラが夢見たとおりにしてくれるだろうか？　硬い手でアマラの尻をぴしゃりとたたき、太腿のあいだの濡れたひだを刺激してくれるだろうか？　それから……。

「ちくしょう。くそっ……」リアダンが全身を張りつめさせて、かすれ声で悪態を発したとき、アマラは強く彼に吸いつき、口いっぱいに迎え入れて恍惚の声をあげた。リアダンがもっともっとほしくなって、ふくらんだ先端の下に舌を走らせた。

「アマラ……」リアダンは喉をふさがれてしまったように、必死の声を出し、アマラは口のなかに閉じこめた彼の味と感触を楽しんだ。

リアダンに快楽を与えているときに感じられる力は、強力で、抗いがたいドラッグのようだ。リアダンの男らしい味、ペニスの脈動、小刻みに突き出される腰の動き、口のなかを押し広げる亀頭。すべてがアマラの感覚を深め、体の内側で欲望をふくらませていく。

リアダンの前でひざまずき、男性そのものを口で愛して、彼の喉から響く荒々しいうなり声を堪能し尽くしている女性を、アマラは知らなかった。リアダンを切望し、熱を帯びた蜜で両脚のあいだがしとどに濡れるほどに、彼の愛撫を待ちわびているこの体を知らなかった。

そして、懸命な息遣いと、リアダンの野蛮なうなり声が響くなか、突然、耳をつんざくような甲高い音が割りこんだ……。

「くそっ、なんてこった！」リアダンがののしった。

たったいまアマラの口を満たしていたリアダンが一瞬でベッドをおり、ベッドの横のテーブルから携帯電話をつかんだ。欲情に張りつめていた顔が、いまは獰猛《どうもう》な怒りに染まっている。

「リアダン……?」

「来い」リアダンはすばやくズボンをあげ、アマラの手首を握ってベッドから引っ張り出した。「いまのは警報だ。何者かが敷地内に侵入した」

14

何者かにもてあそばれている、とリアダンは感じた。警報が鳴ったのは、前日に折れたと思われる枝があたったせいだった。あたったところがたまたま、まだ最新の電子機器やカメラを設置していなかった区画の壁だったのだ。

一見したところ、枝はただ折れて落ちただけのようにも思える。枝の断面はぎざぎざで、自然に折れたのであってもおかしくない。ほかの状況なら、リアダンもそう解釈したかもしれない。

ほかの普通の状況ならば。だが、いまの状況は決して普通とは言えない。乗っていたSUVに問題が起こったその日に、こんな偶然が起こるだろうか？　リアダンには、そうは思えなかった。

リアダンは凍りつきそうな激しい怒りを抱えながら、一時間後にイヴァンの書斎でノアと、ミカ、イヴァン、イリヤに会った。

イヴァンは珍しくジーンズをはき、シャツと革のコートを着て、腿のホルスターに銃を携帯していた。

イヴァンがかつて属していたロシアの犯罪組織から足を洗い、合法の事業で富を築くまでには鋼のごとき意志と、貫徹とした自制心が必要だっただろう。そのために必要なことをなす決意、打破しなければならない状況を打破してきた力が、イヴァンの殺伐とした険しい表情に、頑固な性格に表れていた。

イヴァンはいつも言っている。アマラのために自分の人生をがらりと変え、娘にいくらかは誇りに思ってもらえるような男になろうとしてきた、と。賢明な娘に愛される父親になりたかったのだ。おおむね、その努力は成功している。しかしイヴァンという男は、すでに裏切りと血と欺瞞《ぎまん》によってもまれにもまれてしまった男なのだ、とリアダンは見抜いていた。娘を守るためなら、犯罪の世界で教えこまれてきた流儀をいくらでも利用する男だ。

「この家のセキュリティーを試そうとしていやがる」イヴァンは物騒なうなり声を出し、バーに歩いていった。リアダンの祖父が大量に持ちこんだウイスキーの瓶を開けている。

最初の一杯を飲み干したあと、イヴァンは五つのグラスにウイスキーを注ぎ、イリヤがそれらを全員に配った。リアダンは自家製の酒を少量口に入れて熱い喉越しを楽しんだ。だが、浄化の炎のようなその味も、怒りを少ししか静めてくれなかった。

「あんたの家にはスパイがいるんだ、イヴァン」リアダンは、はっきりと告げた。「セキュリティーの導入が完了していなかったのは、壁のあの区画だけだった。警報機だけは設置して、おれたちの携帯電話が鳴るようにしていたからよかったものの、電子機器への接続を待っていたら、侵入されていたかもしれない」

そして、リアダンたちがそうやってわざわざ警報が鳴るようにしていたことを知っている者は、いなかったはずだ。イヴァンでさえ知らなかった。

「たまたま風で枝が折れて、あそこにあたったということもありうる」ノアが言った。だが、兄の口調から、彼がその説を本気で支持していないことは明らかだった。

見過ごすわけにはいかない事態だ。

兄に陰鬱なまなざしを投げたあと、リアダンはウイスキーを飲み干し、グラスをバーに持っていってイヴァンのグラスの横に置いた。二杯目を注ぐためではなかった。あと一時間もしないうちに夜が明ける。猛吹雪がくる前に、壁のあの区画にもセキュリティーシステムの導入を終えなければならない。猛吹雪になれば、何日も屋敷から出られなくなる。侵入も不可能になればいいのだが。

「おれは朝になったら出かけなきゃならない」イヴァンは顔をしかめ、心配でたまらんといったまなざしを補佐役のイリヤに向けた。「猛吹雪のあいだは確実にボルダーのホテルで足止めを食らう。アマラはこの屋敷にいたほうが、ずっと安全だろう」

「あんたが出かけたら、屋敷の警備員の数が減るんじゃないか」ノアが指摘した。

イヴァンは小さく首を横に振った。「今日の午前中には、そちらが手配したエージェントたちが到着するだろう。おれはボディーガードをふたり連れていくだけだ」

「ボディーガードたちは先に屋敷に帰らせればいい」リアダンはうなずきつつ、窓の外に目をやり、夜明け前の空に厚く垂れこめている雲のようすを見た。「遅くとも明日の夜には雪が降り始めるだろう」

イヴァンはうなずいたが、返事はなにもしなかった。

「午前のうちに、おれが立ち会ってセキュリティーの導入を終わらせる」ミカが言った。

「そうすれば、スケジュールを変更せずにすむだろう。ノアが見張りの第二シフトを担当し、マックスとソウヤーが到着したら、残りの時間は三人で分担できる」

リアダンはちらりと兄を見てから、イヴァンに目を戻した。「アマラの医療記録と、セラピストの記録にも目を通したい。どうしてアマラの記憶が封じこめられたままなのか知りたいんだ。彼女の記憶が戻らなければ、アマラとの関係に適切な対処のしようがない」

イヴァンはしばらく無言でリアダンを見つめた。深く考えこんでいる顔つきだ。とたんにリアダンは、イヴァンはなにを隠しているのだろう、と考えずにはいられなくなった。イヴァンのことはよく知っている。ブルート・フォースの一員として何年もイヴァンに頼まれた仕事を引き受けてきたし、ノアが指揮しているエリート作戦部隊による作戦にもいくつか参加してきた。

今回の件にエリート作戦部隊の助力が求められたことは驚きではない。だが、アマラの医療記録が重要な情報として提供されていないことは驚きだった。

イヴァンは手をあげて額をこすり、その手で左目をなかば隠しながらリアダンを見つめていた。イヴァンはなにか隠している。そのせいで落ち着かなくなっているのだ。口元の力の入り具合からして、すさまじい怒りも抱えているようだ。隠していること自体に怒っているのか？　それとも、自分がそれを隠さねばならないことに怒っているのか？

「どうしてアマラの医療記録が問題への答えになるんだ？　おまえは医者でもないくせに、リアダン」わざとあざける口調も、イヴァンがなにかを隠している証拠だった。

　リアダンは長年、人間を観察してきた――とりわけイヴァンのことは長く観察している。イヴァンほど無情に振る舞える人間は少ないが、そんな男でも内心の動揺を示す言動をとることがある。表情のかすかな揺らぎで、わかってしまうのだ。

「医療記録が役に立つかどうかは、おれが決める」リアダンは言った。「医療記録がいる。それも、今日じゅうにいると言ってるんだ」

　イヴァンが渡さないというのなら、ほかにも手に入れる方法はある。リアダンはノアにすばやく目を向け、兄もイヴァンをじっと観察していることに気づいた。ただ、兄のほうがはるかにさりげなくそうしている。

　リアダンの見かたが正しければ、イヴァンはなんとしてでもアマラの医療記録をリアダンに渡さないつもりだ。

「だめだ」イヴァンは立ちあがった。冷たく傲慢な顔つきをしているにもかかわらず、どこか悲しみをたたえた表情にも見える。「医療記録はまだ渡せない」

　まだ渡せない？

　リアダンはまなざしを険しくしてイヴァンを見据え、いっそうつぶさに観察した。悲しみのかすかな気配はイヴァンのまなざしだけではなく、感情をこらえるようにぐっと引き結ばれた口元にも表れていた。

　悲しみを浮かべるイヴァンを責めることはできない。責められるはずがない。リアダンの肩にも悲しみと罪悪感が重くのしかかっているからだ。リアダンはイギリスでの任務など断じて引き受けるべきではなかった。アマラのそばを離れるべきではなかった。それは、あのときからわかっていたのだ。魂ではっきりそう感じていた。なのに、離れてしまった。リアダンの責任だ。二度とあんなまねをしてはいけない。

「だめなんだ、リアダン」イヴァンはリアダンを見つめて言った。「いまはまだ渡せない。医療記録を渡しても、アマラのためにならない。それに、医療記録を見たところで、アマラが記憶を失った理由がわかるとは思えない。おれの考えでは、アマラが記憶を失ったのは、ヘリコプターのなかでおまえが死んでしまったと思ったからなんだ。おまえのせいで、アマラは記憶を失ったんだ」

リアダンが死んだから。救出ヘリコプターに運びこまれてから少しのあいだ、確かにリアダンの心臓は止まっていた。必要な手術を受けられる最寄りの病院にヘリコプターが着くまで、リアダンを生き延びさせるためにどんなに懸命に闘ったか、ノアとミカから話を聞いていた。

ヘリコプターのなかでリアダンの心臓は二回止まり、手術中にも二回止まっていた。リアダンは、ノアやミカが懸命に努力してくれたことも、自分が必死に生き延びようとしていたことも覚えていないが、医師たちは実際リアダンが生き延びたことに驚いていた。

〝わたしのために死んだりしないで〟アマラは穴から助け出されたとき、リアダンに向かって叫んでいた。

最初の弾があたり、すぐに二発目を背中に食らったとき、彼の名前を叫ぶアマラの声を聞いたことも覚えている。その後のことはほぼ忘れてしまったが、アマラの叫び声だけは記憶に残っていた。置いていかないで、と叫んでいた。

アマラはヘリコプターが飛び立つまで、記憶を失っていなかった。それから意識を失って、意識を取り戻したときには、一年間の記憶が人生から抜け落ちていたのだ。

リアダンと出会った日から、意識を失う瞬間までの記憶をなくした。

リアダンのせいで。

男との関係をなんとしてでも隠し通そうとしていた女が、その男を失ってしまったと思ったからといって記憶を失うだろうか？

「やっぱり医療記録がほしい」リアダンは重ねて言った。「今日じゅうに」

言い終えるなり向きを変え、さっさと歩いてドアを開け、書斎を出ていった。ドアを閉めるときたたきつけはしなかったが、そうしたい気持ちは山々だった。ドアなんか引きはがして破壊したい気分だった。

アマラが記憶を失った理由がイヴァンの言うとおりだと信じたくなかったが、信じないわけにはいかなかった。アマラとベッドをともにしていた三カ月間ずっと、アマラはどこかおかしかった。ベッドをともにする前からだ。なにかを隠していた。彼とベッドをともにしていることを恥じているのだろうか、とリアダンは疑っていた。だが、恥ずかしさで、一年分の人生をそっくり忘れるなんてありえない。

リアダンは、あのとことん頑固な女性に対して、ふにゃふにゃのケーキみたいにふぬけた態度で接してしまっていたのだ。出会った瞬間から、真剣勝負で向き合うべきだったのに。

いったいなにがきっかけでアマラが一年分の人生を記憶から締め出してしまったのかわからないが、イヴァンの言うとおり、期間は一致している。リアダンと出会った日から、ヘリコプターで意識を失う瞬間まで。

なぜだ？

この質問への答えは、アマラが記憶を取り戻すまでは出ない。同様に、アマラが記憶を取り戻すまで、彼女の身は安全ではないのだ。

アマラは秘密を持っている。記憶を失う前にも、秘密を持っていたように。

なんらかの理由があって、アマラは記憶を取り戻すまいとしているのだ。

15

吹雪がやってきた。

すでに屋敷の外ではふわふわの大きな雪が舞い、暖かい日光浴室のまわりにゆっくりと降り積もりつつある。雲は分厚く垂れこめ、連なる山々の頂を隠し、まだ早い時間なのに、もうすぐ夕暮れのような光景を生み出している。

天気予報によれば、もうすぐ雪は激しく降り始め、もっと水分を多く含んで重くなり、屋敷の外を出歩くのは危険になる。アマラの父親の書斎に隣接する、ガラス張りの暖かい日光浴室の前の庭に出ることすら、危険だろう。でも、そもそも父親がこの部屋を造ってくれたのは、こういうときのためだ。アマラが雪を眺めて楽しめるように。

それなのに、今年初めての雪を一緒に楽しんでくれる父親はいない。何年も前の初雪の日と同じだ。

仕事、と父親は言っていた。

仕事。

父親の言う仕事とはなんなのか、アマラにはずっと正確にはわからないままだった。アマラが生まれたころと変わらず、父親はいまも自分の父親に教えられたとおりマフィアのボスとしての仕事をしているのだろうか？　それとも、いつも父親がアマラを安心させようとして言っているとおり、ちょっと怪しげな実業家であるだけなのだろうか？

それとも、かつてアマラが疑ったとおり、ちょっと怪しげな政府機関と手を組んで仕事をしているのだろうか？

世間一般から見れば、そのどれであっても大した違いはないのだろう。

彼はアマラの父親だ。だから、アマラは信じなければいけない。父親が一部のジャーナリストや、ライバル実業家たちに言われているような犯罪者ではないことを。父親は、アマラに自立することの大切さを、自分の頭で考えることの大切さを教えてくれた人なのだ。父親は、自分の父親と正反対の子育てをしようとした。アマラが疑問を抱くことなく、ただ黙って父親に従うような人間にならないよう、育ててくれた。

父親はアマラを愛し、アマラが人を愛せる人間になるように育ててくれた。人に対してだけでなく、自分に対しても正直であるよう教えてくれた。いま自分に対して正直に考えれば、アマラは認めざるをえない。リアダンとの関係は、やっぱりどこかおかしいのだ。特に、アマラのリアダンに対する反応はおかしい。

ひと目会っただけで、その男性に欲望を抱くなんて、ありえなかった。よく知っているはずのない男性のことを、親密に知り尽くしているなんて感じることもなかった。そして、アマラの知る限り、自分は決して男性とオーラルセックスをしたりしなかったはずだ。さらに恐ろしいのは、アマラがいろいろなことを知っていたことだった。リアダンを悦ばせる方法も、悩ましげな声をあげさせる方法も、胸の奥から響く荒ぶる男らしいうなり声を引き出す方法も、知っていた。

アマラは寒さを感じて両腕をさすってから外の景色に背を向け、暖炉に薪をくべて、炎と外で吹き荒れる吹雪を同時に見ていられる革張りのソファのすみで体を丸めた。フェイクファーの毛布を脚にかけた。美しい狼《おおかみ》の毛皮を模して作られた、上等な毛布のさわり心地を楽しむ。

やわらかいファーを指で撫でるうちに、目が閉じた。眠たくなったからではない。ぼんやりとした、夢かうつつかもわからない記憶がよみがえったのだ。アマラは裸で暖炉の前に横たわっていた。何枚もの厚手の毛布の上に寝そべっているので、ふかふかで心地いい。そして彼女に覆いかぶさっているのは、ブロンズ色に光り輝く、リアダンの完璧な肉体だ。

幻の愛撫を感じてアマラは両脚をぎゅっと閉じ合わせ、彼女からあらゆることを覆い隠している霧の向こうに、息が止まってしまいそうなくらい性的な興奮を呼び覚ます光景を見た。あまりにもエロティックで濃密なイメージには情欲が満ちていて、実際にこれらのイメージどおりのことを体験したかと思うと、アマラの肌はかっとほてった。

深く息を吸って、アマラはどうにか目を開いた。欲求を感じて乳房はふくらみ、先端はつんと立っている。太腿のあいだはしっとりと濡れ、愛撫を待ちわびていた。リアダンにふれられることを。

アマラは毛布を握りしめ、目を細めて外の景色を見た。

あのときも、雪が降っていた。早春の雪。シーズンの終わりに吹雪がやってきて、大地は何日も雪に閉じこめられ、スキーヤーたちは大興奮する。アマラはこの部屋の、同じ暖炉の前で、まったく異なる興奮を経験していた。

一瞬、リアダンにささやきかけられて応える悩ましげな自分の声が、ふっと脳裏をよぎった。リアダンのささやきはぎょっとするくらいみだらなことをアマラに求めていて、あたかもドラッグのようにアマラを高ぶらせた。アマラはリアダンが見ている前で自分にふれていた。リアダンは長くてたくましい指で、みずからの太い柱を撫でていた。

「見せてくれ」リアダンの声には濃密な深みがあり、逆らえない響きがあった。「おれがいないとき、どんなふうに自分を慰めるのか……」

記憶がしだいにはっきりとよみがえってくるにつれ、心の底から信じられないという気持ちになって、アマラは両手で顔を覆った。記憶がさっと脳裏をよぎるだけでもいたたまれなかったのに、よぎるだけではすまなかった。スローモーションでよみがえってきたのだ。霧が晴れたように、リアダンの見ている前で大人のおもちゃを使ったときのことを思い出した。リアダンの熱い視線にさらされてぼうっとなり、大人のおもちゃを両脚のあいだに差し入れて、夢中で達しようとした。

昨夜見たリアダンの夢と似ていた。細切れに現れる性的な欲望に満ちた夢は、あまりにも露骨で、エロティックで、自分が実際にあんな体験をしたことがあるなんて、アマラには信じられないほどだった。自分があんなふうに、リアダンからのあらゆる行為を受け入れるなんて。

アマラはずっと、あれらの夢は空想にすぎない、と自分に言い聞かせてきた。アマラの心が、リアダンに対する強い願望を秘めた心が、夢を見せているだけだ、と。でも前夜、あんな体験をしてしまっては、もう否定できない。

「この部屋で一緒にどんなことをしていたか、思い出してたのか、ベイビー？」リアダンの低く深みのある声がすぐうしろの空気を震わせ、アマラははっとして振り向いた。

ソファのうしろからゆっくり歩いてくるリアダンを見たとたん、アマラの全身はかっとほてった。炎にぼんやりと照らされる日光浴室で、リアダンはアマラをじっと見つめていた。アマラはリアダンの動きを目で追った。リアダンがソファの前に来てアマラを見おろすまで、慎重に見守っていた。リアダンの顔は陰になってしまったけれど、アマラは彼の瞳の輝きに魅せられていた。渇望をあらわにしている顔つきにも。

「ええ、もちろんよ」アマラは冗談めかした。「あなたがここにつきっきりでいて思い出させてくれなくて残念だったわ」

リアダンの口元に力が入った。笑みをこらえているのだと、アマラにはわかった。いやな人。アマラのことを笑っているのだ。アマラが怒って、どうしたらいいかわからなくなっているから、おもしろがっている。

人のことを、おもしろがって。

「この日光浴室には、すごくいい思い出がたくさんある」リアダンは室内を見まわしてから、またアマラを見つめた。「ものすごく、いい思い出だ」

「やめて」アマラは毛布を握りしめ、迫りくる感情に抗おうとした。たくさんの感情が一気にこみあげてきて、本当にどうしたらいいかわからなくなる。

わけがわからないのだ。その感情に理由をつけ、深みを与えてくれる記憶がないのだから。感情は理由もなく、ただ襲ってくる。途方に暮れてしまうほどの悲しみもそこにはあって、わけがわからない。こんな感情と向き合いたくなどない。聞こえそうで聞こえないささやき、つねにつきまとう疑念を理解しようとするのは、もううんざりだ。

「今夜は、あなたの相手なんてしていられないわ」アマラは毛布をはねのけて立ちあがった。逃げるつもりだった。リアダンからも、どんな感情を抱くべきかもわからない、あらゆることからも。

「おっと、そうはいかないぜ、頑固なお尻ちゃん」アマラは二歩も進む前にリアダンにさっと腰に腕をまわされ、胸に抱えこまれていた。

「おれから見逃してもらえると思ってたのか？　夜明け前にあんなまねをしておいて、お返しされないと思ってるのか、アマラ？」リアダンはアマラのあごを指でとらえて目をそらせないようにし、彼を見あげさせた。「きみがおれから逃げ隠れし続けることを、許すと思ってるのか？」

アマラを見おろすリアダンの顔は荒々しく、堂々として、石の彫刻のようで、目はそこにはめこまれたサファイアのようだった。まなざしに浮かんでいるのは飢えと欲情と怒り、それに後悔に似た陰もあった。

「ねえ、わたしたちが恋人どうしだったのなら、どうして、わたしがあなたから逃げ隠れするの？」アマラはリアダンの腕を振りほどこうとして彼をにらんだ。激しい怒りがこみあげた――リアダンに、自分に、思い出せないたくさんのことに、恐ろしくて、記憶によみがえってほしくない出来事に。「ひょっとしたら、全部わたしのただの願望かもしれないじゃない」

うそをついている自覚は、アマラにもあった。リアダンとともにした体験を体は覚えているし、失われたはずの知識が深い淵からじわじわと上ってくるようにぼんやりとしたイメージを見せてくるから、これは確かに記憶だとアマラにもわかっていた。半年間、アマラはリアダンを待っていた。どこまでもリアダンにうそをつき続けることは可能だけれど、真実は真実のままなのだ。

リアダンはまなざしを鋭くした。黒くて濃いまつげが瞳を隠し、アマラがリアダンの考えを読むことを妨げている。「うそだ」リアダンはうなり声をたてた。「きみにうそをつかれたときは必ずわかる。前も、いまも、うそをつくのが下手なのは変わってない。おれは前よりいまのほうがもっと、うそを許さない」

リアダンにはっきりこう言われて、アマラは驚き、ショックを受けずにはいられなかった。以前に、こんな男性とつき合ったことはなかったはずだ。男性から、つき合ってほしいと言われたことは何度もあった。強くて、誇り高い男たち。傲慢で、えらそうで、絶対の自信を持っていた。そういう男たちはアマラを子どものように、自分の所有物のように扱った。だが、アマラの父親は、男性の所有物になるような人間に、アマラを育てなかった。アマラはああいう男たちと同じくらい強く、自信に満ちあふれた人間になるよう育てられたのだ。ある日、レストランで、テーブル越しにサファイア色の目に魅入られ、想像もしなかったふうに自分の女性らしさを発見してしまうまでは。

その記憶が突然よみがえった。ぼんやりと不明瞭で、ところどころ陰になっているけれど。アマラの父親に紹介されたとき、リアダンはアマラを見つめていた。あいさつをするリアダンの低い声。握手をしたときの手の感触。あのとき、こういう男性はなにがなんでも避けなくてはいけない、とアマラは思ったのだった。こういう男性とつき合ったら、人生の大事なプランをことごとく変えなくてはいけなくなる……。

「放して!」アマラはリアダンの腕を振りほどこうとしたが、その抵抗にほとんど力が入っていないことは自分でも気づいていた。

アマラの腰にまわされている腕に力がこもり、リアダンの表情はアマラの想像を超えるくらい野蛮で、頑固になった。

「そうやって、これからも自分にうそをつき続けられるのか?」リアダンは屈んで、鼻がくっつきそうなくらいアマラに顔を近づけた。「そうやって、自分の心から、さらわれたときの出来事から、ずっと逃げ隠れしていられるのか?」リアダンの目には激しい怒りが燃えていた。

「あなたはわたしを置いていったじゃない」こんな非難の言葉が自分の心のなかにあるとさえ気づいていなかったのに、アマラは叫んでいた。「あなたはそばにいてくれなかったわ」リアダンがアマラのベッドにずっといてくれればよかったのだ。リアダンと彼のチームがそばで守っていてくれればよかった。金のためだけに雇われた人たちではなくて。

言っているあいだにも、アマラはなんて自分勝手なことを口にしているのだろうと思って、悲しくなった。

「こんなこと言うつもりじゃなかったの」アマラは小さな声を出し、両手でリアダンの肩にすがって、リアダンを責めたかったわけではないと、わかってもらおうとした。「お願い、聞いて、リアダン、そんなつもりじゃなかったの。あなたを責めるつもりでは……」

なぜなら、アマラはリアダンを引き留められたのだ。どうしてそんなことがわかるのか、自分でも知らないけれど。それでも、絶対だ、と確信していた。なのに、それがわかっていたのに引き留めなかったことへの後悔に襲われた。

「おれを責める必要はない」リアダンはアマラの腰を抱く力を強くし、彼女のあごをとらえていた手で頬を包んだ。「きみがおれを責める必要はないんだ、アマラ。なぜなら、おれがきみのそばにいれば、きみがあんな目に遭うことはなかったと、おれにはわかっている。おれは自分を責めている」

リアダンは親指でアマラの下唇をそっと撫で、まなざしを少しだけ、ほんの少しだけやわらげた。そんなリアダンの表情を見て、アマラは泣きたくなった。彼の表情にあふれている渇望は、麻薬のようにアマラの精神に作用した。説明のつかない切望がアマラの意識にあふれんばかりに押し寄せ、心を弱くしてしまう。

「リアダン……」

「あの週、おれはきみをテキサスに連れていくつもりだった。覚えてるか？　じいちゃんが、きみに会いたがったんだ。おれはきみに自分の家を見せたかった」リアダンの言葉には深い意味があるように聞こえた。リアダンがアマラに見せたかったのは、自分の家だけではなかったのではないかと思えた。

「そうしても、なにも変わらなかったかもしれないわ」アマラは否定しようとした。

「変わったさ、アマラ」リアダンは言いきった。「間違いない。おれなら、きみの安全を守るために絶対に油断したりしなかったからだ。きみのベッドで一緒に寝てたかもしれないが、ひと晩たりとも用心を怠らなかった。きみが快感に叫ぶ声を聞くために何時間過ごそうと、そのあいだにきみに危険が及ぶことがないよう、必ず予防の対策を立てていた」

一瞬、アマラは息も吸えなくなった。

快感のために何時間も？　リアダンは本当に何時間もかけていたの？　アマラは恋人のいるたくさんの友人から話を聞いていた。でも、恋人から何時間もかけて悦ばせてもらっている話など、聞いたことがなかった。

「そんな……」そんなこと覚えていないから、そんな話はしないで、とリアダンに言おうとした。

「この部屋で、ここの暖炉の前で一緒に過ごした夜も、おれは何時間もかけてきみを抱き、きみにふれていた。思い出せるか？」リアダンは声を低くし、アマラをぐっと抱き寄せた。「あのときも雪が降っていた」

ガラス張りの部屋のまわりで雪が舞い、暖炉では火が燃えていた。アマラは厚手のふかふかの毛布の上に横たわっていた。アマラに覆いかぶさったリアダンは、猛々《たけだけ》しい顔つきをしていた。

「いいえ……」

「うそだ」リアダンはささやき、また顔を近づけて唇をすり寄せつつ、まなざしでも、腰にまわした腕でもアマラをとらえていた。「あの夜、おれたちは疲れ果てて倒れるまでセックスをしていたんだ。覚えていないはずがない」

リアダンの声は自信に満ちあふれていた。

「そんなこと……」アマラはまた言おうとした。わたしの頭のなかのことが、あなたにわかるわけがない、と。

「昨日の夜、その夢を見たんだ、アマラ」リアダンはうなるように言った。「きみも同じ夢を見たか？　おれがきみをなめてるところを、きみが見つめてる。その夢を見たか？　きみはおれの唇と舌を見てただろう？　おれがきみの太腿のあいだで、絹みたいになめらかな、うまいところからあふれてくる蜜を残らず味わってるときに」

アマラは無意識にはっと息をのんでしまった。確かに、その夢を見ていたからだ。その夢を思い出したとたん、また顔も、体も、かっとほてった。期待感が、体の内側でふくらむばかりだった欲求をさらに高めた。

「あなたがわたしの恋人だったなんて、誰も教えてくれなかったのよ。わたしが自分の一年分の人生だけでなく、恋人まで忘れていたなんて」アマラは声をかすれさせ、リアダンの目をじっと見つめた。リアダンはアマラをソファに座らせて彼女の前で片方の膝をつき、彼女をその場から動けなくした。アマラは立ちあがって、彼から逃げたいはずなのに。「誰かは知っていたはずよ」

リアダンは自嘲するように笑みを浮かべた。「誰もおれたちの関係を知らなかったんだ、アマラ。きみとおれだけが知っていた」

リアダンの言いかたが、なんとなく引っかかった。リアダンの声には怒りがにじんでいた。リアダンはアマラを見つめ返した。

「あなたが教えてくれればよかったじゃない」ばらばらになった夢と悪夢のかけらが頭のなかで突き刺さる気がして、アマラは両手をぎゅっと握りしめた。

リアダンはアマラの恋人だった。リアダンを愛していなかったら、アマラが彼を自分のベッドに近づけるはずがなかった。自分のことを、そのくらいはわかっている。

「なにがあったの？」無言でいるリアダンを問いつめた。「どうして戻ってきてくれなかったの？　どうして、わたしが捜しにいくまで会ってくれなかったの？」

のどこかでは、リアダンに対して抱いていた多くの感情を覚えているのだ。リアダンに対しては、こんなに強く反応してしまうのだから。リアダンをこんなに強く求めてしまうのだから。

「それはきみ自身が思い出さなくてはならないことだ」リアダンの声が低くなり、危うい響きを帯びた。「思い出す手伝いを、してやろうと思っていたんだ」

アマラが息をのむ間もなく、リアダンは彼女の腕を取ってソファから立ちあがらせ、抱きしめていた。リアダンはそのまま向きを変えて厚手の絨毯の上にアマラを横たわらせ、覆いかぶさって彼女の動きを封じた。

「あなたがわたしを捨てたのではないの？」リアダンを見あげていると胸が締めつけられるように重く痛み、悲しみがわきあがった。やはり、リアダンに捨てられたのだ。

「思い出すんだ、アマラ」リアダンの頭の横で血管が浮き出て、彼の目の奥で謎めいた感情が光を放った。「きみがおれを忘れたんだ。その逆じゃない」暖炉の炎が陰影を際立たせ、リアダンの顔がいっそう険しく、野蛮な表情を浮かべているかに見えた。

アマラはリアダンの肩につかまって、必死に思い出そうとした。体がほてって、ぼうっとなってしまいそうな状況に抗った。アマラの心を取り巻いて激しく揺らいでいる霧の向こうに、見つけなくてはならない大切ななにかがある。アマラが失った大切な……。

なにかを思い出す前にリアダンに唇を奪われ、舌を差し入れられて、抵抗する力は完全に失われた。リアダンのキスには飢えと、怒りと、濃密で激しい感情に裏打ちされた飽くなき欲望がこめられていた。

抵抗することなど不可能だった。

いま聞こえた哀れっぽい声はアマラの声だろうか？　快感にむせぶような、か弱い声……あまりにも長いあいだ望みをかなえられなかった女性の切望の声。

あまりにも長いあいだ望みをかなえられなかった。そうに違いない。リアダンを両手で押しのけることもできないのだから。アマラはリアダンの伸びすぎた黒髪に手を差し入れ、ぎゅっと握りしめて、さわり心地を堪能した。

アマラはリアダンのために唇を開いて彼を受け入れ、一秒もしないうちに、すさまじい感動の渦に全身が巻きこまれていた。

やっぱり、体はリアダンを覚えている。アマラの唇はリアダンのキスを覚えているし、舌は彼の味を覚えている。彼の味はいまもアマラを酔わせ、とりこにした。アマラの心が作り出せるどんな夢よりも、空想よりも、すばらしかった。

リアダンはキスを深くし、舌をなめてアマラを味わい、アマラに味わわせた。アマラはわき起こる欲求にのまれ、支配されていくように感じた。

「リアダン」リアダンが顔をあげると、アマラはあえいだ。でも、息を吸えたのは一瞬で、直後にアマラが着ているローブの前が開かれて左右に広げられた。ローブの下に着ていたガウンがあらわになると、リアダンはそこに手をあて、手のひらで胸をぴったりと包み、親指でつんとなった乳首を押した。

アマラはなんとか目を開いてリアダンを見あげた。リアダンの目の青さが濃くなっている。興奮で瞳が大きくなりサファイアのような輝きが増している。荒削りな顔立ちが欲望でさらに険しくなり、暖炉の炎によって陰影が濃くなっているため表情の深みも増している。

アマラはリアダンにふれずにはいられなかった。顔にふれ、まなざしに宿る悲痛な表情をやわらげたい。ところが、リアダンの顔に指でふれた瞬間、それは考えていたような単純な行為ではなくなった。自分の指先がリアダンの顔にふれるところを目にしたとたん、アマラは圧倒的な感覚にとらわれたのだ。自分は以前にもこうしたことがある。リアダンに覆いかぶさられ、いまと同じようにリアダンの顔にふれ、同じように……。

一瞬、息が止まった。もう少しだ。もう少しで、なにかを思い出しそうになっている。そのなにかを思い出す前に、ふたたびリアダンに唇を奪われた。舌で唇をなめてそこを分け、男性のありのままの渇望を感じさせる強引さで突入し、アマラの口のなかを支配する。

〝やっと……〟

リアダンの感触に浸ることができた。ふたりの唇が合わさり、リアダンは親指でアマラの乳首を撫でて、しびれるような快感を送りこんでいる——こんな快感に抗いたくない——抗えるはずがない。これは夢ではないのだ。空想や幻想のなかにいるわけではないから、抗える状況ではなかった、リアダンに抵抗できなかった、なんて言い訳はできない。しかも、これはアマラが頭のなかで作り出してきた幻想などより、はるかにすばらしい体験なのだ。

「きれいだ」リアダンはささやき、唇をアマラのあごや首筋にそっと滑らせた。「なんてきれいなんだ」

リアダンは唇でアマラの首筋を下っていきながらおざなりなキスを残していっただけではなかった。唇と、肌を強くかすめる歯と、器用に動く舌で、アマラの理性を吸い取っていった。

ああ、なんてすばらしいのだろう。

敏感な首筋の肌を、ほんの少し野蛮にいじめてくれるリアダンの唇の感触といったら、信じられないくらいすばらしい。アマラは首をそらし、リアダンのシャツに爪を立ててしがみついていた。そのとき、アマラのヴィンテージ風ガウンの伸縮する胸元を、リアダンが引きおろした。

「ちくしょう」リアダンはかすれ声をあげて頭を起こした。ごつごつした大きな手のひらで乳首だけでなく胸全体を愛撫し、包みこみ、愛《め》でている。「きみのきれいな胸が好きでたまらないんだ、アマラ。このかわいらしく、つんととがった乳首も」

つんとなった乳首の片方に口づけられ、吸いつかれた瞬間、烈火のごとく強烈な快感に襲われた。

アマラは自分の口から飛び出した叫び声を聞き、あとでショックを覚えるに違いないと思った。リアダンの髪に手を差し入れて彼を引き寄せ、信じられないほどの悦びをできるだけ長く感じようとしていたことにも、ショックを覚えるはずだ。

「かわいいベイビー」リアダンは悩ましげに呼びかけ、いっときに顔をあげたあと、すぐに反対の乳首に同じことをした。

アマラは歓喜に襲われて息をするのも忘れそうになった。信じられない。リアダンの腿に両側から太腿を挟まれている。ジーンズを押しあげている彼の興奮のあかしが、ガウン越しに彼女の両脚のつけ根の恥丘を突いて刺激する。

リアダンはアマラの乳首にしゃぶりつき、手でもう片方の乳房をもんでいる。それでも充分ではなかった。アマラはまだ満足していなかった。もっとリアダンに近づいて、肌と肌でふれ合いたい。その思いが募って、アマラは無意識にリアダンのシャツを引っ張り、必死に彼の肌にじかにふれようとしていた。

「脱いで」アマラはあえぎながら言い、さらにシャツを引っ張った。欲求が手に負えないくらい高まり、呼吸を乱していた。「早く。脱いでったら」

リアダンは上半身を起こし、言うとおりにした。シャツの裾をつかみ、引きちぎらんばかりの勢いで脱ぎ捨てた。

胸から腹にかけて、上腕から前腕にかけての筋肉が波打った。続いてリアダンはベルトもはずし、ジーンズの留め具もジッパーも開けてから、またアマラに覆いかぶさった。

深く、心をとりこにするようなキスをされ、獰猛なまでの飢えを見せつけられて、アマラはあふれんばかりの悦びに満たされた。リアダンがものすごい速さで服を脱いだことにも意識を向けている余裕はなかった。ただ、リアダンが裸になることだけが重要だった。彼の熱い体がじかにアマラに覆いかぶさり、肌のぬくもりが染みこんできて、アマラが何カ月も苦しめられてきた身を切るような寒さをやわらげてくれることが。

リアダンはふたたびアマラの感覚にいっときの猶予を与え、顔をあげたが、そのあとアマラが正気を取り戻す可能性はゼロになった。数秒のうちにローブとガウンをはぎ取られ、アマラは一糸まとわぬ姿で、リアダンを求める体を彼の前にさらしていた。

恥じらいも、ためらいも感じなかった。リアダンがキスでアマラの体を下に向かってたどり、肌を優しくついばみつつ熱い烙印を残していっても、期待しか感じなかった。アマラはあまりにも長いあいだ、これを夢見てきたのだ。幾晩も幾晩も悦びは達成されずに途中で消えてゆき、激しい欲求不満がふくらむばかりだった。

リアダンはアマラの両脚を押し開いて、そこにたくましい肩を入れた。それから頭を低くする彼の姿を、アマラは目を開いて、必死に見つめていた。たった一度の口づけで、アマラの理性はだめになった。

すさまじい快感に貫かれ、アマラはのけぞった。

リアダンの舌がアマラのひだのあいだの細い割れ目をゆっくりとなめあげ、クリトリスを見つけ、その蕾のかたちを丹念になぞるようにしたとき、アマラは完全にわれを失った。

リアダンは両手でアマラの尻を持ちあげて彼女を口元に引き寄せた。秘めやかな場所に、むさぼるような口づけをしやすいように。アマラはふたたびリアダンの髪に両手をうずめ、みずから腰を突きあげて彼に身を捧げていた。快感や刺激が一度に襲ってきて圧倒されてしまっていた。

唇と舌で花芯をもてあそびながら、リアダンはアマラの入り口にふれ、そこにそっと指を入れて、ゆっくりと満たしていった。内からも外からもリアダンに愛撫されて、激しい火花のような快感が散り、アマラはか細い、追いつめられた者の叫びを発していた。

ああ、こんなにも快い、それでいて強烈な感覚が存在するなんて。まるで、決して弱まることを知らない、ありとあらゆる感情と興奮の嵐に巻きこまれてしまったかのようだった。快感が押し寄せて、引くことはなくたまりにたまり、ふくらんで強さを増していく。アマラは背を弓なりにしてリアダンに身を差し出し、ひたすら求めることしかできなかった。

理解しようとするのは明日にしよう、とアマラは思った。すべての感情と、脳裏をよぎる記憶と、必死の欲求を理解する時間は別にあるはずだ。いま大事なのは、リアダンの舌を、キスを、指を感じることだけだ。リアダンの指はアマラのなかにすっと入って彼女を満たし、もうすぐ達する寸前まで押しあげている。

リアダンの唇が敏感なクリトリスを包みこみ、彼女のなかに差し入れられた指の愛撫が強まったとき、アマラは迫りくる爆発を自分は絶対に生き延びられないと思った。

体の内側で興奮がこらえきれないほど高まって、アマラは懸命にリアダンの名前を呼び、懇願した。

「お願い……お願いよ……」アマラはあえぎながら、その言葉を止めようもなく発した。リアダンの指の動きはさらに激しくなって、アマラを貫き、内側から愛撫していた。花芯を熱い口に閉じこめて吸うリズムに合わせている。

「リアダン……」アマラは自分がカオスの縁に近づき、そこに飛びこもうとしていると感じて必死に息を吸いこんだ。

肌は汗に濡れ、両手で懸命にリアダンの頭を引き寄せていた。腰をくねらせ、突きあげずにはいられない。正気を奪う容赦のない歓喜の激流から逃げることも、自分から飛びこむこともできはしないのだった。

もう耐えられない、息をするたび、快感に襲われるたびに内側から高まっていく興奮で張り裂けて死んでしまうと思った瞬間、稲妻が落ちたかのような歓喜の爆発が起こった。

アマラはとっさに息を吸いこんで叫ぼうとしたけれど、声は出なかった。全身は張りつめて、ひたすらエクスタシーを放出するエネルギーの塊になった。リアダンはその爆発の触媒として、恐るべき快感がアマラの全身を駆けめぐっているあいだ、そこから逃すまいとして彼女をとらえていた。

最後の歓喜がはじけ、散っていくのをアマラが感じた直後、リアダンがアマラの両脚のあいだから身を起こし、指で愛でていたアマラの入り口に太いペニスの頂を突きあて、ひと息に押し入った。

すでに歓喜に襲われ解放とともに波打っていたアマラの体内は、リアダンの侵入を受け入れ、大きく怒張したペニスを柔軟に包みこんだ。その新たな刺激、炎の奔流のような突入を受けて、アマラはふたたび嵐に巻きこまれた。今度の嵐はいっそう荒々しく、アマラの正気をひとかけらも残さず破壊した。

うなり声とともにリアダンがアマラに覆いかぶさり、アマラは両手を彼の背にあてて抱きしめた。リアダンはアマラの両脚のあいだに腰を押しあて、深くペニスを彼女のなかに沈めた。突き入れては引く動作を繰り返すごとにリアダンは深く入っていき、アマラの内側を押し広げて、あまりにも感じやすくなっている神経を撫でて刺激した。貫かれるたびに、アマラを襲う悦びと痛みの絶妙な興奮は強まっていった。アマラにわかるのは、自分がもっとこの高ぶりを欲しているということだけだった。

「かわいいベイビー」リアダンはアマラの耳にかじりつきながら苦しげに言った。「それでいいんだ、スイートハート。おれを抱きしめてくれ。もっと奥まで……」

アマラは腰をびくりと跳ねさせ、もっと深く彼をのみこんだ。

「くそっ、そうだ。おれをのみこんでくれ、アマラ。おれのすべてを、ベイビー。最後の最後まで……残らず……」リアダンは突き進み、根元まで完全に身を沈めた。室内にアマラが歓喜にむせぶ声が響いた。

「リアダン……」アマラはリアダンの下でもだえた。アマラの内側は侵入に応えようとして、自然に収縮と波打つような動きを繰り返していた。体は貪欲にすべての愛撫と興奮を求めて、悦びに打ち震えていた。

「ああ、アマラ……」リアダンはアマラの首元で息を荒らげ、アマラを抱く体を張りつめさせていた。アマラに覆いかぶさったまま全身の筋肉に力をみなぎらせ、彼女のなかに脈動するペニスを埋めこんでいる。「それでいい……ちくしょう、それでいいんだ、ベイビー、この最高なプッシーでおれを搾り尽くしてくれ」

アマラの子宮がけいれんし、リアダンを包んでいる体の奥が収縮して、ふたりの体がぎゅっとこすれ合い、アマラは肺からすべての空気を失いそうになった。

「くそっ！」リアダンがびくりとして腰を引き、すぐまた押し寄せて根元まで打ちこんだ。

アマラは衝撃を受けて彼の背中に爪を食いこませ、息も絶え絶えに悲鳴をもらした。

両膝を曲げて腰を浮かせ、無言でリアダンにもっとと求める。そうしてもらえなければ死んでしまいそうだった。

リアダンは応えてくれた。

アマラの耳元で悩ましげな声を響かせて、リアダンは動き始めた。深いリズムを刻んでアマラを貫き、押し広げ、満たしては引いて、また貫く。やがてふたりはひとつに溶け合おうとするように躍動し、われを忘れて上りつめていき、ついにアマラは視界が真っ白になる爆発にのみこまれて感覚のいっさいを圧倒された。

激動の波にのまれながらも、アマラはリアダンの躍動を感じていた。リアダンの突入は激しく、強くなっていき、とうとう最後まで打ちこむと彼は身を硬くし、アマラの名を呼び、彼女のなかでペニスを震わせ、すべてを解き放った。

リアダンに覆いかぶさられたまま、アマラは力を使い果たして漆黒のベルベットのような闇に意識を吸いこまれていった。抗うことなく、そこに沈んでいった。少しのあいだだけ、と自分に言い聞かせた。夢を見るほどは眠らない。ただ、彼女を内側から満たしていく圧倒的な充足感に浸る気分を味わいたいのだ。

少しのあいだそこで休んで自分を取り戻したら、記憶を失ってまで忘れようとしていた男性と向き合う心の準備ができるかもしれない……。

16

リアダンはアマラの体のなかに閉じこめられていたペニスをそっと出すとき、うめき声をかみ殺した。まだなかば勃起したまま腰を引くと、アマラのやわらかい絹を思わせる感触の体内はさらに波打ち、彼を引き留めようとしているかのようだった。

リアダンはアマラの横に倒れこみ、どうにかペニスを覆っていたコンドームをはずして、そばで燃えさかる暖炉の炎にそれを投げこんだ。

それからアマラの隣で体を起こして座り、立てた膝に腕をかけて髪をかきあげ、彼を引きつけて離さない女性を見つめた。死にかけてもなお、彼女に惹かれた。

厚手の絨毯に寝そべっているアマラを見て、リアダンの胸は締めつけられた。黒い髪に取り巻かれた、頑固そうな顔だ。唇を少し開いて息をし、表情豊かな目を、眠っているいまは閉じている。

あのおぞましい暗くて狭い穴のなかにいたアマラの姿を、リアダンは忘れることができない。骨を折られ、血まみれで、瀕死の状態だった。それでも、自分を助けようとしてリアダンが危険にさらされるよりは、ここにとどまって死んだほうがましだと本気で言い張っていた。

リアダンはブルート・フォースの救出チームだけを伴って、あの作戦に臨んだわけではなかった。まさか、そんなまねはしない。リアダンはノアに助けを求めた。そして兄であるノアは、民間の秘密組織エリート作戦部隊の戦士たちとともに率いている、高度な隠密チームを連れてきてくれたのだ。エリート作戦部隊の戦士たちは、屈強な男たちだ。ほかの組織のエージェントたちとはまったく異なる訓練を受けてきた男たち。彼らがいてくれたにもかかわらず、リアダンはアマラとやり直す機会を敵に奪われるところだった。

アマラをさらったやつらがどんな連中であれ、そいつらはアマラの父親が最高のチームを送りこんでくると知っていて、備えていた。最初に待ち構えていた敵を排除するのは簡単だった。だが、どこかに、どういうわけか、さらなる敵が潜んでいたのだ。

リアダンはアマラの命も、兄の命も危険にさらすわけにはいかなかった。ノアはすでに地獄の日々をくぐり抜けてきた人間だ。ノアの妻ベラも、夫は死んだと思われていた何年ものあいだ、地獄の日々に耐えてきた。ノアは新しい顔と新しい名前を得て戻ってきたとき、ベラとやり直す二度目のチャンスを与えられた。夫のことを何年たっても決してあきらめなかった女性と。

リアダンもアマラをあきらめることなどできなかった。アマラもリアダンをあきらめることなどできなかったのだ。

それなのに、アマラはなぜ忘れたのだろう？

ノアが手配した精神科医は、アマラが病院を退院してから数週間後に、自らの意志で記憶を消したと診断を下した。だが、アマラがなぜあえて消そうと、忘れようとしたのか、その理由は言えなかった。わからない、わけではないのだ。医師はこう言った。〝理由は言えない〟と。精神科医らしい物言いだが、実際は、おそらく、しゃべったらタマを引っこ抜くぞ、とイヴァンに脅されたのだ。なぜなら、リアダンは確信しているからだ。イヴァンは理由を知っている。

アマラが一年分の人生をそっくり忘れたのは、なぜなのだ？　アマラをさらい、アマラのこともリアダンのことも殺そうとした男たちの正体さえ忘れてしまったのは、なぜなのか？

リアダンはソファから厚手の毛布を取って、アマラの体を慎重に覆った。暖炉の炎はぬくもりを発しているが、アマラは眠りながらかすかに身を震わせていたから、ほうってはおけない。

アマラが寒がりであることには、リアダンも気づいていた。だからイヴァンは、アマラがよく眠りこんでいる屋敷のあちこちのソファの近くに、大小さまざまな厚手の毛布を用意させている。どの部屋の暖炉の炎も絶やされることはなく、アマラが寒い思いをしないよう、あらゆる気遣いがなされていた。

なぜだ？

イヴァンは娘のアマラのことに関しては、手負いの熊のように神経質だ。尋常でないほどに。以前から心配性の父親だったが、いま娘を見るイヴァンの目には、悲痛な色すら漂っているように見える。

「いったいなにがあったんだ、かわいいアマラ？」リアダンは重いため息をつき、アマラの顔を見つめた。アマラの顔を殴ったくそったれどもが、彼女の顔の繊細な骨を折らなかったのは奇跡だ。

だが、やつらはアマラの体のほかの骨を折った。肋骨二本に、脚の骨、手首の骨、それに腰を蹴って骨盤に細いひびを入れた。

やつらはアマラをあざけるように穴にはしごをかけたままにしていたが、アマラが自力で穴を脱出できるわけがなかった。やつらは、アマラに脱出の唯一の手段を見せながら、それを使うことができない苦しみを味わわせて、じわじわと彼女を死なせるつもりだったのだ。

なぜなのか、それもわからない。

わかっているのは、アマラの悪夢がますますひどくなっていることだけだ。悪夢がひどくなるにつれ、屋敷のセキュリティーを破ろうとする試みも増している。何者かがリアダンたちを試し、弱点を探ろうとしている。その何者かは、弱点を見つけることが恐ろしく得意なようだ。

アマラの父親は認めるのを死ぬほどいやがるだろうが、いまとなっては認めざるをえないだろう。この屋敷の誰かが、アマラを亡き者にしようと決意している何者かを手助けしている。

アマラが連れ去られた際の状況を見ても、内部に協力者がいなければできなかったと思われる点がいくつもある。だが、その当時、警備についていたボディーガードたちはみな、ノアの厳密な人物調査をパスした者たちだったのだ。にもかかわらず、犯人たちはペントハウスの建物に入るための暗証番号を知っていた。そしてアパートメント室内に侵入し、数分でアマラを連れ去った。しかも、ノアの組織の力と要員のすべてを使ってやっと、犯人を追跡することができた。ノアの組織の能力は、イヴァンのそれをはるかに上まわっているのに。

リアダンはふたたびアマラの隣に横たわり、また身を震わせているアマラを温めるため抱き寄せ、彼女の頭を胸に抱えこんだ。

イヴァンの話では、アマラは悪夢を見て半狂乱になっていたという。恐怖に襲われたように泣き叫び、彼を呼んでいた。父親でもなく、ボディーガードでもなく、リアダンを。

〝置いていかないで……リアダン、お願いだから置いていかないで……〟

リアダンがこの屋敷に戻ってくる前に、イヴァンがアマラのベッドルームに設置した装置から聞こえる悲痛な叫び声で、リアダンは背筋が凍る心地がした。アマラが必死に助けを求める声を聞いたときは、体から魂をもぎ取られるようにつらかった。

親戚が送ってくれたウイスキーをボトル半分飲むまで、立ち直れないほどだった。

親戚といえば、ロフランは驚くべきことに、バイキングの血を引く赤毛のアイルランド人だ。身長一九三センチの、筋骨たくましい男。ロフランの兄弟たちも同じくらい強い。彼らがいまは警備についている。屋敷内にふたりいて、ほかのふたりがどこにいるかは、誰にもわからない。

ノアとミカには、危険の及ばないそれぞれの家に帰ってもらいたかった。ノアやミカに危険が及んだらと思うと、リアダンは耐えられなかった。ノアやミカはこれまでにも散々、自分たちの命を危険にさらしてきたのだ。それに、ロフたちは力を試したがっている。

ロフたちが受けた訓練はノアやミカが受けてきた訓練ほど微調整されていないが、ときと場合によっては微調整が必要ないこともある。リアダンには敵に知られていない、こっそり紛れこめる男たちが必要だった。ロフと、その双子の片割れローカンは、生粋のアイルランド人だ。イヴァンの屋敷のなかにいる誰がアマラにとって脅威なのか、見抜ける人間がいるとしたら、あのふたりしかいない。

敵がみずから正体を現さない限り――リアダンはアマラを抱く腕に力をこめ、いっとき狂おしい思いで目を閉じた――リアダンが敵の正体を突き止めない限り、アマラが自然に記憶を取り戻すのをのんびり待ってやるわけにはいかない。アマラの心の準備ができるまで待っている余裕はないのだ。アマラが自分の人生一年分の記憶からなんとしてでも逃れようとしたことにどんな理由があるにしろ、リアダンはその記憶をアマラから引き出すしかない。なんとしてでも。

そうしなければ、アマラの命を救えないからだ。

「リアダン」――ぎゅっと抱きしめるリアダンの両腕のなかで丸くなり、アマラは吐息のような声で言った――「ずっと会いたかった」

本当に吐息のような声だった。眠っているアマラの心をぼんやりと包んでいる夢のなかからもれた願望の吐息。それでも、この声は、アマラ自身と同じく、リアダンをとりこにした――こんなに深い愛を抱くことになるとは思ってもみなかった男の心も、体も、魂もとりこにした。

よ」
「ガ・シリー」リアダンはささやきかけ、アマラの額にキスをした。「永遠に、きみを愛す

アマラは父親のペントハウスの窓の前で、黙ってじっと立っていた。外では猛吹雪が吹き荒れ、降りしきる雪以外なにも見えない。激しい風に翻弄《ほんろう》された白い雪の塊が窓にぶつかり、まるでペントハウスのなかのぬくもりを求めているように見える。

視界を雪が覆い、アマラがいるアパートメントは世界から隔絶された。アマラはここにいるもうひとりの人と、ふたりきりになってしまった。

完全にふたりきりになるのは、これが初めてだ。

ほかのボディーガードたちは数ブロック離れたところにある本社で身動きがとれなくなっている。そばにいるのはリアダンと、ペントハウスの入り口前で警備しているボディーガードふたりだけだ。けれども、アマラが気になっているのは、リアダンただひとりだけだった。

アマラは窓ガラスにじっと視線を据えて、部屋に入ってくるリアダンを見ていた。

背が高く、黒髪は荒削りな顔にかかっている。身に着けているジーンズとTシャツは、鍛えあげられた筋肉と力強さをいっそう際立たせていた。それに、カウボーイブーツをはいている。すごく、すてき。あんなに格好よくブーツをはきこなしてうろうろするなんて、深刻な法律違反として取り締まるべきだ。

「アマラ、窓から離れてくれるかい？」リアダンにこう言われるのは、彼が何カ月か前にア

マラのボディーガードに加わってから数度目だった。もう何回も言っただろ、という気持ちが声に表れているように思える。

アマラはゆっくりリアダンを振り向き、伏し目がちに視線を送った。

「窓からの眺めをあきらめたら、かわりにどんなごほうびがもらえるのかしら?」アマラはリアダンを見つめて、無邪気に彼の気を引こうとした。「だって、いまはほかにすることなんてなさそうだもの。なにかある?」

リアダンは広い胸の前で腕を組み、顔をしかめた。それでも、アマラはリアダンの瞳が色濃くなるのを見逃さなかった。唇のはしについ笑みを浮かべそうになって、顔をわずかに力ませている。

「なにがほしいんだ?」リアダンはごく事務的に尋ねた。

けっこうよ、アマラは交渉の仕方なら、よく知っている。少なくとも、リアダンとの交渉なら。彼が教えてくれたのだ。

アマラはじっくり考えてみるように唇をかんでから、純粋そのものの顔で微笑んでみせた。こんなお願いをしたら確実に地獄に落とされそうだけど。

「棒つきキャンディーよ」アマラは答え、ちらっと一瞬だけ舌をのぞかせて唇をなめた。

いま、リアダンは息をのんだ?

「棒つきキャンディーだって?」リアダンは慎重に尋ねた。でも、アマラは見逃さなかった。リアダンはすばやくアマラの唇に視線を向け、組んでいる腕をつかむ手に力をこめていた。

「どんな棒つきキャンディーがいいんだ？」

アマラは唇をすぼめた。「ものすごく大きなのがいいわ。だいぶ長持ちするのがいいの」

いま自分は本当にこんなことを、本気で口にしたのだろうか？　本気そのものの口調で。

リアダンはいっとき、アマラを見つめることしかできなくなっていた。

「そんなに棒つきキャンディーが好きなのか？」リアダンは片方の眉をあげ、さらに瞳の色を濃くした。すっと目を細くして、興味をかき立てられているのを隠そうとしている。

「そうよ」アマラは、もう完全に声をかすれさせていた。しかも、リアダンはこちらに向かって歩いてくる。彼の自信たっぷりな歩きかたさえ、アマラを高ぶらせた。

「何回なめてたいらげるつもりなんだ？」リアダンはアマラのすぐそばまで来て低い声で問いかけ、組んでいた腕をほどいた。

「うーん、どうかしら。おいしいものはゆっくり味わうのが好きなの。だから、いつまでだってなめていたいわ」

リアダンはゆっくり息を吸い、欲望をたたえた顔つきになった。飢えた男の目でアマラを見据えている。

「そいつはいいな」けれども、リアダンはそれ以上動かず、アマラを見つめ続けた。

「あなたも棒つきキャンディーが好き？」アマラは目を大きく見開いてみせた。こんなことを言って、もう自分でも笑っちゃう、と思っていた。

リアダンが浮かべた笑みは、紛れもなくセクシーな色気をにおい立たせていた。

「いいや、でも、窓を離れてこっちに来てくれ。おれは、きみが棒つきキャンディーを味わうところを見せてもらう……きみがなめるたびに楽しませてもらうぜ……」

17

アマラが目を開くと、夢は消えた。けれども、以前と違って夢の記憶は消えなかった。そして、確かにあれは記憶だった。確かに、ふたりは恋人どうしだった。いままた、そうなったように。アマラはリアダンを愛していた。いまも愛している。しかし、リアダンの気持ちはわからない。あのニューヨークの最初の吹雪のときと同じように。

過去のあらゆる気持ちが、感情がいちどきによみがえってきて、アマラをのみこみ、打ちのめした。

いまも、すぐうしろにリアダンの存在を感じる。彼の熱い体が、アマラを背中から温めている。アマラはリアダンの肩に頭をのせ、両腕で包みこまれている。思い出したと言えるのは、ほんのわずかな時間にあった出来事と、それに伴う感情だけだったのに、いまリアダンとこうしているひとときもなじみ深いものに感じられた。

アマラは薄暗い自分のベッドルームを見つめた。暖炉の炎が室内に影を踊らせている。そのようすを見ながら、アマラは頬をぽっと熱くした。あの夜、自分は間違いなくリアダンに楽しませてもらった。

今日、日光浴室でも、ベッドルームに移ってからも、楽しませてもらったように。

それなのになぜ、アマラはリアダンのことも、さらわれたことも忘れてしまったのだろう？　精神科医は、さらわれたとき心に負った傷が重すぎるため記憶を失ったのだという見解を示していたけれど、それでは説明がつかないのだ。アマラはなぜ、大好きなレストランにリアダンが入ってきた瞬間からすべての出来事を忘れてしまったのか……。

あのミーティングのことも思い出したと、アマラはショックとともに気づいた。リアダンと目が合った瞬間、アマラの鼓動は急に速くなって、ドキドキと高鳴った。リアダンは隠そうとしていたけれど――断固として気づかれまいとしていたけれど――彼もまたアマラを意識してしまっているると、アマラは気づいていた。アマラと父親が座っているテーブルに歩いてきた、力強い、心身を鍛えあげた男性が、目を合わせた瞬間、アマラを意識せずにはいられなかったのだ。

アマラは自分の父親が属す世界を何年も渡り歩いていくなかで、出会った人の性格を見抜くコツをつかんでいた。会ってすぐに、どんな人かわかるケースもまれにあった。でも、リアダンに対してしたように、ひと目見た瞬間にあそこまで反応してしまったのは初めてだった。

リアダンと目が合った瞬間、視線をそらすのがほとんど不可能に思えた。あのサファイア色の瞳の奥に吸いこまれたみたいになった。そしてリアダンに見つめられて心臓がひとつ打つごとに、アマラの魂の奥の奥へと彼の目は届いているに違いないと思えた。

さらに、アマラは自分の魂で彼を感じられるような気さえしたのだ。強くて、複雑な精神を持った男性を。彼は尊大さと強さこそ、自分の最大の防御になると学んできたのだ。心に陰のある、孤独な男性だ。まわりにいくら人がいても、それだけでは彼の孤独感はやわらがない。

彼の心が善なのか、悪なのか、両方の性質を併せ持っているのか——父は両方の性質を併せ持っている、とアマラはつねづね思っている——アマラにはわからなかった。けれども、リアダンが歩いてきてアマラと父親がいるテーブルに座るまでの何秒かのあいだに、これだけはわかっていた。実はリアダンの心が善だろうが悪だろうが、自分にとってはどうでもいいのだと。どうであれ、アマラがリアダンから完全に逃れるすべは、もうないのだと。

「どうして、あなたを忘れてしまっていたのかしら？」リアダンが目を覚ましていて、なにか言うのを待っていると感じ取り、アマラは小さな声を発した。「どうして、わたしたちのことを忘れてしまっていたのかしら？」

心まで捧げた人のことを、どうして忘れることなどできたのだろう？

リアダンは優しくアマラの腕を撫でおろし、その手を彼女の腰に置いた。温かな重みが肌に伝わる。

「わからない」アマラを抱き寄せ、彼女の肩にキスをしてから、リアダンはふたたび彼女に寄り添った。「きみがとらえられていた現場におれたちが到着したとき、きみに意識はあった。救出チームの全員を認識していた。きみは傷を負って苦しんでいたが、頭部に傷は負っていなかったし、救出の最中に新たに傷を負うこともなかった。だが、救出ヘリに乗せられてから意識を失ったんだ。その後、病院で意識を取り戻したら、記憶がなくなっていた」

アマラは薄暗い室内に目を向けたまま顔をしかめた。

いま聞かされた話のなにが引っかかっているのだろう？　どうして、こんなに胸が締めつけられるように痛むのか？

「ほかに思い出せることは？」耳にそっと口づけられて、アマラの思考は途切れた。

「レストランであなたと会った日のことを思い出せるわ。雪が降って、ペントハウスで一緒に過ごしたときのことも。細切れに記憶が戻ってきてるのだけど、さらわれたこと自体は思い出せない」

自分がリアダンを愛していたことも、思い出していた。あのとき、雪のペントハウスで窓ガラスに映るリアダンと目が合った一瞬、アマラは確かにリアダンを愛していた。でも、リアダンはアマラを愛していただろうか？

「雪で閉じこめられていたときのことを、どのくらい覚えてるんだ？」うしろから、リアダンの熱い興奮のあかしが、尻の割れ目にずっしりと押しつけられていた。

「ほんの一、二分のあいだのこと」アマラは笑みをこらえて答えた。「吹雪のあいだ窓から離れていろと言われて、そのとおりにしたらごほうびをくれたんでしょう」

アマラの胸は高鳴りだし、うしろで起きあがったリアダンに仰向けにされ、見おろされると、さらにドキドキした。リアダンは陰りを帯びた真剣な顔をし、それでいて濃密な色気が漂う表情を浮かべていた。

「それにつ<ruby>い</ruby>ては、どこまで覚えてるんだ？」しゃがれた声に刺激され、アマラは内側からほてりに満たされた。リアダンのほのめかしに富んだセクシーな声は、からかうようでいて、真剣な欲望をも伝えてきていたからだ。

「ちょっと、ぼんやりしているの」アマラは息をかすれさせて言った。「あなたなら、もっとはっきり思い出すのを手伝ってくれそうだわ」

あの特別な出来事に関するリアダンの記憶に、ぼんやりしているところなど微塵もなかった。あの記憶があったからこそ、何カ月にも及ぶ治療、苦痛に満ちた回復の過程に耐えられた。アマラと夢を共有していたために見ていたアマラの悪夢、感じ取ったアマラの恐怖や欲求を知りながらなにもできないことにも耐えられた。

「ああ、その手伝いなら確実にできる」リアダンはその場で果てないために全身に力を入れていた。一物は槍のように勃起し、どくどくと脈打って先端はすでに解放を予感して濡れている。あの記憶を頭のなかで思い浮かべただけで、どうにかなりそうになっているのだ。

アマラの太腿のあいだに腰を入れ、リアダンがキスをしようとすると、アマラはすべすべの手で彼の腹を撫でおろし、肌にかっと燃えるような感覚を残した。一本の指にペニスの先を撫でられたときは、電流のような快感が睾丸を襲った。

それからアマラは、なんてこった——神よ助けたまえ——アマラはその指をゆっくり、セクシーな約束をするように自分の唇に近づけると、かわいらしい熱い舌を指先にくるりと巻きつけるようにしてなめた。アマラはまつげを震わせて上目遣いにリアダンを見た。うっとりと官能に浸ったまなざしを向けられて、リアダンは頭から爪先まで熱くなった。

リアダンはアマラの両方の手首をとらえてベッドに押さえつけ、唇を奪って、味わった。アマラに殺されそうだ。だが、それはいまに始まった話ではなく、アマラに初めて会ったときからそうなっていたのではないか？　アマラと目が合った瞬間から？

いまも、まさにアマラに死にそうな目に遭わされている。欲望に満ちた唇でキスに応え、リアダンを一秒ごとに荒々しい、興奮しきった獣へと近づけていく。彼女は小さな、かわいらしい子猫のような声を発していた。アマラは大きな声を出すほうではなかったが、悦びが深まるにつれ、息も絶え絶えになって、発する声は叫びというよりむせびへと変わっていくのだった。

リアダンはアマラの胸のふくらみに両手をあて、彼女が息をのむようすを見て取って、自分も悩ましくなってうめいた。つんとなった片方の乳首を親指と人さし指でつまみ、軽く引っ張ってみて、アマラを襲う快楽の震えを感じた。

アマラはリアダンの肩に両手でつかまり、爪を立て、彼をとらえて離すまいとしていた。アマラはいつもこうやってリアダンになんらかのしるしを残すのだ。リアダンも必ずアマラにしるしを残していた。それがなにを意味するのか、深く考えることを、これまでリアダンは決して自分に許さなかった。

リアダンはキスをやめて顔をあげた。なぜなら、このままアマラに没頭していったら、すぐにでも彼女の太腿のあいだのぬくもりあふれる場所に身を沈める欲求に屈してしまうことは確実だからだ。唇でアマラの首筋から胸へとたどり、つんと立った両方の蕾に敬意を表してから、膝立ちになった。

あまり長く持ちこたえられそうにない。ちくしょう、アマラに関して、リアダンが強い意志の力を発揮できたためしなどない。アマラにふれた瞬間、自制心など消えてなくなってしまうのだ。そして、いまもアマラが上半身を起こして手を伸ばし、まるで生命を持った絹のような感触の、ほっそりした指を勃起したペニスに巻きつけたとたん、問題の自制心は爆発しかけた。アマラは唇を開いてリアダンを見あげた。恍惚としたまなざしに、切望の色を浮かべて。

ゆっくり舌を滑らせるようにペニスの先をなめられてリアダンは歯を食いしばり、片方の手を短くなったアマラの巻き毛に潜らせた。別の手でアマラのあごをとらえ、決して力を入れすぎないよう注意して彼女の口を開かせた。アマラの瞳に興奮が花開き、頬が紅潮して、また子猫のような声が喉の奥から響いた。

リアダンは歯を食いしばってどうにか自制心を働かせ、アマラの口に入れるのはペニスの先までにした。熱く潤う彼女の口のなかに、いきなり飛びこんではいけない。

アマラは太い柱の先端を口ですっぽりと覆い、恐ろしく敏感な場所に舌を巻きつけた。熱い口に吸いつかれ、もてあそぶようにさっとなめたり、撫でられたりして、リアダンの柱はいっそう硬くなり、血流がどんどん激しくなって、自制心をすり抜けてすべてを解き放ってしまいそうだ。

アマラの純粋な欲望に満ちた口にペニスの先を好きにされて、リアダンは獣のようにうなりたくなった。アマラ。無垢なのに情熱的なアマラに誘惑される。

「これが好きなのか？」リアダンは言い、さらにアマラの口の奥に身を捧げて彼女を見つめながら、達しまいとして両脚の筋肉を張りつめさせていた。「おれは好きでたまらないぜ」

アマラはリアダンのペニスが好きでたまらないかのようにしゃぶりつき、リアダンは間違いなくアマラの口のなかが大好きだった。アマラのふれかたに慣れや経験はいっさい感じられず、だからこそ、アマラが楽しそうにしてくれることひとつひとつがいっそう興奮をかき立てるのだった。

リアダンに口で吸いつくたびに、舌をふれさせるたびに、アマラはリアダンをぎりぎりまで追いこんでいた。リアダンはあと一分でも必死に持ちこたえようとしているのだ。あともう少しだけでも長引かせたい。それほどに心地いいのだ。アマラを見ていたい。うっとりとした目をして、リアダンの興奮のしるしを唇でぴったりと包みこんでいるアマラを見ているだけで、最上級のアイリッシュウイスキーを飲んだときよりも心地よく酔えた。

「きれいだ」リアダンの声はかすれ、自分でもなにを言っているのか判然としないほどだった。アマラはペニスの先端をくわえこみ、亀頭を引っ張って、恐ろしく器用な小さな舌を下からこすりつけるようにしてなめた。

深い悦びでリアダンの全身が熱くなった。睾丸がはちきれんばかりになり、リアダンはこのままアマラの口の奥へ引きこまれてすべてを放出したいという荒れ狂う欲望に襲われて身をこわばらせた。

「そこまでだ」リアダンは解放を食い止める努力で息を切らしかけていた。顔の横を汗が伝い、背筋を熱が上ってきて、頭蓋骨の底部で爆発しそうになっている。

リアダンはアマラの髪を握りしめ、彼女の頭をうしろへ引き、抗うアマラの悩ましげな声に耳を閉ざして、彼女の口からもてあそばれた自身を出した。次の瞬間、リアダンはアマラをベッドに押し倒して息をのませた。自分の膝でアマラの両脚を広げ、彼女の潤ってふっくらしているひだに怒張したペニスの先端を押しあてる。もう前戯はなしだ。アマラもそんなものは必要としていない。そんなものは求めていない。アマラはリアダンの突入を求めているのだ。リアダンの感触を、快感を味わい、ふたたびすべてを圧倒する歓喜を得ることを。

「かわいいベイビー」リアダンは懸命に声を絞り出し、アマラの太腿のあいだに秘められていたしっとりとした花びらを、亀頭で押し開いた。

熱を帯び蜜をたたえたプッシーにリアダンが侵入を開始すると、アマラの全身に興奮の震えが走った。アマラの内側を押し広げ、極上のエクスタシーを次から次へと襲う波のように送りこむ。これは快感を超えていた。アマラが言葉で表現できる快感を超えている。どこまでも増幅された快感なのだ。

目を閉じて両手でリアダンの腕の力こぶを握りしめているうち、アマラは体の快感と、自分でも理解できない心の痛みが混ざり合っていく気がした。どうしてリアダンを忘れることなどできたのだろう？　どうしてこれを忘れることなどできたのだろう？

リアダンが滑るように彼女の体の奥深くまで入ってきたとき、アマラは努力して目を開いた。リアダンを見つめていたい――目が合った瞬間、リアダンの視線がアマラをとらえた。宝石のような輝きを放つ瞳の奥にアマラを閉じこめ、アマラの顔を両手で包みこんで、リアダンは苦しげに表情を張りつめさせていた。

「きみが恋しかったんだ、ベイビー」リアダンはささやいた。「情けないくらい、きみが恋しかった」

リアダンの腰が動き、彼がいっそう深くアマラのなかに入ってきて、アマラは歓喜に貫かれた。「すごく心地がいいんだ、アマラ。きみにふれて、きみにぴったりと包みこまれる感触は。はまりこんだら逃れられないドラッグみたいに」

リアダンが腰を躍動させ、ペニスをさらに深く、激しく打ちこむと、アマラは完全に満たされて、息をのんだ。やわらかい体内を押し広げ、危ういほどに敏感な神経を刺激しながら、リアダンはアマラをいっぱいにし、胸の奥から荒々しいうなり声を発した。

「夢なんか見られないはずの状態のときにも、きみの夢を見ていた」アマラを見据えたまま、リアダンは低い声で言った。欲情と、なにかほかの感情で、険しく、鬼気迫る表情になっている。

「わたしも夢を見たわ」――リアダンが動きだし、ゆったりと体の内側を愛撫されて、アマラは息も絶え絶えになった――「目を覚まして、隣にいるはずのあなたを捜してた……」

リアダンを。リアダンがベッドの自分の隣にいるはずだと、記憶はなくてもアマラは知っていたのだ。リアダンが抱きしめ、温め――それに、悦びを与えてくれるはずだと。

リアダンは片方の手をさげてアマラの太腿を持ちあげた。アマラはそれに応えて両方の脚をあげ、膝を曲げて腰を浮かし、リアダンの腰に両足をきつく巻きつけて、彼をもっと深く受け入れようとした。体のなかでまたたく間に快感が広がり、アマラは泣き声にも似た声をもらした。リアダンは急ぐまいとしているかのように、ゆっくりと安定したリズムを崩さない。

リアダンは顔を寄せ、ふたたびアマラの唇を奪った。呼吸を荒らげ、乱しながら自身を彼女のなかで行き来させているが、キスは穏やかで、心がこもっていた。体がふれ合い、貫かれるたびに、興奮は強まり、アマラを激しく高ぶらせていった。それでもリアダンはアマラの声をキスで受け止め、彼女を抱きしめて、完全にわれを忘れさせようとしていた。

アマラはもう一秒も耐えられないと感じた。そして、両脚のあいだに自然に力が集まって体の内側が波打ち、オーガズムに達するほかない状態になった瞬間に、リアダンの動きが激しく、速くなった。

すさまじい勢いでアマラを貫きながら、リアダンは彼女の唇から首元へと口づけを移し、ふたりともをわれを失うほどの歓喜の境地へと駆り立てていった。アマラは押し寄せる感動のすさまじさに声をあげることすらできなくなった。ついにリアダンはアマラを連れて絶頂を越え、純粋なエクスタシーの嵐に身を投じた。アマラはこの嵐に翻弄されて自分はもう戻ってこられないに違いないと思った。

でも、リアダンがしっかりと抱きしめていてくれた。解放されたふたりの力が合わさって、ふたりの体と魂を揺さぶったけれど、リアダンは両腕でアマラを固く抱いていた。リアダンのぬくもりがアマラを守り、包みこみ、保護していた。

アマラを彼のものにしていた。

アマラはリアダンのものになっていた。

夜が明け始めるころ、リアダンは静かにアマラの部屋を出て、兄の部屋に向かった。ベッド横のテーブルに置いてあった携帯電話が振動する音で深い眠りから覚め、すぐに服を身に着けたのだった。廊下を歩いていって角を曲がり、一度だけすばやくドアをノックしたのち、部屋のなかに入った。ノアは深刻な表情を浮かべて部屋の奥に立っていた。眉間のしわに心配が、陰ったまなざしに深い悲しみが表れている。

「なにがあったんだ？ サベラと子どもたちは平気か？」兄はめったなことでは、リアダンの前でこんな表情を見せないはずだ。

「サベラたちは平気だ」ノアは咳払いをしてから落ち着かないようすで肩を動かし、部屋のすみにある机に歩み寄った。

兄がこれから言おうとしているのは、明らかに言いにくいことなのだ。

「じゃあ、なにがあったんだ？」リアダンは慎重にドアを閉め、部屋の奥に入っていった。

本能的に警戒して腹に力が入り、背筋に悪寒が走った。兄とともに訓練を積み、実戦を経験してきたから、この感覚がなにを意味するかはわかっている。

ノアはいったんリアダンから目をそらし、喉仏を上下させて眉間のしわを深くした。それからリアダンをまっすぐに見据えた。

「いったいなんなんだよ、ノア――」

「イヴァンがなぜ、おまえにアマラの医療記録を見せようとしなかったのか、わかったんだ」ノアはリアダンの問いかけを遮って言った。「フランキーを送りこんで、アマラの手術を担当した外科医を尋問させた」

リアダンは悪い話を聞かされることになると悟った。兄のことは、よくわかっている。兄の表情も、身ぶりもよく知っている。だから、これから聞かされるのが、いい話のはずがない。兄がフランキーを、イスラエル対外情報機関モサドの元エージェントを送りこんだ事実も、多くを物語っていた。

「リアダン」ノアは言葉を選んでいるらしく、あごに力を入れていた。「ちくしょう」兄は声に怒りをにじませ、髪をかきあげた。「すまん。イヴァンがおまえに伝えまいとしていたのは、アマラが妊娠していたという事実だ。妊娠八週目くらいだったそうだ。アマラは負った傷がもとで……骨盤にひびが入るほど殴られたせいで、赤ん坊を失った」

リアダンは氷を浴びせかけられた心地で立ち尽くした。

このときほど強烈な寒けに襲われたことはなかった。氷のなかに閉じこめられて、そのなかで自分が砕けてしまいそうな気がした。これまでに負ってきた傷などくらべものにならないひどい傷が魂を切り裂き、魂の一部をざっくりとえぐり取っていった。

ノアがリアダンのために酒を注ぎ、それから自分のグラスにも注いでいた。リアダンはそのことをほとんど意識しないままグラスを受け取り、喉を焼く強い酒をあおり、バーに近づいて自分を止める間もなくボトルをつかもうとしていた。

最初に飲んだ酒が胸から腹へと落ちる熱い刺激を感じながら、ボトルを見つめた。酒を飲んで、ほんのいっとき痛みを紛らわせることはできる。だが、そんなまねをしたら、存在すら知らなかった子どもに、またさらに背を向けることになってしまう。リアダンとアマラから奪われてしまった子どもに。

リアダンは力なく手をおろし、強いてバーに背を向けた。

過去に手あたりしだいに酒を飲んで、現実から逃げようとしたこともあった。だが、そうしてみて、それがなんの役にも立たないことを学んだ。彼をいま内側からずたずたにしている苦しみをやわらげるすべなどない。アマラのなかに宿っていたのに、リアダンは知らなかった。その赤ん坊のために、いまリアダンがしてやれるのは苦しむことしかない。

「アマラがなにもかも忘れようとしたのも無理なかったんだ」出てきた声はあまりにもかすれていて、一瞬、自分の声だとはわからないほどだった。

そして、イヴァンはこのことをアマラに隠していた。誰にも知らせず、隠していたのだ。

「フランキーが外科医から話を聞いた。外科医は、アマラの記録を渡さなければこの手でおまえを殺してやる、とイヴァンに脅されたそうだ。イヴァンは手に入れた記録を破棄したわけではないようだが、おれたちはまだ記録自体は見つけられていない」

リアダンは言葉を失っていた。息をするのでやっとだった。息をして、この状況を理解しなくてはいけない。ちくしょう、いまイヴァンがこの屋敷にいたら、リアダンはやつをすぐにでも殺そうとしていただろう。アマラの父親は、決してこのような事実をリアダンに隠してはならなかったのだ。リアダンがこの屋敷に到着してすぐに話すべきだった。リアダンがふたたび誰よりも近くでアマラを守ると宣言したときに。

確かに、あのときイヴァンが反論もせずにリアダンの要求を受け入れたことをおかしいと思ったのだ。イヴァンはただうなずいて、あっさりリアダンに娘の警備を任せた。リアダンが伝えた決定や要求に、いっさい反対しようとしなかった。

そのときに、なにか理由があると気づくべきだった。アマラの医療記録を渡せと求めるべきだったのだ。

婦人科医の診察を受けた日、アマラはいつになく静かで、診察のあとは困惑しているようだった。ひどく気持ちが沈んだようになっていた。記憶が戻りかけているのなら、そうなっても不思議ではない。

リアダンがイギリスに行くためアマラのもとを離れたとき、アマラは自分が妊娠していることを知っていたのだ。

知っていたのに、リアダンに話さなかった。

だが、リアダンはイギリスに行くことをアマラに伝えるチャンスさえ、実は与えられなかったのだ。イヴァンは仕事の内容を伝えてから一時間もたたないうちにリアダンをヘリコプターに乗せ、チームのメンバーが待つ空港に直行させたのだ。

リアダンはアマラの身の安全を心配して自分がイギリスに行くことには反対したが、イヴァンに一蹴された。イヴァンは自分で娘を守れると思いこんでいたのだ。リアダンのかわりのボディーガードでもアマラを守れると。

とはいえ、雇ったボディーガードを信じたイヴァンを責めることなど、リアダンにもできはしない。最後にはリアダンも、あのボディーガードたちなら大丈夫だと思って、抱いた不安を無視してしまったのだから。だが、リアダンは雇われたボディーガードたちだけでなく、エリザヴェータとグリーシャもアマラのそばにいると思ったから安心したのだ。あの朝、ふたりが予定どおりにロシアから帰ってこなかったことなど知るよしもなかった。

「すまない、兄弟《ブラーザ》」ノアはささやくように言った。アイルランド人の魂から発せられた最後の言葉が、かつての彼を思い出させた。かつて、何年も前の、リアダンの兄であった男を。

リアダンは、心が死んでいくように感じていた。この胸が張り裂けるような痛みは止まりはしない。どうしても止まらない。

アマラは妊娠していたことをリアダンに言わなかった。

なぜだ？　なぜ言ってくれなかったんだ？　ボディーガードと寝ていることを父親に知られたくなかったのと、同じ理由からか？

理由なんてどうでもいい。

「リアダン」ノアの声には心配と、深い悲しみがあふれていた。

リアダンは首を横に振って兄に背を向け、深く息を吸い、荒れ狂う怒りを抑えこもうとした。アマラをさらい、苦しめ、打ちのめしたくそ野郎どもは、アマラの記憶だけでなく、アマラとリアダンの子どもまで奪ったのだ。

そのことを思い出したら、アマラは失われた命を思って悲しむだろうか？　それとも、なんとしても父親には隠しておこうとしていた恋人から逃れられて、ラッキーだったと思うだろうか？　アマラは悲しむに決まっている――そうしないアマラを、リアダンは想像することもできなかった。あたり前だ、リアダンの知っているアマラは、失った子どもを思って悲嘆に暮れる。だが、その子どもの父親である男を失ったら、アマラは悲しむだろうか？　子どもがいなければ、アマラはリアダンと別れることができる。アマラの父親に、アマラが彼女を守るために雇われたボディーガードのひとりと寝ていたことを知られる心配もなくなる。まさにこういうタイプの男は避けろ、と父親は娘に言い聞かせていたのだ。

「この前のパンクに関する情報が得られた」うしろでノアが低い声で言った。「集めた情報によれば、あれは事故じゃない。何者かが事故に見せかけたがったんだ。エージェントふたりに調べさせてる」

リアダンは先ほどの考えを押し込むかのように咳払いをした。「作戦部隊には、ほかにも大事な任務があるだろう」

「作戦部隊の司令部は何年もイヴァンを守ってきたんだ、リアダン」ノアは言った。「イヴァンは協力者《アセット》だ。今回もほうっておくわけにはいかない」

間違いなく、イヴァンはエリート作戦部隊にとって最高のアセットだ。合法的なビジネスと犯罪のあいだにある灰色の世界を、イヴァンほど自由自在に操れる人間はいないのだから。

「なぜアマラがターゲットにされたのか、手がかりになる情報はあったのか？」集中だ。なにがなんでもアマラを守ることに集中しなくてはならない。

「まだだ。だが、これで調べるべき場所がひとつ見えたんだ。ひとつ前進だ」ノアはリアダンを安心させるように言った。「それに、アマラは記憶を取り戻し始めてるんだろう？」

ああ、アマラは記憶を取り戻し始めている。記憶を完全に取り戻したとき、アマラはどうなってしまうのだろう？　リアダンは兄を振り向いた。「小さなことを、いろいろ思い出し始めてる。ほとんどが、さらわれる前、おれとつき合ってたころの断片的な記憶だ。初めて会った日のこととか。おれたちが恋人どうしだったってことは思い出したんだ。でも、さらわれたこと自体は、まだなにも思い出していない」

だが、いずれ思い出すはずだ。アマラは頑固で、父親のイヴァンが思っているよりも、強い。記憶を取り戻せばつらい思いをすることはわかっていても、それでもアマラは記憶と向き合おうとするはずだ。

「その記憶が早く戻ることを祈ろう」ノアは重い息を吐いた。「その記憶が、きっとアマラの命を守る役に立つ」

なぜなら、アマラの命を狙う何者かは、あきらめるつもりなどないからだ。

「どうするつもりなんだ、リアダン？」ノアは問いかけた。「アマラにどう話すつもりなんだ？」

アマラにどう話すか？　エリート作戦部隊の心理学者も、リアダンが雇った心理学者も、記憶を失った期間の出来事についてアマラに話すのは、彼女にとってよいことではない、と意見を一致させた。アマラは自分で記憶を取り戻す必要があるのだ。他人から見てどうだったかを聞かされるのではなくて。

「なにも話さない。赤ん坊について知る前も、なにも話さないつもりだった。いまも、それは変わらない」リアダンは、自分の耳にも厳しく響く声で言った。「アマラに、なにひとつ話さないつもりだ」

「おまえは本当にそれでいいのか？」ノアは即座に聞いた。「まず考えてみろ、リアダン。自分がアマラと同じ立場だったら、アマラにどうしてもらいたいのか、よく考えるんだ」

リアダンの胸に怒りがこみあげ、彼は真正面から兄をにらんだ。「おれは死んだとアマラに思われた場合、絶対にそのまま三年もアマラをほうっておいたりしない。三年後に戻ってきて、それでも自分の正体をアマラに告げずにいるなんてまねは絶対にしないんだ。兄貴がベラにしたような仕打ちは絶対にしない」兄の責めるような顔つきを見ながら、リアダンは怒りに任せて言いきった。

ちくしょう、もう自分はばかなガキでも、未熟な若造でもないのだ。兄の助けなどなくても、自分で決めるべきことは決められる。

「そうか、でも、おまえがしようとしていることは——おれも言われるまで気づかなかったんだが――おれがしたことと変わらん。ベラから、おまえに言っておけと頼まれたんだ。アマラになにか隠そうとしても無駄だと。おれはベラから隠れることなどできなかった。おれが何者か、何者だったか、ベラから隠すことなどできなかった。それを覚えておくんだ、リアダン。なぜなら、おまえがアマラから隠れようとしても、同じ結果になるはずだからだ。ただし、おまえたちにはベラとおれが結婚したてのころに築いていた絆がない。どうするか決める前に、よく考えろ。おれが言いたいのはそれだけだ。進もうとしている方向をじっくり見極めてから、道を曲がるんだ」

リアダンは返事もせず兄に背を向けてドアを開け、兄の部屋を出てアマラと自分の部屋に戻った。アマラはまだベッドで寝ていた。リアダンが部屋を出たときと変わらず、アマラは毛布を体に巻きつけ、華奢な体をリラックスさせている。夢も見ずにぐっすりと眠っているようだ。

アマラを見つめるうちに幾多の感情がわきあがり、リアダンは両方のこぶしを握りしめて、アマラを抱きしめたい気持ちをこらえた。赤ん坊がいたことを知っていたら、リアダンは絶対にイギリスになど行かなかった――いいや、そもそも絶対にイギリスになど行くべきではなかったのだ。

決してアマラのそばを離れるべきではなかった。

18

頭に浮かぶイメージは夢ではないはずだ。なぜならアマラはいま眠っていないのだから。リアダンがベッドを出ていった瞬間に目覚めていた。リアダンが静かにバスルームにいく物音を、黙って聞いていた。その数分後、ずっと記憶を覆っていた霧がいきなり晴れたように、不意に記憶の断片が心に浮かんだ。

アマラはペントハウスのリビングに立ち、父親と向き合っていた。いまにも吐きそうな心地で、取り乱して発してしまいそうな否定の叫びを必死に押しこめていた。

彼が行ってしまったからだ。リアダンが行ってしまった。

「〝やつはもういない〟ってどういうこと?」アマラは父親を見つめ返した。父親はセントラルパークを見おろす窓を背に、こちらを向いている。

よく晴れた青空が鮮やかな背景となって、部屋に暖かい日の光が降り注いでいる。しかし、そのぬくもりも、一瞬にしてアマラを凍りつかせた寒けをやわらげてくれる見こみはなかった。

父親は肩をそびやかして胸を張り、アマラを見おろす青い目に暗く冷たい光を浮かべて、心の内を読ませせない。

「やつはよそへ行ったんだ」イヴァンは肩をすくめた。「新しい警護チームが一時間後くらいにここに来るから――」

「リアダンはどこへ行ったの?」アマラはリアダンに置いていかれたことが信じられず、前にある椅子の背を爪が食いこむほど強く握りしめていた。

リアダンが行ってしまうなんて。リアダンが、アマラを置いていってしまうはずがない。さよならも告げずに。

「そんなことはどうでもいいだろう?」父親は首をかしげ、アマラをじっと見据えた。「おれがおまえのボディーガードを替えても、気にしたことなんて一度もなかったじゃないか。なんで今回に限って気にするんだ?」

父親は知っている。

アマラは父親を見つめ返し、父親は知っているのだと気づいた。父親のむっと引き結ばれた口元に、目の奥に隠しきれない怒りのかすかなきらめきに、それが表れていた。父親は、アマラがリアダンとベッドをともにしていたことを知っている。だから、リアダンを首にしたのだ。

けれども、アマラの父親がしたことは、本当はあまり問題ではない。問題なのは、リアダンが去っていったことだ。

「リアダンを傷つけたの、パパ?」アマラはかき消えそうな声で問いかけた。父親がどんな人間か、自分がまったく誤解していたのではありませんようにと祈っていた。自分を育ててくれた父親を、アマラは誰よりも愛していたのだ。リアダンと会うまでは。

「いいや。あざひとつ、骨折ひとつ、銃傷ひとつ負わせていない。そういうことを聞いてるのか？」娘に鋭く問い返しながら、父親はあごの筋肉を引きつらせた。「おれにはやつを痛めつける理由があるというのか、アマラ？」

アマラはどうしても自分の腹にそっと手を置きたくなった……。

どうして？　どうして、そこに手を置かなかったのだろう？　ほとんど抑えがたいくらい、そこに手を置きたいという気持ちは強かったのに。

「いいえ」アマラは小さな声で答え、張りぐるみの椅子の背から強いて離した両手に視線を落とした。「そんな理由なんてないわ、パパ」

アマラの心が砕けてしまったことを除けば。アマラの父親になにを命じられようと、傷つけられていないのなら、リアダンはきっとアマラを迎えにきてくれる――リアダンがアマラを愛しているのなら。アマラの父親がなにをしようと、リアダンを止められるわけがない。リアダンは強くて横暴な男だ。自分のものであると考えた女性のもとから去っていくはずがない。

アマラはリアダンを自分のものだと考えていた。

「新しいボディーガードが来るまで、ここにはイリヤと、おれの警護チームの連中を置いていく」父親は言った。「いちばん頼りになる連中だ」

いいえ、違うわ、とアマラは思った。いちばん頼りになるのは、リアダンだ。リアダンはすでに二度も、アマラを偶然の事故から守ってくれた。リアダンは、あれらを偶然の事故とはまったく考えていなかったが。

「そうでしょうね」アマラは言っておいた。「失礼するわ、パパ、なんだか今朝はまだ疲れてるの。ベッドに戻るわ」

アマラの心は引き裂かれていた。心がこんなふうになってしまうなんて想像したこともなかったけれど、心は粉々になっていた。

リアダンとの関係を父親には気づかれていないと、確信しきっていたのだ。リアダンもアマラも、とにかく慎重に行動していた。それなのに、なぜか、どうやってか、父親はアマラのために雇ったボディーガードがアマラと寝ていることに気づいてしまったのだ。

父親は、ボディーガードとつき合うことだけは許さない、とアマラに言っていた。ボディーガードの誰かがアマラとそういう仲になろうものなら、二度とその男を雇うことはない。ひょっとしたら、そいつは二度と世間をうろつけなくなるかもしれない。そいつのしでかしたことは、完全に信頼に対する裏切り行為だからだ。守るべきアマラと寝るような人間が、まともにアマラを守れるはずがない、と父親は警告していた。

「アマラ？」アマラが自分の部屋へ続く短い廊下に出ようとしたところで、父親が呼び止めた。

「なに、パパ？」アマラは父親を振り向かなかった——できなかった。振り向いたら、涙を隠せるはずがない。

「やつはただ、おれに正々堂々と立ち向かえばよかっただけだ」父親は穏やかな口調で言った。「おれは、おまえが愛している人間を、おまえから引き離したりしない。だが、おまえがどこかの男の秘密にされるのは許せない。ボディーガードのひとりがおまえにそんなまねをするなんて許せないんだ」

そのとき、涙が落ちてしまった。アマラはこぼれ落ちる涙を止められなかった。

「彼はわたしのためにそうしてくれたのよ」

「違う、アマラ」父親の口調が厳しくなった。「女性がなにを望もうと、彼女を心から愛していたら、男は絶対にそんなまねをしないものなんだ。しかも、それ以上に、絶対に自分から立ち去ったりしない」

アマラは父親に言い返すことができなかった。父親の言うとおりだからだ。リアダンがアマラを愛していたのなら、アマラを置いていったりしないはずだ。アマラのそばから立ち去ったりしないはずだ。

「わかってるわ」アマラは声を絞り出した。わかっていても、どうしようもなく、心の痛みは変わらないのだ。「わかってるのよ、パパ」

アマラはゆっくり歩きだした。体じゅうの骨や筋肉が、彼を求めて痛みを発しているようだった。本当はアマラを求めていなかった男性を恋しがって。ベッドルームに入ると、アマラはドアを閉めて鍵をかけ、バスルームに行った。

洗面台の前で立ち止まり、そこに置きっぱなしになっていた小さなプラスチックのスティックを見つめた。ピンク色の線が、アマラをあざけるかのように目に飛びこんできた。リアダンは自分でも気づかぬうちに、途方もなく大きなものを残していってしまったのだ。リアダンは、彼を愛している女性を置いていってしまっただけではなかった。ふたりの子どもを置いていったのだ……。

リアダンがバスルームから戻ってきた直後に、アマラは目を開けた。黙ってベッドに横たわったまま、アマラは自分の腹に手を置いた。

さらわれたとき、自分は妊娠していた！　リアダンの子どもを身ごもっていた。その子を失ったのだ。

息遣いが乱れそうになるのをこらえ、あふれそうになった涙と泣き声もこらえた。毛布を押しのけ、リアダンのベッドからも彼の部屋からも出て、自分の部屋に入った。ドアに鍵をかけ、なんとか立ったままでいようとした。激しい怒りと苦しみに押しつぶされてしまわないように。

アマラをさらった何者かのせいで、リアダンの子どもを失った。

こらえきれず苦悶の声を発し、胸が張り裂けそうになった。ああ、ひどい。ひどすぎる。アマラは子どもを望んでいた。リアダンがアマラと一緒になることを望んでいなくても、関係なかった。リアダンが残していった赤ん坊を、愛していた。それなのに、その子はもういないのだ。

必死に息を吸って嗚咽をのみこみ、胸をかきむしりたくなるほどの怒りをこらえ、シャワーを浴びようとした。動いていなくてはいけない。心のバランスを保っていられるように。シャワーを浴びれば落ち着けるわけではないけれど、体からリアダンのにおいを洗い流すことはできるはずだ。リアダンの香りを頭から締め出せる。彼にふれられた名残を体から落とせる。

シャワーの湯を頭から浴び、涙を洗い流しても、深い悲しみは胸に突き刺さっていた。悲しみも、裏切られたという気持ちも、同じくらい簡単に洗い流せればいいのに。

アマラは悲しみが心を襲うに任せた。経験上、あとあと感情をコントロールするためには、ひとりでいるときにいったん感情に身を任せてしまうしかない。誰にも知られずに、涙を流せるときに。

リアダンの前で泣いたりはしない。リアダンに去られたせいでアマラがどうなってしまったか、見られるわけにはいかない。リアダンのせいで心が壊れそうになったことを知られたら耐えられない。

そして、アマラの父親も決してこの件で無実というわけではないのだ。今回、リアダンが戻ってきたときに、リアダンがまたアマラのボディーガードになることに関して彼女が抗議したとき、父親はこう説明した。リアダンはこの半年間、負った傷の治療を受けていて、アマラの警備チームに加われなかったのだと。

どこまでが真実で、どこまでが父親お得意の芸の細かい言葉遊びなのか？　父親はアマラにあからさまなうそをつくことはないが、なにかに関する真実を娘に知らせたくないと思いこんだときは、言葉を巧みに操る達人になって答えをはぐらかしてしまう。シャワーを浴び終えて体をふきながら、アマラは考えた。どうして父親は、リアダンがアマラの人生に戻ってくることを許したのだろう。アマラは父親がどういう人か知っている。そんなに急にがらりと考えを変える人ではないことも。半年前に自分でわざわざアマラの人生から取り除いた男をまた雇うなんて、父になにが起こったのだろう？

父親が戻ってきたら、徹底的に問いつめてやらなければ。

リアダンが以前にアマラの警護チームを指揮していたころ、アマラの父親はだいたいペントハウスにはいなくて、ブルート・フォース・セキュリティー本社のアパートメントに滞在していた。それまで、そんなことはめったにしなかったのに。アマラが父親のことをよく知らなければ、父親はアマラとリアダンがくっつくのを待っているに違いない、と思ってしまうところだった。

いっとき、自分がごく自然に失われたはずの記憶を思い出しているのに気づいて、アマラはショックを受けた。

こんなに簡単に？　半年もずっと記憶を引っ張り出そうと必死に努力してもだめだったのに、急にこれほどあっさりと記憶が戻ってくるものなのだろうか？

どうして、いま？　どうして、いまになって急に思い出し始めたのだろう？　リアダンが戻ってくる前にアマラを苦しめていた悪夢でさえ、記憶を引き出しはしなかったのに。リアダンが戻ってきたからなのだろうか？

アマラは体にタオルを巻きつけ、早鐘のように打ちだした鼓動と、コントロールできなくなりそうなパニックを無視しようとした。早く思い出したいと願う気持ちもあるが、いっぽうで恐怖にすくんでしまっていた。アマラが記憶を失ったのは、リアダンとの子どもを失ったせいではなかった。子どもを失っていたと知って身が引き裂かれるようにつらく、悲しい。それでも、自分が忘れてしまった期間の記憶から逃れ続けてきた理由は、ほかにある、とわかっているのだ。

まだ、これから思い出さなければならないことがあるのだ。いまでは、あと少しでその記憶もよみがえりそうだと感じる。霧の向こうで、その記憶が渦巻いている。ひとつの塊になって、強引に外に出てこようとしている。

どうして急に記憶がよみがえり始めているのかわからないけれど、アマラはベッドルームに戻ってすぐに立ち止まり、それにはリアダンが大きくかかわっていることを思い知らされた。

リアダンはソファのそばに立っていた。石のように硬い表情をしているが、目はサファイア色の炎のように燃えている。黒い髪はまだ濡れていて、力強い肉体に服を身に着けている。たくましい筋肉を包むブロンズ色の肌がすっかり覆われてしまっているのを見て、アマラは残念な気持ちを覚えずにはいられなかった。着ているのはジーンズと白いシャツだ。シャツの袖はまくりあげられてがっちりとした腕があらわになっており、シャツの裾はきっちりしまわれていた。腰にはベルトを締め、大きな足にはいつものように傷だらけのブーツをはいている。

対して、アマラはまだタオルを巻いただけの姿だ。

「服を着ないと」声が震え、アマラは自分でもいやになった。

アマラは唇を引き結び、リアダンを大きく避けてドレッサーの前に行って、パンティーとブラジャーを取り出した。無言でいるリアダンの広々した背中をひとにらみしたあと、アマラはウォークインクローゼットに入って、そこで服を着た。

足首まで丈がある暗青灰色のカシミアスカートと、小さなパールのボタンが並ぶ紫がかった灰色のセーターは、着心地がよくて暖かい。今朝は、そうした慰めが必要になりそうな気がした。靴をはくかわりに、厚手の白くてやわらかい靴下をはいた。

父親が不在のとき、アマラは家ではめったに靴をはかない。父の仕事関係者や知り合いが不意に訪ねてくる恐れがないからだ。いまアマラが心配しなくてはいけないのは、リアダンだけ。

クローゼットから出て、さりげなく視界のはしでリアダンのようすを警戒しながら部屋を横切り、リアダンに呼び止められる前にさっとドアを開けてベッドルームをあとにした。

「アマラ」鋭く、思わず従いそうになる声で名前を呼ばれたが無視し、急いで廊下を歩いて階段に向かった。

いまはリアダンに対応することはできない。

いまは無理だ。

いまリアダンと向き合ったら、絶対に怒りと悲しみを隠しておけない。それらの感情がまだ、いまにもあふれそうになっているからだ。

急いで階段をおりながら、追ってくるリアダンの重々しいブーツの音を聞いていた。

どうしよう、リアダンは相当、頭にきている。腹を立てているときでないと、あんなふうに大きな足音をたてたりしない。振り向けば、リアダンの尊大な、決意に満ちた――セクシーすぎる――表情が見えるに決まっていた。とっさにセクシーだなんて考えてしまう自分が、あらゆる面で間違っているように感じるのはなぜだろう。

「こんなふうにおれから逃げるのは許せない」ダイニングルームの手前で腕を取られ、振り向かされた。やっぱり、言葉にならないくらいセクシーな表情をしている。

「自分だって、わたしから逃げたくせに?」アマラは大きな声で言い、リアダンの手を振り切った。リアダンはまなざしを険しくしてアマラをにらんだ。

「なにを思い出したんだ? どこまで思い出した?」リアダンは問いつめた。アマラがなにか思い出したに違いないと信じて疑っていないようだ。

「それが重要?」アマラはばかにするように言い、背を向けて自分の書斎に歩いていった。

屋敷じゅうの人に声が届く玄関広間で、リアダンと怒鳴り合うつもりはない。それに、ベッドルームに戻るのもまっぴらだ。

これまでリアダンとけんかになるたびに、ベッドルームに、ベッドに連れこまれて終わりだった。

リアダンはありえないくらいセクシーすぎるのだ。情熱的で、精力が旺盛で、魅力的で、ワイルドだ。

また記憶が、パズルの新たなピースがよみがえった。前はなかったピースが、ばらばらに頭のなかにある。

「もちろん、重要だ」リアダンもアマラを追って書斎に入り、バタンとドアを閉めた。「おれがきみから逃げたとはどういうことだ？　おれがそんなことをするわけがない」

アマラはリアダンを振り向いたとたん、彼の表情にぎょっとした。確かに尊大な顔をしているけれど、そこにはアマラがこれまで影のようにうっすらとしか見たことのなかった、怒りや渇望といった、あらゆる激しい感情がはっきり浮かんでいた。それらの感情がいまやリアダンのまなざしにも顔つきにも表れ、表情を険しくし、獰猛な、飢えた男のように見せている。

「間違いなく、逃げたわよ」アマラは怒りをこめてリアダンに指を突きつけ、きっぱりと告げた。「わたしにさよならすら言わずにどこかに行ったじゃない」

「なんで、おれがきみにさよならを言わなくちゃいけない？」リアダンはアマラに詰め寄り、首を曲げて鼻と鼻がくっつきそうなくらい顔を近づけた。「あれは、さよならなんかじゃなかったんだ。あれは、ただの中途半端な任務だったんだ。きみの父親にはしょっちゅう同じような任務であちこち飛ばされていた」

アマラは困惑してリアダンを見つめ返した。

アマラが父親から聞いていた説明とは違った。とはいえ、娘から信用されていないと感じたときや、腹を立てたときに、父親がどんな行動に出るかはわかっている。父親はうそをつきはしないが、完全な真実を言わなくなる。

「あててみようか。きみの父親は、自分が任務のためにおれをイギリスに送りこんだことについては話さなかったんだろう？」リアダンは顔を起こし、激しい非難の表情を浮かべた。「ずるい野郎だ。おれはずっときみの警護を指揮していたのに、きみの父親はおれを陥れようとしたんだ」

アマラの父親は確かにそういう策略が得意だ。その点はアマラも認める。

「そんなの関係ないわ」アマラは自分の耳にもうつろに響く声で言った。「あなたは行ってしまったのよ、リアダン。とどまることもできたのに。あなたはわたしを置いていってしまった」

アマラを愛していたなら、とどまったはずではないだろうか？

リアダンのまなざしが表情をなくし、鋭くなった。「そのとおりだ、アマラ。おれはとどまるべきだった」リアダンの発した荒々しくしゃがれた声に、アマラはショックを受けた。「おれたちの関係を父親には秘密にしておいてと涙ながらに訴えるきみの願いに耳を貸すべきではなかった。なにがなんでも、きみのそばを離れるべきではなかった。それなのに、そうしてしまったんだ。おれたちふたりとも、いまとなっては、その結果に対処するしかない」

ふたりとも、その結果に対処するしかない？

アマラはショックを受けたままリアダンを見つめ返した。

「対処するなんて冗談じゃないわ。こんなことに対処してたまるものですか」えらそうにそんな考えを押しつけるリアダンに猛烈に腹が立って、アマラは怒鳴った。「わたしにできるのは、こんなことが二度と起こらないようにすることだけよ。あなたは自分のベッドで寝て。ひとりで」

一秒間、書斎の空気はあまりにも静かにしんとし、緊張の波だけが押し寄せてきて、アマラは気づけば息を詰めていた。

それから、リアダンが笑い声を発した。唇をかたちだけおもしろがっているように曲げて、低く、辛らつな声を発した。

「そうか、アマラ、きみは自分がどんな男を相手にしてるか思い出してないんだな」リアダンは口調だけ穏やかに言った。「そうでなければ、そんな挑戦は絶対にできなかったはずだ」

アマラは逃げる間もなく頭のうしろの髪をリアダンにとらえられ、背中にまわされたもういっぽうの腕で抱き寄せられ、まったく身動きがとれなくなった。のけぞったとたんに唇を奪われ、息をのんだ。リアダンはそのキスでアマラの体の芯まで衝撃を与え、アマラが考えついたかもしれない抗議の言葉をすべて封じこめてしまった。

以前にもリアダンからこんなふうにキスをされていたとしたら、忘れていたはずがない。

これはキスなんて生やさしいものではない。

肉欲の主張だ。

唇と舌、甘がみと激しい男の欲望からなる主張だ。ここまで支配力と熱のこもった主張を拒めるはずがない。リアダンはアマラの頭をしっかりつかまえて唇を奪い、強烈な男性の欲望を注ぎこんでくるので、アマラは酔ってしまった。このキスによってリアダンのものにされ、アマラは押し寄せてくるすさまじい興奮に完全にのみこまれた。

ボタンがはずされ、セーターの前が開かれていくのを、かろうじて、ぼんやりと意識していた――が、まったく気にしなかった。ブラジャーのホックもはずされ、大きな手のひらが胸を包みこみ、もむようにして、硬くなった親指の腹で敏感な乳房の先を刺激した。奪うかのようなキスと、わがもの顔の愛撫が合わさって、アマラの体に単なる快感をはるかに超えた圧倒的な感覚が襲った。

リアダンはゆっくりと快感を引き延ばすように重ねた唇を動かしてキスを続けながら、両手をアマラの太腿に滑らせてスカート越しに尻を支え、軽々とアマラを持ちあげて机の上に座らせた。唇をついばんでは、むさぼるように激しい口づけを繰り返し、やがてキスでアマラのあごから首筋へとたどっていった。

燃えるような口づけが首筋を下り、スカートを腿まで押しあげられて、アマラはすすり泣くような声をもらした。リアダンはアマラの腰までスカートの裾をまくり、太腿のあいだの愛撫を求めてうずいている丘に手をあてた。

「リアダン！」高い声をあげてしまった自分に、アマラは驚いた。

これまではいつも高い声などたてずに、悩ましげな声すら押し殺してきた。誰にも聞かれないように。けれども、今回は声を抑えられなかった。押し寄せる快感に抗えず、つい発してしまう悦びの声も止められなかった。

「それでいい」リアダンはアマラの脚をさらに開かせ、そのあいだに立って満足げな声で言った。「そういうセクシーな声をどんどん聞かせてくれ、ベイビー」

リアダンはアマラの首筋に押しあてた唇を動かし、情熱的なキスをしていた。その感触がうっとりするような興奮のさざ波を全身に伝え、アマラはこらえようとしたにもかかわらず、また叫び声をあげていた。

リアダンは、そのひと声では満足しなかった。アマラがのけぞって首筋をさらすと、リアダンはさらに敏感な肌を唇で探り、味わい、もてあそんで、快感のあまりアマラを身もだえさせた。

心臓が数回打つごとに、心地よく、しびれそうな快感が次々に押し寄せてくる。リアダンはアマラの首筋に自分のものであるしるしを存分に残したあと、胸に関心を移した。両手でアマラの腿の内側を撫であげつつ、まず片方の乳首に、それからもういっぽうにもキスをした。それから不意につんと立った乳首に吸いつかれ、アマラは背を弓なりにして叫んだ。両脚のあいだに突然、欲求の波が走って、体の内側が収縮した。

両手をリアダンの髪に潜らせ、両脚を大きく開いて腰を浮かせ、机の側面にあてた両足で体を支えていた。リアダンはアマラの乳首に吸いつきながら、アマラの脚のつけ根を覆っていた薄手のシルクをわきに寄せた。指でしっとりと濡れたひだを分け開き、親指でかすめるようにクリトリスにふれ、細い入り口を優しく指先で撫でる。

アマラが心の準備をするひまなどなかった。すでに全身の神経は熱くしびれさせる電撃のような興奮にさらされており、それに慣れる時間も与えられずに新たな刺激を加えられて、かろうじて保っていた自制心のか細い糸は引きちぎられてしまった。

突然、体の数センチ奥までペニスを打ちこまれ、悦びと痛みの合わさった純粋なエクスタシーが全身を駆けめぐった。

アマラが発した叫びは、すべてをのみこむ熱情と、鋼のように硬い男性に貫かれる歓喜のなかで消えていった。リアダンは腰を引いて、ふたたび突き入れた。その動きが何度か繰り返され、ついに根元までリアダンを受け入れると、アマラは背をそらしてリアダンの名前を叫ぼうとした。

彼はあまりにも大きくて、硬い。アマラの体内は収縮と弛緩を重ねて波打ち、押し入っているリアダンの大きさに懸命に順応しようとしていた。でも、リアダンは慣れてしまう時間など与えなかった。

「これが好きなのか、ベイビー？」リアダンはふたたびアマラの首筋に顔を寄せて、うなった。「こいつをもっと大好きになってもらえるように、やってみるぜ。どうだ、そのかわいい、ワイルドな声をもっと好きなだけ聞かせてくれ」

リアダンはアマラに打ちこみ始めた。ほとんど完全に外に出るまで腰を引いてから一気に突き入れ、アマラが抗えないリズムと荒々しいまでの歓喜を生み出す。アマラはその高揚感にも逆らえず、われ知らず発してしまう叫びをこらえることもできなかった。

「ちくしょう！　きみはおれのものだ、アマラ」よりいっそう激しくアマラに打ちこみながら、リアダンはアマラをかき抱き、覆いかぶさって、彼女の太腿のあいだで腰を躍動させた。しだいにアマラは解放の気配を感じ始めた。

体がばらばらになっていく心地がする。あまりにも早く。あっという間にかっと燃えあがったエクスタシーがふくれあがり、アマラはそれから逃れることも、それに抵抗することもできなかった。ついにアマラのなかでエクスタシーがすさまじい勢いではじけ、信じられないほどの歓喜を巻き起こし、アマラを包みこんだ。この悦びからアマラは二度と逃れられないだろう。アマラはこの男性から二度と逃れたくなかった。

19

リアダンはアマラにしるしをつけた。

その夜、アマラは首筋のキスマークと、そこより下の肩に近いところにあるキスマークを見つめてからうつむき、洗面台に両手をついた。

吹雪の切れ間に父親からのメッセージが届いた。次の猛吹雪が始まる前に、屋敷に帰ってくるという。アマラにとっては運悪く、父親は雪に覆われた危険な道を飛ばして帰ってくる技を忘れていなかったらしい。

アマラの父親は若いころ、冬の最悪の時期でもロシアの道路に車を走らせる技術を学んでいた。父親は決してその技術を忘れないのだ。忘れてほしい、といくらアマラが望んでも。

もうアマラの秘密を秘密にしておける時間は終わった。もう秘密にしておくなんて絶対に無理だ。

「心配するな、あいつだってきみを外出禁止にはできないさ」リアダンはからかうように言って、開いたままのバスルームの入り口に立ち、アマラを見つめた。

「パパはあなたを銃で撃つことはできるわ」アマラはむすっとして言った。「わたしが先にやらなければね」

リアダンは鼻で笑った。

「きみに説得されて一度はおれたちの関係を隠してしまったが、二度とそんなことは許さない」そう告げるリアダンの口調は張りつめ、真剣だったので、アマラは振り向いて彼を見つめた。

「愛人ができたとき、パパがそれをわたしに知らせることはないわ」アマラは力なく言った。「おかげでわたしは嫉妬深い愛人にも、陰険ないやみにも我慢せずにすんだ。だから、ひょっとしたら、わたしも同じようにしてパパに配慮したかっただけかもしれないわ」

どう考えても、この理屈はリアダンや父親に通じそうになかった。

アマラは背筋を伸ばして、ふたたびキスマークを見つめ、重いため息をついた。「あなたは野蛮な男だわ、リアダン」

そして、アマラは野蛮な男を愛していたのだ。いまだに自分のそんな一面が理解できない。リアダンが野蛮人と化すと、アマラはとろけてしまうのだ。

「いいか、きみがおれのものだという事実を、二度と隠すつもりはないからな」リアダンはきっぱりと言った。リアダンの決意に満ちた顔を見れば、アマラがどう反論しても彼の決定を揺るがすことはできないとわかる。

「わたしは、あなたのものというわけじゃ――」

「それをまた証明してほしいのか、アマラ?」不意に色気を帯びてかすれたリアダンの声を聞いて、アマラは用心深く彼を見つめ返した。

リアダンはバスルームの入り口に寄りかかり、腕組みをして、獲物を狙う目をしていた。するとアマラは急に体が感じやすい状態であることを意識し、突然、太腿のあいだがそわそわする気がした。救いようがない状態だ。リアダンを相手にするとたんに弱くなるアマラの情けなさときたら、救いようがないどころではない。

「あなたのセクシーさに反応させられてしまうからといって、あなたのものというわけじゃないわ」アマラは言い、しっかりした声を出せたことに誇りを持った。「それだけでは、全然足りないの」

これを聞いて、リアダンは笑みを浮かべた。

「おれを愛してるんだろ。おれがいなくなる前、きみはおれを愛してた。自分でもちゃんとわかってるはずだ。いまだっておれを愛してるってことも」あまりにも傲慢すぎる自信にあふれた声で言われ、アマラは怒りがこみあげて歯ぎしりした。

「わたしを置いていったくせに――」

「それでも、戻ってきたんだ」苦悩のにじむ真剣な声を低くし、リアダンは組んでいた腕をおろした。入り口に寄りかかっていた体をまっすぐにし、顔をしかめてアマラを見据える。

「きみがパパと呼んでるずるい野郎に、いきさつを聞いてみるんだ、スイートハート。あのとき、どうしておれがいなくなったのか、父親に聞いてみろ。どうやら、きみは父親からおれがよそへ行ったと告げられたとき、なにひとつ質問をしなかったようだからな」

確かに、しなかった。あまりにも傷ついて、裏切られた気持ちがして、どうしてリアダンが行ってしまったのか、父親に尋ねられなかった。ただリアダンがいなくなったことを受け入れてしまった。もっとくわしく話を聞くべきだったのに。

けれども、アマラの父親はひとつだけ正しいことを言っていたのだ。

「あなたはわたしに愛されてるって自信を持ってるけど、リアダン、あなたが同じくらいわたしのことを大切に思ってくれてるなら、あなたは父にふざけるなと言って、ここにとどまったはずじゃないかしら」アマラは懸命に落ち着いた口調を保とうとしていた。悲しみと、怒りをこらえようとしていた。「少なくとも、わたしにさよならも言わずに行ってしまったりはしなかったはずよ」

リアダンはすぐさまうなずいた。「少しでも状況が違っていたら、きみと話もせずにいなくなったりはしなかったはずだ——人の命がかかっている、一刻を争う状況でなかったら。おれたちは指示を受けてから即イギリスに発ち、飛行場で輸送機に乗りこんで、まっすぐ救出地点に向かったんだ。ロンドンの臨時基地に戻ってすぐ電話した。そのときに、きみがさらわれたと知らされたんだ」

一瞬、リアダンの顔に後悔があふれ、やつれきった表情に見えたが、アマラが気づくとほぼ同時にその表情は消え去った。

「ロンドンで負傷したの？」リアダンは負傷したため、アマラが救出されてから半年間、アマラの警護チームには加われなかった、と父親は言っていた。

リアダンの大きな体がこわばっていき、彼は何秒もアマラを見つめ続けた。

「いいや。ロンドンで負傷したんじゃない。きみを救出したときに負傷したんだ、アマラ。きみのもとに戻るために、四カ月かけて体力を取り戻した。きみのことをどうでもいいと思ってるやつが、そんな努力をすると思うか」リアダンはくるりと背を向け、バスルームから出ていってしまった。アマラはショックを受け、声も出せずに泣くように口を開いて、彼の背中を見つめていた。

アマラが動けるようになってリアダンを追いかける前に、ベッドルームのドアが閉められる音が響いた。木と木がぶつかるバタンという音に、アマラはびくりとした。

アマラの救出作戦にリアダンも加わっていたことを、どうして父親は黙っていたのだろう？　アマラを救出したときにリアダンが負傷していたことも、どうして教えてくれなかったのか？

セーターを着ているにもかかわらず、寒けに襲われた。ぞくっとして鼓動が速くなる。アマラは必死で記憶を探した。救出されたときのことを思い出そうとした。連れ去られたときの状況と救出について――その間に起こったすべてについて――思い出そうとすると、頭のなかの霧はまるでセメントの壁になったように感じられた。

ゆっくりと、さらわれる前の記憶が戻ってきていた。あまりにもゆっくりとだが、ふたたび浮かびあがってはきている。アマラは失った子どものことが忘れられなかった。生まれてくるはずだった赤ん坊のことを思うと、つらくてたまらない。腹に手を押しあてて目を閉じ、息を詰めて苦しみに耐えた。

妊娠したことは父親にさえ秘密にしていた。最初にリアダンに伝えたかったからだ。子どものことをリアダンが知りたがると、どうしてそこまで確信を持てたのだろう？　アマラは胸を高鳴らせて、リアダンを待っていた。なぜ？

取り戻した多くの記憶に、まだ無数の穴がある。自分でも、一刻も早く思い出さなければならないと感じ取っていた。日を追うごとに、意識の奥からパニックがふくらんでくる切迫感を覚えるのだ。なにか思い出したほうがいいことがある。なにか思い出さなければならないことがあるのだ。アマラがこの冬を生き延びるためには。それこそが、アマラの身が安全ではない理由ではないか――さらわれていたあいだに、なにかがあったのだ。この確信は日を追うごとに強まっていた。自分はなにかを知っているはずだと感じる。その記憶にふれられそうな気がする。しかし、あと少しのところで届かない。

鏡で首の上のほうにリアダンがつけたキスマークを見つめた。もっと下のほう、肩の近くにあるキスマークほど、くっきりとはしていない。けれど、どちらも隠すのは無理だ。アマラを見た人が全員、彼女はもう誰かのものだと気づくように、リアダンはしるしをつけてしまったのだ。それだけでなく、アマラを自分のものにした誰かとはおれだと、リアダンは全員に知らしめるつもりではないか、とアマラには思えた。

リアダンのせいで頭がどうにかなってしまいそうだ。

アマラは鏡に背を向けて、さっと服を脱ぎ、またシャワーを浴びて、クランベリー色のスラックスと、くっきりしているほうのキスマークを隠せるクリーム色のセーターを着た。首の上のほうにあるキスマークは隠しようがない。タートルネックの服は持っていないし、スカーフを巻いていても見えてしまう。このキスマークは見られても仕方ないとあきらめるしかない。

父親がどんな反応をするか、想像もできなかった。だけど、ひとつだけ確かなことがある。これから、リアダンが本当に手ごわい男なのかどうかわかる。だいたいにおいて強面すぎて、策略が好きすぎるアマラの父親に対抗できるのか。アマラは前にも、こんなふうに心配していた……。

アマラは部屋を出ていく前に、ふと立ち止まった。以前、リアダンとつき合っていたときも心配していた。アマラの父親にふたりの関係を知られたら、父親はリアダンをアマラの人生から追い出してアマラを傷つけるのではなく、いかにも男らしい愚かな策略を用いて、リアダンにアマラとの結婚を無理強いするのではないかと心配していたのだ。

アマラはそんなことを望んでいなかった。自然にそうなってほしかったのだ。どういうわけか、自然にそうなると確信していた。

どうして、そんなに確信を持っていたのだろう？

まだ少し痛む腕をさすりながら、アマラはすばやく首を左右に振り、廊下を歩いていった。少しずつ、だんだんと思い出していけばいいの、と自分に言い聞かせた。

そして、とうとう記憶が戻ってきたとき、自分が生き延びられることを祈るばかりだ。

階段の前に立って下の玄関広間を見おろしたとき、アマラはショックで凍りつき、まずは今夜を生き延びなければならないと、とっさに考えていた。

リアダンはアマラの部屋を出てドアをバタンと閉め、悪態をかみ殺した。アマラのせいで頭がおかしくなる――アマラにおかしくされなくても、リアダン自身の感情でそうなりそうだ。ちくしょう、とにかくアマラをとっつかまえて抱きしめてしまいたくて仕方なかった。両腕で抱えこんで、アマラが二度となにかから、何者かから、一瞬たりとも恐怖を感じないようにしてやりたい。

自分にそんなことはできないとわかっていて、リアダンは身が引き裂かれそうに悔しかった。

「リアダン。玄関広間に来い」耳に装着した通信装置をオンにしたとたん警告の響きが濃い兄の声が聞こえ、リアダンはすぐさま感情――アマラの身を案じる気持ちと、イヴァンの策略に対する怒り――を押しこめ、廊下を急いだ。

「メインゲートを開けろ！」イヤホンを通してミカの声が聞こえた。「早く！　行け。行くんだ」

銃声は聞き逃しようがなかった。ミカがののしる声も。リアダンは階段に向かって走りながら、腰のホルスターから銃を抜いた。

一階では、ノアとトビアスとエリザヴェータが玄関広間に駆けつけていた。三人とも隠し武器庫から取ってきた自動小銃を手にしている。

階段をおりたリアダンもノアから自動小銃を受け取った。「いったい、なにが――？」

「イヴァンが退避してくる」ノアが答えた。「ミカとグリーシャがゲートに行って援護中だ。

イヴァンが電話してきたとき、ちょうど、守衛詰め所にも銃声が聞こえ始めた」

トビアスが玄関のドアを開けると、聞き逃しようのない銃声が響くとともに、ゲートを目指す車のヘッドライトが見えた。ゲートで援護を行うミカとグリーシャの向こうから近づいてくる二台の車が視界に入ってきた。

ミカのチームは身を伏せた体勢で、イヴァンのSUVを追ってきた車に即座に発砲した。イヴァンのSUVがゲートを通過したとたん、追ってきたトラックはゲートの手前で完璧な急ターンをして雪の下の地面をタイヤでとらえ、銃撃を受けながらも猛スピードで走り去っていった。

「イヴァンが撃たれた」イヤホンを通してイリヤの叫ぶ声が響いた。

「アレクシ」リアダンは執事と衛生兵を兼ねるアレクシに大声で呼びかけた。「応急手あての用意を」

イヴァンは激怒した声で何事か叫んでいた。玄関にあがる階段の前でSUVが急停車するとすぐドアが開き、イヴァンが飛びおりた。

ワイシャツの肩を血で濡らしたイヴァンは憤怒の形相を浮かべていた。そのうしろからイリヤも飛びおりると、イヴァンはいきなり振り向いてイリヤの顔面を殴りつけた。あまりにも突然に強烈なパンチを受けた補佐役はうしろに飛んでいき、SUVの側面に手を突いて雪の上に倒れこんだ。

イヴァンはSUVのなかに手を伸ばし、リアダンが愕然として見つめる前で若い女性を引きずり出した。雪にへたりこみそうになる彼女を乱暴に引っ張りあげて立たせ、固く握った腕を離さずにいる。

「この女を家のなかに連れていけ」イヴァンは怒鳴って、若い女性をエリザヴェータに押しやった。「絶対にこの女から目を離すな」

エリザヴェータはよろめいた若い女性を支え、ボディーガードらしく無表情のまま女性の腕を取って家のなかへ連れていった。

「あのふたりから目を離さないでくれ」リアダンが一瞬だけノアに視線を向けて言うと、兄はすぐにエリザヴェータのあとを追った。

「くそっ、イヴァン」イリヤが悪態をついて立ちあがった。顔を怒りで赤く染め、片側にあるタトゥーをくっきり浮かびあがらせている。

「おれに近づくな、イリヤ。さもないと、おまえを殺してしまう」イヴァンは補佐役に指を突きつけて命じた。「さっさと、どこか遠くに行け」それからイヴァンはリアダンに向かって言った。「そこをどけ、カウボーイ」

イヴァンがリアダンの横を通り過ぎていったとき、ミカたちが守衛詰め所から乗ってきた車をおりた。厳しく張りつめた表情をしている年長のミカは、リアダンに問いかけるまなざしを向けた。

リアダンは向きを変え、玄関広間に入っていった。そのとき、イヴァンにSUVから引きずり出された赤毛の女性がエリザヴェータの手を振り切り、今度は彼女がイヴァンのあごにこぶしをたたきこんだ。

あっという間に玄関広間は大混乱となり、リアダンは若い女性を取り押さえようとした。一瞬、イヴァンは、リアダンがこれまで見たことがないほど激しい怒りを顔に浮かべていた。アマラの父親が手のつけられないほど暴れだしてしまう、とリアダンは本気で危ぶんだ。

まわりがショックを受けているあいだに、若い女性はもう一発パンチを命中させた。今度はイヴァンの唇を直撃だ。血と怒りの雄叫びを噴き出すイヴァンに対し、若い女性は三発目を見舞おうとしたが、エリザヴェータがタックルを決めてそれを防いだ。

「ノア！」床に倒れこむ女性ふたりを囲んで、一同がショックでぼうぜんとするなか、リアダンは兄に合図をした。

赤毛の女性はエリザヴェータより小柄で、戦闘訓練も受けたことがないようだが、本人が死ぬ気で戦っているときは、小柄だろうが経験がなかろうが、あまり関係ない。赤毛の女性が死ぬ気で戦っていることは一目瞭然だ。

赤毛の女性は激しく足をばたつかせ、エリザヴェータの目に爪を立てようとした。そうやってエリザヴェータのバランスを崩し、すばやくボディーガードの腰の銃に手を伸ばす。赤毛の女性が銃を握る寸前に、リアダンはエリザヴェータを彼女から引き離した。同時にノアが背後から赤毛の女性の両手をつかまえて立ちあがらせた。

「やめろ！」赤毛の女性に詰め寄るイヴァンを見て、リアダンは怒鳴った。

エリザヴェータをわきへどかせ、リアダンは赤毛とイヴァンのあいだに立った。「いったい、なんの騒ぎなんだ?」

イヴァンの顔はあざができて、ひどいさまになりそうだった。唇が裂けて顔が血まみれだ。青い目には殺気立った危険な光を浮かべている。

「邪魔をするな」イヴァンはうなった。

「放して!」ノアにつかまっている赤毛の女性は恐怖と怒りに満ちた声を発した。「そのくそ野郎を殺してやる……ろくでなし、自分がなにをしたかもわかってないくせに」

「おれがなにをしたかだって?」イヴァンはリアダンを押しのけようとした。「生意気なことを言うな、おれはおまえを助けてやったんだぞ」

「それがあんたの迷惑なところなのよ、レスノワ」赤毛は痛烈な皮肉をこめて言った。「あんたは自分ではなんでもわかっている気でいるんでしょうけど、結局は、事態を引っかきまわすことしかできないのよ!」

「そんな口を利いたことを後悔させてやる」イヴァンはまた赤毛につかみかかろうとした。

「やめろ、イヴァン、彼女から離れていろ」リアダンはまたイヴァンの前に立ちふさがった。

イヴァンが顔に向かって繰り出したパンチを、リアダンはかろうじて避けた。とうとうミカとグリーシャがイヴァンの両腕を取り押さえ、うしろに引き離した。

「そこから動くな!」リアダンも頭にきて、イヴァンを怒鳴りつけた。「いったい、なにがあったんだ?」イリヤを振り向くと、イヴァンの補佐役は計算高そうにすら見える冷静な表情を浮かべていた。「このふたりはなにが問題で、こんなにやり合ってるんだ?」

イリヤは顔のドラゴンのタトゥーをまるで生きているかのように引きつらせた。それから、歯を食いしばって青灰色の目をぎらつかせている雇い主イヴァンに、ちらりと視線を向けた。

結局、イリヤは広い胸の前で腕を組んで、なにも言わなかった。いっぽうイヴァンは人の声というより、獣のうなり声のような理解不能の音を出した。

「この男の問題なら、わかりきってるわよ。この男は、いかれてるの！」リアダンのうしろで赤毛の女性が大声を出した。「頭がおかしいから、人がノーって言ってるのに理解できないのよ。だから、勝手になんでも自分の好きなようにやろうとする」

「やつらに殺されそうになっていたくせに、なにを言う！」イヴァンが怒鳴り返した。

「あんたが余計なことをしなければ、やつらに見つかったりしなかったわよ、ばか野郎！」

怒りに任せて罵倒する声はかすれ、ほとんど泣きそうになっているように聞こえた。「アマラには少なくとも分別があったわ。じっと黙って座って、わたしと話をするチャンスを待っていてくれたんだから。あんたはそんな頭もないろくでなしよ！」

リアダンはゆっくりと赤毛の女性を振り向き、すばやく彼女の容姿を確認した。

コーヒーショップで働いていた若い女性だ。数日前にアマラがコーヒーを飲みにいったとき、すぐに姿を消したあのウエイトレス。

服装はジーンズと、灰色の長袖Tシャツ。Tシャツにはイヴァンのものと思われる血と、泥汚れがつき、袖は何カ所か破れている。かすり傷だらけのブーツ。彼女は女性らしい燃え立つような怒りを発して、イヴァンをにらみつけていた。

「きみはアマラとどんな関係があるんだ？」リアダンは赤毛の女性に尋ねた。リアダンは穏やかに聞いたつもりだったが、ノアは心配そうにこちらを見ていた。必死に抑えているが、あふれ出しそうになっている危険な感情を、完全には隠しきれていないのだろう。

赤毛の女性は軽蔑をこめて笑みを浮かべた。「まあ、カウボーイ、そんなに簡単に話を聞き出せると思ってるの？」とばかにして言う。

リアダンは〝カウボーイ〟と呼ばれることにうんざりしてきた。だが、それについてはあとでどうにかしよう。まずは、この女性がアマラにとってどんな脅威になるのか、突き止めなければならない。

「聞くのはこれで最後だ」赤毛の女性に静かに警告した。「答えないなら、きみの指紋と写真をとらせてもらう。それらの情報を使って、まずは警察のデータベースをあたる。それでもなにも出てこなかったら、裏社会のつてを使って調べる。ほしい答えは必ず手に入れられるんだ、お嬢さん、どんな方法を使うにしろ」

「くたばっちまえ！」赤毛の女性は叫び、ノアの両手を振りほどこうと暴れて、まつげの濃い目を鋭く細めた。それでも、深緑色の目に宿る怒りの炎を隠しきれていなかった。

「さっさと指紋採取の道具を取ってこい、イリヤ」イヴァンが怒鳴った。

リアダンは視界のはしで、イヴァンの補佐役が不快そうな顔で雇い主をにらむのを見た。イリヤは動こうとしなかった。

「お嬢さん、あんたを追ってる連中は、おれたちなんかよりよっぽど、あんたの命にとって危険な存在に見えたぜ」脅す響きなどまったくない、ノアの穏やかな声が、赤毛の女性の抵抗を終わらせた。「ここにいる人間は誰も、あんたを傷つけようとなんてしてない。それだけは保証する。だが、おれたちはどうしても、この厄介な状況にあんたがどんなふうにかかわってるのか、突き止めなくてはならないんだ」

　赤毛の女性はぶるっと体を震わせ、玄関広間にすばやく視線を走らせてから、目の前にいる男たちを見つめた。パニックは収まっていないが、考えようとしているようだ。選択肢を検討しようとしている。この屋敷に彼女を無理やり引きずってきた男たちか、安全を穏やかに約束するノアか。

「どうしてアマラと話をしようとしていたんだ？」さっきは声に出してしまった危険な感情を完全に遮断しようとしながら、リアダンは問いかけた。「助けが必要なら、俺ときみのうしろにいる男が必ず助ける。だとしても、おれたちが答えを必要としている事実は、なにも変わらないんだ」

　ノアは、リアダンがいままで気づいていなかったことまで感じ取っていたのだ。この赤毛の女性がこんなにも怒っているのは、恐れているからだ。恐怖によるアドレナリンが彼女の顔を紅潮させ、瞳を異様に輝かせている。唇を震わせ、本人は懸命に抑えようとしているが、よく見なければわからないくらい細かい震えが全身にも走っている。彼女は用心深くリアダンを観察し始めた。

「シン！」アマラが不意に声をあげ、階段を駆けおりてきた。リアダンはゆっくりと振り向き、アマラを見つめた。このアマラのようすを見れば一目瞭然だった。コーヒーショップに行ったとき、アマラはこの女性が誰なのか知らなかった。だが、いまは間違いなく思い出したのだ。

「シンだと？」イヴァンがあざ笑うように言い、赤毛の女性は心底むっとしたようにイヴァンをにらんでいた。

リアダンはアマラの顔に浮かんだ表情を見て、悪態をつきたくなった。アマラが父親に向けた表情には、恐ろしいほどの軽蔑がこめられていたのだ。それに負けないくらい恐ろしい表情は、リアダンにも向けられた。

あの表情からすると、イヴァンもリアダンも、かなりアマラを怒らせてしまったようだ。

「シンを放して！」アマラはノアの手をピシャリとたたき、シンの両腕から手を離させた。それからアマラはゆっくりとシンを引き寄せ、ぎゅっと抱きしめた。「本当にごめんなさい」腕のなかでくたりと力を抜いたシンに、アマラはささやきかけた。「本当にごめんなさいね」

シンは長いあいだアマラにしがみついていたが、やがて深く息を吸って、喉のつかえをのみこんだ。「もう大丈夫よ。本当に。でも、あなたのパパの口にパンチしちゃった」

アマラは抱擁を解いて、目の前の女性のようすをもう一度すばやく確かめたあと、ゆっくり父親を振り向いた。

イヴァンは口にたまった血を玄関広間の床に吐き出し、娘と目を合わせた。父親のその行動をとがめるようにアマラは眉をひそめたが……父親の肩が目に留まるなり表情を変えた。

「撃たれたの？」ささやくアマラの顔に、とたんに恐怖の表情がよぎった。

「かすり傷だ」イヴァンは肩をすくめてみせたが、どう見ても無理をしていた。

「アレクシ、パパの手あてを」応急手あて用のバッグを持って階段のそばに控えていた執事に、アマラはすぐさま指示した。「パパがなんと言おうと手あてをして、終わったらすぐに知らせて。いいわね？」

リアダンはアマラの強い口調に驚いて、彼女を見つめた。

「はい、ミス・アマラ。ただちに」アレクシもすぐさま答えた。

「うちの使用人は、誰が給料を払ってるか忘れてしまったようだな」執事がアマラに迅速に従ったことが気に入らなかったのか、イヴァンは苦々しげに言った。

「すみませんね、ミスター・イヴァン、給料支払いの小切手にサインするのはあなたですが、あなたとミスター・イリヤがほかの用で屋敷にいないとき、実際にそれを発行してくださるのはミス・アマラなので」アレクシは控えめな声で言った。「使用人はそのことに大変感謝しております」

リアダンは、これに対するイリヤのぼやきを確かに耳にした。「そろいもそろって裏切り者だ」

「イリヤ、その顔はどうしたの？」アマラが鋭く聞いた。

「そのくそ野郎を殴ったのは、おれだ！」アマラの父親は先ほどの怒りがまだ静まらぬようすで大声を出した。

「それで、またパパに首にされたの、イリヤ？」こんな騒ぎはいつものことであるかのように、アマラは尋ねた。

「二回も」イリヤがうなり、あごに力を入れたので、顔のドラゴンのタトゥーがふたたび生きているかのようにうごめいた。「また殴りかかってきたら、いいか、今度こそ殴り返すぞ」

「まったくもう、あなたたちふたりときたら、ほうとうに子どもね」イヴァンとイリヤを相手に一歩も引かないアマラを見て、リアダンは驚きを隠しきれなかった。「ふたりともシャワーを浴びて着替えてきて。そのあいだに、わたしはシンを落ち着かせて、部屋でゆっくり休んでもらえるようにするから――」

「その女は閉じこめておかないと」アマラの父親は険しい表情で一歩、詰め寄った。その瞬間、アマラの態度が一変し、リアダンは彼女の変身ぶりに目を見張った。

それどころか、アマラが頭を高くあげ、肩を張り、父親をにらみつけたとき、リアダン自身の睾丸も恐怖で縮みあがった。確かに、義理の姉のベラがこんな顔になるところを、リアダンも何度か目にしたことがあった。そんなときは、リアダンのタフな兄でさえ、おれは戦の犬だと自負している兄でさえ、尻尾をうしろ足のあいだに丸めたかわいい子犬ちゃんみたいになってしまうのだ。

「アマラ、よせ――」イヴァンは言いかけた。

「早く傷の手あてを、パパ。話はあとでするわ」アマラは静かすぎる声で言った。

イヴァンは尻尾を丸めはしなかったが、唇を引き結び――唇はあっという間に腫れあがってきているので、見るからにつらそうだ――むっと小鼻をふくらませた。それでも、反論はいっさいしなかった。

「イリヤ、あなたはアレクシの治療を受けなくても大丈夫そうなら、コックに言って部屋に夕食を持ってこさせて。さっきチキンシチューの香りがしたわ。いまごろはもうロールパンも焼きあがっているはず。熱い紅茶もね。先週、買っておくように頼んだピーチブレンドの紅茶にしてと伝えて」アマラはシンに向き直った。「さあ、二階に行きましょう。パパには落ち着く時間をあげないといけないの。落ち着いたら、わたしが話をするから」

アマラが先に歩きだすと、シンは振り返ってイヴァンにあからさまな悪意がこもっている、勝ち誇った表情を見せた。リアダンは顔をしかめて首のうしろをこすったが、仕方なく女性ふたりのあとを追った。よく知らない女性とアマラをふたりきりにできるわけがない。

「おれの娘の首にいやらしい歯を立てるな、この野郎」横を通り過ぎたリアダンに、イヴァンが憎しみをこめて言った。「恥知らずめが」

この侮辱に対して、リアダンはうなるにとどめた。いまはイヴァンとののしり合いをするつもりはない。リアダンは絶対に、アマラからあんな失望と軽蔑のこもった目で見られるのはいやだった。先ほど、アマラが父親に向けていたような目で見られるのは。イヴァンが娘の怒りを買ってもいいというのなら、勝手にそうすればいい。だが、リアダンは絶対に、アマラのベッドに入って寄り添える自分の居場所を失う危険を冒すのはいやだった。

あんな目でにらまれたら……。

ああ、あんな目でにらまれたら、　おしまいだ。

20

クリムシン・ディレイニー。

アマラは彼女を見た瞬間に思い出した。燃え立つような赤い髪、深緑色の目、ふっくらと丸みを帯びた顔立ち。髪の印象と同じくらい独特で、激しい気性の女性だ。気分屋で、親しくなった人にはとことん忠実で、普段はいつもにこにこしている。ただし、議論や抗議をするとなれば、あっという間に頭に血を上らせる。たったいま、父を殴りつけたことからも明らかなように。

アマラは自分の父親が銃撃を浴びながら、この屋敷にシンを引きずりこんだことが、いまだに信じられなかった。だいたい、シンはこんなところでなにをしているのだろう？　アマラが記憶を失う前、クリムシンはかつてアマラも働いていた、ニューヨーク郡地方検事局にいたはずなのに。クリムシンはアマラより何歳か年上で、二十六歳か二十七歳のはずだ。ふたりは親友ではなかった。〝親しい知り合い〟と言ったほうがしっくりくる。

クリムシンが食事をしてシャワーを終えるのを待ちながら、アマラはベッドルームを歩きまわっていた。親指の爪をかみつつ、クリムシン・ディレイニーに関することをできる限り思い出そうとした。

アマラがインターンとして地方検事局で働いていたとき、クリムシンは事務アシスタントとしておもに調査にあたっていた。クリムシンはオフィスの自分のデスクにいることより、書類保管室にいることのほうが多かった。

アマラとクリムシンは、ほかのアシスタントやインターンたちと一緒に、ときどきランチにいっていた。仕事以外のつき合いはなかったので、クリムシンはアマラの父親が誰かは知っていたと思うけれど、アマラの知る限り、彼と個人的に知り合う機会も、実際に会ったこともなかったはずだった。

いったいなぜ、クリムシンはボルダーのコーヒーショップで働いていたのだろう？

なぜ自分からアマラに話しかけずに、アマラから話しかけられるのを待っていたのだろう？

アマラがいま置かれている状況に、クリムシンがかかわっているのだろうか？

「大丈夫か？」隣の部屋に通じる入り口からリアダンの声がし、アマラはぱっと振り向いて彼と向き合った。

「大丈夫かって？」アマラは冗談めかして聞き返した。「いつか大丈夫になる日がくるかどうかも、わからないわ。自分がさらわれたこともまだ思い出していないし、誰が、なぜ、わたしを傷つけようとしているのかもわからない。なぜシンがここにいるのかも、まったくわからないしね」

記憶にはまだあまりにも多くの空白があり、いくつも思い出せないことがある。それでも、記憶は戻りつつある。それだけは感じられるのだ。

「イヴァンはイリヤとともに例のコーヒーショップに行ってすぐ、シンに気づいたそうだ。

以前、そこの従業員リストを確認したとき、彼女の情報はなかったらしい」リアダンはそう言ってさらにアマラの部屋に入り、かすかな笑みを浮かべて、サファイア色の目を楽しげに輝かせた。「それにしても、シンのパンチは強烈だったな。あまりにもすばやい攻撃だったから、きみのパパは一瞬なにが起こったかもわからない顔をしてたぞ」

状況さえ違っていれば、アマラもおもしろがっていただろう。父親のそんな顔を見て、笑っていたはずだ。

「パパの傷はどう？」シンを客室に連れていったあとすぐ、アマラは父親のようすを見にいっていた。けれども、いつもどおり、父親はタフを気取っていた。「かすり傷だ——まったく心配無要だ」と言って。本当は傷が痛むくせにそうでないふりをして言われると、アマラはいつも腹が立った。

「本人が言うとおり、かすり傷だ。さっきおれが見たときは、半分酔っぱらって〝仕事仲間〟に電話してたぜ」リアダンはむすっとして言った。「ロシア語でギャーギャーわめいてたから、きみのパパの面倒はイリヤとノアに任せて、おれはこっちに来たんだ。子守は大変だ、とかなんとか、ノアはぼやいてたけどな」

リアダンは手を差し伸べ、アマラを抱き寄せた。両手で背中を撫でられ、慰められて、アマラは目を閉じた。アマラは怯えたように彼にしがみついてしまわないよう耐えていた。

「本当に大丈夫か？」リアダンはアマラに顔を寄せ、耳にそっと口づけて話しかけていた。

「大丈夫よ」アマラは答えた。

ああ、自分はなんてうそつきなのだろう。絶対に〝大丈夫〟ではないのに。半年前に病室で目を覚ましてからというもの、大丈夫になれたことなどなかった。

「ふうん」疑いのこもった相づちを打ちつつも、リアダンは抱擁を解き、アマラは彼の腕のなかから離れた。「で、向こうの部屋にいるきみの友だちは何者なんだ？」

アマラは大きくため息をつき、自分の部屋のドアに目をやった。短い髪をかきあげ、指に巻きつくカールの手ざわりと同時に、胸の奥でふくらむパニックを感じていた。

「わたしが地方検事局でインターンをしていたとき、シンもそこで働いていたの。親友というわけではなかったけど、職場の友だちではあったと思う」アマラは眉間にしわを寄せてシンのことを思い出し、その記憶が正しいかどうか確かめようとした。「どうしてシンがここにいるのか、なにがどうなっているのか、わからないの、リアダン。わけがわからないわ」

もう、なにもかもわけがわからなくなっている。

リアダンに背を向け、アマラはバルコニーに続くドアの前に行って、外で吹き荒れる雪を見つめた。また雪が激しく降り始め、冷たく白いカーテンがこの家を外界から隔絶させていた。

リアダンが近づいてくるのがガラスに映って見えた。重苦しい表情でアマラの目を見つめている。そうされて、アマラは心を引き裂く痛みに耐えかねて叫びだしそうになった。

思い出した記憶は魂に重くのしかかり、忘れられない。

失った子どもを忘れることも、その子のために泣くこともできない。アマラはリアダンに告げずにいた。子どものことをリアダンが気にすると、どうしてこんなにはっきりとわかるのだろう？

「言ってくれ」リアダンはアマラのすぐうしろに立った。リアダンの強く求める口調に、アマラはびくりとした。

「わたしになにを言ってほしいの？」アマラは体の両わきで固く手を握りしめ、叫びださないようこらえていた。閉じこめている激しい怒りと悲しみのすべてを解き放ってしまわないように。

「なにかが、きみにそんなつらそうな目をさせている」リアダンは険しい声で答えた。「きみはそれに心を引き裂かれそうになっているんだろう。それはずっと見えない剣みたいに、おれたちのあいだにあるんだ。いつか、おれたちふたりともを切り裂いてやろうと待ち構えている剣みたいに。おれになにを隠しているんだ？」

アマラはいっとき目を閉じて、うつむいた。まつげのあいだからにじみ出そうになる涙を必死にこらえる。リアダンに抱いてとすがりそうになる自分の気持ちも、必死に抑えていた。あらゆる感情に襲われているけれど、いちばん強く感じるのは、リアダンに対する愛だ。

リアダンがアマラに対して抱いている愛も。

リアダンはアマラを愛していた。

あのころ、リアダンはアマラを愛していたし、いまもアマラを愛している。

アマラの唇が開き、言葉が舌の先まで出かかったとき、ベッドルームのドアを鋭くノックする音が響いた。アマラは言葉をのみこみ、音のしたほうを向いた。

リアダンはすでにドアに向かって歩きだしていた。

「誰だ?」リアダンの声は低く、耳障りなほどしゃがれていて、会話を邪魔されて喜んでいないことがわかった。

「エリザヴェータよ」すぐに返事があった。

リアダンはドアを開け、エリザヴェータを部屋に入れた。

「ミス・ディレイニーはシャワーを浴びて、食事を終えたわ」エリザヴェータは緊張をはらんだ声で告げた。「あなたたちがミス・ディレイニーと話をする前に、イヴァンはリアダンと話をつけたいのですって。先に言っておくわね」――エリザヴェータはためらいがちな視線をリアダンに向けた――「それと、イヴァンはあなたたちとミス・ディレイニーとの会話を別室で盗聴するそうよ」

いとこがリアダンのいる前で父親の盗み聞きについて知らせてくれたことに、アマラは驚かされた。エリザヴェータのリアダンに対する信頼のあかしだ。エリザヴェータとグリーシャは、リアダンが盗聴されているとも知らず、アマラの父親に知らせるべきでないことまで言ってしまうのを防ぐため、わざわざ教えてくれたのかもしれない。

「聞くのはイヴァンだけじゃない」リアダンはアマラに言った。「きみには専用のイヤホンを着けてもらう。別室にいる全員がシンの話を聞けるように。それに、きみがシンと話をしているあいだも、ノアからの指示を受けられるようにするためだ。ノアは、シンが提供した情報をすぐにチェックする。なにか疑問点が出たら、その場できみにそれを知らせることができるんだ」

仕方がない。アマラの父親の言葉を借りれば〝盗み聞き〟をされることに同意して、アマラはリアダンの説明を受けながら、小さな装置を耳のなかに装着した。警備チーム全体ではなく、リアダンと、アマラの父親と、リアダン直属のチームで働いているメンバーのみと通信がリンクするようプログラムされているらしい。

アマラの髪はちょうど耳の上とそのまわりを隠せる長さだった。髪で装置は見えないが、受信が妨げられることもない。

別室にいる人たちに音声がはっきりと届いていることを確認したのち、リアダンはうなずいて、ドアに向かった。「用意はいいか?」アマラに尋ねた。

アマラはうなずいたけれども、本当はこのまま自分の部屋に隠れていたくてたまらなかった。

「いいわ」

これ以上、隠れているわけにはいかない。もう、こんなことはうんざりなのだ。失われた記憶と、恐怖と、不安のせいで、意識を取り戻してから半年も悩み続けてきた。これ以上、人生の貴重な時間を奪われるわけにはいかない。そして万が一、クリムシンがなんらかのかたちでアマラがさらわれた件に、アマラとリアダンの赤ん坊が命を失った一件にかかわっていたのなら、彼女はおしまいだ。なぜなら、その場合、アマラは決してクリムシンを許さないから。

「じゃあ、行こう」リアダンはアマラに手を差し伸べた。大きくて、力強い手を。

アマラはその手を取り、リアダンの指が彼女の指を握るのを見て、確かに、魂も彼に包みこまれていると感じた。

「なにも心配いらない」リアダンはアマラだけに聞こえるように屈んで、通信用のイヤホンを着けていないほうの耳にささやきかけた。「ずっとそばにいる」

本当に、リアダンはそばにいてくれる。

アマラは廊下に出て立ち止まり、エリザヴェータと一緒に、ドアに鍵をかけるリアダンを待った。そのとき、暗くぼんやりとした霧に包まれていた記憶がよみがえった。自分が投げこまれていた穴を思い出した。骨が折れる激痛と、両脚のあいだを流れる血によって夢が砕かれたのだと悟ったときの苦しみも思い出した。

あのとき、アマラはリアダンを求めて叫んでいた。真っ暗で音もない穴のなかで体を丸め、リアダンに手を伸ばした。リアダンに届くと信じこんでいた。がんばってリアダンに手を伸ばせば、たったひとりで死ななくてすむと信じこんでいた。

そして、確かにリアダンを感じると思った。土の上に横たわり、すさまじい痛みに全身をさいなまれながら、アマラはリアダンの恐怖を感じ、彼の腕に包みこまれ、アマラの名前を呼ぶ彼の声を聞いたように感じて……。

「アマラ？」腕にふれられて、アマラはびくりとして横を向き、リアダンを見あげた。急に記憶のなかから現実へと引き戻されて、心臓は早鐘を打ち、呼吸は荒くなっていた。

父が話していたアマラが発見されたという穴のなかで、いったいなにが起こったのだろう？　苦痛と、悲嘆と、自分は死ぬのだという絶望感から逃れるために、自分の心はどこへ行っていたのだろう？

「大丈夫よ」リアダンの深刻な表情から問いかけをくみ取って、アマラは小さな声で答えた。「シンがボルダーでなにをしていたのか、突き止めにいきましょう。パパがどうして撃たれたのか。イリヤがどうしてひと晩に二度も首にされるはめになったのかも。全部聞いたら、すごい話になりそうね」

全部聞いたら、アマラの頭はおかしくなってしまう、と言ったほうが正しそうだ。

アマラの父親とイリヤは子どものころからの親友だ。しょっちゅう、けんかをして――そのたびにアマラの父親がイリヤを首にして――年に数回は、殴り合いをしている。ふたりは血のつながった兄弟のように互いを愛しているのに、意見が合わないことも多い。そして、ときどき手が出てしまうのだ。

ふたりとも、アマラがシンと話をするあいだくらい、暴れださないでいてもらいたい。アマラは一緒に働いていたころ、シンのことが好きだった。でも、どうしてシンがボルダーにいて、誰にも知られずにアマラと話をしようとしていたというのか、その理由はさっぱりわからない。

リアダンにつき添われて客室に入っていきながら、アマラはエリザヴェータと目を合わせて、部屋の外で待っているよう合図した。いとこが客室をあとにするまでなにも言わずに待ち、ドアが閉まってから、毅然としてシンの目を見つめた。

シンはシャワーを浴びてそんなに時間が経っていないせいか、まだ髪が濡れていた。アマラが用意した、やわらかな部屋着用のグレイのズボンと、Tシャツを着ている。

「今回はパパがあなたを怒らせる行動に出たみたいで、ごめんなさい。ときどき、ああやって少しやりすぎてしまうの」自分のひとり娘の安全が脅かされているときは特に。

イヴァンの話が出たとたん、シンのまなざしは鋭くなった。「あなたの父親は頭がどうかしてるわ」と鋭く言う。「それに変態よ。わたしに言い寄ってきたのよ、アマラ」シンは本気で頭にきているようすだった。「わたしを助けたいなら、初めからそう言えばいいのに、ひと晩おれと過ごそうぜ、なんて言ってきたんだから」

アマラは驚いてシンを見つめた。どういうことだろう。父親は通信を介して、それは事実と異なるといったたぐいの反論もしてこない。けれども、喉を詰まらせたような妙な音は、うしろにいるリアダンから聞こえてきた。

「それはともかく」アマラはシンを真正面から見つめて、きっぱりと言った。「今夜あなたを見た瞬間に、シン、あなたを思い出したわ。わたしたちは友だちだった。だけど、だとしても、あなたがボルダーにいた理由はわからない。どうして、すぐにわたしに話しかけて自分がボルダーにいる理由を説明せずに、わたしから話しかけられるまで待っていようとしていたの？」

シンはじっとアマラを見つめたのち、頭をすばやく横に振った。「だって、あなたが記憶

を失っていたなんて知らなかったの。先週、ここで働いてる警備員ふたりがそのことについ

て話してるのを耳にするまではね。最初から知っていたら、すぐにあなたの家を訪ねていた

はずよ」

それを聞いて、アマラは眉を寄せた。「でも、どうして待っていたの？」

シンは顔をしかめた。「あなたは話ができるチャンスがくるまで、わざとわたしに気づい

ていないふりをしてるんだって思ってたのよ。この半年間、わたしはちょっと被害妄想みた

いになってるの、アマラ。ひょっとしたら、ちょっとどころじゃないかも」

恐れと不安で顔をゆがめて髪をかきあげているシンを、アマラは見つめた。

「シン！」ここまで聞いても、わけがわからない。「なぜなの？　わたしの助けが必要なら

——」

「あなたの助け？」シンは信じられないと言わんばかりに声を大きくした。「あのね、アマ

ラ、わたしはてっきり、もうあなたの父親がなんとかして問題は解決しかけてると思ってい

たのよ。それなのに、ニューヨークから追ってきた連中に、今夜わたしは殺されかけた。い

ったいいつになったら、あなたの父親はあの殺し屋どもを始末してくれるの？　そうしてく

れないと、わたしはささやかな平和を取り戻して、自分らしい暮らしを続けることもできな

いのよ。ロシアのマフィアなら、あんなちんぴらども、誰の手も借りずにさっさと始末でき

るはずでしょ？」

アマラはショックを受けてシンを見つめた。イヤホンを通して押し殺した悪態と、慌ただしい物音が聞こえてくる。アマラの父親がイリヤに、どうしていままでシンを尋問していなかったのかと問いつめている。地方検事局のスタッフを尋問したとき、シンはすでにそこにいなかったのだ、とイリヤがいら立った口調で答えた。

その間ずっと、アマラの心臓は異様に高鳴り、パニックがこみあげてきていた。まだ記憶は戻らない。もう少しだ。でも、まだ完全には戻ってきていない。

「ミス・ディレイニー、きみはアマラをさらったのが誰か知っているのか？」リアダンが尋ねた。リアダンの声は穏やかだったが、静かな口調のすぐ下に潜んでいる危ういうなりを、アマラは聞き取っていた。

シンは痛烈なまなざしでリアダンをにらんだ。「知ってたら、とっくにこの手で殺してるわ」と即答する。「わたしが知ってるのは、かかわりのある人間だけ。やつらにさらわれたひとり目の女性は、アマラがさらわれてから三日後に遺体で発見された。そして、アマラがさらわれて救出されたと知らせが入ったあと、わたしも連れ去られそうになった。やつらはあんなに手こずるされるとは思ってもみなかったみたいね。わたしは、なんとか逃げることができたの」

アマラはシンの話を聞きながら、奇妙な麻痺するような感覚に陥っていた。麻痺したようになった体のすぐ内側では、ふくらんだパニックがいまにもあふれ出しそうになっている。

アマラは追いつめられたように感じた。危険ななにか、誰かが、すぐそこにいるような気がした。

「シン、ほかの人たちにもこの部屋に来てもらわなければならない」リアダンは言った。「ことにあたっている全員が聞いておかなければならない重要な話だ。きみには知っていることをすべて話してもらわなくてはいけない。殺し屋どもを始末してほしいんだろう？」この問いかけに抗議しそうな気配を見せたシンに対して、リアダンは口調を強めた。「だったら、おれたちがそうできるよう手を貸して、協力するんだ」

アマラはシンを見つめていることしかできなかった。心のなかでは影がうごめき、いまにも襲いかかろうとしている毒ヘビのようにとぐろを巻いているかに感じられた。一度にあまりにも多くのことが起きて、ついていけない。情報が、突然、明らかになったことが多すぎて。リアダンがどんな恋人だったか思い出した。身ごもった子どもを、その子のことをリアダンに告げる前に失ったことも思い出した。そして、今度はこれだ。

これから明らかになろうとしていることから、アマラは逃げたい気持ちだった。ほんの少しのあいだだけでいいから、時間の流れを止めたい。これから襲いかかってくるに違いない事態に対して、心の準備をするあいだだけでも。これ以上の事態に対処する心の準備など、まだできていない。それでも、アマラにはどうすることもできないのだ。

イヤホンを通して父親とイリヤの声が聞こえた。父が次々と指示を出して、イリヤが冷静に、毅然として答えている。ノアは別の誰かに、シンの詳細な経歴を調査しろと命じていた。

謎の〝基地〟と、また別の方法で通信のやりとりをしているのだろう。アマラにとって、それらすべてが遠くの出来事のように感じられた。どこか別の場所にいる、自分ではない誰かのまわりで起きていることのように。

シンが力なくソファに腰をおろし、両手で顔を覆うと、アマラはシンの向かいに置かれている椅子に座った。

「一杯飲まないとやってられない」シンがぼそっと言った。

「アイルランドの密造酒ならあるわ」アマラは声をかけた。「わたしも何杯か飲みたい気分よ」

アマラを見つめるシンの目にも顔つきにも後悔があふれていた。シンは膝の上に両腕を置き、その上に顔を伏せた。「本当にごめんなさい、アマラ」シンはくぐもった声で言い、頭を左右に振ってから、また顔をあげてアマラを見つめた。

シンがあやまるなんて。よく考えれば、シンだって気の毒だ。アマラには想像もつかなかった。半年間も逃げ続けて、いまにも襲われるんじゃないかと警戒し、友人がいつ手を差し伸べてくれるのかわからず待ちながらも、最悪の事態を恐れて自分からは声をかけられなかったのだ。

シンは半年前よりやせ、青ざめて、やつれた顔をしている。恐怖にさいなまれていることは明らかで、それが体にも影響しているのだ。アマラの記憶のなかのシンは、いつも明るくて、ジョークばかり言っていた。一緒に働いていたあいだ、こんなにストレスを抱えた顔をしているシンを見たことなんて一度もなかった。

「ごめんね」シンはまたささやいた。「あなたが記憶を失っていたなんて、本当に知らなかったの。あなたはただ用心してるだけだって思ってた。あなたの父親が、あなたをさらった犯人を捜してることは知ってたわ。地方検事局のスタッフたちを尋問してたことも。あなたもそのことを知っていると思ってた」

アマラはためこんでいた息を吐き出し、両腕をこすった。

知っている？　アマラはなにひとつ知らなかった。それでも、記憶を覆い隠している幕のうしろになにもかもあるという感覚だけはあったのだ。それらが、なにもかも一度に襲いかかってこようと待ち構えているという感覚だけは。いったん幕が開いてしまったら、アマラに対処できるのだろうか？

自分が殴られてどうなったか結果だけを思い出すのと、そのときの記憶と実際に直面するのとでは、ショックの大きさがまったく違うはずだ、と恐れていた。そして、結果を思い出しただけで、心は打ち砕かれてしまった。アマラはリアダンとのあいだにできた赤ん坊を心から待ち望んでいた。赤ん坊の父親にしがみつき、彼を自分に縛りつけるものとして子どもを利用したいからではなく、ただ尊い、無垢な命として待ち望んでいた。

一度、父親はこう言っていた。自分はアマラが生まれた日に初めて純粋で汚れない命にふれ、そのときに自分のなかでなにかが変わった。行き場のない怒りのみを抱えこんでいた若者が、娘の目のなかに初めて純粋なるものを見つけ、それを守るために生きていくことを決意した大人になった。これらの言葉を語る父親の声と表情には、アマラが自分の腹のなかに子どもがいると知ったときに感じた魔法の輝きが、ひそかに表れていたのだ。その子は、アマラが初めて出会った特別な男性とのあいだに授かった子どもだった。アマラは彼に心を捧げていた。

「彼は、なんとしてでもあなたを守ろうとしてるのね」シンが静かな声で言い、アマラは物思いから覚め、現実に引き戻された。

「あなたのボディーガード」シンは声を小さくして、リアダンのほうに首を傾けた。

リアダンはふたりに背を向けていたが、鍛えあげられた全身の筋肉を緊張させて、ドアにかけられた鏡に映るアマラたちにじっと視線を据えていた。

アマラとリアダンの目が合った。黒くて濃いまつげに縁取られて陰りを帯びたサファイア色の目は、女性の心の平穏をかき乱すほどセクシーだ。けれども、リアダンの目には、アマラだけが見ることのできる彼の魂も宿っているのだ。リアダンと目が合うたびに、それを感じることができる。確かにリアダンを感じるのだ。アマラの魂を包みこみ、以前はなかったよりどころにアマラをしっかりつなぎ留めてくれる。

「そうなの」アマラは静かに答え、ふたたびシンを見つめた。「本当にそうよ」

「彼のことは覚えてるわ」シンは唇に笑みを浮かべ、さっきまで恐怖にくもっていた目を少しだけ明るくした。「わたしたちが別のボディーガードと一緒のテーブルでランチしてるとき、彼は少し離れたテーブルに座ってたでしょ。彼はいつも、あなたのことを特別な目で見てた。わたしたちみんな、気づいてたのよ」

アマラは驚いてシンを見つめた。「そんなこと一度も言ってなかったじゃない」

「もちろん、言わないわ」シンは大げさにあきれたような顔つきをしたあと、楽しげな表情になった。「わたしたちみんな、すごくうらやましかったのよ。だって、あのむきむきの肉体美に、みんな夢中になってたんだもの」

アマラは慌ててイヤホンを着けている耳に手をあてようとしたが、いまさらそんなことをしても無駄だった。イヤホンを通して忍び笑いが聞こえてくる。でも、リアダンの声は聞こえなかった。彼に聞かれていませんように。

「その話は聞きたくなかったかも」間違いなく、リアダンには聞かせる必要のない話だ。そう考えつつも、アマラは笑顔を作って言葉の印象をやわらげようとした。

シンは重いため息をつき、膝の上で両手を組み合わせた。

「ほんとに、みんながうらやましがってたんだから」シンの口調には少し物悲しささえ漂っていた。「わたしたちが見ている前で、何度かあなたたちふたりは目を合わせてたでしょ。このふたりの関係は特別だってすぐにわかったわよ、アマラ。なにも言わなくても通じ合う、信じられないくらい深いなにかがあるの。わたしは、あんなの生まれて初めて見たわ。それで、わたしたちみんなで意見を一致させたの。わたしたちもみんなそれぞれ、ああいう相手を探さなくちゃいけないって」

夢を語っているようでいて、シンの声には悲しみが混ざっていた。自分にはそんな相手は見つからないだろうと思っているみたいに。そして、リアダンとアマラの関係については、たぶんシンが言ったとおりだったのだ。アマラはリアダンに、おれはアマラのものだとか、アマラはおれのものだとか公言してもらう必要はなかった。自分はリアダンの気持ちをちゃんとわかっていたのだと、いま思い出した。アマラが誰とベッドをともにしているか知る権利がある、なんて言っている父親は間違っている。父親にそんな権利はない。アマラは心の準備ができたら、自分から父親に話していただろう。リアダンをひとり占めしておくことはできないと受け入れて、リアダンをみんなと共有する心の準備ができたら。

自分は独占欲の塊だったみたい、とアマラは気づいた。リアダンとの関係を周囲に知られたら、ふたりで出かけたとき、ほかの女性たちも、アマラの父親も、その他大勢の人も、リアダンの気を引こうとするに違いないと考えていたのだ。リアダンとの関係を秘密にしておけば、そんなことは起こらないと考えていた。

だけど、そんな秘密の時間はとっくに過ぎていたのだ。妊娠がわかると同時に、アマラは気づいていた。そのころから、リアダンは関係を秘密にしておくことに不満を持っていた。アマラも、もう秘密にはしておけないと思うようになっていた。

「あなたの父親は好きじゃないわ」シンは言い、アマラがなにも答えずにいると、ため息をもらした。「正直に言っておいたほうがいいと思って。だって、あの人のせいで、わたしたち全員、殺されるところだったのよ。あんなふうに、いきなりコーヒーショップに入ってきて、わたしを連れ去るなんて。あの人、自分の友だちにも撃つぞって脅されてたけど、ほんとに撃たれちゃえばよかったのに」

「パパとイリヤの関係は複雑なの」アマラはかろうじて笑顔になって伝えた。「ずっと昔からの友だちだから。子どものころからの親友なのよ」

シンは鼻を鳴らした。「仲よしこよしって感じじゃなかったわよ。いまにも殺し合いをしそうな雰囲気だった」

アマラは嘆かわしげなまなざしでシンに答えた。「そういうところが、複雑なの」

シンはしばらく考えこむように唇をすぼめてから「恋人どうしってこと?」と尋ねた。

アマラは笑いがこみあげて喉を詰まらせそうになり、目を丸くして友人を見つめた。「あのふたり、恋人どうしみたいに見えた?」おもしろいことを聞くものだ。あなたの父親はゲイなの、なんて女性に聞かれたのは初めてだった。

シンは肩をすくめた。「ときどき、判断に迷うのよね」

「ミス・ディレイニー?」このタイミングでリアダンが割って入った。「いま、おれが着けてる通信機はものすごく感度がいいんだ。だから、念のため言っておくが、話したことは全部イヴァンに聞かれてるよ」

リアダンがおもしろがっていることは声でわかった。アマラもイヤホンを通して、不機嫌なののしり声を聞いていたが、無視することにした。シンがこんな話をし始めるとは思わなかった。わかっていれば、また通信機を着けている耳をふさいでおいたのに。

シンは大げさに目をまわしただけだった。「話を聞いただけで、あの男は死にはしないでしょ。武器を全部わたしの手の届かないところに置いておけば、死ぬことはないわよ。いま、わたしはあの男を撃ってやりたい気分なの」シンはつんと頭をそらしてからソファの背にもたれ、アマラにこっそりウインクした。

男性のエゴを刺激する機会を決して見逃さないシンを、どうして忘れていたのだろう？シンのこういうところもおもしろいと思って、いつも一緒にいたのだった。だけど、アマラの父親は、おもしろいなんて思っていないだろう。

「イヴァンがこっちに来るぞ」リアダンがふたりに知らせた。「ミス・ディレイニー、イヴァンたちが来る前に一杯やりたいかい？　おれたちそろって一杯やっておいたほうがいい気がするんだ」

シンはリアダンをふざけてじろっとにらんでから、しかめつらをした。それから「そうね」ともったいぶって答える。「おつき合いしてもいいわ。でも、レスノワとおつきのドラゴンのためにひと瓶丸ごと残しておいてあげたほうがいいわよ。たっぷり飲んでおきたいでしょうから。わたしにとどめを刺される前にね」

アマラは不吉な予感がした。シンは口で攻撃するだけでは、満足しないようすだったからだ。

21

アマラは自分をさらい、残虐な暴行を加えたのは、父親の敵から指示を受けた者たちだと思いこんでいた。アマラの父親も、脅威はそこにあると断定し、半年間、その闇に包まれた裏社会の情報網を駆使して、アマラを傷つけた人間を残らず特定しようとしていた。だが、シンの口からは、まったく違う話が飛び出した。

アマラは黙ってシンの話に耳を傾けていた。その間も、心のなかでは例の影がうごめき、警告するかのように身をくねらせていた。

「最初に行方不明になったインターンは、シェリー・ミッチェルよ。彼女は地方検事補パリックの下で働いていた」アマラのほうを向いたクリムシンは、あらためて恐怖に襲われているかのように表情をこわばらせていた。「シェリーを覚えてる？」

アマラはうなずき、喉を詰まらせそうになって、つかえをのみこんだ。シェリーは若く、希望に満ちていた。婚約したばかりだった。

「シェリーは婚約者と休暇旅行に出かけていると思われていたのよ。あなたがさらわれた日の翌日に帰ってくるはずだった。それなのに、一週間後、ニュージャージー州の海岸に打ちあげられたシェリーの遺体が発見された。頭を銃で撃たれていたのよ。シェリーの婚約者は、まだ見つかっていない」

シンは震えながら息を吸い、髪をかきあげた。アマラとほかの五人は部屋のあちこちに座って、無言で、シンが話し続けるのを待った。

「アマラが救出されたという知らせが入った翌日、わたしは夜遅くまで残業して、パリック検事補に頼まれた書類を作成していたの。地方検事局から数ブロックしか離れていないところに住んでいたから、普段は歩いて帰っていた。でも、その夜はタクシーを使ったわ」シンは両手を握り合わせて、膝の上に置いたその手を見つめていた。「家に帰ってから一時間くらいたったとき、玄関の錠をこじ開ける音がしたの」シンは唇を震わせた。「緊急電話番号《911》にかけようとしたけど、電話はつながらなくなっていた。だから気づかれないようにベッドルームの窓から非常階段に出て、その横の壁の出っ張りの上に立って身を隠していたの」

シンの説明によれば、彼女は身を潜めながら、自分のアパートメントが荒らされる音を聞いていた。窓から出たとき少しだけすき間を空けておいたので、ふたりの男が室内をくまなく探しまわっているとわかった。男たちは、シンの行き先を知るための手がかりとなる情報を探していた。何者かが、見られたくないものをシンに見られ、それを誰かに告げられることを恐れ、シンをつかまえようとしているらしかった。

男たちが話す声が聞こえた。あのミッチェルという女のように、ここに住んでいる女にも死んでもらわなければならない。それから、どうにかしてレスノワのしぶとい娘も始末しなくてはいけない。アマラを殺せば危険な目撃者はいなくなり、イヴァン・レスノワの力を大きくそぐことにもなる。

「〝一石二鳥だ〟ひとりはそう言って、笑っていたわ。〝危険な目撃者を取り除き、レスノワを動揺させて一気にやつをつぶす。だがまずは、ここに住んでるディレイニーという女を始末しなくてはいけない。そうすれば、この女たちの死を結びつける人間も、女たちとボスの関係に目をつける人間もいないさ〟」シンは続けた。「わたしはやつらが立ち去るのを待っていたんだけど、やつらは帰る前に窓を開けて、非常階段をざっとチェックしたの。そのとき窓を開けっぱなしにして部屋に戻っていった。おかげで、そのあともやつらの話す声が聞こえたのよ。やつらは、わたしが空き巣に入られたと911に通報するのを待てばいいと言っていた。そうしたら、やつらの息がかかった警察官にわたしの身柄を確保させるって。わたしが携帯電話で誰かに助けを求めた場合も、追跡できると言っていたわ」

クリムシンはあきれたように笑って顔をあげ、話を聞いて驚いている全員を見まわした。「息がかかった警察官って言ってたのよ」シンは恐怖と激しい怒りの表れた顔で繰り返した。「やつらが姿を消してから、わたしはバックパックに詰められるものだけ詰めて、携帯電話は部屋に置いて、逃げ出した」シンは震えながら、ふたたび自分の両手に目を落とした。「それから、イリヤが火をつけていた暖炉の炎に目を向けて、また話し始めた。「それから二回、やつらにつかまりそうになったわ。そしてついに、やつらはボルダーまで追ってきた。怖くて、あなたの携帯に電話することもできなかったの。その電話も、やつらに追跡されるんじゃないかと思って」シンはアマラを見つめた。「あなたが話しかけてくれるのを待ってたわ。絶対、わたしに気づいてくれてると思ってたから。だけど、あなたはいつも誰かと一緒にいたでしょう。わたしもなにがどうなってるのかわからないの、アマラ。どうして、こんなことになっているのかも。でも、シェリーは死んでしまったし、あなたも殺されかけた。わたしもやつらにつかまってたら、確実に殺されてたわ。それは間違いない」

一石二鳥……。

「レスノワの手下どもをおびき寄せろ。レスノワが自分の尻軽娘のために選んだ大事な種つけ用の婿も一緒に来るはずだ。皆殺しにしろ。この尻軽娘がガキをはらむことも、もうないだろうさ……」

記憶が押し寄せてきた。この声を知っている。クリムシンがアマラの父親やリアダンからの質問に答えているあいだも、アマラの頭のなかでは、隠されていた記憶のなかから小さな声が次々と聞こえてきていた。

質問。アマラをさらった人間たちも、アマラに質問をした。そして、アマラの答えを気に入らなかった。逆上した男——覆面をしていたけれど、目だけは見えていた——が髪をつかんでアマラの体を床から乱暴に持ちあげ、椅子にたたきつけるようにして座らせた。そこで、男はアマラの髪を切った。男のあざ笑う声を聞きながら、アマラは懸命に意識を失うまいとしていた。男はアマラの髪を切って笑っていた。アマラの父親と恋人が、アマラの美しい髪をそれは大切に扱っていたから。

アマラの恋人。

リアダンがアマラの恋人だと、知っていたのは誰？　アマラの父親でさえ知らなかったのに。それどころではなく、アマラが妊娠していたことさえ知っていたのは誰なのか？

「なんで、おれに知らせようとしなかった？」アマラの父親の声は低く、暗い怒りに満ちていた。「おれのことはよく知っているだろうに」

「ロシアのマフィアに？」クリムシンは信じられないと言わんばかりだった。「あなたの取りえといえば、娘を溺愛してることだけでしょ。それが唯一の弱点だともいわれてるけど。だいたい、あなたもターゲットなのよ。理由なんて、わたしにはさっぱりわからないけど」クリムシンは反感をこめて鼻を鳴らした。「あなたと彼もターゲットよ」クリムシンはリアダンに向かってうなずいた。

一石二鳥――アマラの父親と恋人。

なぜ？

〝この尻軽娘がガキをはらむことも、もうないだろうさ……〟

おぼろげだけれども、記憶が何度も何度も脳裏をよぎった。

男の目を、アマラは知っていた。この男の目に見覚えがある、と思った記憶がある。男がアマラを見るときの目つき、目の色。

目は何色だった？

アマラは膝の上に置いた両手を見つめ、思い出そうとした。隠れた記憶を無理やり引き出そうとした。

その記憶はすぐそこにある。すぐそこでアマラをからかい、苦しめている。怯えさせている。

アマラは、父親とリアダンがクリムシンに投げかけている質問と、彼女の答えを聞いていた。しかし、これ以上アマラの友人が提供できる情報はあまりなさそうだった。クリムシンは、アマラが厳重に保護されているのを見て、アマラのほうが答えを持っていると思って、アマラから接触してくるのを待っていたのだ。

アマラは自分が失敗ばかりしているように感じた。自分の腹のなかにいた赤ん坊を守ることに失敗した。赤ん坊を殺し、リアダンにも瀕死の重傷を負わせた人でなしどもについて、思い出すことにも失敗している。でも、答えが自分の記憶のなかにあることはわかっているのだ。アマラが記憶の扉を開く鍵を見つけさえすれば、すぐに記憶は明らかになる。どうして思い出せないのだろう？　ほかの記憶はすべて取り戻せたのに。さらわれ、救出されるまでの記憶だけ思い出せない。

〝ちくしょう、ミカ……このままじゃ危ない……おれを置いていったりしないでくれ、ローリー……〟頭のなかで声が響き、途方もない恐怖に襲われて心臓が止まりそうになった。

リアダン。

あなたも狙われている、とアマラはリアダンに警告しようとした。激しい苦痛にさいなまれていたが、そのことをリアダンに悟られるわけにはいかなかった。アマラのそばにいたら危ないから、リアダンには逃げてもらわなければならなかった。

アマラの体が固定されている救命バスケットの横を走っている男性を、アマラは見あげた。リアダンと似た目をしている。しゃがれた、荒々しく響く声の男性。

彼もあそこにいた。リアダンと似た目をした男性と、ミカという人も。

アマラの心臓が急に早鐘のように打ちだした。パニックと希望がふくらんでくる。

「一石二鳥だって言ってたのよ……」クリムシンはまたアマラの父親に言った。「あいつらは、あなたのことも狙ってたの。でも、シェリーと、アマラと、わたしが担当してた案件に、あなたが絡んでるものはなにもなかった。パリック検事補が、あなたについてなにか言っていたこともなかったし」

「パリックがおれに手を出せるわけがないし、やつもそれくらいはわかっている」アマラの父親は軽蔑しきったようすで鼻を鳴らした。「あんなやつの下で働くことはない、とアマラには警告したんだがな」

確かに、そうだ。アマラの父親はアマラに警告した。パリックはルールに従って行動しようとしない、くそ野郎だと。

一瞬、アマラの脳裏に記憶がよぎった。あまりにもすばやく過ぎていって、細部をとらえることも、その記憶の意味するところをつかむこともできなかった。三人の男。ふたりはアマラに背を向けていた。だが、そのなかのひとりはパリックだった。ドアがわずかに開いていて、そのすき間から、パリックの顔が見えたのだ。パリックは目をあげて、ドアの前を通りがかったアマラと……。

ああ、そうだ。

アマラと、クリムシンと、シェリーがいた。三人でドアの前を通りがかったのだけれど、クリムシンとシェリーはそちらに注意を払っていなかった。アマラだけが、ちょうどドアのほうに目をやっていたのだ。ドアは、室内をのぞけるくらい、わずかに開いていた。

そのときの検事補の表情を思い出した。アマラと目が合ったとき、パリックは吐き気を催したような顔をしていた。

それでも、いまはまだアマラは黙っていた。このことを話すやいなや、アマラの父親はパリックを殺すに違いないからだ。父親は、決してパリックを生かしておかない。アマラを傷つけた者をひとり残らず殺す、と父親は誓っている。父親がはっきりとそう言うのを、アマラは何度も聞いていた。

ふたたび記憶がよぎった。ほかの男ふたりが振り向いた。パリックがぎょっとして顔をあげると同時に、ほかのふたりも振り向いたのだ。

ふたりの顔。あのふたりは誰だった？

あっという間に、記憶は消えた。アマラはふたりの顔を見たのだろうか？

「アマラ？」名前を呼ぶ声は聞こえた。けれども、アマラは過去にとらわれていた。過去の一瞬の記憶にとらわれ、検事補とともにいた男たちの顔を自分が見たのかどうか、懸命に思い出そうとしていた。

「アマラ！」父親の鋭い声がしたが、その声も、いまアマラの頭のなかで入り乱れている記憶のなかに紛れてしまった。さまざまなイメージと声がごちゃ混ぜになって意味をなさない。それらを分けて整理することができない。

「アマラ？」リアダンがアマラにふれた。リアダンの手が肩に置かれ、ぬくもりが染みこんできて、とたんにアマラは椅子から立ちあがった。

一心不乱に部屋のなかを見まわし、ノアの目を見た……〝だめだ、ブラーザ、おれを置いていくな……〟ブラーザ。兄弟。兄のネイサンは死んだ、とリアダンは話していたのに。

リアダンも知っている？

アマラはノアの目を見つめた。ノアの険しいまなざしには疑念の光が灯っていた。

「あのとき、わたしたちは一緒にいたのね」アマラはクリムシンのほうを向いて、ささやいた。アマラがなにかを思い出してくれたのかもしれない、というかすかな希望が友人の顔に表れていた。「あなたと、シェリーと、わたし。三人でレストラン〈アントニオス〉にいた。あなたとシェリーは、勤務の予定について言い合いになって」

「シェリーが急に何日か休みたいって言ったの」クリムシンはうなずき、立ちあがった。

「店を出ようとしてたときでしょ」

「ミーティングをしている人たちを見たのよ」アマラは小さな声で言った。「個室の前を通りがかったとき、そこのドアが少し開いていたから」

クリムシンは困惑した顔になった。「そうだった？」

「誰だ？」恐ろしいほど静かに発せられたひとことが、アマラを怯えさせた。

「わからない」とっさにアマラは父親にうそをついた。父親は絶対に許してくれないだろう。アマラが父親を守るために、うそをついたことを。「ミーティングをしてるみたいだったけど、そのなかのひとりが、すごくぎょっとした顔をしたの。死ぬほど驚いたような顔を。それで、わたしも怖くなって」

これは本当だ。パリックが顔をあげてアマラを見たとたん吐き気を催したように青ざめ、ほかの男ふたりも振り向いたので、アマラは怖くなった。それからすぐ、そんな出来事は忘れてしまった。アマラはパリックと一緒にいた男たちの顔も思い出せないし、ただのミーティングを見かけただけだと思っていた。

本当は、もっと賢明な行動をとるべきだった。絶対に、もっと分別ある行動をとるべきだったのだ。特別な境遇の父親を持って生まれたから、こういうときどうすべきかは幼いころから頭にしっかりたたきこんでいたはずだった。なにひとつ見逃さず、どんな小さなことでも軽く考えてはいけない。でも、アマラはただ早く帰りたかった。すぐそこで、リアダンが待っていたからだ。彼のまなざしがアマラを引き寄せ、その夜のふたりの計画を思い出させていた。

エリザヴェータとグリーシャがロシアに旅立ったら、アマラを悦ばせるために、あんなことやこんなことをしてやる、とリアダンは約束してくれていた。あなたのものにしてって叫ばせてやるよ、と言っていた。

「なんでもないことだと思ってたの」アマラは押し寄せる記憶にさいなまれて、なんとか息をしようとしながら、かすれ声を出した。

なんでもないこと、なんかじゃなかった。

パリックの表情を見たときに、警戒心を抱くべきだった。あんな場面を目撃したことを、忘れるべきではなかった。リアダンに話すべきだった。父親に電話するべきだった。それなのに、そんなミーティングのことは忘れてしまった。シェリーが行方不明になったのも、気づかなかった。シェリーは休みを取って旅行をしていると思っていた。

「リアダン、アマラを別室に連れていってやれ」ノアが弟に告げた。

命令ではなかったが、きっぱりとした提案だった。かつては、ノアが命令する立場であったかのように。「イヴァン、〈アントニオス〉にいるつてに連絡するんだ。ミーティングに使われた部屋を押さえなければいけない」ノアはアマラの父親に言った。「アマラが連れ去られる二週間前からの予約リストを手に入れるんだ。誰の名前が出てくるか見てみよう」

ひと晩で、すべてを調べるのは無理だろう、とアマラは自分に言い聞かせた。そして、リアダンに背中を押されて部屋をあとにした。父親のいぶかしげなまなざしから離れていった。間違いなく、父親にうそをついたことを見抜かれている。父親はだまされていない。あの顔つきからして、アマラはすぐに父親と話をするはめになる。


〝ブラーザ〟

アマラとノアが目を合わせたとき、リアダンはその言葉を実際に聞こえていたのかどうかわからない、ささやきとして耳にした。耳にした気がしたのだ。聞くというより、感じ取った。こんな感覚は、生まれてから数回しか体験したことがない。それらの体験すべてに、アマラがかかわっていた。

アマラがさらわれていたとき。アマラを救出した際に負傷したあと、昏睡に近い状態からなにかに引っ張られて、数回意識を取り戻したとき。ノアから流産について聞かされたとき。

そして、いままた。

〝ブラーザ〟

ノアから向けられた警告のまなざしにも、リアダンは気づいた。なぜか、どうやってか、アマラはノアがリアダンの兄ネイサンだと知っている。ネイサンは死んだことになっているのに。リアダンも、このことはアマラに告げていない。流産について告げていないのと同じように。

それなのに、アマラは知っているのだ。さっきのようなリアダンの感覚から知ったのか？　それについても、祖父からたびたび警告されていた。マローン家の男が自身の魂を捧げた女性の魂にふれたときに生じる感覚について。魂がふれ合った瞬間、アイルランドの目は現実を超越し、真実の愛を分かち合った人の心を見ることができる。愛する女と、愛する男。ふたりの魂がふれ合った瞬間。

アマラの部屋の安全をすばやく確認したあと、リアダンは部屋の入り口に戻り、そこでアマラにつき添っていたミカにうなずきかけた。それからアマラを連れて部屋に入り、ドアを閉めて鍵をかけた。

暖炉の前に行って炎をじっと見つめるアマラを、リアダンは長いこと見つめた。パンツにぴったりと包まれている、ほっそりした腰と、小さな尻。セーターの下の背中のライン。リアダンの一物は死ぬほど硬くなっていて、いますぐアマラをベッドに放りこんで、服をはぎ取ってしまいたくてたまらなかった。アマラにふれ、ふたりをつなぐあの絆をふたたび、より深く、強く感じたいという欲求には抗いがたいのだ。

「さっきはなにが起こったんだ?」リアダンはアマラに問いかけた。本当は、なにが起こったのか、聞かずともわかっていた。魂の奥で感じ取っていたのだから。

「なにも起こってないわ」アマラの声は小さく、とまどいに満ちていた。「なにを思い出したかは、話したでしょ」

「そうか?」リアダンはアマラのところに歩いていき、腕をつかまえて振り向かせた。そして、彼女の目のなかに真実を見た。彼女の不安と恐怖を。リアダンは胸が張り裂けそうになった。「なにを思い出したんだ?」

アマラはいっとき唇を震わせた。「ブラーザ」その言葉が、ごくかすかにささやかれた。

「彼があなたにブラーザと呼びかけるのを聞いたの。あなたが死にそうになっていたとき。あなたは死にそうになっていたでしょう、リアダン……わたしは、あなたが死んでしまうと感じて……」アマラのきれいな目に涙があふれた。「あなたが死んでしまうと感じて、わたしも一緒に死にたいと思った……」アマラは声を詰まらせて、苦しげな嗚咽をもらした。彼女の泣き声を聞いて、リアダンの胸はずたずたにされたような痛みに襲われた。「ああ、アマラ」リアダンはアマラを抱きしめ、屈みこんでアマラの耳に唇を寄せた。「その言葉は二度と口にしないでくれ」アマラだけに聞こえるようささやいた。「絶対に」

アマラはうなずいた。ブラザーという言葉にこめられた秘密を知り、そこに秘められた危険を感じ取ってくれたのだろう。

アマラの声は小さく、ふたり以外の誰にも、アマラが口にしたその言葉を聞かれた心配はなかった。リアダンは、その言葉を誰かに聞かれるわけにはいかない。ノアにとっても、その言葉を誰かに聞かれるわけにはいかないはずだ。死んだ男は口を利かない。だが、ヘリコプターでリアダンの心臓がいっとき止まってしまったとき、リアダンをこの世に引き戻してくれたのは、確かに死んだ男の声だった。兄の声だった。それに、いまこの腕に抱いている女性とリアダンとを結びつけている絆のおかげだ。

アマラは細くしなやかな両腕で、必死にリアダンにしがみついていた。静かにむせび泣くアマラをリアダンは包みこみ、恐ろしい記憶から守ろうとした。たったひとつの言葉よりも、それらの記憶のほうが、はるかにアマラ個人にとっては破滅的な影響を及ぼすはずだ。

「あなたに話すべきだった」不意にリアダンの腕のなかで激しく身を震わせて、アマラが声を発した。「あのミーティングをしている男たちを見た日、なにかおかしいと気づいていたのよ。ほかのふたりが振り向く直前に、あの男の顔を、表情を見たんだもの。恐怖と、嫌悪そのものの表情だった……」

アマラはリアダンのシャツを固く握りしめ、体をひどくこわばらせていた。アマラにそうさせるほどの苦しみを、リアダンも感じていた。

「誰だったんだ?」そのミーティングの場にいた男が誰だったのかわからない、とアマラが父親に答えたとき、リアダンにはアマラがうそをついているとわかっていた。アマラの父親も、わかっていたはずだ。

「パパは問答無用で彼を殺してしまうわ」アマラの声には不安があふれていた。父親が逆上して暴挙に出ると本気で心配しているのだ。「わたしのせいよ。わたしのせいで、シェリーは死んでしまった。わたしのせいで、あなたを失ってしまって……わたしのせいで……」

こいつはとんでもない絆だ。リアダンは生まれてこのかた自分以外の人間を、こんなに身近に感じたことはなかった。彼女が自分のなかにいるように。自分の一部であるかのように。なんてこった、じいちゃんの言うとおりだった。

「きみのせいじゃない」リアダンはアマラを抱きしめ、自分の激しい怒りと闘っていた。この怒りをアマラに感じさせるわけにはいかない。リアダンが、アマラの父親も考えつかないようなことをしでかす、はるかに凶暴な怪物にだってなれることを、知られるわけにはいかない。「シェリーのことも。おれのこともだ」アマラの額の横にキスをした。「おれたちの子どものことも」

アマラの喉から発せられた悲痛な声が、ギザギザになった刃のようにリアダンの魂を切り裂いた。だが、アマラは知っていたのだ。連れ去られ、とらえられていたあいだに失ったものを思い出していたのだ。

思い出していたのに、アマラはいままで、その記憶を自分の心のなかに閉じこめていた。

「あいつらは知っていたの」アマラはリアダンの腕を振り切って抱擁を解き、自分の体に両腕を巻きつけて両手を固く握りしめ、部屋の向こうはしまで離れていって、リアダンを振り向いた。「あいつらは、わたしが妊娠していたことを知っていたのよ。知っていて、わざと流産させた。あいつらはあなたがわたしを助けにくることも知っていて、わたしたちふたりともを殺すつもりだったのよ。わたしたちを殺して、パパを弱らせて……」

アマラは急に両手を髪に突っこみ、どうしようもなくいら立ちに駆られたように顔をゆがめた。「理由はわからないの、リアダン。理由はわからない。でも、ミーティング中の彼の顔を見たとき……」

「誰なんだ、アマラ？」アマラは知っているのだ。

リアダンには感じられた。アマラの頭のなかに情報が送りこまれ、ふくらみ、記憶がゆっくりと、気づかぬ間に元のかたちを取り戻していく。立ち尽くしてリアダンを見つめているアマラの顔に苦悩が満ちて、表情がゆがんだ。こみあげる裏切られたという思いと苦しみ、それに恐怖の名残を、リアダンも感じ取れた。

その恐怖に、リアダンは押しつぶされそうになった。アマラが感じた恐怖。アマラが抗うことも、逃げることもできなかった真っ黒な闇と、苦痛。リアダンがアマラのもとを離れ、アマラをひとりにして、守れなかったせいだ。

「レストランの個室。ドアが少し開いていた」アマラはかすれる声を出した。「彼の顔が見えたとき、最初はなんとも思わなかった。でも、彼がわたしに気づいて、ぎょっとした顔をしたの。真っ青になって。わたしに顔を見られたからよ。だけど、最初、わたしはどういうことかわからなかった。それだけだったら、彼を見たことさえ忘れてしまっていたかもしれない。でも、彼と一緒にいた男ふたりが振り向いて……」アマラは唇を開いたまま、信じられない事実と裏切りを突きつけられた人の顔になった。「わたしが最初に顔を見たのは、ジヨン・パリック。インターンとしてわたしも一緒に仕事をしていた地方検事補よ。問題は、彼とミーティングをしていた人。パリックとミーティングをしていた男ふたりのうちひとりの顔。だけど……そんなはずがないのよ、リアダン……」アマラはゆっくり頭を左右に振った。「そんなこと、ありえない……」

リアダンはひたすらアマラを見つめ返し、待っていた。アマラには時間が必要だとわかっていた。よみがえった記憶が鮮明になるまで。アマラ自身がその記憶に確信を持って、リアダンがどうしても聞かなくてはならない名前を、教えてくれるまで。

アマラは困惑しきった表情を浮かべてから、ふたたびぶるっと頭を振った。

「どうしてもわけがわからない」アマラは悲鳴のような声をあげて、泣き声をもらした。

「どう考えても、わけがわからないのよ」

「誰だ？」リアダンは鋭い声を発した。

リアダンは、その名前を知りたかった。誰を狩ればいいか、誰の血を流せばいいか、知りたかった。恐ろしい目に遭わされたアマラの、アマラのなかに宿っていたのに失われた子どもの復讐を果たすために。アマラとリアダンの子ども。ふたりを結びつけた抗えない感情と絆から授かった子ども。ふたりでともに生み育て、愛したはずだった小さな命のために。

アマラには答えられなかった。

リアダンを見つめ返し、その名前を言えるはずがないと思った。じかにその人の目を見て、真実を問うまでは、名指しするわけにはいかない。

アマラは彼に育てられたようなものなのだ。アマラが生まれたときから、彼はアマラの人生の一部だった。アマラが子どものころに、アマラの命を救ってくれた人のひとりだった。その人の死刑執行令状にサインすることはできない。確証を得て、彼と向き合い、目を見て、顔を見て、なぜなのかと問うまでは。

アマラはあの父親に育てられたのだから、こんな問題に負けないくらい強いはずだ。記憶を失ったときだって、いまよりもっと強く現実に立ち向かうことができた。部屋に隠れて自分の人生に背を向けるようなまねはしなかった。今回も部屋に隠れて、彼が犯人だと言うだけ言って、ほかの人たちに対処させるわけにはいかないのだ。彼はこれまでずっとアマラを守ってきてくれたのだから。

どうして守ってくれたのだろう？　どうして幼いアマラの命を救ってくれたのだろう？　いまになって裏切るのだったら。

「だめだ！」いきなりリアダンが恐ろしいうなり声を出し、アマラは驚いてリアダンの顔を見た。「きみにそんなまねはさせないぞ。きみがいまなにを考えてるにしろ、そんなことを口にするのもだめだ」

アマラはまばたきをして、リアダンの信じられないくらい美しい瞳をのぞきこみ、自分はいつも心のどこかでリアダンの心を感じていたのだと悟った。出会った瞬間から、アマラはリアダンのことがよくわかっていた。相手がこれからなにをするつもりか、なにを求めようとしているか、なぜか感じ取ることができた。

出会った瞬間からそこにあり、初めてキスをした瞬間にかちりとはまった絆。その絆は互いのことを知る感覚をもたらし、ふたりは二度とひとりになることはなくなった。

アマラは、さらわれ、とらえられて恐ろしい目に遭っていたあいだも、ひとりではなかったのだ。リアダンがいた。リアダンがそばにいると感じていた。

「あの人に直接、聞かなくてはいけないわ」アマラは悲痛な思いで小さな声を発した。「あなたならわかるでしょう、リアダン。わたしが自分で聞かなくてはならない。あなたならわかっているはずよ」

なぜなら、その人はアマラの人生の一部と言っていい存在だったからだ。毎日、一緒にいた。つねにアマラの父親のそばにいて、つねに父と娘を見守っていてくれた。

「アマラ」リアダンの声の強い要求の響きを聞き逃せるはずがなかった。

女性が決して心を変えまいとしていると感じ取った男性が、真剣に支配力を行使しようとしている。アマラは前にも、そうしようとするリアダンに立ち向かったことがあった。そうするときのリアダンからほとばしる欲望と熱情の火花に、アマラは反応せずにはいられなかった。

リアダンといると、いつもこうだった。初めて会った日から、リアダンがイギリスに行ってしまう前の夜まで。アマラはリアダンに腹を立てていようと、ただ立ち向かおうとしていようと、必ず彼に反応してしまう。

どうしてもリアダンを求めてしまう。

「そうしなくてはならないの」アマラは顔をあげ、肩を張って、もう一度きっぱりと言った。そうしなくてはならない。どうしても。

ほかに選択肢はなかった。

22

やはり、アマラならこう言うと思った。リアダンは、誇りと、欲情と、純粋な愛とが混ざり合った気持ちでアマラを見つめずにはいられなかった。

ああ、アマラを愛している。

いまこの瞬間まで、リアダンでさえ、アマラとここまでひとつになり、わかり合えていると実感したことはなかった。

だからといって、アマラが危険を冒すというのを、そう簡単に許すわけにはいかない。

「だめだ」リアダンは数歩でアマラをつかまえて抱き寄せ、女性らしい頑固な決意に輝いている瞳に見入った。「おれにその男の名前を教えてくれ。そうしたら、おれが対処する、アマラ」

「いいえ、教えない」アマラは鋭いまなざしでリアダンをにらみ、彼の胸板を押した。怒りと、高ぶりで頬を赤くしている。

ちくしょう、アマラはなんてことをしてくれるんだ。アマラのせいで、リアダンの頭はどうにかなって、感じてしまう。リアダンは長年、なにも感じまいとしてきた。なにがあっても、自分の内面にはふれられないように。ところが、アマラが現れた。アマラに対しては、リアダンはなすすべがなかった。

いまもアマラに対しては、なすすべがない。だが、アマラがあえて危険を冒すことを許すほど、落ちぶれてはいないのだ。

「教えるんだ！」リアダンの喉から響いたうなり声は野蛮そのものだった。リアダンも充分、自覚していた。

野蛮で、欲望にあふれている。

アマラにまた挑発される前に、リアダンはアマラの唇を奪い、抗う言葉も奪った。彼女にキスしたのは火に油を注いだようなものだった。アマラとのキスは人間の脳を直撃する、もっとも強烈な、もっとも酩酊《めいてい》作用のある酒のようだった。

アマラのおかげでリアダンは欲望に酔いしれた。アマラへの欲求に、アマラがリアダンの魂から引き出した激しい感情に酔いしれた。リアダンはおのれの感情や欲望をコントロールすることに慣れた男だった。それなのに、アマラに出会った瞬間から、かつて持っていた鉄の自制心などどこへやらと消えてしまった。

アマラに唇を開かせて舌を差し入れ、彼女を味わった。アマラがかすかに発した悩ましげな声も、欲求をさらにたきつけるばかりだった。リアダンの髪に潜りこんで彼を離すまいとしているアマラの両手もまた、リアダンをいっそう狂おしい思いにさせた。

おれのものだ。

アマラは、おれのものだ。

リアダンはアマラの唇を奪ったまま、アマラの服を引きちぎらんばかりの勢いで脱がせ、自分の服も脱ぎ捨てた。ボタンがちぎれ飛び、縫い目が裂けた。そんなことは気にしていられなかった。いま大事なのは、絹のようになめらかな甘い肌にふれることだけだ。そして、アマラの悦びを支配し、みずからの悦びをゆだねること。

アマラの魂にしるしをつけ、みずからの魂にしるしをつけられることだ。

「二度ときみを失うわけにはいかない」うなるように言って顔をあげ、アマラをすばやく抱きあげた。「絶対だめだ、アマラ」


アマラも、二度とリアダンを失うわけにはいかない。

世界がまわるような心地がして、気づけばリアダンに抱きあげられ、ベッドに運ばれていた。毛布の上におろされ、ふたたびリアダンに唇を奪われた。ぼんやりと、リアダンがブーツやジーンズを脱いでいることを意識し、アマラ自身も服をすべて脱ぎ捨てようとした。

どうして、こんなに邪魔な服を何枚も着てしまったのだろう？　リアダンのそばにいたとき、どうして自分がワンピースやスカートばかり好んで身に着けていたのか思い出した。脱ぐのに、こんなに手間がかからないからだ。そもそも脱がなくてもいいときだってあった。

ようやくジーンズとシルクのパンティーを脱いで蹴飛ばすと、リアダンのすばらしいことをしてくれる唇がアマラの口元から首筋とあごに移動し、心地よい感覚を広げた。その快感にアマラは息をのみ、またしても悩ましげな声にならない声を引き出されていた。

興奮がぞくぞくと肌を伝わって、乳房の先端やクリトリスを刺激した。愛撫され、歯を立てられ、舌でなめられるごとに、アマラは背を弓なりにしてリアダンに近づき、懸命にさらなる快感を求めていた。

そして同じだけの快感をリアダンに捧げたくて一生懸命になっていた。アマラが下からリアダンの肩を押すと、リアダンは仰向けになってくれた。リアダンがそうしたいから、その体勢になってくれたのだと、アマラも承知の上だ。リアダンは仰向けになりながらアマラを腰にまたがらせ、あまりにも敏感になっているアマラの乳首を唇でとらえた。

「リアダン」アマラはあえぐように彼の名前を口にし、目を閉じて悦びに浸った。感じやすい蕾を唇のあいだに挟まれて引っ張られ、舌でもてあそばれる感覚はこたえられなかった。つんとなった乳首を吸われるたびに、しびれるような快感がクリトリスを襲った。アマラは腰を揺らし、リアダンの硬い筋肉が隆起するウエストの上で身をくねらせた。熱を帯びた男性の肌に神経の集まりであるクリトリスを撫でられ、彼にまたがったまま腰を揺り動かさずにはいられなかった。ふくらんだ花芯に軽く肌がふれているだけなのに、そのかすかな刺激で、もうアマラは達しそうになっていた。

リアダンの両手に腰から背、肩へと撫であげられ、アマラは息をのんだ。それからまた腰まで撫でおろされる。無骨な手がアマラのやわらかい肌を心地よく刺激し、神経をざわめかせた。胸の頂に吸いつかれ、そこに歯をあてられるたびに、高ぶりに襲われて理性を失いそうになった。

リアダンはなんてことをしてくれるのだろう……。

リアダンはアマラをどこまでも舞いあがる心地にしてくれる。それがアマラは大好きだった。自分の体が感じやすくなるところも。気持ちがいいリアダンの愛撫も。彼が与えてくれる痛みに似た刺激も。

リアダンはアマラの腰を撫でていた両手で尻を包みこみ、ぐっと握ったかと思うとそこを開いた。すると、あらわになった繊細な入り口に熱い高ぶりの波が押し寄せた。

両脚のあいだに熱い蜜がとろりと流れ、欲望をかき立てた。アマラはこらえきれず、リアダンの引きしまった腹筋に両脚のつけ根を押しつけ、悲鳴に似た声をもらしていた。

アマラの入り口は侵入を待ちわびていた。リアダンに対する欲求は高まるばかりだった。最初に抱かれたころは、ここまで強い欲求は感じなかった。いまはまるで欲求が炎のように感じられる。アマラを外側から内側から燃えあがらせ、リアダンを求めさせるのだ。

リアダンは片方の乳首からもういっぽうの乳首へと口づけを移し、つんとなった蕾に吸いついては引っ張り、そこをなめた。アマラがこらえきれず叫び声をあげても、彼女をとらえて離さない。

「お願い」アマラは切れ切れの声で懇願して体をずらし、リアダンの屹立しているペニスへ近づこうとした。すると、それがアマラの尻にふれた。「あなたがほしいの」

リアダンはふたたび両手でアマラの双丘を握って、彼女の乳首に歯を滑らせた。アマラは息ができなくなりそうだった。全身に熱が駆けめぐり、鼓動が激しくなって血が騒いでいた。強烈な歓喜が押し寄せてくると確信して、興奮していた。

リアダンが顔をあげ、彼の口のなかにとらわれていた敏感な蕾が不意に空気にふれたので、アマラは息をのんだ。

「おれを乗りこなしてくれ」リアダンが言った。挑発を帯びた色気たっぷりの彼の表情を見て、アマラの下腹部はぎゅっと締めつけられるように反応した。

呼吸が速くなり、熱に浮かされた心地になった。信じられない。そう誘われただけで、リアダンの声だけで、アマラは達しそうになった。

力強い手がアマラの腰をとらえ、リアダンの下腹部へ導いた。しっとりとしたひだが、アマラを貫こうと待ち構えて怒張しているペニスの頂にふれた。

「リアダン」アマラは彼の名前を口にした。燃えあがる欲求と渇望にかすれた叫びだ。リアダンはアマラの動きをコントロールして、わざとゆっくりアマラを彼に近づけていった。アマラはこんなにも追いつめられて、彼を求めているのに。

「あせるな、ベイビー」リアダンはアマラの切羽つまった動きにも、懇願のまなざしにも応えようとせず、アマラを見据えていた。黒の濃いまつげのあいだからのぞくサファイア色の炎のような輝きで、アマラを魅了して。「ゆっくり穏やかに、おれを乗りこなしてくれ」

ゆっくり穏やかに？　そんなことをしていたら、アマラは死んでしまう。

入り口を押し広げられる感覚が燃え広がるように始まったとき、アマラのまぶたはさらに重くなった。リアダンの腕の力こぶにぎゅっとつかまって、頭をうしろに倒した。ぼうっとなってしまうほど強烈な快感に襲われて、理性も、息をする能力も奪われてしまいそうだった。

自分が発した叫びを、かろうじて意識に留めた。こんな声を発したことなどなかったはずだ。リアダンとともに過ごしたときでも。これまで、アマラはいつも声を抑えようとしていた。いつも、ボディーガードたちに聞かれるのではないかと心配していた。愛の営みの声を聞かれて、報告されてしまうのではないかと。

いまとなっては、そんなことはどうでもいい。アマラはもう完全にリアダンのものだ。それ以上に重要なのは、リアダンはアマラのものだと確信できたことだった。

やわらかい体内を少しずつ彼が押し進むたびに、アマラは叫んでいた。ほんの少しずつ、耐えがたいほどゆっくりと彼に満たされていく。熱せられた太い柱に徐々に貫かれていく感覚は、混じり気のないエクスタシーそのものだった。

どうしてこんなにも心地よく、興奮させられてしまうのだろう？　どうやったら、リアダンのようにふれただけで抗う力を奪い、理性も奪い、女性の欲望を束縛してしまえるのだろう？　いいえ、リアダンはアマラの欲望を束縛するのではない。すっかり魅了して、自分のものにしてしまうのだ。

「どんなに心地いいか感じるんだ、ベイビー」リアダンは低い声を響かせ、腰を突きあげてさらにアマラの奥へと押し進んだ。「こんなにやわらかいのに、ぴったりと包みこんでくれるんだ。おれを閉じこめて離さない」

アマラの体の奥が無意識に波打って、ゆっくりと入ってくる太い柱を締めつけた。

「ああ、くそっ……アマラ」リアダンの腰がびくりと跳ね、その拍子にペニスが深く打ちこまれて、アマラは尾を引く切れ切れの叫び声をあげた。

リアダンの腿を自分の腿で挟みこみ、腰を落としてさらにリアダンを受け入れた。さらに要求した。

「ちくしょう、ベイビー」リアダンは顔をしかめて悩ましげに言った。アマラに引きこまれそうになって、快感におぼれそうになっている顔だ。「いいぞ。おれのすべてを受け入れてくれ」

アマラの体内は打ちこまれた柱のまわりで波打ち、リアダンを受け入れ、悦びをほとばしらせていた。内側から徐々に押し広げられる熱に浮かされていた。

「それなら、あなたのすべてをちょうだい」アマラはリアダンの腕に爪を食いこませて、叫んでいた。「あなたを抱かせて、リアダン」アマラは腰を動かし、体内に力を集めた。「あなたを乗りこなしてみせるわ……」

リアダンはとても苦しげに悪態をついて腰を浮かせ、アマラに自身を埋めこんで、彼女にすべてを任せた。

アマラは美しい。黒い巻き毛に囲まれた顔のなかで、青灰色の目が陰り、すっと細くなった。アマラが体を揺らすと、リアダンのペニスはシルクの手袋をした手に握りしめられ、上下に愛撫されているかに感じた。

リアダンはアマラの腰を支え、アマラの好きなようにさせた。アマラはリアダンを乗りこなし、みずからリアダンに貫かれている。リアダンの一物はなぶられるがままだ。

くそっ。なんて、いいんだ。握りしめられている。熱く。

アマラのプッシーは屹立したペニスをのみこみ、締めつけ、搾り尽くそうとしている。敏感な亀頭と、太い血管が脈打つ柱にさざ波のような刺激を与え、リアダンを絶頂へと追いつめていく。

こんなにも美しい光景を、人を、リアダンは見たことがなかった。

おれのアマラ。

アマラが、夢に見たようにリアダンを乗りこなしている。

しなやかな、なまめかしい動きで、アマラの肉体が上下する。アマラのまぶたは恍惚として閉じかけているが、ふたりの視線は結ばれていた。アマラはリアダンの心を見ていた。リアダンがアマラの心を見ているように。

アマラはリアダンに夢中になっていた。リアダンがアマラのなかに突入し、満たしている。それは肉体の枠をはるかに超え、アマラの想像をはるかに超えていた。押し寄せる快感も、情熱も、純粋な興奮も、アマラの限界を超えていた。リアダンとふれ合うたび、すぐそこに絶頂を、迫りくるエクスタシーの嵐を感じ、心を、魂の一部を持っていかれた。

「リアダン」アマラは彼の名を叫び、彼に導いてもらおうとした。支えてくれるリアダンの両手に身をゆだね、ついにエクスタシーの嵐に巻きこまれたとき飛んでいってしまわないよう、つなぎ留めておいてもらおうとした。

「抱いているよ、ベイビー」リアダンが懸命に声を発した。「おれのアマラ。きみを抱いている」

嵐はすさまじい勢いで襲いかかり、すべてをのみこんでしまうほど強烈だったので、アマラは自分がリアダンの名前を絶叫してしまったのではないかと恐れた。あらゆる快感が融合して内側から爆発を起こし、アマラを極上のエクスタシーの波に飛びこませた。

アマラはその波に翻弄されながら身をくねらせ、突きあげられるリアダンの腰を受け止め、彼の全身がこわばった瞬間、彼がアマラの名前を必死に呼ぶ声を聞いた。そして、リアダンも解放の波にのみこまれた。

世界が傾いたような心地がして、気づけばアマラはリアダンに組み敷かれていた。アマラの両脚は高く押しあげられ、リアダンの両腕にかけられた膝を曲げていた。リアダンはアマラに打ちこんでいた。まるで命そのものがかかっているかのような激しい猛攻を受けて、アマラはさらに荒れ狂う歓喜の波により深く引きずりこまれた。

「愛してる」アマラは必死に心の奥に押しこめて口にしないようにしていた言葉を、あえぐように言った。

アマラが自分だけのものとしてしまいこんでいた最後の気持ちをリアダンに捧げた瞬間、リアダンはアマラに覆いかぶさっている体に力をこめ、アマラの肩に口づけて、ふたたび彼女にしるしをつけた。このしるしを誰に見られようが、アマラは気にしないだろう。体に残されたしるしなんて、リアダンがアマラの魂に刻んだしるしにくらべたら、ささいなものだからだ。

リアダンの腕に抱かれたまま、とうとうアマラは泣くことしかできなくなった。失ったもののために、失いかけたもののために、そして、これから失うに違いないもののために。

何分か、何時間かが過ぎた——アマラは正確な時間を気にしていなかった。室内はまだ薄暗く、暖炉の炎が揺らめいて、リアダンの顔に陰影を作り出している。それでも、瞳のサファイアの輝きは隠しようがなかった。

リアダンの隣に横たわり、彼のほうを向いて、アマラはこれまでずっと押しこめて隠そうとしてきたすべてが、ギザギザの鋭いかけらとなって心を引き裂いている痛みを感じた。

「わたしたちの赤ちゃん」リアダンの親指に頬を撫でられ、アマラはささやいた。「わたしたちの赤ちゃんの命まで奪われてしまったのよ、リアダン」

「やつらには罪を償わせる」

必ず誰かが罪を償うことになるはずだ、とアマラは信じて疑わなかった。このときは涙をこらえようともしなかった——なにかをこらえる力も、いまは残されていなかった。

リアダンにふたたび抱き寄せられ、アマラは彼の胸にもたれた。背中と腕を手のひらで優しくさすられて、アマラは涙とともに、閉じこめていた悲しみを外に出した。いつかはしなくてはならないと思っていたことをするには、こうするしかなかったのだ。リアダンに伝えなくてはならなかったことを、彼に告げるには。

理由を突き止めるためには、リアダンに話すしかない。なぜ、アマラのごく近くにいた人が、アマラを裏切ったのか。アマラと、腹のなかにいた子どもを裏切ったのか。

「やつらは知っていたのよ」リアダンの腕のなかで、アマラは小さな声を出した。リアダンはアマラの体に両腕を固くまわし、アマラの頭に頬を寄せていた。「わたしの妊娠を知ることができたのは、わたしとパパだけだったはずなのに」

その情報を入手できた者もいたかもしれない。アマラの父親がそこまで用心深く情報を隠していなかったとしたら。しかし、たとえ完璧に隠していたとしても、その情報を入手できる者が、非常に限られているけれども、ごくわずかに存在する。

「アマラ……」

「わたしをさらった男たち。その男たちが誰だったのかは、わからないわ。覆面をしていたから。でも、わたしの髪を切った男の目を見て、声も聞いた。その男は、パパがわたしを救出するためにあなたを送りこむと知っていたの。わたしが妊娠していることも知っていて、最初からわたしのための赤ちゃんを殺すつもりで殴ってきたのよ、リアダン。わたしと、赤ん坊と、パパがわたしのために選んだ種つけ用の婿が死ねば、パパを弱らせることができるって、その男は言っていた。パパが弱ったところをたたけばつぶせると考えていたのよ。だけど、わたしが余計な首を突っこまなければ、こんなことにはならなかったんだ、とも言っていた」

「きみを殴ったその男を、見たんだな？　あの日、レストランで？」リアダンは激しい怒りを隠しきれなくなっている、とアマラは気づいた。リアダンの怒りを、自分のものとして感じられそうだった。

「あなたが自分の手で、あの男たちを殺すことはできないのよ、リアダン。だから、わたしはパパにも話さないつもりなの」アマラはリアダンの腕のなかから離れ、シーツを胸元まで引っ張りあげて、彼を見おろした。「わたしのために、あなたやパパが刑務所に入れられるかもしれないようなことをするのを許すわけにはいかないわ」

リアダンの険しい顔のなかで、青い目は炎のように燃えていた。「刑務所？」まさかと言いたげな口ぶりだった。「自分の父親がどういう人間か忘れたのか？」一瞬、リアダンはおもしろがって笑い声さえたてそうな顔をした——が、アマラがあまりにも傷ついた、不安げな表情をありありと浮かべていたのだろう。彼は笑わなかった。「アマラ、ベイビー……」

「あなたたちに絶対にそんな罪を背負わせたくないの」アマラは声を詰まらせて泣きだした。「わたしにとって法律は大きな意味があるわ、リアダン。あなたやパパが復讐を正義より優先したら、耐えられない。そんなことはしないと約束して」

それは重要なことだった。アマラにとって、法律は重要な意味があるのだ。なぜなら、アマラは影の世界で生まれ育ったから。アマラの一族が生き続けてきた世界。アマラの父親の家族が莫大な富を築いてきた灰色の世界で。

その富のおかげでイヴァン・レスノワは、自分が親から引き継いだ血塗られた遺産を捨てることができた。イヴァンは裏と表、両方の世界の狭間を渡り歩いている。イヴァン自身は過去を捨てて自由に生きたいと強く願っているのに、どちらの世界にも完全には受け入れられずに、影の世界をさまよっているのだ。

アマラは自分の祖父が、イヴァンの父親が、犯してきた恐ろしい罪の数々を知っている。それらが引き起こした結果も。アマラは子どものころ、そのせいで何度も命を奪われかけたのだ。だから、アマラの良心は、どんな理由があっても、殺人を容認することはできない。いっぽうリアダンは、殺人と報復と正義とのあいだにはそれぞれ違いがあると学んできた。ときには、唯一の正義が、迅速に、大げさに多くの人に知られることもなく、犯人の解放の余地なく果たされる。そしてリアダンは、アマラを傷つけた者たちに、二度と自由の身になるチャンスを与えるつもりなどなかった。リアダンがぐずぐずしていたら、イヴァンやノアが正義を果たすだろう。

リアダンは激しい怒りに駆られながらも、アマラを見つめていることしかできなかった。これからアマラに求められるに違いない誓いに、全力で抗おうとしていた。

「きみはおれに不可能なことを求めようとしているんだ」とうとうリアダンは言った。「きみの父親がすることを、おれは止められないと思う。それに、きみの父親に手を貸さないとも、おれは約束できない」

悲しくてたまらないように、アマラの顔がくしゃっとゆがんだ。彼女は目から涙をはらはらと落とし、すぐに両手で顔を覆って、か細い体を震わせて静かに泣き始めた。

「ちくしょう、アマラ、おれたちにそんなことを求めないでくれ」リアダンはベッドから立ちあがり、床に落ちていたジーンズをつかんではいた。

リアダンは服を着るのに大して時間はかけなかったが、そのあいだにアマラもベッドを離れていた。音もなく。アマラも服を拾い集め、身に着けていた。

「だったら、自分でなんとかするわ」アマラの声は泣いているせいでかすれていた。

なんだと！ リアダンはもう少しで壁を殴りつけて穴を開けるところだった。

「いったいおれにどうしろっていうんだ？」リアダンは怒りのあまりうなった。「おれの子どもでもあったんだぞ、アマラ。おれの子どもと、おれの愛する女性。やつらはふたりともを奪おうとした。そんなまねをされても、なにもせずにただ見てろっていうのか？」

「そうじゃない！」アマラは大きな声で言い、セーターを着てから、リアダンに向き直った。「わたしのそばにいてほしいの。そばにいて、わたしがあの人に直接立ち向かうことを許して。その人が、わたしたちから子どもを奪って、あなたのことも殺そうとしたのかもしれない。わたしがじかに彼に聞くことを許してほしいの」アマラはほとんど叫んでいた。「その上で、彼と、彼がレストランで会っていた人でなしふたりを、警察に引き渡したい。あなたが、わたしのために人を殺すことを許すわけにはいかないわ。あなたにも、パパにも、そんなことはさせられない」

アマラの顔には怒りもあふれていたが、決意もはっきりと表れていた。リアダンがアマラの要求に応じなければ、アマラはリアダンになにひとつ話さないつもりだ。そのくらいはリアダンにもわかった。

アマラはリアダンが知るなかでもっとも頑固で、独立心の強い、腹立たしい女性なのだ。リアダンは歯ぎしりしながらシャツを着た。アマラはむっと唇を引き結び、腕組みをしてリアダンをにらみつけていた。

自分とアマラ双方にとってうまくいく方法を見つけられるはずだ、とリアダンは自分に言い聞かせた。ノアだって弟の魂の伴侶が自分の身を危険にさらすことなんて決して許さないはずだ。法執行機関の極秘部隊が、なんとしてでもアマラの命を奪おうとしている人でなしどもを始末したとしても、そのことをアマラがくわしく知る必要はない。

エリート作戦部隊に職権を与えている政府機関は、今回の任務を遂行する完全な権限をノアに与えている。イヴァンは現在進行中の複数の作戦において欠くことのできない役割を担っている。将来の作戦においても重要な役割を果たすだろう。イヴァンは、彼らが決してうかがい知ることのできない特定の組織にも入りこめる目であり耳なのだ。

リアダンはこの問題についてノアやミカと話し合おうと思った。彼らとともに計画を立てた上で、アマラに求められたことに応じる。リアダンやイヴァンがじかに引き金を引くことはないが、脅威は確実に排除される。

「どのみち、吹雪が収まるまではなにもできない」リアダンは強いて穏やかな口調を心がけた。

アマラは顔をあげ、震えながら息を吸ってから、口を開いた。「彼はここにいるのよ。この家のなかに」

リアダンは血が凍りつく思いがした。次の息を吸う前に、リアダンの全身に満ちていた怒りは沸騰していた。

「もう一度、言ってくれ」怒り心頭に発しながら、問いただした。「どうもいまの言葉を正確に聞き取れなかったんだ、アマラ」

「彼はここにいるって言ったの。この家のなかに」アマラは顔を赤くし、怒りを隠そうともせずに言った。「これで協力してくれる気になった、リアダン？　パパに彼を殺させたりしないって、あなたも彼を殺したりしないって、約束してくれる？」

この家のなかに。

人でなしがここにいる。アマラが、さらわれたことも、子どもを失ったことも忘れてしまったから、自分の身は安全だと信じこんで。アマラが自分に残忍な暴行を加えた男を思い出したことを、いまはまだリアダンしか知らないのだ。

ここにいる人でなしは、ほかの人でなしどもがどこにいるかも知っているだろう。

リアダンは荒々しく髪をかきあげた。この屋敷にいる人間を、リアダンが信頼している人々を除いて、ひとり残らず強制的に一室に集め、ひとりずつ順番に尋問したいという欲求に駆られた。

ミカから何年もかけて尋問に関する興味深い秘訣を教わってきた。それらを使うことに、リアダンはまったくためらいを感じない。

そう思っていられたのも、アマラの目を見つめるまでだった。そこに、リアダンに対する新たな見かたが加わってしまうと思うと、ためらいを感じた。リアダンもアマラの父親と同じくらい冷酷で、無慈悲になれるのだと思われてしまう。

アマラは、あの男を〝パパ〟と呼んで愛している。溺愛されて育った愛娘らしく父親を愛しているのだ。だが、アマラは一度、リアダンに話してくれたことがある。父親はアマラを守るために、絶対に合法とは言えない選択の数々をしてきたのではないか。自分のせいで父親にそんな選択をさせてしまったのではと嘆いて、アマラは何年も悩んできたという。

「すべてだ」リアダンはうなり声を発し、バーに向かった。酒を飲めば、心に張った氷を溶かせるのではないかと思った。その氷は、敵に対してかろうじて残っていたわずかばかりの慈悲の心を凍りつかせようとしていた。「すべて話してくれ、アマラ。そして絶対に」――リアダンはアマラを振り向き、指を突きつけた――「やつらに関することを、どんなにささいなことでもいっさいもらさず話すんだ。なにもかも、すべてを知りたい」

23

リアダンは、なにもかも、すべてを知りたいとアマラに言った。

頭がどうかしていたのだ。

あれから一時間以上たって、アマラがシャワーを浴びているあいだに、リアダンは自分の部屋に立って、アマラから得た情報を兄に伝えていた。地方検事補パリックのミーティング。アマラはその場にいたパリック以外の男ふたりの顔をはっきりとは見ていなかったが、人でなしに髪を切られたとき、そいつの目を見て、そいつの声を聞いた。そいつはアマラをあざ笑っていたという。

アマラの傷つきやすい腹部に何度もこぶしをたたきこんでいたときも、満足げに笑っていたのだ。アマラが妊娠していたことを知っていたから。

暖炉の前に立ち、炎を見据えるリアダンのうしろには、兄と、兄弟共通の友人が無言でいた。リアダンはわきあがる激しい怒りを懸命に抑えようとしていた。

リアダンがノアたちと話し合っているあいだ、トビアスとチームのほかのメンバーふたりが、人でなしを逃さぬよう見張っている。イヴァンは自分の書斎で待機中だ。イヴァンは待たされるのが得意ではない。イヴァンはリアダンの手元に唯一残っていたアイリッシュウイスキーのボトルを奪って、荒々しく部屋から出ていった。クリムシン・ディレイニーを引きずって。

アマラは、自分を殺そうとした男から、まずは直接、話を聞きたいと要求した。そう言ったときのアマラの目や声には、裏切られ、傷ついた心がはっきりと表れていた。アマラの傷ついた声が、いまもリアダンの頭に響き続けている。あのくそ野郎は、アマラの父親とともにアマラを育て、アマラを守ってきたという。それなのに、アマラをあざ笑いながら、殺そうとしたのだ。

「イヴァンに話す前に、パリックを確保するためのチームを送ろう。そうしないで、イヴァンに先を越されたら厄介だ」ノアが沈黙を破った。「三人目の身元がわかりしだい、そいつの身柄も確保し、山に連れていく」

〝山〟とは、エリート作戦部隊の基地だ。ふたりが育ったテキサス州の小さな町のはずれにある山に、その基地はある。リアダンは生まれたときからその町に住んでいたが、ノアが町にやってくるまで、国立公園内のある山の内部に、極秘軍事施設が存在しているなんて知らなかった。

「そいつらをどうするつもりだ?」リアダンは兄を振り向いて聞いた。「イヴァンやおれが、そいつらを殺すことにはならないとアマラに約束した。だが、わかってくれてるだろ、ノア」

リアダンは歯を食いしばって、恐ろしい言葉はかみ殺した。

「彼らは尋問を受けることになる」答えたのはミカだった。ミカの表情と口調は、彼がかつて、何年も前は、イスラエルの対外諜報機関モサドの恐るべき工作員であったことをリアダンに思い出させた。「彼らからすべてを聞き出したあと、どうするかはおまえも知っているはずだ。われわれが刑を宣告し、執行することはない。そうするのは、非常に特別な状況下でのみだ。ただし、これだけは言える、リアダン。彼らの有罪が証明されたら、彼らが罪を免れる見こみはいっさいない」

リアダンは政府機関の一員ではないのに、エリート作戦部隊がどんな仕事をしているか知っている、数少ない人間のひとりだった。任されるのはつねにきれいな仕事とは限らず、正義は有罪か無罪かによって決定された。有罪の者は消える。

リアダンはすばやくうなずいた。「イヴァンは気に入らないだろうがな」

リアダンは懸念を伝えるまなざしをノアに向けた。アマラの父親がアマラの目の前で人を殺したら、アマラがすがっているもろい最後の希望が打ち砕かれてしまう。アマラは、自分の父親は世間でいわれているような血も涙もない怪物のような人間ではないと思っていたいのに。

「イヴァンだって賛成するはずだ」ミカは言い張った。「自分の娘が、復讐のためだろうと自分の父親には人を殺してほしくないと、どんなに願っているか知ったら、イヴァンだってなんとしても娘が必要としている幻想を守ってやろうとするだろう。ただ、確実に、刑が執行される場面に居合わせようとはするだろうな」

「おれもその場にいたい」リアダンは、どうしてもそうしたいと思った。

すべてが終わったとき、ひとかけらの疑いも残らないように確認しておきたいのだ。この事件を仕組んだ人でなしどもが、二度とアマラに襲いかかることなどないと。

ノアはなにも言わずにうなずいた。ノアの表情は沈み、悲しみをたたえていた。愛情あふれる兄だからこその悲しみだ。赤ん坊のころから面倒を見てきた弟への、いまも、いつだって守ってやろうと思っている弟への愛情があるからこそ。

だが、もう何年も前から、リアダンは兄に守ってもらう必要のない大人の男になっている。リアダンは少し胸を張った。何年も前に、鋼の芯のようなマローン家の誇りと、獰猛なまでの強い心を身につけた。それから何年かたって、鋼の芯はさらに硬くなっているはずだ。

「アマラがシャワーを浴び終えたら、下に連れてくるんだ」ノアはリアダンに告げた。「おれたちはイヴァンの書斎で、おまえたちを待っている。こんなことは終わらせよう」

こんなことは終わらせる。

大きく息を吐き出したとき、バスルームのドアを開く音が聞こえ、リアダンは振り向いた。バスルームから出てきたアマラは、はきこまれて色あせたジーンズと、長袖の紫がかった灰色のシャツを着ていた。シャツの裾は、腰の低い位置に引っかけたベルトの下に入れ、ショートブーツをはいている。

リアダンと目が合うと、アマラはシャツの袖を肘まで押しあげ、両手をぎゅっと組み合わせて、悲しそうに彼をじっと見つめた。

アマラはあまりにもつらい目に遭ってきたのだ。そう思ってリアダンは胸が苦しくなった。それさらわれ、リアダンとの子どもを失い、家族同然の親しい友人に裏切られたと知った。それらすべてがアマラの細い肩に重くのしかかっていた。

「あんなふうに二度とわたしを置いていかないで、リアダン。わたしがさらわれる前のことよ」リアダンがアマラに向かって歩いていくと、アマラは言った。

気が強くて、頑固。それでこそ、リアダンが愛するアマラだ。

「心配するな」リアダンはうなり声を抑えられなかった。「今度、きみがおれたちの関係を秘密にしろと約束を迫ってきたら、尻をひっぱたいてやる」リアダンはアマラの頬をそっと包みこんだ。「本気で、こうしたいのか?」

「本気よ」アマラの答える声は自信に満ち、まなざしにはリアダンの胸を張り裂けさせそうな真剣な光が宿っていた。「早く終わらせましょう。そうすればもう、つらい思いをしなくてもすむから。また泣きだしてしまう前に」

リアダンはアマラをこれ以上、泣かせたくなかった。

「愛してるよ、ベイビー」アマラの唇に唇を寄せて、ささやいた。アマラはやわらかな色合いの青灰色の瞳に驚きを浮かべ、はっと息をのんだ。「どうした? まさか、まだ気づいていなかったのか?」

どうやらアマラがまだリアダンの気持ちに気づいていなかったことに、リアダンは驚いた。リアダンが病院で意識を取り戻した日には、もうリアダンの祖父でさえ知っていたのに。

「そうだったらいいな、とは思っていたけど」アマラの瞳にさまざまな感情が渦巻き、リアダンに手を差し伸べ、彼をとりこにし、彼を死ぬほど高ぶらせた。リアダンはいますぐベッドにアマラを投げこんで、疲れきるまで抱いて、リアダンにこんな要求をのませられないようにしてしまう寸前だった。

「おれはきみをひと目見た瞬間から愛していた。初めてキスをする前から、初めてきみにふれる前からだ」アマラに口づけ、アマラの目をじっと見つめながら誓った。「いいか、おれのそばを離れるな。こんなことは早くすませて、やつをとらえよう。くれぐれも、危険なまねはしないでくれ」

アマラがこくりとうなずいたのを確認して、リアダンは抱擁を解いた。できれば愛の告白は、こんな状況でないときにしたかったのだが、と思いながら。

「あなたはロマンスのエチケットに関する教育が悲しいくらいなってないのね」アマラはリアダンに言った。「愛の告白は、お互いに急いでいないときにするものよ」

「本当はもうとっくにしておくべきだったんだ」リアダンの声に重い後悔がにじんだ。「とっくの昔に。行こう、終わらせてこよう」

リアダンに手を握られてベッドルームをあとにし、階段に向かいながら、すべてはうまくいくはず、とアマラは自分に言い聞かせていた。

階段の下で、ノアとミカが待っていた。トビアスと、リアダンのチームのほかのメンバーふたりは、アマラの父親の書斎の前に立っていた。

アマラは生まれてから一度も、こんな困難に立ち向かったことはなかった。自分と父親にとってずっと家族同然だった人に立ち向かい、その人が自分に対してあれほど恐ろしい裏切りを働いた現実と向き合わなくてはならないのだ。

あんなにも深刻な裏切りを行える人間がいるということに、アマラは人生を根底から揺さぶられるほどのショックを受けた。親しかった人からあんなに恐ろしい方法で傷つけられることがありうるなんて、自分で経験していなければ決して考えもつかなかったはずだ。

「書斎にいる」階段をおりたアマラに、ノアが静かに告げた。「きみの父親は夜の酒を楽しんでいるところだ」

確かに、アマラの父親は夜の酒を楽しむのが好きだ。彼とともにロシアからここまで来た数少ない友人たちと暖炉を囲んで座り、セキュリティーや、ほかのさまざまな問題について話し合う。彼らはアマラの父親にとって、相談相手であり、腹心の友だった。このひとときはアマラの父親にとって、一日のうちでほんのわずかしかない、くつろぐことのできる貴重な時間だった。

彼らにはルールがある。話をするあいだは、武器をすべて書斎にあるイリヤの机のなかに鍵をかけてしまっておくのだ。彼らは友人どうしだ。互いを信頼している。アマラの父親はよく言っていた。もっとも信頼できる友人や家族とともに過ごすとき、武器は必要ない。

アマラは、普段イリヤがいる書斎の手前の応接間に入っていき、あの夜の出来事を頭によみがえらせた。アマラを殴る男。彼の目。彼の声。

「おまえの父親は過去について、まったくわかっていないんだ」男は憎々しげにアマラを見おろしながら言った。「過去が忘れ去られることなどないんだよ、あばずれめ……」

過去。

過去とは、兄と弟が、夫と妻が、憎み合っていた時代のことだ。レスノワ一家が、ばらばらに分裂していった時代。家族が無残に引き裂かれ、生き残った者より、死んでいった者のほうがはるかに多かった。

アマラとリアダンの前のドアにノアが歩み寄り、一度だけ力強くノックした。

ノアは銃を持っている。リアダンも、ミカも、アマラたちのうしろにいる男たちも。

「入れ」父親はくつろいでいるとは思えない声で答えたが、アマラがさらわれてから、父親の生来の陽気さは影を潜めていた。それに、先ほどのクリムシンとの格闘による怒りも、まだ冷めていないらしい。

アマラとて、元の天真爛漫な明るさは取り戻せずにいる。

ドアを開けてすぐにノアは室内に入った。手は慎重に、腿のホルスターに収めた銃の上に置いている。トビアスとソウヤーとマクシーンが、アマラとリアダンのわきを守り、リアダンはアマラのすぐそばで用心深く彼女を守っていた。

アマラの父親がゆっくりと立ちあがり、イリヤは暖炉の前に置かれた椅子に座ったまま、何事かと入ってきた彼らを見ていた。

「アマラ？」父親は顔をしかめていた。「またなにか思い出したのか？」

父親はもう知っているのだ。父親の顔を見ればわかった。そこには重い陰りが、深い悲しみがあふれていた。

「ええ」アマラは、父親を支えてきた男たちを見つめた。

イリヤとアレクシ。

ふたりとも、とても心配そうな顔をしている。ふたりの顔には愛情すらも浮かんでいた。どうして、あの目に愛情が浮かんでいるように見えるのだろう？

イリヤがゆっくりと椅子から腰をあげ、アマラの父親の横に、守るように立った。アレクシも同じようにした。

「どうして？」アマラはあの男を見つめて、かすれる声を発した。彼がアマラから、かけがえのない命を奪った。

アマラの子どもを。

「アマラ？」アマラの父親が鋭い声を発し、アマラの注意を引いた。

「どうしてなの、アレクシ？」ショックの表情を浮かべる相手に問いかけ、アマラはこみあげそうになる嗚咽と、激しい怒りを抑えこんでいた。「あなたはあそこにいたでしょう。わたしを殴って、髪を切った。なぜ？」

「そんなことは……」アレクシはぼうぜんとした顔になって、声をかすれさせた。アマラの父親とイリヤは、アマラからアレクシに視線を移した。

「したでしょう！」アマラは握りしめた両手を腹にあてて叫んだ。「あなたはわたしがリアダンの子どもを身ごもっていることを知っていた。リアダンとパパが、わたしの長い髪を好きなことも知っていた。わたしとリアダンを殺せば、パパを弱らせることができるって、あなたは言っていたわ。どうして？」

最後の言葉を叫んだアマラをリアダンはしっかりと抱き寄せ、動けないようにしていた。リアダンに抱えこまれていなければ、アマラはアレクシに飛びかかっていたはずだ。

アレクシは立ち尽くしていた。

「どうして？」アマラはふたたび叫んだ。

アレクシはなにかを悟ったような目をしたあと、がっくりとうなだれて床を見つめ、なにも言わなかった。彼の手から絨毯の上にグラスが落ち、琥珀《こはく》色の酒がこぼれて高級な素材に染みこんでいった。

部屋に沈黙が満ちた。

アマラの父親も、イリヤも沈黙した。

「確かなのか？」アマラの父親は打ちひしがれたような声を出した。

「彼の顔を見たわけじゃないわ」アマラは身震いをしながらも、アレクシから目をそらすことを拒んだ。「目を見て、声を聞いたの。彼は笑ったのよ」――思い出して、アマラは嫌悪で顔をゆがめた――「おまえは生きて朝を迎えられないからパパに言いつけることもできないぞ、と言って笑ったのよ。リアダンが来てもどうにもならない。やつもどうせ死ぬからって」

リアダンは本当に死んでしまうところだったのだ。リアダンまでも永遠に奪われてしまうところだった。

「わたしを見て！」放心したように床を見続けるアレクシに向かって、アマラは叫んだ。「人でなし。わたしを見なさいよ」

それでも、アレクシは床から視線をあげなかった。

「イリヤ」アマラの父親の声が激しい怒りの鞭のように響いた。「アレクシを奥の部屋に閉じこめておいてくれ……おれが手を下すまで」

アレクシはびくりとした。

イリヤはアレクシの腕をつかみ、乱暴に引っ張っていった。書斎の奥にある頑丈な鋼鉄のドアが開かれた。

「イリヤ」アレクシが喉を締めつけられているような声を出した。

「黙れ」イリヤが冷たく言った。「おれになにも言うな」

イリヤとアレクシは奥の部屋に入り、鋼鉄のドアが閉まった。それきり長いあいだ、なんの音もしなかった。

しかし突然、一発の銃声が響き、アマラは悲鳴を発した。アマラはリアダンの腕を振りほどこうともがき、厳然とした表情の父親に目を向けた。父親は暗い影の落ちた青い目でアマラを見つめていた。

「ひどいわ！」アマラは叫んだ。

「おれは殺していない」父親のロシアなまりが普段より強くなっていた。「どのみち、やつが生きて朝を迎えることはなかっただろう。この屋敷でおまえを守ってきた人間が、やつを生かしておくはずがない」

鋼鉄のドアが開かれ、イリヤが出てきた。手に銃を持ち、静かな、感情のいっさい浮かんでいない表情をしている。顔の片側に刻まれたタトゥーでさえ、このときばかりは眠っているかのように動かなかった。

アマラはショックを受けてイリヤを見つめていることしかできなかった。

「おれはイゴール・レスノワに従っていた男たちの手で家族を殺された」イリヤは言った。「兄弟も、幼かった妹も。彼らのかわりに生きる子どもを、何年も命をかけて守ってきた。その子どもを苦しめた人間を、誰だろうと許すわけにはいかない。この家族に危害を加えた者は、ひとり残らずおれの怒りからは逃れられない」

父親とイリヤを見つめるアマラの鼓動は、胸のなかで心臓が壊れてしまいそうなほど激しくなっていた。

「適切なルートで報告はしなければならない、イヴァン」ノアが口を開いた。「だが、面倒な事態にはならないはずだ」

アマラは愕然としてノアを振り向き、信じられない思いで唇を開きかけた。

「アマラ」リアダンがアマラを引き寄せて振り向かせ、厳しい声を出した。「行こう。あとの対応はきみの父親とノアに任せるんだ」

あとの対応は任せる?

これが彼らの対応の仕方なの? アマラはまさにこうした事態を防ぎたかったのに。

「アマラ?」イリヤに呼びかけられ、アマラは彼に視線を戻した。「きみの子どもが生きていて、友人がその子をきみから奪うと脅してきたらどうするか考えてくれ。法律では絶対にそいつを裁けないとしたら、きみだって自分の力でそいつを阻止しようとはしないか?」

アマラになにが言えるだろう? アマラ自身、あの記憶を思い出したとき、アレクシを殺したいと思ったのだ。自分の心も死んだほうがらくだと思った。なぜなら、アマラはアレクシに対して愛情を抱いていて、そのアレクシがあそこまで恐ろしいことをするとは、どうしても信じられなかったからだ。彼に加えられた暴行の記憶がよみがえって、さらに苦しめられてもなお、信じたくなかった。

「そうなっても、きみはなにもしないか?」イリヤの険しい声に、アマラはひるんだ。「きみだって自分の子どもを守ろうとするんじゃないか? そのためにどんな代償を払って、どんな行動をとることになろうとも」

アマラは答えられなかった。自分も子どもを守ろうとするとわかっているからだ。そのためなら、なんだってするだろうと……。

目に涙があふれ、頬を流れ落ちた。この涙のわけを説明することもできないし、自分でも理解できなかった。

涙をぬぐうため手をあげ、アマラはイリヤたちに背を向けた。ぼうぜんとしたままリアダンの腕に抱かれ、書斎から連れ出された。リアダンは低い声で痛烈な悪態をついているようだった。

「リアダン、アマラをひとりにするな」ふたりが書斎を出るとき、アマラの父親が命じた。「アマラのそばにいろ」

「引っこんでろ、レスノワ」リアダンは激しい怒りをこめて言った。「くそったれめ」

アマラの父親とイリヤをノアやミカとともに残して、リアダンはほとんどアマラを抱きかかえるようにして廊下に出た。階段を上っていくリアダンとアマラに、トビアスとマクシーンがついてきた。

全員、静かだった。誰もなにも言わなかった。アマラはこんなことは予想していなかった。抗議する人も、説明を求める人も、誰もいなかった。リアダンでさえ、激しい怒りを見せ、アマラの父親に悪態をついたにもかかわらず、驚いたことに、それ以外はなにも言わなかった。

全員、静かすぎる。アマラはそのことに困惑していた。ここにいる人たちらしくない。

「きみの父親は完全に頭がどうかしてる」リアダンはうなり声で言いながら、ファミリールームの暖炉の前に置かれたソファにアマラを連れていった。

アマラには炎から発せられる熱が弱く感じられたが、実際に温度が低いわけではないとわかっていた。普段だったら、暖かく感じられたはずだ。

「子ども扱いはやめて、リアダン」アマラは大きく息を吐き出して涙をこらえようとした。

自分がこんなふうだからリアダンに子ども扱いさせてしまっているのだ、とよくわかっていた。

「子ども扱いなんかしていない。きみを守ろうとしているんだ」リアダンがさも不当に傷つけられた男のような声を出すものだから、アマラは疑いの目を彼に向けた。

「地方検事局で、誰もわたしを雇いたがらなかったのよ」アマラは震える息を吸って、リアダンに言った。「わたしのように、パパがどんな人間になれるか知っている人は、誰も」アマラはうつむいて自分の両手を見つめた。「パパはそうできたなら、わたしがそれを受け入れることができたなら、自分の手でアレクシを殺していたはずだわ」

「いいや、アマラ、おれにはそうは思えない」リアダンは静かに言った。「きみの父親がアレクシを殺したとは思わない」

アマラはわざわざ反論しようとはしなかった。いまだに、イリヤがアレクシを殺してしまった事実を受け止められないのだ。あんなにあっさりと、まるで虫でも踏みつぶすかのように、なんの感情も見せずにそんなことができるなんて信じられない。

友人だったのに。幼いころからの親友だった――アマラの父親も、イリヤも、アレクシも。理解できない。

アマラは立ちあがり、暖炉のすぐ近くに立って炎を見つめた。

「アレクシはどうして覆面をしていたのかしら？」炎に向かって顔をしかめたまま、放心状態に陥っているかのように問いかけた。「わたしなら目を見て声を聞いただけで彼だと気づくに違いないって、わかっていたはずよ。それなのに、どうして覆面をしていたの？」

「そもそも、どうしてきみをさらわせたんだ？」リアダンは険しい声で訊いた。トビアスとマクシーンも、警備を強化するため室内に入ってきていた。

なにかがおかしい。どうしてもリアダンはそう思わずにはいられなかったが、なにがおかしいのかは、まったくわからなかった。

ただし、これ以上つらい思いをさせたらアマラは壊れてしまう、ということはわかっていた。命を狙われ、悪夢や、じわじわとよみがえってくる記憶に苦しめられ、さらに今度は、友人に裏切られていたと知って苦しんでいる。

「彼は、イゴール・レスノワがわたしをパパのもとから連れ去ろうとしたときも、その場にいたのよ」アマラの声には、幼いころに感じた恐怖がそのまま表れていた。あの夜、冷たく厳しかった祖父が、怪物に変わったのだ。「あの夜、わたしを連れ去ろうとした男たちも覆面をしていた。半年前、わたしをさらった男たちもよ。銃を持った、覆面の男四人。その男たちはボディーガードを撃って、グリーシャとエリザヴェータはどこにいるんだと聞いてきた」

アマラの脳裏に、あのときの記憶がすべてはっきりとよみがえった。アマラは荷造りをしているところだった。アマラの父親がリアダンを送りこんだイギリスに行くつもりだった。ミカが知らせにきてくれたのだ。翌日の朝も、ミカはペントハウスに来てくれることになっていた。リアダンから、アマラを迎えにいってくれと頼まれて。

「あなたは、わたしを置いていったわけじゃなかった」アマラはその記憶にぼうぜんとしていた。「ミカがあなたのところに連れていってくれることになっていた」

アマラはリアダンを見つめた。記憶が一気に押し寄せてきて、あまりにも多くの情報を、出来事を、懸命に理解しようとした。

「わたしが出発するはずだった日の前日の夜に、やつらは来たのよ。あの男たちはエリザヴエータとグリーシャも殺すつもりだった」アマラは頭を左右に振った。「どうしてエリザヴエータとグリーシャも殺すの？　どうして、ふたりを殺すことがそんなに重要だったのかしら？」

「やつらがそう言うのを聞いたのか？　エリザヴェータとグリーシャを殺すつもりだと？」リアダンは厳しい口調で問いつめた。「正確に思い出すんだ、アマラ。やつらは確かにそう言ったのか？」

「エリザヴェータとグリーシャを始末しろって」アマラはささやき声で言った。「ふたりがペントハウスにいたら、必ず見つけ出して始末しろ、と言っていたわ」

でも、アマラのいとこたちは、あのときペントハウスにいなかった。ふたりは母親に引き留められて、ロシアから帰るのが予定より遅れていたのだ。ふたりの母親は、エリザヴェータを一緒に舞踏会に出席させるために帰そうとしなかったのだ。

「やつらに部屋から引きずり出されてすぐ殴られて、意識を失った。気がついたら別の部屋にいて、六人の男に取り囲まれていたの。全員、覆面をしていた」

男たちは覆面をしたままアマラを殴り、あざ笑った。

彼らはアマラのことをよく知っているようだった。アマラには、彼らが誰かはわからなかった。アレクシの目と、声には気づいたが、彼もずっと覆面をしていた。彼は、ほかの男たちと親しいようだった。

アマラは部屋の反対はしへ歩いていった。リアダンに鋭い目でじっと見つめられている。リアダンがなにを考え、なにを見極めようとしているのか……。アマラはリアダンに背を向けて目を閉じ、リアダンの心を感じ取ろうとした。

アマラはリアダンの心を感じ取れるのだ。この半年間、リアダンがアマラのもとに戻ってくる前から、ずっとリアダンの心を感じていた。リアダンのぬくもり、いつも彼に備わっている力強さ。リアダンのすべてが、アマラを包みこんでくれていた。

「きみも絆を感じていたんだろう」リアダンがささやくように言った。「きみがさらわれたと知ったあと、おれが正気を保っていられたのはそれのおかげなんだ、アマラ。きみを感じられる絆があったから。きみは生きていて、おれが助けにいくのを待っていると感じられたからなんだ。おれはその絆にしがみつくしかなかった」

そして、アマラもリアダンに手を伸ばしていた。腹部を何度も殴打され、自分のなかに宿っていた命が流れていってしまうの感じた。そのときも、アマラはリアダンの心にすがりついていた。ほかのなににも、誰にもすがりついたことなどなかったのに。

「あの男たちはパパを弱らせたかったのよ」アマラはリアダンを振り向いて言った。「わたしとあなたを殺せば、パパを弱らせることができると言っていた。どうしてあなたを殺すことが、パパを弱らせることになるの？」

なぜなら、リアダンとイヴァンはともに闘ってきた仲間だからだ。イヴァンは、誰も、リアダンでさえもできなかったことを、やってのけた。イヴァンはブルート・フォース内部にいた敵を特定した。かつてイヴァンの父親が支配していたロシアのマフィアに依然として操られていた者たちを。

だが、アマラはそのことを知らない。アマラがこわばらせている、ほっそりとした背中のラインを見つめながら、リアダンは徐々にばらばらだった情報がつながっていく気がした。

アマラをさらった人間は、アマラとリアダンの関係も、アマラがリアダンの子どもを身ごもっていることも、リアダンがアマラを救出しにくることも知っていた。やつらはアマラとリアダンを殺し、イヴァンを弱らせるつもりだった。イヴァンがアメリカに渡ってきたときから、彼の組織に潜んでいるスパイ。そのスパイが特定されることを防ぐために。

資金、情報、標的とした口座のひそかな漏出をイヴァンがついに感知したのは、何年か前のことだった。イヴァンは事態を察知するとすぐに、その問題をエリート作戦部隊にいる連絡係に伝えた。

イヴァンは長年、エリート作戦部隊のネットワークの一部として働いていた。エージェントとしてではなく、アセットとしてだ。イヴァンのおかげで、エリート作戦部隊はそれまで入っていくことが難しかったロシア政府内の特定のレベルまで調査を進めることができるようになった。

「あなたはわたしを守るほかになにをしていたの?」リアダンに向き直ったアマラの目には、疑いの影があった。

アマラは夜中に目を覚まし、彼女のペントハウスの居間でリアダンが保護されたノートパソコンを操作している姿を見たことが何度かある、と思い出していた。アマラが仕事にいったり、会合に出席したりしているときに、リアダンが連絡係と会っていたこともあった。アマラはさらわれる前から、疑いは持ち始めていたのだ。

「していたことは、いくつかある」リアダンはため息をつき、アマラの横を通り過ぎて、庭に出るためのフレンチドアをチェックしにいった。

事前に確認したとおり、厳重に鍵がかけられていた。

「ブルート・フォース・エージェンシーは身辺警護だけを請け負っているわけじゃないんだ。電子機器による警備や、サイバーセキュリティーにもかかわっている。きみの父親は組織内部にいくつかの問題を抱えていて、おれたちのチームはここに来た当初から、それらの問題に取り組んでいる」

トビアスとマクシーンも、それらの捜査にかかわっている。

不意に、この屋敷内で自分たちが無防備でいるような、アマラを傷つけられてしまうのではないか、という不安がリアダンの胸に芽生えた。頭のなかでこれまでに得た情報をつなぎ合わせているとき、アレクシに関してどうしても腑に落ちないことがあるような気がして、不吉な予感に襲われた。

「これまでに、なにがわかったの？」アマラの声から深い悲嘆と、恐怖を感じ取れた。アマラは懸命に自分の父親とイリヤが悪い結果を被らないよう、ふたりを守ろうとしてきたのに、結局はアレクシの死に直面してしまった。

リアダンはじっと立ったまま、雪に覆われた庭のそこかしこに見える深い影に険しい目を向けていた。イヴァンの過去に関しては、よく知っている。アマラがまだほんの小さな子どもだったころに、ロシアでイヴァンが立ち向かった抗争についても。イヴァンが父親との最後の戦いに臨んだ際、彼にとって本当に頼れる友はふたりしかいなかった。

イリヤとアレクシだ。

三人は兄弟と言っていいほどの絆で結ばれていた。イヴァンの父親が血によって一家を支配していた時代から、イヴァンは父親から力を奪うべく闘っていた。三人は力を合わせて、自分たちの真の目的をわずかたりとも周囲に悟らせることなく、時間をかけて、確実に、犯罪組織を解体していった。

やはり絶対になにかがおかしい。

フレンチドアにすばやく背を向けてアマラのもとに行こうとしたが、リアダンは動けなくなった。事態をまのあたりにした瞬間、内側から激しい怒りに満たされ、爆発しそうになった。

24

アレクシではなかった。

リアダンはアマラの頭に銃を突きつけている男を見つめ、アマラの目にその認識と恐怖が浮かぶのを見ていた。

「本当にこんなに簡単にいくとは思わなかったよ」男は言った。男の声はアレクシの声にそっくりで、アマラが間違えたのも無理はないと思えた。「おれは何カ月もこの瞬間を待っていたんだ。イヴァンかイリヤが、あいつの頭に銃弾をぶちこんでくれるのをな。意外に早くこうなってくれたから、うれしくて小躍りしたいくらいだ」

同じ珍しい色合いの灰色の目。同じ声。同じ背丈。同じ髪の色。しかし、アレクシの兄であるこの男には、弟の顔につねに浮かんでいた思いやりと温かみに富んだ表情が欠けていた。実際のところ、アレクシが持っていた多くの資質を、アンドリューは持っていなかった。

リアダンは自分がこんなにも簡単に不意を突かれてしまったことが信じられなかった。

「ほら」アンドリューはリアダンを見つめ返して、悦に入ったため息をついた。「誰もおれの変装に気づかなかったのは、ほんとうに滑稽だな。まぁ、役になりきるのはおれの特技だし、弟のアレクシさえも見破れないがな。だから、おれはただ、のんびりと待っていればよかった。この尻軽娘がいずれ思い出すことはわかっていたさ。この女が思い出すのは、アレクシのことだろうと思っていた。アレクシの兄のアンドリューじゃなくてな」

アンドリューを殺す。リアダンはその場で決めていた。恐怖と、あのときの記憶がアマラの表情に浮かびあがるのを見て、リアダンはその場で瞬時に、この手でアンドリューを殺すと決めていた。

アンドリューは、物静かで、自分の仕事に満足しているように見える使用人のデイヴィッドを、非常に巧みに演じきっていた。全員をだましおおせていたのだから。自分たちが捜しているスパイはレスノワ家に近しい人間だろう、とリアダンも考えていた。だが、警備にかかわる人間を疑っても、屋敷内で働いている何十人もの親類縁者は疑っていなかったのだ。アマラに毎晩、紅茶を運んでくれる、控えめな使用人が脅威になるとは、まったく考えてもいなかった。

「教えてくれるかい、アマラ?」アンドリューはアマラのこめかみを銃口で撫でながら聞いた。「おまえの父親がこの男を選んだのは、どうしても孫がほしかったからだって知ってたか? イヴァンはアレクシになんて言ってたっけ? そうだ、おまえたちふたりが一緒になれば、強い子どもたちが生まれるに決まってるって、言ってたんだ。おれがやつから奪ってやった孫について、イヴァンに話したのか?」

このときアマラの口から発せられた声は、悲嘆の泣き声と間違われてもおかしくなかった。アンドリューは明らかにそう思ったようだ。だが、リアダンは、アマラの目に宿る激しい怒りの炎を見ていた。

リアダンは上着の袖に隠してあったナイフを慎重に手のなかに滑りこませた。革を巻いてある柄は握りやすく、刃は研ぎ澄まされている。

「いいえ、話していないわ」アマラはアンドリューに答えた。小さな声に怒りが隠されていた。

アンドリューはアマラの首に巻きつけた腕に力をこめ、銃口をアマラのこめかみに食いこませた。

「こんなことをしてどうするつもりなんだ、アンドリュー?」リアダンは相手の愚かな行動をあざ笑うかのように首を横に振ってみせた。「その銃にサイレンサーはついていないな。引き金を引いた瞬間に、イヴァンとイリヤだけでなく、おれの仲間たちもここに駆けつけてくるぞ。おまえはアマラとおれを殺せるかもしれないが、この屋敷の全員を殺すことなどできないだろう」

このろくでなしにアマラを殺させるつもりなど絶対にない。この男を倒すためにはまず、なんとかして、アマラの頭に突きつけられている銃口をさげさせなくてはならない。

アンドリューはにやりと笑って答えた。「アマラを殺す必要はない。おまえだけ殺せばいいさ」

アンドリューの腕が動き、銃口がリアダンに向けられた。このときアマラの口から発せられた憤怒のうなり声と、彼女がどのようにしてか敵のバランスを崩せたことに、リアダンはあとでショックを受けるだろう。アンドリューの腕がアマラの首からはずれ、アマラはすばやく身を屈めた。リアダンの手からナイフが放たれると同時に、アマラはアンドリューの手首をつかんで銃口をそらし、銃声が室内に響き渡った。

リアダンはアマラのことしか頭になかった。

アマラに飛びかかってアンドリューから引き離し、彼女を床に押し倒してから、腰に差してあった銃を引き抜き、床に倒れたアンドリューに目を向けた。

アンドリューの頭からは血だまりが広がり、顔の半分は吹き飛ばされてなくなっていた。

床の上の死体から目をそらし、リアダンは部屋の入り口を振り向いた。

「アレクシ?」アマラはショックにかすれる声を出した。「ああ、信じられない。アレクシ!」

アレクシとともにイヴァンとイリヤも立っていた。こわばった表情をしている彼らのうしろから、ノアとほかのエージェントたちが銃を構えて部屋に突入した。

「イヴァン、あんたを殺してやる」リアダンは獰猛な声を発し、アマラを助け起こして固く抱き寄せた。

「イヴァンのせいではないんだ」アレクシが悲嘆に暮れた表情で、苦悶に満ちた声を出した。「奥の部屋に行ったとき、イリヤはおれの話を聞いて、おれが頼んだとおり、怒りに駆られておれを殺したように見せかけてくれたんだ」アレクシは兄の遺体をじっと見つめたあと、頭を左右に振った。「アマラがさらわれたとき、おれを見たと信じこんでいるなら、その場にいたのはアンドリューだったとしか考えられないとすぐにわかった。」

アレクシは兄の遺体のそばに立って、力なく両腕を垂らしていたが、銃は強く握りしめていた。

「兄は死んだと思いこんでいた」アレクシは静かに言った。「自分の兄を一生に一度殺すのさえ、やりきれないのに、二度もそうするはめになるとは。ロシアで死んだと思っていたのに」アレクシは悲しみにゆがむ笑みを浮かべた。「アンドリューはイヴァンの父親に命令されて、ほんの幼い子どもだったアマラを殺そうとしていた。あの夜、屋敷から逃げる間際に、アンドリューの胸を撃ち、殺したと思っていた。今度こそ、やり損なうことのないようにしたよ」

兄の頭の半分を吹き飛ばして。

リアダンの胸のなかで、アマラは激しく身を震わせた。

アマラは震え、目の前の出来事が信じられない心地でいた。記憶がすさまじい勢いで覆いの下からわき出して、頭のなかをいっぱいにした。さらわれたとき、殴られたとき、救出されたときの記憶が。

アマラはリアダンにしがみついていたが、まだ生きているアレクシの姿を見たショックで足の力が抜け、へたりこんでしまう前にどうしてもどこかに座らなければと思った。

「どうしても気つけの一杯が必要だわ」アマラはささやいた。「いますぐ」

数秒もしないうちに、ミカがアマラの両手にグラスを持たせ、リアダンが彼女をそっとソファに座らせ、アレクシが何本も薪を暖炉の炎に投げ入れた。

イリヤとグリーシャとエリザヴェータがアンドリューの遺体を部屋から運び出した。トビアスとマクシーンは、駆けつけてきた使用人たちにすばやく指示を出し、床の血をふき取らせた。

通報など行われず、警察が来ることもないだろう。アンドリューの死も、地方検事補の尋問も、ひそかに処理されるようノアが取りはからうはずだ。

「レストランでパリックと会っていた男たちのうちひとりが、アンドリューだったわ」アマラは言いながら、アレクシが兄の頭を撃ち抜いて飛び散らせた血糊をぬぐい去っている古参の使用人ふたりを見つめていた。彼らもアマラが物心つく前からずっと、アマラの父親に仕えている。「もうひとりも、わたしが連れていかれた農場の家にいた」

「おまえたちが書斎を出てから、パリックに関する最初の報告が入った」ノアがリアダンに話す声を聞きながら、アマラは出来事のすべてを理解しようとしていた。「これまでにわかったことを聞いてくれ。パリックに接触したのは、アンドリューと、イヴァンのいとこのペトロフ・ゴレスキーだったらしい。アンドリューはイヴァンとイリヤを殺し、イヴァンの事業を乗っ取る気だった。シェリー・ミッチェルという若い女性を殺害し、ミス・ディレイニーのことも殺そうとしたのは、単に、レストランでアマラがアンドリューの顔を目撃していた場合にことが発覚するのを恐れていたから、それを防ぐための手段だったんだ」

アマラは酒を飲み干し、手のなかからリアダンがグラスを抜き取ったことにも、ほとんど気づかなかった。そのとき、アマラの隣に父親がためらいがちに腰をおろした。

「アマラ?」父親はアマラの頬にそっとふれ、心配そうに見つめた。「ごめんよ、スイートハート」

アマラは父親を見あげて、顔をしかめた。「どうしてあやまるの？　パパにだって悪者がすることをすべて止めるなんて無理でしょう？」

父親はいつも自分を責めるのだ、とアマラは気づいた。過去がふたりの人生に影響を及ぼしたとき、あるいはアマラが過去を思い知らされたとき、父親はつねに全責任を肩に負おうとする。

これまで何年も、アマラは自分の父親が法のもとの世界と、そうでない世界のあいだにあるはずれの世界、灰色の世界に存在していると信じこんでいた。けれども、アマラはアンドリューに子どもを奪われた日に真実を告げられた。「止められるものなら、止めていた。絶対に、おまえを傷つけさせなかったはずだ」

父親がアマラを傷つけさせるはずがないと、アマラにもわかっていた。止めることが可能なら。ただ今回に限っては、父親にも止める力はなかった。

「何年も前に、本当のことを教えてくれればよかったのに」小さな声で言うアマラを、父親は後悔と怒りをたたえた顔で見つめていた。「パパがアメリカの機関と協力して父親の組織を解体したことを、アンドリューは知っていたわ。これまでずっと、その機関に協力してきたことも。わたしにも話してくれればよかったのに」

なぜなら、アマラはずっと不安で、心配していたからだ。アマラの父親はずっと過去と縁を切ろうとしてきたけれど、いつかまた過去に引き戻されてしまうのではないかと。真実を知らされていれば、不安の多くは解消されていたに違いない。

「おまえを守るためなら、その真実だろうと、ほかのどんなことだろうと隠しておく」アマラの父親はため息をついた。「なにもかも、おまえを守るためだったんだ」

イリヤが話しているアマラの父親のそばに来て、彼の注意を引いた。

アマラの父親はため息とともに立ちあがり、リアダンを見据えた。

「アマラを二階の部屋に連れていけ、リアダン。休ませてやってくれ」父親は静かに言った。「ここの後始末は、われわれに任せろ」

ここにとどまれば、もっとたくさんのことを知れるはずだとわかっていたけれど、アマラはリアダンに導かれるまま部屋をあとにした。問題は、いま自分がこれ以上たくさんのことに対処できるかどうかわからないという点だった。それに、いまはリアダンとふたりきりで過ごす時間が必要だ。リアダンが本当にアマラのために死の淵から懸命な努力の末に戻ってきてくれたのか、確かめるために。

なぜなら、アマラはあの穴から救出された夜、リアダンの死を感じたからだ。リアダンの命が、ふっと消えるのを感じた。その瞬間の痛み、魂をもぎ取られるような苦しみに、アマラは耐えきれなかった。

だから、アマラは確かめる必要があるのだ。魂の奥の奥で、リアダンがいまそばにいてくれていることを実感する必要がある。あのとき感じた死に、リアダンまでも奪われたわけではなかったのだと。

ほんのひとときでいいから。

25

アマラはリアダンがドアに鍵をかけるやいなや振り向き、怒りをあらわにした。

「うそをついたのね！」アマラから人さし指で胸を突かれ、リアダンは驚いて見つめ返した。

「わたしにうそをついたでしょう、リアダン」

こんなにかっとなったアマラの顔を見ることになるとは、リアダンはまったく予想していなかった。あまりにもびっくりして、胸に突きつけられている、ほっそりしたかわいい指を見つめることしかできなかった。

「きみにうそをついたりしていない」リアダンは眉間にしわを寄せて、かわいい王女さまのような人さし指を優しく握り、自分の胸から離した。「うそをついたりしていないよ、アマラ。そんなふうに責めるのはやめてくれないと、言い合いになってしまう」

「誰も死ななかった、と言っていたくせに」アマラはかみつくように言い、怒りが収まらないようすでリアダンに背を向けて何歩か離れたところまで歩いていき、またリアダンを振り向いた。「あのとき、あなたは死んでいたわ、リアダン。あなたが死んでしまうと感じたのよ、あなたがわたしを置いていってしまうって……」アマラの目に涙があふれた。

「わたしもあなたと一緒に死にたかった」

こんなにも悲しみに満ちた、かすれるささやき声を聞いて、リアダンはじっとしていられなくなった。

アマラに歩み寄って、そっと頬にふれ、こぼれた涙をぬぐった。

「死んでいたのは一瞬だけだ」リアダンは静かに言った。「すぐにきみのところに戻ってきたんだ、アマラ。なんとしても、きみのもとに戻ろうとした。これからもずっと、なんとしてでも、死のうがどうしようが、きみのもとに戻ろうとするよ、ベイビー。もう、そんなことはとっくにわかってるだろ?」

「でも、そんなことあなたは言ってくれなかった」アマラは泣き声で言い、さらにはらはらと涙をこぼした。「前は言ってくれなかったわ。それに、わたしの話も聞いてくれなかった。ここから逃げて、と言ったのに」アマラはむせび泣いていた。「あの男があなたを待ち構えてるって。あの男は、あなたを殺すつもりだったのよ」

「まったく、おれがきみのそばを離れるなんて、きみを危険な状況に置いて自分だけ逃げるなんて思われてるとしたら、きみはおれの気持ちをまったくわかってないな」リアダンはずいと近づいてアマラの両肩をつかまえると、強引に抱き寄せた。「誓うよ、アマラ。生きている限り、おれは絶対にきみを危険な状況に置いていったりはしない。おれたちからこのひとときを奪うことは誰にも許さない」

リアダンはアマラの唇を奪った。アマラが反応する前に、反論する前に。アマラはリアダンが出会ったなかで、いちばん議論好きな女性だから、リアダンにはすばやさが必要なのだ。アマラはリアダンが出会ったなかで、いちばんかわいらしく、心の広い女性でもある。そして、なによりも特別な、かたちのないなにかがリアダンの心に届き、彼の魂をアマラの魂にしっかりと結びつけ、拒みようのない情熱で彼を満たしたのだ。拒めるはずがなかった。

ふたりの唇がふれ合った瞬間、やむにやまれぬ思いが、欲望が、再生への願いがこみあげた。それらすべてと、はるかに大きな感情が、この口づけに注ぎこまれていた。リアダンの唇にむさぼり尽くされ、アマラも同じようにして返した。唇と、舌と、渇望の声と、いま自分たちがここに、この瞬間に現実に存在しているとどうしても確かめたいという思いとに、支配された。

リアダンはアマラの髪に指を絡ませてキスを深くし、アマラの唇を吸い、愛《め》で、味わい、アマラをもっとほしいという思いで自分を正気ではない状態にまで駆り立てていった。

完全に、アマラを抱かなくてはならない。いますぐ。

数歩先にあったベッドまでアマラを押していき、うずいてやまない股間への悪態をかみ殺した。リアダンを駆り立てる抗えない欲求への悪態も、抑えられない渇望への悪態も。ペニスは鉄の棒のように突き立ち、鼓動に合わせてうずいていた。いますぐ服を脱いでアマラのなかに入らなければ、頭がおかしくなってしまう。

アマラをベッドに乗せて仰向けにし、覆いかぶさった。またしてもアマラの唇を奪いつつ、ブーツを足で蹴って脱ぐ。気づけば、アマラはすでにかわいらしい小さなパンプスをどこかで脱いでいた。

ふたりは互いの服を熱情のままに脱がし合い、それらがどこに落ちていこうがかまわず投げ捨てた。早くしなければ、リアダンはジーンズをはいたまま果ててしまうことが確実だ。

ベッドの横に立ってジーンズを脱ぐころには汗をかいていた。ジーンズを放り投げると、またすぐアマラに覆いかぶさる。そのとき、アマラが身軽に動いてリアダンを仰向けに押し倒し、彼の胸板にキスをした。

「おれの頭をおかしくするつもりだな」平たく張った円盤のような彼の乳首にアマラが可憐な唇を熱く押しあててきたとき、リアダンはうめいた。「ちくしょう。アマラ」

「思い出したの」アマラは敏感な肌にささやきかけた。「あなたが教えてくれたことすべてを、リアダン。すべてを思い出したのよ」リアダンが受けた警告はそれだけだった。

どこまでも丁寧にアマラにさまざまなことを教えてしまったときの記憶がよみがえり、リアダンの下腹部は締めつけられるようにうずいた。アマラの唇と舌は肌を愛撫しながら下へと移動を始め、彼女の手はリアダンの腿を撫でていた。

期待に襲われて睾丸が収縮し、ペニスがさらに太く長くなった。

「こうしてほしい？」アマラは誘惑する女の声を出し、リアダンの腿の内側にすっと指を滑らせたかと思うと、張りつめた袋を手のひらで包みこんだ。

「油断もすきもない、ベイビーめ」リアダンはうなった。

リアダンは、ほとんど息をすることも忘れて見入っていた。アマラがリアダンの太腿のあいだにさらに近づき、そそり立った棒を指で撫でている。

ああ、くそ。どこでどう息をすればいいのか。アマラが頭を低くしていき、舌をすっと伸ばして、ペニスの先をぺろりとなめようとしているときに。

「くそっ！　アマラ！」アマラの舌がふれたところから、まぶしい光線を思わせる快感が走って睾丸を直撃し、リアダンは全身の筋肉を張りつめさせた。

それから、アマラはリアダンの精神を破壊していった。

アマラが唇を開いて、やわらかくて熱い口のなかに彼自身を引き入れると、リアダンは完全に理性を失った。

アマラは両手でリアダンの腿を撫であげ、繊細な指で睾丸を包みこんでもてあそび、もむようにして、彼をいじめた。ペニスを口のなかに吸いこまれ、リアダンはぬくもりにとらわれてしまった。アマラの舌が動いて、なめ……快感でリアダンをだめにしていく。

アマラは亀頭をすっかり口のなかに閉じこめて、舌でかたちをなぞるようにしてなめ、睾丸を包みこんでいた手を柱にあててさすりだし、さらにリアダンの正気を打ち砕いた。

しゃぶってなめるアマラの口は夢のようだ。誘惑そのものだ。こたえられないいたずらをしてくれる小悪魔だ。リアダンが持ちえたすべての自制心を、ひとかけらも残さず盗み取ろうとしている。

「そこまでだ」脳に欲情が激しい刻印を押したように死にもの狂いになって、リアダンはアマラの髪を握りしめ、怒張したペニスの先端からアマラの口を引き離し、彼女を仰向けに押し倒した。

ふたたびリアダンに組み敷かれた瞬間、アマラははっと声をもらした。快感に酔ったようにぼうっとなって、アマラの両脚を押し開いて、そこに顔を寄せるリアダンを見ていた。リアダンの唇が、脱毛されてすべすべになっているプッシーに近づいていく。

「おれの番だ」リアダンはうなり声を発した。

リアダンが刺激を待ちわびていたクリトリスに口づけたとたん、アマラは両手で体の下の毛布を握りしめた。

爆発したように興奮が全身に広がって、神経を伝わっていった。体がかっと熱くなり、どうコントロールしたらいいかわからない、コントロールしたいとも思わない嵐に巻きこまれた。小さな神経の蕾にふれられ、舌をあてられ、吸いつくようにキスをされるたびに、オーガズムへの欲求が高まり、興奮の波が次々と彼女をさらおうと襲いかかってくるように感じられた。

リアダンはクリトリスを口のなかに吸いこんで舌でなぶりながら、アマラの腰をしっかりとつかまえていた。アマラは炎の舌を思わせるすばらしい快感に見舞われるたびに身をよじっていた。息も絶え絶えになり、かろうじて発せられた悩ましい声だけが、ふたりを包む空気にはかなく浮かんでは消えた。リアダンはとことんじらしてアマラを悩ませ、愛撫による刺激を高めていった。しびれるような快感が極限まで強まったとき、アマラは達した。内側から生まれてふくれあがったエネルギーはすさまじく、アマラは快楽にもみくちゃにされて無事ではすまないのではないかと思った。

すぐに、無事ですむわけがない、と思い直した。

すさまじいエクスタシーの大波が引いていく前に、リアダンがアマラに覆いかぶさり、彼女の胸に狙いを定めた。つんとなった両方の乳首に口づけ、舌でもてあそびながら、リアダンはアマラの腿を彼の腰まで押しあげ、鋼のように硬くなっているペニスの頂を、ついさっきまで唇で愛でていたアマラのふくらんだひだのあいだに押しあてた。

直前の理性を破壊するほどの解放の余波にとらわれ、アマラの全身はまだ興奮していた。それでもまだ足りないと思わせるほどの欲求に取りつかれたようになっていた。押し入ってくる太い柱を迎え入れるように腰をくねらせ、侵入の感覚に叫び声をあげ、あえいだ。

ペニスのふくらんだ頭部が入り口に収まり、貫かれるような刺激に襲われたが、リアダンをさらに受け入れたいという渇望は強まるばかりだった。

「こっちを見てくれ、ベイビー」獰猛なうなりに似た声で命じられた。「そのきれいな目を見せてくれ」

アマラは懸命に目を開いてリアダンを見あげた。

ほとんど無意識に両手をあげ、リアダンの腕の筋肉が盛りあがっているところを握りしめていた。躍動する力強さが手のひらに伝わってきて、体じゅうを駆けめぐる情熱がいっそう燃えあがった。

「愛してる、アマラ」この言葉を受けてアマラが腰を跳ねあげると、リアダンは耐えているかのように顔をしかめた。「きみはおれのものだ。言ってくれ」リアダンは要求した。「おれのものだと言ってくれ」

リアダンは、いま話せというの？

信じられない、息をするのもやっとなのに。

「言ってくれ、アマラ」かすれ声で求め、リアダンはアマラを見つめた。深い青色の目に宿るサファイアの輝きがまぶしかった。「言うんだ」

「あなたのものよ」リアダンが腰を引いてペニスの先が出ていってしまいそうになったとき、アマラは必死に叫んだ。「愛してるわ、リアダン。ああ……愛してる……」

リアダンの腰が激しく動き、ふたたび彼の柱が沈んで、アマラはむせぶような声を発した。体の内側を押し広げられ、滝のように降り注ぐ火花を思わせる快感に襲われた。

アマラはリアダンの名前を叫んでいた。渾身の力で打ちこまれるたびに、あえぎながら発する恍惚の叫びをこらえようともしなかった。やがてリアダンは完全にアマラのなかに身を沈めていた。じっと動かなくなったリアダンの柱が脈動し、彼の鼓動をアマラの体内に伝える。

「お願い……」アマラは我慢できなくなって懇願した。

リアダンはいったん体を引いてから、ふたたび身を沈め、ひと息に根元まで突き入れたが、今度は止まらなかった。ぴったりと包みこむアマラのなかで彼自身を行き来させる。そうされるたびにアマラは痛みと快楽の混ざり合った絶妙な感覚に見舞われていた。貫かれるたびに、快感を防ぎようのない場所が極限まで刺激され、アマラはわれを失った。われを失って、リアダンの悦びに、自分自身の悦びに支配された。

欲情は理性を圧倒してアマラを突き動かし、リアダンにしがみつかせた。愛情は絆となって、決して消えない炎のように燃え続け、ふたりをひとつに結びつけた。

「もっと」アマラは求めた。「強く抱いて、リアダン……もっと強く……ああっ……」

リアダンは力強く打ちこみ始めた。削岩機のようなパワーで体に収まりきらないほどのエクスタシーを送りこまれ、アマラは翻弄された。

オーガズムによってアマラは破壊され、また新たに作られた。歓喜がアマラの全身を揺さぶり、理性を打ち砕き、荒れ狂う激流のようにアマラをどこかへ運んでいった。目を閉じると光がはじけた。アマラは真っ白な炎のような光だけの世界を飛んでいき、突然の衝撃とともに解き放たれた。

「きみのために生きる」アマラの耳元で誓いの言葉を響かせ、リアダンはアマラに覆いかぶさった体を張りつめさせると同時に達した。アマラは体内に注ぎこまれる熱い奔流を感じた。

「神に誓って、アマラ、おれはきみのために生きる」

体の力を奪うエクスタシーの余波に震えながら、アマラはしっかりとリアダンと視線を結び合わせた。リアダンの誓いは、アマラが意識したこともなかった魂の奥底まで届いた。

「いつまでも」アマラも誓いを口にした。「いつまでもよ、リアダン。わたしもあなたのために生きるわ」

それは愛を超えていた。死を超えていた。感情を超えていた。

ふたつの魂が結びつけられた。ふたりが確かにひとつになるまで。自分の心ではなく相手の心に宿る愛によって感じ、自分の魂に結びつけられた魂によって相手を愛する。

互いの魂に包みこまれて。

エピローグ

終わっていなかった。

終わっていたはずだったのに。この手で自分の父親を殺した日に、とっくに、完全に、終わっているはずだった。

両側にはイリヤとアレクシが立っている。友などひとりもいないと絶望したときも友であり続けてくれたふたり。たったひとりの実の兄弟を実の父親に殺されたイヴァンにとっては、兄弟同然のふたりだ。イヴァンは過去について、父親の罪について考えていた。もはや、それほど盤石とは思えなくなった現在についても。

「ノアとエリート作戦部隊のメンバーは、いまも地方検事補の身柄を拘束している」イリヤが静かに言った。「おまえのいとこのペトロフ・ゴレスキーの身柄もとらえたようだ。ペトロフはアンドリューとともにレストランで地方検事補と会っていた。地方検事補もペトロフも、今回の事件はすべてアンドリューひとりが計画したことだと主張している。アマラが妊娠したことを知って、アマラのことも、リアダンのことも殺そうと計画した。それから自殺に見せかけておまえも殺し、いとこのペトロフに財産を継がせるつもりだった」

たとえイヴァンが死んでも、そんなことはできないはずだ。レスノワ家の財産がかつてのように使われることのないよう、イヴァンは前もって手を打ってあった。

「あの女はどうした？」イヴァンは尋ねた。

クリムシン。シン。赤く輝く巻き毛。激しい気性の表れたまなざし。男が何時間もかけて楽しみ、楽しませても、もっとほしくなるに違いない、魅惑のボディー。

「しばらくはソウヤーとマクシーンが見張っていてくれるだろう」イリヤは答えた。「彼女はニューヨークに帰り、また自分の暮らしを始める。おまえが命令したとおり。もちろん、彼女が安全に暮らせるよう見守っていくさ、イヴァン。念のために」

念のため、すべてが終わったわけではないという彼ら全員の直感が正しかった場合に備えて。

「やつはおれたちのすぐ近くにいながら、どうしてまんまと気づかれずにいられたんだ?」イヴァンはひとりごとのように疑問を口にしたが、友人ふたりと同様すでに真実に気づいていた。

ふたりとも答えなかった。理由など探す必要はないのだ。三人ともわかっているのだから。三人とも、アンドリューは死んだと思いこんでいた。イヴァンの父親と、彼のほかの手下たちとともに。彼らが、ひとりのいたいけな、なんの罪もない子どもを殺害しようとした日に。イヴァンの子どもを。

当時ほんの五歳だったアマラは純粋無垢で、小さくても、イヴァンの世界を照らす唯一の明るい星だった。いまでも、そうだ。だからこそ、イヴァンの父親は許せなかったのだろう。彼にとっては、イヴァンの心も魂も、父親と同じように真っ黒に染まり、邪悪でなければならなかったのだ。邪悪は愛など知らない。とりわけ、子どもへの愛など許せないのだ。

だが、いまはもう、イヴァンの明るい星は大きくなり、パパではない、もうひとりのヒーローを見つけてしまった。パパの世界の外にある、自分が歩むべき人生を見つけてしまったのだ。

詰まるところ、イヴァンはもうたったひとりだ。

不意にイヴァンの脳裏に、まぶしく光る緑色の目と、赤く輝く巻き毛が浮かんだ。すらりと伸びるしなやかな肢体、かすれる悦びの声……。

「この屋敷でのアンドリューの行動を子細もらさず知りたい。やつが話をしていた人間、視線を向けた人間、一緒にいた人間を全員、洗い出せ」イヴァンは冷ややかな怒りをこめて命じた。「どこかに、やつの偽装に少しでも気づいていた人間がいなかったかどうかも知りたい。協力者などいたら、そいつらはおしまいだ。そいつらも死ぬことになる。例の女はさっさとおれの屋敷から追い出して、家に帰せ。いますぐに」

言い終えるとイヴァンは向きを変え、鋼鉄の箱のような部屋をあとにした。細かいことはイリヤとアレクシが手配してくれる。ふたりに任せておけば、アンドリューの死体も発見されないよう処理され、あの女はどこへなりと消えるだろう。

誘惑の元は取り除かれる……。

訳者あとがき

人生のなかのかけがえのない一年間の記憶を失った女性。彼女はその間に何者かに連れ去られ、暴行を受け、瀕死の重傷を負って救出されたのだと周囲の人々から聞かされるが、この事件についても、なにも覚えていない。覚えているのは、夜ごと夢に出てきて彼女を抱く男性の面影だけ——

アメリカのロマンス作家ローラ・リーによる新たなロマンティックサスペンス、〈ブルート・フォース〉シリーズの第一弾『Collision Point』をご紹介いたします。

主人公の男女は、身辺警護などセキュリティー対策全般を請け負う民間の警備会社ブルート・フォースの一員であるリアダン（ローリー）・マローンと、そのリアダンをボディーガードとして雇っていた実業家の娘アマラ・レスノワです。アマラは何者かにさらわれ、重傷を負って救出されますが、病院で意識を取り戻したときには一年間の記憶をすっかり失っていました。その間になにが起こったのかわからないまま、言いようのない不安が心につきまとい、悪夢に悩まされる日々。けれども見るのは悪夢だけではなく、知り合った覚えのない男性が出てくる夢も見ていました。その男性から夢のなかで懸命に〝おれのところに来てくれ〟と呼びかけられたアマラは、彼ならこの説明のつかない不安から守ってくれるのではないかと感じ、夜ごと親密な夢に出てくる男性、ひょっとしたら記憶を失った一年のあいだに出会っていたのかもしれない男性を探し始めます。

本書から始まる〈ブルート・フォース〉シリーズは、セキュリティー対策のプロ集団として政府機関の秘密作戦、秘密部隊の活動にも協力するブルート・フォースの人々を描いた新シリーズであり、一冊目であるこの作品だけを読んでも楽しんでいただけると思います。ただ、作者がこれより前に書いた〈エリート作戦部隊〉シリーズには、本書の主人公のひとりであるリアダン・マローンの兄や叔父や祖父といったマローン家の男たちも登場しているため、マグノリアロマンスから六冊刊行済の〈エリート作戦部隊〉シリーズと〈ブルート・フォース〉シリーズを合わせて、マローン家の男たちの活躍を描いた長大な物語として読むこともできます。〈エリート作戦部隊〉シリーズのなかでも本書ともっとも関連が深いのは、やはり一冊目の『禁じられた熱情』(二〇〇九年刊行)です。『禁じられた熱情』では、本書にも登場するリアダンの兄ノアが危険な作戦中に死んだと思われながらも生き延び、妻サベラのもとに帰ってきた経緯が語られています。本書でも物語の重要な鍵となる、マローン家の男たちだけが持つ〝アイルランドの目〟の伝説。ハードな現実味を帯びた世界観のなかで、このロマンティックな設定が神秘的な輝きを放ち、忘れられない印象を残します。もう一冊、〈エリート作戦部隊〉シリーズのなかからマローン家にかかわりの深い作品をあげるとしたら、六冊目の『愛は消せない炎のように』(二〇一三年刊行)でしょうか。リアダンの叔父ジョーダン・マローン(エリート作戦部隊の司令官)が主人公の物語で、本書でも孫リアダンになかば強引に同行するなど大活躍していた八十代なかばの祖父リアダン・マローン・シニアも登場するほか、兄ノアも部隊の主要メンバーとして働いています。また、『愛は消せない炎のように』は『Collision Point』の続編〈ブルート・フォース〉シリーズ第二作『Dagger's Edge』とも関連の深い内容になっているので、ご興味があればぜひ手に取ってみてください。

さて、本書の続編にあたるその『Dagger's Edge』のヒロインは、本書の後半に登場した、アマラの友人クリムシン（シン）・ディレイニーです。今回はアマラが命を狙われた一件に巻きこまれるようなかたちで大変な目に遭っていましたが、彼女にはニューヨークの地方検事局で働いていた事務アシスタントというだけではない、秘密の過去があるようです。シンのロマンスの相手はとても意外な人物で、アマラでなくてもびっくりしてしまいます。今作でもすでに火花を散らしていただけに、シンと彼女の恋の相手が次作でもどんな熱いバトルを展開してくれるのか楽しみです。本国では、すでに第三弾『Lethal Nights』（主人公はダークで危うい魅力を漂わせるロシア系の人物）も発表されている〈ブルート・フォース〉シリーズ、今後はどんなヒーロー・ヒロインが生まれるのでしょうか。

この作品の翻訳作業を始めるにあたって、ちょうどいまから十年前の二〇〇九年、マグノリアロマンス創刊の年に刊行が始まったローラ・リーの作品を久しぶりに読み返し、当時の記憶がよみがえる、得がたい時間を過ごすことができました。十年前、ローラ・リーの作品を初めて読んだときは、あまりにもホットなラブストーリーと、燃えあがるような大胆なセリフの数々に衝撃を受けました。作者のその熱量はいまなお健在です。

最後になりましたが、本書を訳しているあいだも、多くのかたに支えていただき、お世話になりました。トランネットのコーディネーターのみなさん、オークラ出版の編集部のかたがたに、この場をお借りして感謝申しあげます。

二〇一九年十月

熱夜の夢にとらわれて

2020年1月16日 初版発行

著 者 ローラ・リー
訳 者 多田桃子
(翻訳協力:株式会社トランネット)
発行人 長嶋うつぎ
発 行 株式会社オークラ出版
〒153-0051 東京都目黒区上目黒1-18-6 NMビル
営 業 TEL:03-3792-2411 FAX:03-3793-7048
編 集 TEL:03-3793-8012 FAX:03-5722-7626
郵便振替 00170-7-581612(加入者名:オークランド)
印 刷 中央精版印刷株式会社

定価はカバーに表示してあります。
乱丁・落丁はお取り替えいたします。当社営業部までお送りください。

ISBN978-4-7755-2917-1